鼎肩文学

2020年度中国作协少数民族文学重点扶持作品

天理良心

钟天珑 著

中国言实出版社

图书在版编目（CIP）数据

天理良心 / 钟天珑著 . -- 北京：中国言实出版社，
2021.9
ISBN 978-7-5171-3907-2

Ⅰ . ①天… Ⅱ . ①钟… Ⅲ . ①长篇历史小说－中国－
当代 Ⅳ . ① I247.5

中国版本图书馆 CIP 数据核字（2021）第 198111 号

天理良心

责任编辑：代青霞
责任校对：王战星

中国言实出版社出版发行
地址：北京市朝阳区北苑路 180 号加利大厦 5 号楼 105 室（100101）
编辑部：北京市海淀区花园路 6 号院 B 座 6 层（100088）
电话：64924853（总编室）　64924716（发行部）
网址：www.zgyscbs.cn
E-mail：zgyscbs@263.net

经销：新华书店
印刷：北京温林源印刷有限公司
版次：2022 年 4 月第 1 版　　2022 年 4 月第 1 次印刷
规格：710 毫米 ×1000 毫米　1/16　21.25 印张
字数：339 千字

定价：58.00 元
书号：ISBN 978-7-5171-3907-2

育树成林，写文传义

——"鼎肩文学"总序

　　2021 年 12 月 14 日，习近平总书记在中国文联十一大、中国作协十大开幕式上的重要讲话中指出，新时代新征程是当代中国文艺的历史方位。广大文艺工作者要深刻把握民族复兴的时代主题，把人生追求、艺术生命同国家前途、民族命运、人民愿望紧密结合起来，以文弘业、以文培元，以文立心、以文铸魂，把文艺创造写到民族复兴的历史上、写在人民奋斗的征程中。

　　新时代的经典力作，需要作家有探险森林深处、挖找"野山参"的勇气和自觉意识、前瞻意识、开拓意识。作家只有把文学视为精神信仰，具备扛鼎的勇气、悲天悯人的风骨，将自己投身于时代的洪流之中，不怕呛水，不畏巨浪，倾注全部生命于文学，杜绝安逸享乐，拒绝金钱诱惑，才会写出无愧于时代、无愧于民族、无愧于文学的扛鼎之作、发聩之文。

"鼎肩文学"，秉承发现新作、打造精品、服务作家的宗旨，以文有义即大、唯好书是举的态度，向大众推介精品力作，将一株株精品文学之树融入华夏文学的茂密森林，以期呈现出"好木成林日，晨曦耀梢头"的壮观之景。

　　"作家是锻造出来的"，此言甚是。常言道，好铁炼好钢。凡具备好铁的素质，在经过高温、冶炼、打磨后，定会成器。作家这块"铁"，需经过热煅，经历肉体与思想蜕变的深度、胸怀眼界的广度、专业素养的精度，将生活阅历和人生经验在文学之炉里百炼，一只盖世的文学"大鼎"就此诞生。我期待着"鼎肩文学"经过锻造后，多出几只名扬天下的"大鼎"。

　　"鼎肩文学"面世之际，虽然还像刚刚步入社会的腼腆青年，但是只要肯于立长志，他日必能肩负民之"鼎"、文之"鼎"的重任，为后世了解当代人的生活留下如"大盂鼎"（西周现存最大的青铜器，现收藏于中国国家博物馆）铭文一样的真实记录，彰显我们这个时代的伟大风貌。

　　"育小树，成大林；写小文，传大义"，这是"鼎肩文学"的理念，也是这套文丛不懈的追求。

　　是为序。

赵晏彪
《民族文学》杂志原副主编，中国少数民族文学学会副会长

目　录
CONTENTS

第一章　龙舟竞渡阿蓬江

一

每年的农历五月初五，既是端午节，也是濯河坝的女儿节。

这一天，家家户户给女孩子换上新衣裳，头上插石榴花，手巧的娘还用花红绫线结成樱桃、桑葚、角黍等形状的香囊，佩戴在女儿身上。出嫁的女儿由兄弟们提前接回娘家，定亲的姑娘也羞答答地被未婚夫婿接到婆家添喜庆，濯河坝一下子热闹起来。

花枝招展的姑娘们成群结队来到郊外踏青，尽情地张扬如歌的青春、如诗的年华。孩童们撒欢儿地"打端阳锤"，幼稚小儿哪怕撕破衣裳、脸上挂彩，爹娘也不会教训他们的顽皮，因为女人们都在忙着包粽子，挂艾草与菖蒲，男人们则忙着赛龙船。

濯河坝的阿蓬江排满了预备竞赛的龙舟。

清光绪二十六年（1900年）的濯河坝，雨季来得特别早，山花开艳的时候，坝前的阿蓬江水涨了一次又一次，一刻不停地向西奔流，不知流过了多少岁月，荡漾了几多繁星。

阿蓬江是黔江的母亲河，发源于湖北利川茅坝镇的青岩山。这座山中有神奇的暗流，从九个泉孔里汩汩而出，故此段河流名曰"青岩河"，是阿蓬江的主源头。青岩河日夜奔流，一路上吞两沟十七汊，纳二十三条溪流，或疾或缓，或阔或窄，于崇山峻岭间左冲右突、千回百转，进入湖北咸丰县境内时，名叫唐崖河。唐崖河蜿蜒进入黔江境内，人们赋予它一个富有诗意的名字——阿蓬江。

"阿蓬"是土家语，意为雄奇、秀美。河流经黔江的县坝、冯家坝之后到达濯河坝，碧绿的蒲花河汇入其中，使江面更显宽阔，江水更加浩荡。江水一路欢歌奔腾，出神龟峡，奔大河口，在酉阳县龚滩镇汇乌江并入长江，全长二百四十九公里，是中国为数不多的几条自东向西的倒流河之一。

濯河坝位于黔江东南，背靠巍峨雄奇的五佛岭，面朝峰峦叠嶂的杨柳山，坝前码头边停满了大大小小的船只，水运十分发达。

濯河坝得名于《孟子·离娄上》："有孺子歌曰：'沧浪之水清兮，可以濯我缨；沧浪之水浊兮，可以濯我足。'"为土家族、苗族、汉族等多民族聚居的一块风水宝地。坝上的土木建筑、石板街道历经一千多年的洗礼，形成了独具特色的商贾、建筑、民俗等特色文化。从清代后期起，这里就成为渝东南驿道、商道、盐道的必经之路，往来的客商络绎不绝。

坝上住着以李、龚、汪、余、徐、樊等为首的大姓家族，他们遵循天理良心，以忠孝为本、诚信为魂，世代和睦相处。在清末至民国时期，当地流传着"李家的面子""龚家的杆子""汪家的票子""余家的铺子""徐家的刀子""樊家的锭子"的民谣。

坝上人崇尚文化，敬畏神灵，历代累积建起了万天宫、禹王宫、万寿宫等道观庙宇，有"九宫十八庙"。当地人引以为豪，远近客商常会聚于此做生意，或到"九宫"聚会，或到寺庙烧香拜佛，或到沧浪桥上观看江上往来的船只，或到戏楼去看"半台锣鼓半台戏"的后河戏，或到戏楼前的青石板坝子跟当地人跳土家摆手舞。

二

阿蓬江一年一度的龙舟竞赛活动就要开始了。

每年的龙舟竞渡，是濯河坝人十分重视的传统活动。龙舟竞渡又称赛龙舟、划龙船、龙船赛会，虽然原为汉族习俗，但不知何时传到了濯河坝，并融汇了巴楚文化、土家族文化、苗族文化，内涵更丰富，民族特色更浓郁。坝上人认为，龙舟赛有利于增强体质，培养勇往直前、坚毅果敢的性格，特别是聚会增进了亲朋好友的感情。

早上八九点，男女老少陆续来到阿蓬江边。他们抬着龙头，兴高采烈地走到白虎寺前，会聚在白虎神像下，虔诚地叩拜、吊唁，献上鸡、米、粽子、肉、酒水等祭祀品。传说白虎神是土家族祖先的化身，因而当地人对白虎神充满了敬畏。主祭人李文枸老爷年近古稀，身穿大红袍，身材魁梧，方头大脸，目光炯炯，白髯飘飘，显得很神气。他点上香烛，行三叩九拜大礼，祈求神灵保佑濯河坝风调雨顺、商业兴旺，祈求吉星高照、赛事平安。事毕，将一条红绸系于"头龙"的头上。"头桡"龚大汉人高马大，毫不费力地将龙头扛到江边洗澡，洗完之后将其安放在船首，等待发令。

龙舟与普通船只不太相同，狭长、细窄，船头饰龙头，船尾饰龙尾。龙头的颜色有红、黑、灰等色，均与龙灯之头相似，姿态不一。龙头多为木雕而成，加以彩绘，也有用纸、纱扎的。龙尾用整木雕，上刻鳞甲。除龙头、龙尾外，龙舟上还有锣鼓、旗帜或船体绘画等装饰，上绣对联、花草等，插着绣龙凤、八仙图的罗伞。

江面停满了各式各样的龙舟，有凤舟、象牙舟、虎头舟……每只龙舟配有龙头、龙尾、锣手、鼓手、舵手，他们身穿节日盛装，个个精神焕发，喜气洋洋。

生机勃勃的阿蓬江两岸，抑或气势恢宏的沧浪桥上，黑压压站满了围观的人群。濯河坝的沧浪桥，是世界上最长的风雨廊桥，雕梁画栋，美轮美奂。桥上满满当当挂着一百多副木刻楹联，一梁一木散发着古老的气息。坝上各家族的族长、德高望重的长者、社会贤达可带十二岁以下的宝贝儿女在桥中间坐着观看，其余人员只能在两边站着看，已成为不成文的规矩。

李文枸老爷做完祭祀仪式，带着幺儿李朝鸿走向沧浪桥中间，刚过六旬的汪茂发老爷忙起身拱手致礼，他的身边跟着九岁的幺女仕静（字雨虹），小丫头像一滴清晨的荷露，清新脱俗，清澈明丽，见父亲与李伯伯互致问候，也扬着头脆生生地说:"李伯伯好!"李老爷见了雨虹,一脸的喜爱:"几天不见,雨虹这丫头越长越鬼精灵了!"雨虹甩动着小辫子,笑出一对小酒窝。李文杓转向汪茂发:"汪兄好福气呀,生了这么乖巧伶俐的女儿。"汪茂发笑得合不拢嘴:"文杓兄,你的朝鸿也不错呀,我看这孩子骨骼清奇,将来必是人中之龙。"李文杓一笑,把朝鸿推上前:"还不快给汪叔叔问安!"朝鸿给汪老爷鞠躬:"汪叔叔好!"汪茂发打量着眼前玉树临风的少年,喜爱之情溢于言表,转而对雨虹说:"雨虹,见过你朝鸿哥哥。"雨虹笑嘻嘻地说:"朝鸿哥哥好。"朝鸿矜持地点头,有点儿局促的样子。李文杓和汪茂发相视而笑。这工夫,龚明渊、詹信安、余廷恩、徐朝忠、樊荣耀、罗胡子等长者也来了,分别坐在沧浪桥中间的藤椅上,两个少年上前一一问好。大家都夸俩孩子是难得的金童玉女,李文杓和汪茂发心中愈发欢喜,不约而同地想到一件事情。

龙舟竞渡分为三个队,都是镇上的年轻人和中年人,自愿报名,抽签决定到红队、黄队或蓝队。哪个队赢了比赛,会得到奖品——当地特产"潜龙扇"。潜龙扇出自濯河坝一带土家艺人之手,传说很久以前,聪明美丽的土家姑娘巧玲与苗家青年龙莽二青梅竹马,到他们步入婚姻殿堂的那天,龙莽二高高兴兴地去迎娶巧玲,来到阿蓬江边渡过七里塘时,被土司头人带着一帮家奴拦住,强行实施土司陋习"初夜权",龙莽二怒不可遏,扭打中被推入阿蓬江。龙莽二水性虽好,但无奈被一个浪头击入江底,再也没有浮上来。土司见状,指挥家奴强抢巧玲,巧玲不甘受辱,纵身跳入深塘。刹那间,一条蛟龙跃出水面,龙头高昂,喷出道道白沫,龙尾一摆,将渡船掀入江中,土司头人和家奴全部被淹死。从此以后,其他的土司头人再也不敢行使"初夜权"了。第二年春天,江边的山坡上长满了翠绿的剑棕,一根根叶大茎粗的紫青藤缠绕而生,人们都说是龙莽二和巧玲姑娘的转世,他们终于幸福地结合在一起了。当地土家族、苗族姑娘、小伙子为了怀念他们,每到农闲时,就把剑棕、青藤割回,用开水煮沸之后,日晒夜露,或用硫黄熏烤,使之变白,然后按需要撕成小丝,把两匹棕叶对合,做成圆形扇面,再用青藤缠柄,取名"潜龙扇",寓意他们永不分离。

不过,赛龙舟的青年虽然踊跃参赛,却不太在乎输赢,显示了濯河坝人豁达的胸襟。

江面分出三条航道,每条航道宽约十二米。还有黄色航道浮标,其间距四十来米，每二百五十米处有红色浮标及分段距离标志，距终点一百米处有红色浮标，间距约二十米，最后一个浮标设在终点线内两米处。在起点线和终点线两端的延长线六米外设有高出水面三米的标志杆，终点线远端还设有高出水面三米、宽零点五米的终点瞄准牌。在起、终点线后各留一百米准备区域和缓冲区域。

登舟码头长约四十米，可供三组龙舟停靠。起点发令台设在起航线一侧，距最近航线约六米，高于水平面三米，配有遮阳和避雨设施。

比赛令枪一响、令旗一挥，三支龙舟队齐发。锣鼓喧天，号子撼山，健儿们使劲划船，奋勇争先。围观者不住地高喊："加油！加油！加油！……"

不一会儿，又响起了高亢激昂的歌声：

> 锣声（哟）密密（哟）鼓声稠（哟），
> 端阳佳节赛龙（啊）舟，赛龙舟。
> 锣声（哟）密密（哟）鼓声稠，鼓声稠。
> 端阳赛龙舟，嘿！端阳赛龙舟。
> 粗胳膊的小伙显身手，哟啰哟啰嗬。
> 大嗓门的姑娘喊加油，哟啰哟啰嗬嗬。
> 桨作蛟龙腿呀，旗是那蛟龙头。
> 江上搏来浪里斗，不夺头名不罢休，
> 不夺头名不（哇）罢休哇！
> 挥动（哟）战旗（哟）闯急流，闯急流，
> 同心争上游，嘿！争（呀么）上游。
> 十七八青年赛猛虎，哟啰哟啰嗬。
> 拼搏正是好时候，哟啰哟啰嗬嗬。
> 胜也不摆尾呀，败也不低头，
> 汨罗江上五月五，你追我赶赛龙舟，
> 你追我赶赛（呀）龙舟哇！
> 哟啰，哟啰，哟啰，哟啰，
> 赛（呀么）赛龙舟！
> 哟啰啰喂，喂啰哟，

哟啰啰喂，喂依啰哟，

哟啰嗬，哟啰嗬，哟啰嗬，哟啰嗬，

你追我赶，我追你赶，

加油！加油！加油！加油！

加油！加油！加油！加油！

赛（呀么）赛龙舟！嘿！

据说这首《龙舟竞渡》，又叫《赛龙夺锦》，是清末广东音乐名家何柳堂的代表作，也是一首流传很广的广东音乐。濯河坝的儒商到广东一带做生意，观看了那里的龙舟竞赛活动后，带回了这首歌，并很快在濯河坝流传开了。

比赛结束了，黄队领先，蓝队第二，红队最后。

三

龙舟赛结束后，詹信安对在场的人说："今天我请客，请各位赏脸！"汪茂发说："还是我请！你就不要和我争了！"龚明渊摆摆手："两位不要争了，我做东，把划龙舟的人全部请去，就在天涯酒店！"其他几位都争着请客。李老爷一锤定音："大家都不要争了，我看还是由信安请客吧，他们詹氏家族从安徽到我们这里来做生意，如今人丁兴旺，生意兴隆，回馈一点也合乎人情。"大家附和说："李老爷德高望重，就依李老爷意见。"

天涯酒店前临阿蓬江，后比石板街高一步石梯坎，典型的土家吊脚楼。楼下的码头随时泊满了货船，楼上有茶馆、客房。酒店有单间，每间屋可摆两桌宴席；大厅可摆八桌宴席。詹信安订了两个单间，加上散席，一共十二桌。他的两个如花似玉的宝贝女儿雪唱、雪英也来了，姐妹俩一进门，就顿时吸引了所有食客的目光。只见两个青春少女亭亭玉立，仿佛两株翠绿的春柳，令人赏心悦目。雪唱和雪英的名字也有诗意，足见詹信安学养之深厚。

李文构、汪茂发、龚明渊、余廷恩、詹信安、徐朝忠、樊荣耀、罗胡子，汪茂发的老伴汪陈氏，詹信安的老伴詹冉氏及女儿雪唱、雪英，汪雨虹及其三个哥哥在单间"沧浪厅"，汪茂发的众堂兄及李朝泮、李朝鸿等人坐在包房"银杏厅",大厅则坐着坝上的其他长者及龙舟竞渡的健儿。

詹信安诚心请客,因此佳肴丰盛,坝上的地方特色菜应有尽有:泉水鸡、酸鲊肉、喜沙扣、豆丝炒腊肉、老鸭汤、炒绿豆粉等琳琅满目,酒则是闻名乡里的泉孔高粱酒,一开瓶,清香四溢。

开席之前,李文杓问詹信安:"信安贤弟,把你那两个宝贝女儿名字的由来说给大家听听!"詹信安谦逊地说:"我岂敢在您老面前班门弄斧,说来让大家取笑!不过,我给她两姊妹起名时,确也做了些思考。"

詹信安喝了口茶,接着说:"雪唱指高雅的歌声。孟郊《送崔爽之湖南》诗曰:'雪唱与谁和,俗情多不通。'崔轩《和主司王起》诗曰:'共仰莲峰听雪唱,欲赓仙曲意怔营。'齐己《谢孙郎中寄示》诗曰:'久伤琴丧人亡后,忽有云和雪唱同。'雪英指白色的花或雪花状的花饰。沈传师《和李德裕观玉蕊花见怀之作》曰:'雪英飞舞近,烟叶动摇深。'王周《大石岭驿梅花》诗曰:'半出驿墙谁画得,雪英相倚两三枝。'王安石《花下》诗曰:'雪英飞舞近,疑是故人来。'范成大《上元纪吴中节物俳谐体三十二韵》曰:'凫子描丹笔,鹅毛剪雪英。'我很喜欢这些诗词,于是便给两个女儿起了这名字。"

詹信安言毕,大家交口称赞:"妙!确实妙!詹老板生意做得好,诗书也不让人,果然是耕读传家呀。"

雪唱和雪英像一对双胞胎,单从身材、背影、脸蛋上看,很难辨认出谁是姐姐、谁是妹妹。所不同的是,雪唱的两眉之间有一颗大痣,这是区分姐妹俩的唯一特征。两姊妹受家学教导,诗书礼仪无不精通,深受詹信安夫妇喜爱。两姊妹感情也深,出入形影不离,不知多少青年才俊为之倾倒,却苦于家贫,门不当户不对,成为心中流泪的风景。坝上的名门望族子弟也朝思夜梦,怎奈鸣凤在天,青云为障,身无双翼难以高攀。加之精明的詹信安早有打算,媒人还没开口,便以孩子尚小、念书修学为由婉拒。詹信安是个心怀大志之人,心里早已计划好,一旦条件成熟,就送女儿们到重庆去深造,长见识、开眼界,做个新时代的新女子。

詹信安举起酒杯,双手一拱:"各位多年来对詹家的帮助,信安感念在心,今后坝上的父老乡亲若有用得着鄙人之处,定当在所不辞!"宴席上的人异口同声:"信安此言见外,詹家历代为坝上所做的善举谁不铭记在心?"詹信安感动得两眼润湿："今日龙舟赛之成功，再次证明我们坝上人的团结和睦，请诸位满饮此杯，以示庆贺。"

宴席上响起一阵叮叮当当的碰杯声。

詹信安提着酒壶，到另一包房及散席一一敬酒，将气氛推向高潮。

这时，李家的下人罗毛子从草龟塘来到"银杏厅"，弓着腰对李朝泮耳语："老爷，恭喜您了！"

时年三十六岁的李朝泮一挑眉梢，"哦"了一声。

"您家添贵子啦！还不回去准备整月子酒？"

李朝泮（字璧臣）喜出望外："晓得了！告诉他娘，今天是端午节，就给孩子起名永端吧，小字春晖。希望他的人生每天都快乐如端午节，像屈原一样爱国。你先回去帮忙张罗，我明天陪老爷一起回来。"

汪茂发闻言，起身大声说："大家把酒杯倒满，为璧臣贤侄喜添贵子干杯！"大家纷纷给璧臣道喜，璧臣拱手相谢。

汪茂发又说："加个凳子，罗毛子从草龟塘来报喜，走了二十来里路，也该饿了，喝几杯酒再走！"

罗毛子不敢入席。李璧臣说："还不快谢汪老爷！"

罗毛子这才道了谢，狼吞虎咽地吃了两碗饭，匆匆告辞。

席散后，众人随性而去，有的去跳摆手舞，有的去看后河戏，有的去沧浪桥上观风景，未婚的青年则到"女儿节"最浓的地方去唱情歌……

李璧臣找到父亲李文杓，告诉他喜添贵子的事。李文杓自然很高兴，要和儿子第二天一同回老家看看。

第二章　璧臣大办月子酒

一

世界上再美的风景，都不及回家的那段路。

第二天一大早，急于见孙子的李文杓就坐着滑竿，在李璧臣、李朝鸿陪伴下，不知不觉回到了老家草龟塘。

草龟塘坐落在阿蓬江镇大坪村的长坝，距濯河坝约二十里路，若坐船，下行十来里路就到了；山路则要远一半的路程。

李璧臣是濯河坝一带远近闻名的举人，德才兼备，仪表堂堂。先后娶了三房媳妇，刘氏为他生了长子永昌，龚氏为他生了儿子永端（字春晖），后娶的王氏又为他生了永奇、永庄、永槐三个儿子。

吃了午饭，璧臣便提了只公鸡到濯河坝龚家报喜。到了岳父家，丈母娘龚徐氏接过女婿提来的公鸡，满脸喜色地祝福："你儿长命百岁，富贵双全！"并约定农历五月十六去"送饭"（女婿家叫整"月子酒""送饭酒"，也称"竹米酒""三朝酒""打十朝"）。龚徐氏要给女婿煮饭，璧臣推辞："娘，您就别忙了，我还要到刘家去报喜。"于是，喝了杯茶立即赶路。

璧臣又提了只公鸡到刘家报喜。刘家很近，只有三四里路。见了面自然又是一番道贺，璧臣心情愉快，报完喜返程的时候，夕阳已经落山了，快到村里时，碰见自家的三个长工，四个人说着话儿，不知不觉到了李家大院。

李家大院方正气派，正房九大间，两边厢房各三大间，均为一楼一底的吊脚楼，楼下是猪圈、牛圈、鸡圈，另外修有粮仓，四周砌着两米高的青石板围墙。朝门正对中堂，距中堂约三丈。街沿、院坝全部青石板铺就，里里外外透着古朴的气息。中堂两扇大门各一尺六寸半宽（当地有"大门三尺三，不出文官出武官"之说），六尺六寸高，雕龙画凤，十分壮观。所有的窗户漆了红漆，雕刻花鸟纹饰。堂屋正中的神龛贴满了供奉的神祇牌位，横幅："祖德流芳。"竖幅中间是"天地国亲师 位"，由中间分别向两边是："南海岸上观世音菩萨香 位""七曲文昌宏仁大帝君主 位""神龙皇帝五谷苗稼尊神 位""大成至圣文宣王孔子 位""三元三品三官大帝君主 位""九天东厨司命灶王府君 位""堂上历代昭穆神主 位""酉溪求财有感四方大神 位"。两边对联为："金炉火年年不断，玉盏灯岁岁常明。"

李家是阿蓬江畔的名门望族。祖上李念武早年来此居住，娶妻成家，生了八个儿子，个个出类拔萃，尤其老七李仕道、幺儿李仕能，十八般武艺样样精通，不仅考上了武举人，还考上了文举人，被称为李大王、李二王；下一辈"文"字辈，男丁三十二人，再下一辈"朝"字辈，男丁上百人，"永"字辈的男丁更不逊前辈。由于李家重视教育，人丁兴旺，成了草龟塘的骄傲——李家后辈有的到酉阳州府做官，有的到黔江县城做官，大部分人则迁移到濯河坝发展，短短二三十年，就在濯河坝占了半条街，时人称之为"李半街"。其后裔有的当官，有的当兵，有的教书，有的做生意，可谓"代代有功名，家家有顶子"，在濯河坝一带的面子最大，时人称之为"李家的面子"。

二

李念武的发迹，有一个动人的传说。

阿蓬江畔的大坪村有一个大石堡，堡后有一块酷似一头大水牛的巨石，人们称为石牛，此村因此也叫石牛村。

传说在很久以前，阿蓬江两岸人烟稀少，大片土地荒芜，大坪村住着一户李姓人家，一家人勤劳肯干，虽然出工收工两头都见月，但仍然日子艰辛，吃的粗茶淡饭，住的茅草棚棚。尽管自家日子清苦，但李家夫妇仍经常接济他人，久而久之，他们乐善好施的声名远播。

好人自有好报，李氏夫妇中年喜得贵子，取名念武。俗话说，不愁不长，只愁不养，很快，念武便能和其他小伙伴一起上坡放牛割草。小孩子顽皮，都爱去大石堡放牛，喜欢骑在石牛身上，再顽劣点的，用柴刀在石牛身上敲打，甚至在石牛身上屙屎撒尿。念武虽然也常骑石牛，但从不对石牛搞恶作剧，也不去割石牛附近的嫩草，他说那是石牛的口粮，要让它吃饱了才有气力让人骑。

光阴似箭，日月如梭，念武不知不觉就长成壮实的汉子，当地称为"正劳力"。李家有了这个"正劳力"，生活有所好转，但日子还是过得很紧。念武看到年迈的父母还要辛苦操劳，心里总不是滋味，特别是看到那大片荒芜的田地，便恨自己无能。他想，要是能把这片土地全部种上庄稼，全家人就一定能过上好日子了。

一个月明星稀的夜晚，念武吃过晚饭，和往常一样，独自来到门前小河边的大树下乘凉。如水的月色下那片荒芜的原野，又勾起了他心中的梦想。他倚着大树，渐渐地神游了。迷糊中，一头水牛从江中游上岸来，走到念武面前对他说道："不要焦，不要愁，好的日子在后头。明天晚上，你准备好犁头放在那荒地上，我帮你完成心愿，但不能告诉任何人，你也必须回家睡觉。"说完，便"扑通"一声跳入江中不见了。念武惊醒过来，自言自语道："怪了，牛还能开口说话，不知它说的是真还是假哦。管他的，我试一下。"

第二天晚上，他等到家里人都睡觉了，悄悄起来把早已准备好的犁头扛到了门前的那片荒地上，然后回家掩上了院门。可是哪里睡得着呀！天刚亮他就忍不住爬起来，出门一看，又惊又喜，那片荒地居然变成了数百亩良田。他急忙叫来全家老少，把神牛助耕的事情告诉了他们。母亲见此情景，急忙拉着念武跪在地上说道："看来是大石牛显灵了，你要不忘神牛的恩情啊！"念武对母亲说："我不但要保护好石牛，等将来富裕了，还要在大石堡建一座庙宇供奉它。"

有了石牛的帮助，念武家很快过上了好日子，拆掉旧房子，修建了一座庄园，取名"早贵堂"，意为早日富贵。为了感恩石牛，又在大石堡上建起了一座寺庙，取名"石牛寺"。因为石牛太大，无法将其搬入寺庙，便依照石牛的模样塑了一尊神牛像，日烧香、夜祷告，从不间断。有了神牛的保佑，阿蓬江一带从此风调雨顺、五谷丰登。人们都说，那神牛是观音菩萨为了救苦救难而变化的。所以，每年的农历二月十九、六月十九、九月十九，远近的善男信女都会纷至沓来，到此烧香化纸，感恩观音菩萨，祈求神牛保佑。

人穷讨人嫌，人富惹人妒，乐善好施的李家人同样也招小人忌妒、仇视。有人造谣说，"早贵堂"出草寇（僵尸），草寇每晚都要出来吃人，那庄院便被讹传为"草龟塘"。更有人想痛下黑手，斩断李家的富根，在一个月黑风高的夜晚，两道人影来到石牛寺后的半山坡上，一人举起铁锤砸向了石牛的头部，只见鲜血飞溅，横飞的石头砸瞎了使锤人的双眼，另一人吓得屁滚尿流，背起瞎眼人逃之夭夭。从此，石牛也变成了无头之牛，但它变得更神了，人人敬畏，再也没有人敢伤害它。如今，那石牛依旧安卧在荒草丛中，庇佑着当地百姓。

<h2 style="text-align:center">三</h2>

李家人不欺负外人，外人从那以后再也不敢欺负李家人。

李文杓在兄弟间排行老五，上有文彬、文杰、文林、文械四个兄长，分别在酉阳州府、黔江县城做师爷、武官；下有文模、文楷两个弟弟，都在濯河坝做生意；他自己也在濯河坝"李半街"拥有一栋房子，平时都住在濯河坝。堂侄几十个，多在濯河坝定居，其中李朝恩在濯河坝声名远播，虽然才二十来岁，就中了武举人。

李文杓有李朝清、璧臣、朝鸿三个儿子。朝清在酉阳州府当狱头，璧臣在濯河坝教私塾，朝鸿还是少年读书郎。现在李家添人进口，自然是大喜事，李文杓吩咐家人好生照料产妇和小孙子，筹备"洗三"仪式。"洗三"即在孩子出生的第三天，母婴都要洗澡，称为"洗三"或"打三朝"。璧臣领了父命，在堂屋大门上挂了米筛、桃树枝和乌泡叶，神龛上摆了三杯酒，祭祀祖先和神灵，感谢他们保佑李家平安兴旺。

春晖的外婆龚徐氏带着礼物如期前来，璧臣家帮忙的人将她的礼品摆放在堂屋，引来一阵啧啧的赞叹声——龚徐氏的礼物足够丰厚，产妇补养身子的醪糟、鸡蛋、猪蹄、糯米粉，外孙的鞋帽和被盖、颈圈、手圈、脚圈，等等。

龚徐氏在外孙春晖的手上绑了红线结，祝愿孩子健康成长。用人端来用艾叶、麻、枫香叶熬好的洗澡水，龚徐氏试了试水温，轻轻地撩在外孙身上，象征性地洗了三把水，再由璧臣洗遍全身。璧臣清洗婴儿时，祝福道："洗上一洗，万事大吉；摸上一摸，掉进福窝。"然后，将用人用艾蒿、伸筋草、蜂窝草、九里光等草药熬熟的鸡蛋去壳，趁热在婴儿身上滚数遍，这是当地的习俗，土家人相信，这样会消除胎毒，滚去病灾。璧臣一边滚鸡蛋，一边念祷语："滚一滚，百事发；滚二滚，万事顺；滚三滚，行好运；再一滚，成大材。"洗毕，璧臣抱着春晖拜家神，求乞保佑孩子健康成长。"洗三"完毕后，用人把洗澡水倒在了火塘边，这洗澡水不得随意外泼，否则污秽鬼神，婴儿也容易多灾病。

转眼就到了农历五月十六，是龚家约定的"送饭酒"、李璧臣家整"月子酒"的日子。

龚氏家族在濯河坝也非寻常人家。

龚家原非姓龚，其族之祖擅长放鸭，某年某月某日自常德赶鸭溯流而上，来到了濯河坝。某日，赶鸭前行，鸭群畏暑，钻进一古墓。龚氏先祖无奈钻进墓中驱鸭，却见墓中金银满箱，禁不住喜出望外。天上掉下了"馅饼"的大好事竟然降落在龚氏先祖身上，于是广置田宅，富甲一方，三妻四妾，享乐终日，真应了古人"人无横财不富，马无夜草不肥"之语。鸭客见当地龚、胡、秦、向四姓土豪势力强大，遂改姓龚。

数代繁衍，濯河坝龚氏人丁兴旺、势力强大，子孙长于骑马打枪，却都目不识丁。有一年，龚家后裔龚蛮子大兴土木，在濯河坝街头新建一豪宅。落成之日，大宴宾客。有一士绅送一牌匾相贺，上书"甲鸟方文"四个烫金大字。龚蛮子如获至宝，用红绸包了牌匾，高悬于新居大门上。席间，文士们皆不知"甲鸟方文"典出自何处。其中一人若有所悟，驻足匾下，思量良久，问龚蛮子："你祖先是放鸭的吗？"龚蛮子无言以答，深以为耻。此后，濯河坝龚氏重金聘请饱读诗书之人开馆办学，教授后人。

龚氏家族起起落落，至清末，龚明渊一支尤其兴旺，育有五子二女，其妻龚徐氏的娘家也出身大户人家。龚明渊足智多谋，为人和善，在家族和当地都很有威望。

李璧臣满腹经纶，为人厚道，深受龚明渊器重，两人经常一起喝茶谈天、吟诗作赋，也下象棋，成了忘年交。平常时候，他俩每次下象棋不超过三盘，一定是龚明渊赢两盘，李璧臣赢一盘。一次，他俩又准备下象棋，龚明渊半开玩笑半当真地说："我只有两个宝贝女儿，大女儿已嫁给余家后生余明长了，小女儿还待字闺中，如果你今天赢了两盘，我就把幺女许配给你。"李璧臣高兴地说："当真？"龚明渊颔首而笑："君子不打诳语。"李璧臣举起棋子："先生，恕我不客气了！"没过几招，李璧臣连赢两盘。龚明渊惊奇："没想到你的棋艺这么高，原来是在哄我开心。好吧，君子一言，驷马难追，你就是我的幺女婿了！"李璧臣立马跪在地上，给岳父大人叩了三个响头。就这样，李璧臣迎娶了龚家的小女儿。

四

农历五月十六那天，阳光灿烂。几只喜鹊在百年冬青树上欢快地啼叫，大花狗摇着尾巴在院坝悠然地走来走去。草龟塘李璧臣家早已做好了有关准备工作，堂屋、街沿、房间、院坝都打扫得干干净净。

中午时分，龚徐氏背着摇床、铺盖走在前面，领着春晖的舅娘、姨娘等亲戚四十多人结队而来。濯河坝一带吃这种酒，除了孩子的舅舅，其他成年男性是不参加的，即便是外公也只能待在家里。如果需要请其他男人挑礼物，也只能当天返回。

龚徐氏等人刚到李家朝门，刹那间鞭炮齐鸣。早早赶来帮忙的乡亲接过众亲礼物，一一摆在堂屋，忙着为客人端茶倒水。璧臣抱出春晖，在堂屋给祖宗行礼后，再一一拜见外婆家来的客人，然后将孩子交给外婆龚徐氏。龚徐氏高兴得不得了，在孩子额头吻了三下："狗孙，你易长成人、长命百岁、富贵双全！"说完，将孩子递给用人抱回房中休息。龚徐氏则跟着用人到房中看望女儿李龚氏，母女俩一番亲热，说一些体己话，眼里溢满了幸福的泪花。

李璧臣的大婆子李刘氏也来到房中，看望龚徐氏和李龚氏，三个人拉家常。

这时，刘家的客人也到了朝门口，李家开启又一波欢快的气氛。李璧臣的大岳母刘母也来到房中，先向龚徐氏问询，再向李龚氏问好，叮嘱女儿李刘氏要好好照顾李龚氏。

李氏家族及亲朋好友也陆陆续续来了，好不热闹。

宴席正式开始，因为亲友到场得太多，流水席轮了六七轮，从中午一直顺延到黄昏。每轮宴席开席，李璧臣都要一一敬酒，以表谢意。附近的山民羡慕不已，纷纷议论说："李家好兴旺啊！"

李璧臣整完"月子酒"，在家休息了几天，便辞别家人，又到濯河坝去了。他放心不下心爱的学生，也放心不下濯河坝的大事，濯河坝的贤达们正在酝酿制定《濯河坝道德公约》。

第三章　道德碑前论大道

一

青春不是人生的一段时期，而是心灵的一种状况。璧臣正当年富力强，加之逢喜事，心情愉快，浑身有使不完的劲儿。他边走边思考，"身为天下人，当思天下事"这句话总在脑海里萦绕。沿途的风光美不胜收，青山、绿水、碧树、野花，尤其是绿油油的庄稼长势良好，令他赏心悦目。

璧臣回到濯河坝已是中午，匆匆吃了午饭，便忙着收拾书籍去学校复课。他夹着书本，走在青色的石板街上，蓦然瞥见那块立在路旁的道德碑。那碑立于光绪十四年（1888 年），上面刻着"天理良心"四个大字，警示古镇人遵循经商、为人、处世之道，璧臣心里肃然起敬。

多少年来，濯河坝人遵循古训，性情平和，富人关爱穷人，穷人感恩富人。他们笑懒不笑穷，救济穷人不救济懒人，懒人乞讨无人施舍，敢于偷盗、抢劫的要挨打。路过濯河坝的乞丐，他们也施舍，但不给第二次，介绍他们在濯河坝当长工或打短工自食其力。

濯河坝也是民族融合最好的地方，李家，土家族；龚家，苗族；汪家，汉族；余家，蒙古族；徐家，土家族；樊家，土家族……大家都不介意谁是哪个民族出身，只有在闲时，祖辈给儿孙摆龙门阵才会提到"我们是××族"。

璧臣在教书之余，乐于助人，并借此机会征求人们对古镇道德建设的看法；很多时候，他行走于店铺、码头了解古镇人的心愿。古镇的人呢，原以为璧臣是李氏家族子弟中的佼佼者，又是龚明渊的乘龙快婿，会趾高气扬、盛气凌人，没想到他为人谦逊，见人就打招呼，让人倍感亲切、温暖。谁家有红、白喜事，他都不请而至，主人家没有考虑周到之处，他也会善意提醒，因而深受人们尊重。

二

转眼到了光绪二十七年（1901年）年的春天。碧绿的阿蓬江水依旧欢快流淌。坝上的人刚过完元宵佳节，长工们就唱着山歌去田地里劳作，老街的所有店铺都开了门，江边码头的商船正在作远行的准备。

一个风和日丽的上午，璧臣邀请父亲李文构、岳父龚明渊及汪茂发、余廷恩、樊荣耀等前辈议事，探讨濯河坝兴旺发达的方略。

龙华寺方丈慈恩法师、观音寺方丈弘佛法师、文昌阁石隐道长等高人也应邀前来。

坝上百姓得知消息，也放下手中活计，赶来参加盛会。

李文构主持议事会，他开宗明义："我们商议制定《濯河坝道德公约》，请几位大德发表高见，我们洗耳恭听！"

身材魁梧、慈眉善目的慈恩法师站起来说："阿弥陀佛！善哉善哉！古镇要兴旺发达，必须遵循天道、地道、人道、商道、业道！"

龚明渊笑着说："妙！请大师详说，以便大家理解！"

慈恩法师接着说："天道酬勤、地道酬善、人道酬诚、商道酬信、业道酬精，是中国传统哲学的最经典表述，得其精髓者，不仅可以独善其身，还能兼济天下。"

慈恩法师喝了口茶，继续说："'天道酬勤'取典于《周易》卦辞'天行健，君子以自强不息'和《尚书》'天道酬勤'，昭示勤奋逆转人生的真谛。'地道酬善'出自《周易》卦辞'地势坤，君子以厚德载物'，寓意积善行德，必能逢凶化吉。'人道酬诚'，意思是人要真诚、厚道，做事如做人，先学做人，再学做事。晏殊少年时，张知白以'神童'名义把他推荐给朝廷，召至殿下，正赶上皇帝亲自考试进士，就命晏殊做试卷。晏殊见到试题就说：'臣十天前已做过这样的题目，有草稿在，请另选试题。'宋真宗非常赞赏他的诚实，便赐他'同进士出身'，晏殊后来官至宰相。'商道酬信'出自《论语》'民无信不立'，反映诚信经商，无往不利。'业道酬精'出自韩愈《进学解》'业精于勤，荒于嬉。'揭示勤学苦练、术业精进。王献之七八岁的时候，就跟着父亲王羲之学习书法。有一次向父亲讨教书法的窍门，王羲之指着院子里的十八口大水缸，郑重地说：'写字的秘诀，就在这些水缸里面，你把这十八缸水写完就知道了。'王献之就这样坚持不懈地勤学苦练，终于写干了十八缸水，书法造诣不仅继承其父的修为，还开创了一代新气象。"

众人无不钦佩法师见解精妙，更称赞他慈悲为怀、境界高远、知识渊博，遂报之以雷鸣般的掌声。

汪茂发很礼貌地说："请弘佛法师谈谈怎样做人才能让人喜欢。"

弘佛法师点了点头说："我谈点看法，请大家指正！每个人要想受世人尊重、喜欢，一要有德。对人真诚，为人厚道，心地善良，有规矩，有方圆，有礼貌，有爱心，别人与你相处感到温暖、放心。二要有用。你能给别人实用价值。三要有料。跟你相处能打开眼界，放大格局。四要有量。你能倾听别人的想法并发表有价值的见解。五要有容。能充分认识别人的价值，欣赏别人的特色。六要有趣。能带给别人愉快的心情，和你在一起不闷。七要有心。懂得用情用心交朋友，人脉必然成金脉。遇事，知道的不必全说，看到的不可全信，听到的就地消化，筛选过滤沉淀。久而久之，气场自成，能量强大，必成大事。"

法师说完，掌声经久不息。

余廷恩热情地说："石隐道长，请您发表高见！"

石隐道长说："两位法师讲了，我只能是班门弄斧。人啊，出生一张纸，开始一辈子；毕业一张纸，奋斗一辈子；婚姻一张纸，折磨一辈子；做官一辈子，斗争一辈子；金钱一张纸，辛苦一辈子；荣誉一张纸，虚名一辈子；看病一张纸，痛苦一辈子；祭文一张纸，了结一辈子；淡化这些纸，明白一辈子；忘了这些纸，快乐一辈子！"众人大笑，不住地赞叹。

石隐道长继续说："人生如碗，什么都能承担。担得了山珍海味，也咽得了野菜粗粮；装得了千年美酒，也喝得了平淡凉水。人生如碗，适可而止，装多则溢。你装刚过碗底的水，碗收下了；但漫过碗口，碗就不要了。人生应如碗，坦坦荡荡，没有隐藏。你用它装金豆银豆，碗也只是替你保管；你需要它的时候，它会一粒不剩地给你。碗难免会磕磕碰碰，难免会有裂缝；人难免会遭受挫折，难免会有缺点。没有十全十美的碗，没有十全十美的人，贫贱富贵，开心就好！"

汪茂发感慨万千地说："很对啊！所以，穷死不要撒谎，难死不要骗人。堂堂正正做人，明明白白做事，永远不要丢掉别人对你的信任，因为别人信任你，是你在别人心目中存在的价值。永远相信：诚信可赢天下，守信方得人心。做任何事，都要对得起自己的良心。德行天下，才能厚德载物！"

余廷恩接着说："我记得有位圣贤说过，人生有三不斗：不与君子斗名，不与小人斗利，不与天地斗巧。人生有三不争：不与上级争锋，不与平级争宠，不与下级争功。人生有三修炼：看得透、想得开，拿得起、放得下，行得正、走得直。人生有三福：平安是福，健康是福，吃亏是福。人生有三为：和为贵，善为本，诚为先。"

李文构环视四周："感谢几位高人为我们点拨，坝上的父老乡亲们都听到了，应该很受教益。我建议制定一个道德公约，供我们坝上所有人遵循。建议各大家族召集族人开会，研究道德公约内容，修改完善各自的族训。"

这个提议得到大家的一致肯定。

李文构高兴地说："几位世外高人和坝上大德的见解令人耳目一新。真是听君一席话，胜读十年书啊！为了感谢大家，请各位到我家去，咱们继续讨论。"

几位出家人拒绝："李老先生，我们方外之人不便，免了吧。"

李文构说："几位大师，不妨事的，我专门为你们准备了一桌素席。"

慈恩法师说："既然这样，那我和弘佛师父、石隐道长就恭敬不如从命。不过，我建议大家尽量吃素，与众生慈悲，让心获自由。"

李文构附和："法师说得是，我们今后尽量吃素食吧。"

三

大家陪同李文杓来到"李半街"中间的吊脚楼，李文杓的两个在濯河坝做生意的亲弟弟文模、文楷先到了，读私塾的幺儿朝鸿也来了，大家相互热情问候、喝茶、聊天。

朝鸿人小鬼大，不拘礼节，里外穿梭招待客人，他端着一杯茶来到汪茂发面前："汪叔叔，请用茶！"汪茂发接过茶杯，望着朝鸿满脸喜爱："小伙子，书读得怎么样？"朝鸿说："还可以，谢谢汪叔叔惦记！"汪茂发打心眼里喜欢朝鸿，转身对李文杓说："文杓兄，你这个老幺真不错呀。哈哈哈……"

李文杓会心一笑："汪老弟，何不把你那宝贝女儿喊来？"

詹信安说："我出门时，看见雨虹来我家找雪唱、雪英教古诗。那丫头聪明，能背诵一百多首古诗了！"

李文杓心里一动："哦？这丫头果然非同一般。"

汪茂发谦虚："哪里哪里，她那都是雕虫小技，和朝鸿比不得。"

李文杓大笑，继而转向詹信安："我倒是有个不情之请，不知兄弟可否给面子。"

詹信安岂能不懂李文杓话中含意："文杓兄尽管吩咐。"

李文杓道："将来请信安兄为我家幺儿做个媒，如何？"

詹信安说："门当户对，郎才女貌，我当然乐意牵线搭桥！不知茂发兄有何想法。"

汪茂发笑道："我早有此意。不过，两个孩子还小，让他们好好念书吧！"

李文杓很认真地对汪茂发说："那是自然！可咱两弟兄先说好，到时候不准把雨虹另许他人！"

汪茂发哈哈大笑："我只怕朝鸿另娶呢！"

詹信安说："等雨虹到了十七八岁，我来说！"

李文杓高兴地说："那就一言为定！"

三人说话的工夫，宴席准备好了。

主人端茶敬了素餐的客人，再向荤席的客人敬酒。

璧臣在家父敬酒之后，也挨桌敬了客人，说："待会儿散席之后，还要有劳各位，我把家父安排起草的道德公约呈各位斧正！"

大家一致说："璧臣是濯河坝远近闻名的大才子，你写的公约一定无可挑剔。"

璧臣说："道德公约是坝上人共同遵守的律条，璧臣岂敢以一人之愚决断？必集各位贤德智慧而成。"

席散后，璧臣拿出自己草拟的《濯河坝道德公约》递给他的父亲，李文构将公约看了一遍，微微颔首，然后传给在场客人，请大家提修改意见。大家反复斟酌，最后形成了如下文本：

濯河坝道德公约

忠字当头，热爱中华，不辱国格，报效国家；

孝字为先，赡养父母，尊老爱幼，弘扬美德；

崇文重教，见贤思齐，公平公正，胸怀坦荡；

天理良心，信誉至上，诚信为本，童叟无欺；

夫妻恩爱，相敬如宾，兄弟姐妹，手足情深；

妯娌姑嫂，和睦相处，婆媳之间，情同母女；

为人厚道，仁义当先，邻里友好，相互帮助；

热心慈善，助人为乐，致富思源，回报社会；

不做亏心事，不贪不义财；

不欺行霸市，不强买强卖；

不嫌贫爱富，不欺善怕恶；

不以多欺少，不以熟欺生；

不伤人害人，不溺爱子女；

不铺张浪费，不好吃懒做；

不虚度年华，不骄傲自满。

当天下午，濯河坝街上便贴了五张楷书《濯河坝道德公约》，坝上人一看那隽秀的字迹，就知道出自李璧臣之手。围观的人越来越多，大家议论纷纷，点头称赞。在濯河坝经商的外地人看了，也吃下了定心丸。

四

　　族长们各自召集族人学习《濯河坝道德公约》，要求人人遵守。同时，将各自的祖训修改为族训，并传达给族人，希望族人铭记在心。

　　璧臣受父亲李文枃的委托，将李家的族训念给族人代表听：

> 精忠爱国，文武皆习；
>
> 孝亲敬老，包容仁慈；
>
> 励志耕读，和睦邻里；
>
> 诚信厚道，乐善好施；
>
> 远族当亲，谨慎嫁娶；
>
> 谱牒修续，永兴家业。

　　李文枃抚着长须，语重心长地说："我们李家能够兴旺发达，靠的就是遵守族训，希望大家牢记！如果大家的亲属子女都遵守《濯河坝道德公约》，都遵循天理良心，那么我们濯河坝就会成为人间天堂！切记切记！"

　　族人代表纷纷点头，表示一定遵循。

　　与此同时，汪茂发也召集族人代表在自己家里开会，几个儿子和女儿雨虹负责倒茶，也顺便聆听教诲。汪茂发动情地说："一个家族要发展，靠的是遵守族训。一个地方要兴旺发达，靠的是规矩。什么是规矩？那就是道德、良心！希望大家都遵守《濯河坝道德公约》，牢记族训！"

　　族人代表听得鸦雀无声。

　　汪茂发招手叫来三子汪子文，命他念了一遍汪家族训：

> 诚信待人，忠孝为先；
>
> 崇商重教，国兴家旺；
>
> 和睦乡邻，勤奋节俭；

族训家规，世代崇遵。

族人代表都表示一切听从老人家的吩咐。

汪茂发又语重心长地对大家说："请你们千万记住：忠孝仁义传家，耕读创业为本。只要大家都遵守道德公约，遵照族训为人处世，就一定会心想事成、万事如意！"

余廷恩在余家大院八贤堂召集族人开会，要求大家遵守《濯河坝道德公约》。他说："黄金非宝书为宝，万事皆空善不空。"并重申了余家族训：

诚以修身，信以立业；诗书传家，敬宗睦族；
父慈子孝，尊老爱幼；济世救人，乐善好施。

龚明渊召集族人开会，叫儿子龚体之宣读了《濯河坝道德公约》，并向族人代表重申了龚家族训：

天理良心家兴旺，乐善好施子孙昌。

徐家、樊家等家族也分别召开了族人代表会议，宣读了《濯河坝道德公约》，重申了族训。

徐家族训为：

忠孝仁义为本，淳朴善良传家。

樊家族训为：

钱财如粪土，仁义值千金。

几大家族的族训各有千秋、各有侧重，反映了各家族的特点和理念。

人们都遵守道德公约和族训家规，人与人之间和睦相处、互相帮助，濯河坝一派祥和，宛若世外桃源，令人向往。

　　当地人倍感幸福，外地人特别是商人倍感亲切，充满信心，其中最高兴的莫过于徽商詹信安了。他突发奇想，打算发行钱票，这在当时，可谓石破天惊、异想天开。

第四章　詹氏银号印钱票

一

詹信安固执地认为，没有创造的生活不能算生活，只能算活着。

这一段时间，詹信安特别兴奋，时常漫步在濯河坝老街，思考着如何实现自己的梦想。

濯河坝老街的街面全部由青石板铺就，街道两边的各式建筑鳞次栉比，商铺林立。临河的码头泊满大大小小的船只，濯河坝人借助船只可上通下达。逆流而上，经河口场穿越官渡峡到县坝达湖北咸丰县；顺河而下，穿越神龟峡由龚滩入乌江进长江，或溯洄而上到重庆、成都，或顺着水流出三峡，下武汉、南京、上海。陆路可经酉阳、秀山出湖南、贵州。向东走驿道翻桐木盖可通马喇湖过湖北；向南钻蒲花暗河走太极场、筲箕滩，翻山可上水车坪。渝东南的古盐道、商道、驿道在濯河坝汇合，盐巴、烟土、桐油、药材、枪支等货物在此集散，各路豪强势力在此渗透。

徽商詹信安的大院，原本是詹家祖上来此经商修建的一家客栈，因而不是纯粹的民居式建筑，而是典型的会馆式商号建筑。大院建筑面积八百八十平方米，为濯水古镇第一大古建筑，临街一面为全木构架，两边封火墙和院后为砖砌，大门则是镇上唯一的卷斗门。大院是濯水古镇几大院中唯一采用两开大门的大院，也是镇上唯一使用三方青砖青瓦墙的大院，自然也是明清时期濯河坝的标志性建筑。

全院三进两天井合院建筑，坡屋顶，三层木结构。各进之间由青砖墙体分隔，一门相连，门框为石条打制。第二、三进之间没有大门，而留着一片室内平地，独特的建筑格局在院内形成一条很长的通道，利于采光。大院第一进的左右两厢都有一个冲天阁楼，内院二、三层共设七段栏杆阳台，具有典型的会馆式商号特征。

这一徽派建筑广泛采用木雕、石雕，表现出高超的装饰艺术水平。窗扇和窗下挂板、楼层拱杆栏板及天井四周的望柱头上那些逼真的人物、虫鱼、花鸟及八宝、博古和几何图案，这些木雕均不饰油漆，而是通过高品质的木材色泽和自然纹理，使雕刻的细部更显生动鲜活、质朴高雅。石雕所刻龙、凤等图案活灵活现，令人叹为观止。

往来的客商特别是徽商多会聚于此，不仅因为这里的环境雅致，主人热情好客、处事大方，更在于这里有两个仙女般漂亮的姑娘可饱眼福。

二

徽商詹信安家族来自有着墨乡之誉的美丽山村——安徽婺源（古属徽州）。在濯河坝从事桐籽收购、榨油、烟墨生产和徽墨加工已有几百年历史。

婺源的徽墨历史悠久，制墨名工辈出，在明代以詹姓为首，清代婺源詹姓制墨已发展到鼎盛时期。也正是在这一时期，詹信安祖上看中了阿蓬江两岸漫山遍野的油桐树，这些油桐树每年可收获大量制烟墨的原料——桐籽。桐油质量好，制成的烟墨细腻，生产的墨锭墨质精坚，是文人墨客竞相追逐的上等货。

詹信安祖上来到濯河坝，凭着技艺很快站稳脚跟，开始了桐籽收购、榨油、制烟墨的营生。詹家的烟房内设有很多架子，布满灯油碗，碗中装上桐油，放入灯草点燃，油碗上方再反吊一烟碗，使油烟在碗内积成烟墨。

詹信安继承祖辈事业，熟研詹氏《有吾斋墨谱》和其他徽墨生产的传统配方及工艺，研制的"金不换"墨锭闻名四方。后来，他又尝试研制"八宝药墨"墨锭，在墨中加入香料、珍珠粉等材料，制成的药墨入纸不洇，书写流利，墨浓而光，防腐防蛀，经久不变，颇受时人欢迎。他制作的上品墨锭，一般都随徽墨销往外地，普通墨锭则多在本地销售，甚至长期免费提供给濯河坝的义学讲堂、私塾、学堂和其他居民。

当地人还用烟墨作染料，染制名叫"西兰卡普"织锦的线和土布。

詹家与李家、龚家、汪家几大家族是世交，特别是詹信安这一代，与其关系非同寻常。尽管如此，詹信安依旧为人低调，处事周全，从不仗势欺人，经常给坝上人家送烟墨，结人缘，生意越做越红火。

其实，詹信安还有远大的想法，他早就盘算好了，有丰厚的财力支持，要送两个女儿到重庆读书。可是，詹信安的女儿们赴外求学，坝上的后生却心里空荡荡的，为之魂牵梦萦。詹信安安慰后生们说："缘分天定，她两姊妹念完书肯定要回濯河坝继承家业，到时候就看你们谁个当我的女婿喽！"詹信安半真半假的玩笑，倒也给了后生们一线希望，那些自我感觉良好的后生对詹信安一家更加尊重，学习也更用功。实际上，那两姊妹到重庆念完大学，再也没有回到坝上，后生们虽然失望，但也只能承认现实。两姊妹美丽的容貌就刻在濯河坝人的脑海里，好多年后，坝上人在茶余饭后谈天，一提起那两姊妹，总是赞不绝口。

三

西南货币在光绪二十七年（1901年）前只使用传统的纹银和制钱，光绪二十七年后，银圆、银两、铜圆、纸币多元货币并行使用。

春暖花开的1903年3月，濯河坝老街的詹家大院高朋满座，谈笑风生。詹信安向来宾说明意图：今天请大家来商量一件大事，为了方便交易，我们家银号计划发行一套钱票，看可不可以。如果可以，票面图案以什么为主题，怎么设计，请各位发表高见。

李文枸首先表态："这是大好事，我们李家支持！主题嘛，大家议一议，集思广益好啊。"

汪茂发说："当然是好事！我们汪家肯定支持。至于图案主题，我觉得以善为好。"

龚明渊说："以天理良心为主题也行。"

樊荣耀说："以忠孝为主题也不错。"

余廷恩说："主题多了可不好办，突出一个吧。"

李文杓深以为然。

徐朝忠说："我们生意人以诚信为本，不如以此为题。"

罗胡子说："我觉得以仁义为主题。"

璧臣听了大家的意见，谦逊地说："综合各位长辈的意见，我建议以孝为主题，善、仁、义、诚等内容都涵盖了，百善孝为先嘛！票面正面搞个十孝图或八孝图，也就是十个或八个大孝子的故事，对于教育世人很有意义，看大家的意见如何。"

李文杓点头赞许："好点子啊，我看就搞个十孝图，满十满载，功德无量！"

大家也认为璧臣的点子更胜一筹。众人无异议，詹信安说："如此，就搞十孝图吧，那就有劳璧臣、共安两位举人啦！请你们两位抓紧时间把图案设计出来，届时再请大家聚会评审。好了，请大家到饭厅喝杯泉孔苞谷酒吧！"

三天后，两位才子设计好了图案。詹信安再次邀请大家聚会评审，看完清样，大家提了点修改意见，把图案画得更漂亮一点更好。两个举人接受了建议，表示继续修改，直到大家满意为止。

詹信安说："为了启发你们两个的思路，明天我陪你们两个去蒲花暗河逛逛，也让二位放松一下！"

四

第二天，春光明媚。李璧臣、余共安吃了早饭就来到詹家。詹信安收拾一番，带上管家，四人前往蒲花暗河。

濯河坝到蒲花暗河四五里路远，路程近，大家边走边摆龙门阵，不知不觉到了目的地。

蒲花暗河是一处地质奇观，以青山、绿水、溶洞、峡谷风光等为胜，更有人文故事传说，增添了它的传奇色彩。詹信安一行沿着青石板路前行，走在古老的栈道上，但见瀑布飞流直下，像白练漫天飞舞，跌宕多姿地流向阿蓬江。

来到前码头，河畔一马平川，两岸堤柳婆娑，满目碧桑，美不胜收。

管家雇了一条木船，大家逆水而上，两岸山花烂漫，江中碧波荡漾，一时间，大家的心绪随碧水蓝天而愉悦。

不知不觉就到了暗河的入口处，定睛细看，这里又是一番天地——三桥之间的两个大孔，里面那个像一只眼睛，外面那个则像一条小鱼，又像一弯新月。在第一座桥下的左壁，巴人曾经在那里葬过悬棺，物换星移，棺材已经烂掉，只留下一根横挂棺材的横木，述说着岁月的沧桑。

进入第二桥，一桥和二桥中间的天空，右边像鱼头，左边像鱼尾。来到二桥的下面往上看，二桥的桥梁仿佛一个鼻梁骨，里面的天空酷似左眼，外面的"鱼"则像右眼，合起来极像一双"天眼"。

进入第三桥，回头可以一眼观三桥，还可以感受天快黑时的日落夕照。船儿逆水而上，移步景换，左前方的石壁上依次呈现孙悟空的如意金箍棒、龙王爷的定海神针等奇观。这时，船灯熄了，有一种从黄昏进入深夜，又从深夜到黎明的感觉。少顷，船灯又亮了，左前方洞壁美轮美奂，弥勒佛、观音菩萨，还有"八仙过海"群像、岁月天梯等奇观，无不活灵活现。

船儿到了蒲花暗河的后码头靠岸后，但见山高林密，千峰滴翠，像一幅幅巨大的山水画卷徐徐展开。詹信安一行走在栈道上，沿路看到许多奇石及珍稀植物。来到观天口，仰望天空，他真有点井底之蛙的感觉——前面有一头面带微笑的"猪脑袋"垂立直下在钟乳石上，当地人叫它"喜迎猪"。旁边绿色的青苔上有一个熊掌的掌纹清晰可见，据说，只要把手放在上面将会带来好运。詹信安走过去，把手放在熊掌的掌纹上说："运气好啦！"李璧臣、余共安也去摸了一下掌运石，讨个好彩头。

他们沿着石梯走到赏悦台，有两条栈道可通往赤穴。詹信安说："去时往下面那条栈道走，返回时走另一条栈道。"走在下面的那条栈道，旁边的两棵名叫"隐花果"的大树直冲云霄，气势煞是夺人。穿过一片老竹林，一种名叫"开口箭"的中药材植物映入眼帘。前方转角处的上面有一个名叫"水洞"的溶洞，据说有几公里长，里边怪石嶙峋，气象万千。

他们站在观景台，见对面山上有一个很大的内口，经常有人在里面打刺猬。

据说每年四五月的早上，有很多燕子聚集在那里，形成"万燕归巢"的奇观。

赤穴是一个天然溶洞，传说是土家族祖先——巴人曾经居住过，通过赤穴的宫门进入向王天子王宫，廪君与盐水女神的神像就设在这里。廪君是土家族的祖先，被土家人尊称为"向王天子"。在清江，有关他和盐水女神的故事世代流传。

"向王天子一支角，吹出一条清江河，声音高，洪水涨，声音低，洪水落，牛角弯，弯牛角，吹成一条弯弯拐拐的清江河。"

传说廪君为了本民族的利益，忍痛割爱射杀了盐水女神。他去世后，身化白虎，成为天神。他十分思念盐水女神，通过神通找到了居住在这个洞穴中的盐水女神。在右前方的洞穴，廪君卧榻、盐水女神寝宫、珠宝柱无言地述说着那段凄婉的爱情故事。在左前方的洞穴，可以看到群仙图、守护神、百鸟、龙凤、寿星、千丘田等奇观。

洞内的"洞穴珍珠"十分神奇。"洞穴珍珠"也叫洞穴豆石或洞穴鲕石，是地下河溶洞滴水坑中形成的具有同心圆结构的球状碳酸钙沉积物，小的为鲕粒，大的呈球状和饼状。洞内钟乳石随处可见，千姿百态，晶莹剔透。走到赤穴的出口，再顺着石梯往山顶走，观赏山顶的风光，随山风唱和，然后，詹信安一行原路返回到后码头。

后码头上游的峡谷清波荡漾，人说是盐水女神思念廪君所流的眼泪。传说盐水女神被廪君射中后，化作蝴蝶飞到蒲花暗河的上空，被这里的美景打动，便到这里的赤穴修炼。她对廪君又恨又爱，流下思念的泪水，久而久之，便汇聚成一条绿汪汪的河流。

坐船顺流而下，右边崖壁上的一只大老鼠正警惕地望着他们。接着，左边绝壁上出现了妙趣横生的"群猴下山图"。前行不远，左前方崖壁上出现了传说中的土家少女，她下面有一头大石狮酣睡着，石狮下面有两个逼真的神雕，神雕下面的一只公鸡正低头鸣叫。右前方的崖壁上依次呈现奇妙的图案，时而天上，时而人间；时而神佛，时而凡人……四个人一路畅游，回到了"天生三桥"下面，船儿慢慢前行，船工唱起了情歌，高亢的歌声在山谷中久久回荡。

李璧臣、余共安畅游蒲花暗河后，文思泉涌，将钱票修改得更加完美。

1903年4月15日，是濯河坝值得纪念的日子。这一天，詹氏家族银号发行了别具一格的钱票，正面是完整的"十孝图"，成为票面唯一以"十孝图"为图案的钱票，体现了濯河坝"百善孝为先"的世风和道德观。"十孝图"展现了十大孝子的感人故事，令人见贤思齐。

人们看着钱票的图案，赞不绝口。但他们万万没有想到，这张钱票会成为千古绝唱。

樊荣耀欣喜若狂，不住地说："妙！妙！妙！还是要多读书啊！"一种念头在他心里油然而生。

第五章　义学讲堂喜开张

一

心有善意，途中便有天使。

自从詹信安银号发行"十孝图"钱票之后，樊荣耀就寝食难安了。一个外地人在濯河坝干了一件大好事，作为濯河坝土著，如果没有一点作为，岂不虚度人生？他经常背着双手在家里来回踱步，冥思苦想。樊家历来重义轻财，传至自己这一代，虽不是很富裕，但衣食无忧，略有结余，何不干点惠及子孙的好事！

转眼就到了1903年农历腊月，外出求学的学子陆续回到了濯河坝。他们向家人及父老乡亲讲述外面世界的精彩，畅谈对时局的看法。他们认为，中国早就远远落后于西方发达国家，处于半殖民地半封建社会状态，中华民族已经到了十分危险的时候，要救国救民，必须大力发展教育、科技，兴利除弊……

学子们的见解让长辈们茅塞顿开。樊荣耀特别心动，他愈发坚信，教育是千秋大计，是救国救民的良方，是濯河坝兴旺发达的秘诀。

经过深思熟虑的樊荣耀认为时机已到，迅速召集子女，表示想将自家的大院底楼改造成义学讲堂。他说，请能者到家开讲，不仅免费提供场所，还免费为听众提供茶水……子女们对父亲这一开明的想法非常支持，并协助他迅速找来工匠改造房屋。坝上的长者、社会各界得知樊荣耀的义举，给予他极高的评价。来做工的匠人也不要工钱，义务帮忙，各大家族不仅派人来帮忙煮饭、挑水、砍柴，还送来大米、菜油和蔬菜。

短短十天，樊家大院就焕然一新。

樊家大院作为"凉厅街"这一建筑形式，是镇上唯一没有大门和售货柜台的大院，改造以后，院内门厅与大天井之间，后花园与小天井之间没有门，只是一片适合学子活动的空地。凉厅外还有一片开阔地，这得益于李璧臣帮樊荣耀出谋划策。李璧臣还对义学讲堂的内容与形式提出了具有前瞻性和可操作性的建议，樊荣耀一一采纳。

二

1904年农历正月初二，濯河坝的街上就张贴了多张海报：

> 樊家大院开设义学讲堂，正月初九辰时举行开讲仪式。第一讲，请龙华寺方丈慈恩法师、文昌阁石隐道长、濯河坝名师李璧臣共同讲解《家庭兴旺的秘诀》，欢迎大家届时光临。

消息像风一样很快就传开了，人们奔走相告。

为了保证讲稿内容连贯，体现儒释道融合的思想精华，慈恩法师、石隐道长、李璧臣多次研究讲课题目、内容提要，并反复修改整个讲稿，使整个讲稿一脉相承、文气贯通、浑然一体。

正月初九那天，樊家大院站满了人。镇上的头面人物李文杓、龚明渊、汪茂发、余廷恩、徐朝忠等都带着儿女前来庆贺、听讲。

开讲仪式由濯河坝文举人龚体之主持。

简单的仪式举行之后，慈恩法师便开始讲解，顿时鸦雀无声：

> 家庭角色不同，有不同讲究之道。男人无志，家道不兴。女人不

柔，把财赶走。女性性情柔美如水，就会旺夫贵己，钱财运气自然随之而来；反之，则克夫贱己、福报尽失。

道德是天地的规律，本分是个人的规律，谁违背了规律，谁就有灾了。

俗话说，家和万事兴。大至国家之强盛，社会之祥和，小至个人生活之幸福，事业之兴旺，身体之健康，都有赖于和谐的家庭为基础。

有道才有德，无道便无德；有德才有福，无德便无福。

老人是一家的天德星，以德为根。

父母是一家的天福星，以志为根。

夫妻是一家的天吉星，以爱为根。

子女是一家的天贵星，以孝为根。

孙辈是一家的天喜星，以顺为根。

兄弟姐妹是一家的天辅星，以义为根。

老人无德，一家遭殃。子女不孝，没有福报。因此，老人要宣扬家风，父母要示范家风，夫妻要掌舵家风，子女要继承家风，孙辈要顺受家风，兄弟姐妹要竞比家风。

老人之道在于德。德是担当一家的过，和平一家的过。即家里不管谁有错，不管发生什么灾难、是非，都不外扬家丑，并且自己生惭愧心，认为自己当老人的没有做好，有缺德之处，没有把家人教育好，才发生这些不如意的事。家里有问题，首先是老人行为有问题：一是不守本分，二是过分。

老人应该福德俱足，温和厚道，无火气，少说话，不唠叨，不说家人长短，引领一家人互相看好处。

老人要知足常乐，宣扬家风，赞叹祖德，教育子女懂得知恩、感恩、报恩。不要管闲事，不要过多牵挂子孙，因为儿孙自有儿孙福。子女的事不要干涉，放手让位给后辈去当家，不要摆老资格，不给后辈添麻烦。不造是非，不说是非，不传是非，不听是非，要担当是非，不怕是非，调和一家人不生是非。不然，老人就是缺德。

一家人是否发达，子孙是否兴旺，与堂上老人有无善根和福德直接有关。老人有德，子孙兴旺；老人缺德，一家灾殃，家道不兴，香火衰败。

老人如何使一家兴旺呢？就是要多行善事，广积阴德；热爱劳动，广积福德，自己能干的事情自己干，尽量减轻后辈负担。一方面可修德免罪，另一方面为子孙培德扎根，庇荫子孙。老人托起一家的福报，创造一家的福德。福德是一代比一代强，福报是一代比一代兴旺发达；子孙比你强，说明你有德，否则就是缺德甚至无德。

老人如大地，默默地承载一切，包容一切，化育一切。老人胸怀宽广，家庭福报就大。老人爱人爱物，家庭子孙就兴旺。如果老人贪事，就将家庭的福报吃完了。

总之，老人有德，是家庭最好的风水，最高等的风水。

父母之道（中年道）在于志。即以全家安乐为己任，造福一家。上要尊老，下要爱幼。用感恩心去完善一切，让家庭上下和睦。向子女宣扬老人、老祖宗的功德，做尊老敬老的尽孝榜样给子女看，用感恩先辈的恩德，来启蒙后代。不安排老人做事，他们喜欢什么就做点什么，但要多关心老人，常劝他们多休息。

父母是人伦之始，阴阳之道，阴为母，阳为父。阴阳和，才能万物生长；阴阳不合，精神痛苦；情不投意不合，生育的子女，一定不优秀，或者儿女缺乏。

家庭是孩子的第一所学校，父母是孩子的第一任老师。小孩是否健康，与父母关系很大，有无智慧与父母关系也很大。是否福德庄严，就看父母是否经常以快乐的爱心去做事。

子女不听话，不孝顺，首先要问自己是否也孝顺老人，是否有做得不对的地方。对上不认可老人的功德，对子女怎么教育都不到位。孩子不明理等于果子酸了。果子酸了，要在树根上下功夫。因而不要怨恨子女，更不能打子女，因为子女的成败也与父母本身的心性德行有关，同时要考虑到自己的教育方法是否有不当之处。

教育孩子有五部曲，即养、育、教、领、导，但不许管。重点是培德，把道德教育好。"管"是父母任着自己的性子，找儿女的错处，拂逆其性子，所以往往越管越管不好。因为用脾气管儿女，不但管不好，反把儿女的脾气激起来，碰起性来，甚至成仇，都是父母不明道的缘故。孩子不用管，全凭德行感化。明白他的个性，帮他砍小枝、留大枝。不娇、不溺、不打、不骂，多鼓励，常肯定，少批评，不用物质诱惑。正人先正己，父母要先化除禀性，涵养天性。懂得先克己，方能教化儿女。不论儿女孝不孝，但问自己慈不慈。小孩是自己的，也是社会的，更是天地的。小孩教不好，小的影响自己的家庭，大的影响社会，也有负天地之恩。把孩子教育好，责任重大。

慈恩法师的话音未落，便响起了热烈的掌声。

三

慈恩法师喝了一口茶，接着讲道：

夫妻之道在于爱。整个家庭的建立都要以爱为根。爱是成家的第一条件，没有爱，就无法建立美满家庭。

有缘爱一个人，首先要了解对方的本分。成全对方、完善本分，引导对方发挥本分。应给予对方快乐，不应给予对方烦恼，因而不管束对方的自由权，相互成全，相互理解对方的生理和心理。

要明白爱的标准，就是：真爱无私，觉爱无架（价），博爱无条件，实爱无成见。

真爱无私：就是尊重对方，不给对方添麻烦。

觉爱无架（价）：觉爱就是明白的爱。夫妻之间有架子，一个比一个抬高，互相抬杠，那不是爱。没有架子，把架子放在地平线上，才是爱。抬得越高，摔得越重，你睡在地平线上，能摔到哪里去？此外，爱不能当作买卖，有买卖不是爱，不要抬高身价。为什么呢？你甘愿和对方成为夫妻，还讲什么价呢？不抬高身价，不把爱当作买卖。明白对方的好处，赞叹对方的好处，理解对方的难处，原谅对方的过。若对方有过，要启发指导对方改过。

博爱无条件：丈夫有丈夫的道，妻子有妻子的道。各自完善本分，不要你管我，我管你。如果丈夫总是叫妻子做这样那样的事，或者妻子总是安排丈夫做这样那样的事，这就是有条件了。博爱不是谁管着谁，不是束缚对方。不管人，不束缚对方，给对方自由权。

实爱无成见：真信不疑，不怀疑对方。能做到这些，就会家和万事兴。

爱是和谐的缘起，也是和谐的总纲，没有爱不可能建立和谐的家庭。夫妻结合有三因缘：一是为了生活上互相照顾，互相关心；二是为了生儿育女，传宗接代，为人类留下好的人根；三是为了更好地照顾和关心双方的父母，让老人放心、欢喜。

夫妻之间要相互感恩，不要相互埋怨。本来是丈夫的事情，但是丈夫忘记做了，妻子不要埋怨，要认真地把事情做好；反过来，丈夫也要这样做，对方做不到的自己补上去。

成家后，男人若不能把女人领到道上，不能孝敬公婆，中悌兄弟姐妹，下慈儿女，就是自己十分尽孝，老人也不放心。女子结婚后，若不能助夫成德，就是自己孝敬公婆，老人也不安心。丈夫多照顾岳父岳母，妻子多孝敬公公婆婆，譬如买东西，应该是女婿亲自送给岳父岳母，媳妇亲自送给公公婆婆。

男有男的本分，女有女的本分，阴阳各有其位。男子以刚正为本，女子以柔和为本。"刚"要性如水，"和"就要合乎理。所以刚正就是柔和，柔和就是刚正，名词虽不一样，精神却一样。夫妻闹矛盾，一是违背天地赋予的恩；二是违背父母赋予的情；三是违背自己生命多生多劫本分的因缘，生命就失去正报的依靠。夫妻分裂，就是生命的分裂。

夫妻道，也就是阴阳道，夫义妇顺，阴阳气顺，互相不克，不但不生病，不夭亡，还能齐家，子孙昌旺。所以，男人要明白男人的道，女人要明白女人的道，家庭才能和乐。

夫妻之间，各有各的道。

男子汉大丈夫要说话算数，一就是一，二就是二，说到做到。做不到就不要说，说话不算数就没有尊严。

男人属阳，阳即无私。无私就是表达对一家的爱。有私心就会暗中做违背天理良心的事，令全家烦恼，这种人不是好男人。男人要"刚"，刚不是打人骂人，打人骂人的男人不是好男人。"刚"是不但不打人骂人，而且被骂也不回答，不反驳，不烦恼，被骂也不发脾气，才是刚。顺逆当头，安然自在，做到就是大丈夫。

男人分"三夫"，即弱夫、暴夫、丈夫。弱夫也叫懦夫，撑不起家庭。唯唯诺诺，说而不做，不敢担当事情，把女人推到前面，专听女人指挥。暴夫则非打即骂，不讲道理。不明白自己责任所在，所以才敢胡作非为。丈夫则勇于承担一家的责任，以理服人，一家人有过错，自己应生惭愧心。

为人丈夫，要从"三纲"上定住位。"三纲"是指性纲、心纲、身纲。"纲"是领的意思，必须把女人领在道上，上孝公婆，中和妯娌，下慈儿女。不动享性为性纲，不起私欲为心纲，没有不良嗜好为身纲。生气是性纲倒，骂人是心纲倒，打人是身纲倒。男人是一家的顶梁柱，要能明理，有志气，领妻不管妻。如果男人做到位，则家中少灾难；如果男人做不到位，则家中多灾多难。

女人是国之母、家之妇、人之妻。女人要柔和，安详笑容，和一家的人缘。如水一般随圆就方，合五色调五味，原质总是不变。随遇而安，随贫随富，可高可低，如水能养育万物，又不与万物相争，处于最低的地方，低矮就下，是为女人的本分。女人多事，男人无志；女人不柔，家财不旺。因而要助夫不累夫，不要刚暴，不要急躁，不要啰唆多嘴，更不要去管男人的事。

为人妻，自己先从"三从"上定住位，才能助夫成德。"三从"是指性从天理，心从道理，身从情理。"性从天理"，就是不动禀性为主，还要化除禀性，圆满天性，方能厚德载物。"心从道理"，就是所思所想的都是如何报老人之恩，如何和睦妯娌，如何教导儿女。心存全家的好处，所行之事，自然处处合道。"身从情理"，就是应做的事，亲自去做。上孝公婆，中和妯娌，下教儿女，全都是自己的本分。不怕苦，不怕难，做后也不生气、不埋怨、不后悔。

女人有"三妇"：悍妇、弱妇、媳妇。女人刚暴，管着男人，精神上欺压男人，说话像打雷一样，非常强悍，一手遮天，叫悍妇。这种家庭阴盛阳衰，丈夫会未老先衰，甚至夭亡，生下来的小孩也不中用。女人什么事业都不做，全部依赖丈夫、依赖父母，叫弱妇。女人好吃懒做，怨天尤人，是一家的扫把星。悍妇和弱妇都不是媳妇。媳妇的意思是平息一家的不和，做和睦一家的吉祥使者，对人人平等、和气，齐满一家的福气。

媳妇当性如水。性如水要知足常乐，善为根，托满家，和颜悦色，为一家人的喜星，上孝父母，中和妯娌，下慈儿女，能助夫成德。使丈夫无内顾之忧，能报效社会，立身行道，扬名显亲。不但治家如此，即在社会工作，也要恪守本分，建功立业，才能家道长久，福禄长享。一个家庭是否安乐，是否安静，是否兴旺发达，妻子的作用是非常重要的。女人能做一个性如水的妻子，定生贵子，定能助夫成德，家庭美满。女人若性情强硬、凶悍、气势压人、凶顽偏激，心存报复怨毒，咬牙切齿、怒目圆睁，必然伤人害己。

慈恩法师这一课，讲得台下静默许久，才爆发一片雷鸣般的掌声。

四

石隐道长的课排在第二，他缓缓讲道：

婆媳之道在于恩义并用。相处合道，能侍奉终身。若不合道，婆媳便不和睦，闹得家不合，分居另过，家庭分崩离析，家道不兴。

家庭内的婆媳，全是自外姓来的，到同一个家里，如同母女。婆婆就是当多年媳妇熬出来的，等到娶了儿媳妇，便当了婆婆。媳妇是在家当姑娘，一出阁到了婆婆家，便当了媳妇。婆婆是早来的，一切事务全都明白，婆婆就要把媳妇领到道上，待媳妇如女儿，她不知道的，告诉她，指导她，不得为难她。本来媳妇就不是婆婆生的，婆婆若不明白道，未先施恩，先扬短处，或以老压小，用脾气来管她，说话尽种恶因，婆媳哪能建立好感情？因而每个家婆应该想到是自己的女儿嫁进这个家里，家婆应该疼爱儿媳妇如同爱自己的女儿一样。如做不到，儿媳会用同样的方式去对待她以后的媳妇，造成恶性循环。说话常提儿媳长处，感激她娘家的教育。儿媳如有过错，婆婆赶快兜过来，先宽容，再背后指教她，千万不可与她吵闹，媳妇自然会感恩报恩。

当媳妇的，爱自己的丈夫，必须要爱自己的公婆。明白没有公婆就没有自己亲爱的丈夫。体恤婆母以前的奔波劳碌，费尽心力，才把儿子养大成人。不能再使婆母受累，指使婆母做事，或对婆母言行产生怨烦。做媳妇的应该把公婆当成自己的父母孝敬。古人云：人生都有双重父母。所以对双方父母都要一视同仁。婆母所爱之物，我当爱之；所爱之人，我当敬之，准能得婆母的欢喜心。再能理解老人的心，顺老人的意，便是得了道。当媳妇的，要明理：公婆是一家真正的福报。不要烦老人，怨恨老人。不肯对老人尽孝等于自己不要福报，也不会有福报。不孝公婆，种下如此之因，待儿女长大之后，定会受儿女不孝自己之果报。

公婆如一家之树根，想要枝繁叶茂，花香果甜，定要善待树根，往根上施肥、浇水、松土。家和万事兴，要想夫贵子贤，就要孝敬公婆，日后准能发达。否则富贵花间露，荣华草上霜，皆不能长久。

子女之道在于孝。为人子女，年幼时，很难在生计上帮助父母，最重要的是少让父母担忧。不让父母担忧，是最大的报恩。长至成年，要尽心尽力孝父母之身、之心、之志。

作为子女，应以尽孝为己任。能承祖业，弘扬家风，立志超过前辈。给老人物质上的满足，那是一种义务，还不算孝。"孝"是完善自己的本分，让父母放心，不给父母添麻烦，才算真正的孝。"顺"，即接受父母的言教，让父母安乐、放心，即使父母明显是错的，也不能当面顶撞。父母有过，不但不埋怨父母，还把父母该做的事情也完善起来，这叫作为父母补漏。父母有过，子女能为他们补漏，才真正是一家人的天贵星。若一味顺从，难免陷亲于不义，也不算真孝。我们的生命降临在这一家，等于是和这一家的生命有缘。好，是你命中的福报；坏，也是自己的缘分。有痛苦有烦恼，是这一家在成就你，磨炼你，成全你自己的果报，同样要感恩、报恩。

不管父母慈不慈，但问自己孝不孝。想尽孝，要从性、心、身三界入手。性不化不能孝性，心不诚不能孝心，身不修不能孝身。想要真尽孝，必须清三界。三界指身、心、性。孝身要在父母衣食住行上留心，养父母之身。孝心要处处顺父母的心，心存父母之志，使父母安心、快乐，父母所爱何物，我必爱之；所近何事，我当奉行之；所亲何人，我当敬之。孝性务要使老人天性和乐，面无愁容，不使老人动性，不令父母操心，含饴弄孙，以乐天年。

孝分理孝，事孝，身孝。理孝，就是要尊重理解父母；事孝，就是我们尽己所能为父母提供物质方面的需要；身孝，就是我们要完善自身本分，不让父母担忧。

子女不孝，就不会有福报。子女孝顺，父母自然就长寿；父母长寿，子女不孝顺，那就给父母一生带来很大的烦恼，这样的子女成了败家星了。

老人在世能令其安心、快乐，为尽孝；老人临终能令其安详含笑而去，算是尽孝尽到头了。孝顺，要孝才顺，孝是前提，顺是果报。越孝越顺，是为孝顺。

石隐道长一讲完，也是掌声雷动。主持人示意大家安静，请李璧臣给大家讲解。

五

李璧臣上台，先给长辈们三鞠躬，再给其他听众三鞠躬，然后讲道：

兄弟姐妹之道在于义。"义"就是无条件的帮助，不惜一切代价，条件好的尽量帮助条件差的。若同室操戈，同根相煎，会令祖上蒙灰，而且自己势单力薄，孤立无援。若兄弟姐妹间不能相亲相爱，父母一定忧心，孝道仍不能圆满。所以孝敬父母，就得和睦兄弟姐妹。

兄弟姐妹情同手足，要做到相互尊重、相互同情、相互帮助、相互补漏。得到兄弟姐妹的帮助，要懂得知恩、感恩和报恩。

兄长是半个家长，要以身作则，助父立业，协助父母完善一切。要承父母志，继祖先德。兄长对弟妹要像父母一样有爱心。

当弟妹的应该把自己的兄长当作长辈；兄长做不到位的要为他补上。不传是非闲话，不怨兄长父母。活泼节俭，受命不辞，义所当为，则尽力而为。发心学习全家人的德行，把优良家风发扬光大。做得到，一家就兴旺。成家后，要互相竞比家风，一家比一家做得更好。

兄弟姐妹之间不要为家产你争我夺，也不要因为娶新媳妇后伤兄弟情谊。兄弟之间就是"悌"字，悌道不尽，累及孝道。伤手足天伦至情，便是逆天，将来定受天罚。

姑娘之道在于志。女子是世界的源头，欲世界好，国家好，社会好，家庭好，必从姑娘身上好。要当好姑娘，可得明白姑娘之道。以志为根，性如棉，提满家。以志为根，就是立志不争不贪，立志孝双亲，敬哥嫂，爱护侄儿侄女。性如棉者，如棉花之洁白，守身如玉；如棉花之柔软，性子不暴躁；如棉花之温暖，待人不冷淡；如棉花之绵长，不要退志。任何事皆可做，没有挑选，没有分别心，这就是性如棉的道理。姑娘在家时要半宾半主，要心知众人的好处，能提起全家人的和乐精神，结一家缘。

姑娘是和谐婆媳关系的门轴。遇到婆媳不和时，要两面劝解。在母亲面前说嫂子的好处，在嫂子面前安她的心，体谅嫂子，提到平日母亲的好处。这样，在母亲面前尽了孝道，在哥嫂面前尽了悌道，一家欢喜，就是提满家了。如在家爱多嘴多舌，不但不会平息是非，反而会扩大是非，闹得一家不和、鸡犬不宁，就成了踢满家了，把全家人心都踢散了。

在家能当好姑娘，出阁一定能当好媳妇，能助夫成道，恭敬丈夫，和睦妯娌，孝敬公婆，全家和乐，真正是喜星临门。后来有了儿女，自然会教子成名，能为良母。老了一定会当老太太，也能兜满家，为一家的福星。姑娘之道明白了，会做了，则本正源清。

做姑娘时，预先把做媳妇的道理练明白，才能把握将来婚姻的幸福美满。父母对于女儿，是至亲骨肉，大多十分融洽，所以，女儿的言语行为十分自由。加上女子的天性，在自己父母面前难免撒娇，做父母的不忍拂逆其意，遇到事情总是顺从她，免不了养成娇惰的习性，有所要求，一不从意，便负气使性，不达目的不止。若成家后，仍执娇惰习性，必然导致家庭矛盾产生，自己也痛苦万分。因而，女儿在父母跟前时，先要学会侍奉翁姑的道。姑娘在娘家，对于经济方面不负责任，若贪图享受，并养成奢侈的习惯，到自己组建家庭后，对于家庭经济要负绝对或相对责任，但由于自己奢侈浪费的习性不改，必定引起家庭矛盾，自己也受苦。所以，在姑娘时期，养成简朴的生活习惯，培养勤俭的美德，是构建未来幸福美满家庭的基石。当姑娘时，就应练习家政，如经济的支配、家庭的操持、子女的教育指导等等，这些都是将来成家后必须面对和承担的，也是自己本分内的责任。若自己一味娇惰回避，父母也放任偏袒，将来吃苦受罪的还是自己。

朋友之道在于道义。同道者为朋，同义者为友。君子交朋友在道义，小人交朋友为权利。能劝善改过，是为道义之交、君子之交。交友若注重在权势上、酒肉上，有利可求就相交，一旦失利，朋友算完，是小人之交。

利是害义的，势力之交，断乎不能长久。常言道："近朱者赤，近墨者黑。"因此，我们要亲近有仁义道德的益友，远离只知花天酒地的损友。

与朋友相处，择其善者而从之，其不善者而改之，便能得良师益友，而不受其害。如果一味滥交，不分善恶是非，随波逐流，就会受损友之累。有道的人，不受朋友之累，还能明善改过。不但能改正自己，还能用道义把朋友度化过来，尽了做朋友的道。

朋友相处抱道而行，彼此要留有适当的空间。朋友之道，首在彼此相信，才能合志同方，营道同术。不独亲其亲，子其子。

　　以下五种人，应远离！第一种人（不孝型）：不孝敬父母，甚至辱骂、打骂父母，此为第一种，畜生不如的人！第二种（畜生型）：开口向朋友借钱的时候，恨不得跪下来，拍胸拍脯，表示感谢并承诺按时还钱；到还钱的时候，避而不见，以种种理由推脱，赖账不还。第三种（无德型）：你帮他时高兴，你不帮他时就翻脸，涉及一点点利益就立马黑脸的人。第四种（损人型）：不懂得尊重别人，以自我为中心的人，习惯将快乐建立在别人痛苦上的人，为了自己利益损坏大家利益，在弱者面前炫耀自己的成就。第五种（白眼狼型）：十件事你对他做好了九件，有一件不如他的意就翻脸。和人相处，从不记得对他的好，只记得不如他意的地方，对朋友给他帮过忙，从无感恩之心，认为白捡的应该的。

　　如果不慎交到以上几种人，你的人生会受到很大的负面影响。所以，一定要远离，多结交四种朋友：一是欣赏你的朋友，在你穷困潦倒的时候鼓励你、帮助你。二是有爱心的朋友，在你伤心难过的时候陪伴你、开解你。三是为你领路的朋友，愿意无私引领你走过泥泞、迷雾。四是会批评你的朋友，时刻提醒你、监督你，不希望你的人生之路走得磕磕绊绊。

　　李璧臣讲完，场下的听众无不交口称赞，有如醍醐灌顶，对李璧臣更是高看。

　　众人都散去了，龚明礼、龚明信两弟兄还恭敬地站在那里回味。李璧臣看在眼里，喜在心里。慈恩法师、石隐道长深知兄弟俩善根深厚，便语重心长地告诉两兄弟改变命运的秘诀在于积德行善。慈恩法师还特意为兄弟俩摸顶赐福，两兄弟深感幸运。

第六章　天理良心天地宽

一

回到家里，龚明礼还在反复叨念："积德行善，改变命运，此话真实不虚！"

龚明信笑着说："哥，我们最近几年的运气特别好，靠的是心善啊！"

明礼回答说："贤弟，你说得太对了！我们这几年有这么好的运气，全靠讲天理良心啊！"

"我们濯河坝之所以能够兴旺发达，靠的就是'天理良心'四个字！"话音未落，只见璧臣推门而入。两兄弟特别高兴，明礼让座，明信去给璧臣泡茶。

明礼客气地说："李先生，您讲得很好啊，让我们很受教育！"

璧臣说："谢谢夸奖！我看你们两弟兄很和善，将来福报不浅啊！"

"谢谢先生的良好祝愿！"两兄弟齐声说。

"为人一定要讲天理良心，富裕了，多做善事，定会有好报！"璧臣笑着说。

"那是，那是！"两兄弟点头回答。明礼接着说："先生，您见多识广，知道天理良心的来历吗？听说有个故事很精彩，能给我们讲讲吗？"

"好，好！"

璧臣喝了口茶，绘声绘色地讲起了那个故事：

　　从前，濯河坝汪氏家族有个叫天理的人，为人敦厚朴实、孝敬父母。一天，他到五佛岭去砍柴，在山林中发现有根橙黄色的直条树枝，拿起一看，竟然是根金灿灿、沉甸甸的金条。再仔细看时，发现一端写着"天理"，另一端写着"良心"的字样，中间还画有一条直线呢。

　　天理一时惊喜得心直跳："这是怎么回事？是老天爷可怜我是吃了上顿没下顿的人，给送来的？但那一端写着'良心'两个字，又是什么意思？"他想，"既然天理是自己，那么良心也必然是个人了，中间一条直线是两人分吧……"他看了看金条，又看了看四周，心里翻腾得像打鼓："眼看着这金条让我一生受用不尽，把它分了实在舍不得；不分吧，又恐违背老天爷的心意，受到惩罚。既然是老天爷送来的，那就照分吧。"

　　于是他到处找良心，一天、两天……口渴了就喝口泉水，肚子饿了就采些野果、树叶来吃，实在饿得难受时就向人家讨点残羹剩饭吃。一个月、两个月……终于找到了良心这里。说来也巧，这良心也是穷苦人。那天，他正为母亲熬药，正愁没钱医治母亲，忽然有个邻居上门来报，说是外面有个乞丐来找他。良心想，我都快要出门行乞了，还有跟我一样可怜的人？他忙放下手中的药碗，到厨房把煮给老母亲的稀粥盛了小半碗送了出去，对来人说："可怜的兄弟，我也只能给你一点点了，请原谅吧！"

　　天理接过稀粥，问："你就是良心兄弟？"

　　"小弟正是。"天理从怀里掏出金条，问，"小兄弟可识字？"

　　"只念过半年书，名字倒可认识。"良心接过金条，"啊，良心？！"

　　"你再看看那边。"

　　"天理？那么说你就是天理兄弟了？"

　　"是啊，我这个天理总算找到良心了，你看这中间一条直线，咱们就分了吧！"说着，把金条往膝盖上用力一磕，金条不见了。

两人面面相觑。良心想了想，说："天理大哥，这金条来得蹊跷，莫非是个暗示：这地下有金子？"

于是两人便合力从金条失落的地方，挥动锄头敲开地面，直往里头挖，挖着挖着，果然"咚"的一声挖出一缸金闪闪的金子来。两人欢喜地把它们分了。

这事一下就传扬出去了。人们都说：要是天理那人贪婪自私，不忠诚老实，绝对得不到那根金条，而良心地下的那缸金子也永远不能被发现，所以做人就该心底无私、光明磊落。日子一久，"天理良心"就成了我们这一带用以劝诫人们的口头语了。

两弟兄听了，不住地赞叹！

璧臣很兴奋，继续侃侃而谈："喜欢付出，福报就越来越多；喜欢感恩，顺利就越来越多；喜欢助人，贵人就越来越多；喜欢抱怨，烦恼就越来越多；喜欢知足，快乐就越来越多；喜欢逃避，失败就越来越多；喜欢分享，朋友就越来越多；喜欢生气，疾病就越来越多；喜欢占便宜，贫穷就越来越多；喜欢施财，富贵就越来越多；喜欢享福，痛苦就越来越多；喜欢学习，智慧就越来越多。"

三人谈得很欢，感情越来越深厚。

二

龚氏家族枝叶繁茂，起起落落，其中一脉到了龚明礼、龚明信这一代，家道中落。

兄弟俩相依为命，互相支撑。两弟兄原来只是小商贩，走村串户卖米粑。兄弟俩常到濯河坝周边的五佛岭一带去卖米粑。山路弯弯，十分难走。有一年冬天，龚明礼卖完米粑后换了米，在回家的路上不小心摔了一跤，米撒了一地，龚明礼心疼不已，连雪带米捧到背篓里。回家后，跪在地上发誓：我以后如果发财了，一定把这两条路修好。

人有善念，天必佑之。此后，龚明礼、龚明信的生意越做越顺利，积蓄越来越多。于是，兄弟俩便在濯河坝街上租了三间房子，开了一个小店，既卖米粑，也卖绿豆粉。他们请了四五个帮工，生意做得红红火火。他家制作的绿豆粉成为濯河坝最有名的小吃。做绿豆粉时，一般粳米与绿豆的比例为十斤粳米配二斤绿豆，但他家做绿豆粉时，都要再多称三两绿豆放进去，空壳和坏掉的绿豆一律扔掉。质量好，价钱也不增加，街上的人、赶场的人只要买绿豆粉，都要到他家去买。龚明礼常常对弟弟说："昧心事不做，昧心话不说，黑心钱不赚，生意就一天好过一天。"

龚明礼信守承诺，出资修了两条上山的石板路，还修了一座桥，方便濯河坝人与周边寨子人们的往来。

说也奇怪，自从修了那两条山路和那座桥之后，龚氏兄弟真的心想事成了。

天长日久，两弟兄积蓄了不少钱财。有了钱，兄弟俩就商量，原来的生意继续做，由龚明信管理；额外拿一百两银子做本钱，由龚明礼做药材生意。

一个夏天，龚明礼吃过早饭，带着伙计——表弟樊荣光出发了。他们计划到酉阳龚滩古镇去进一批药材或布匹。两弟兄晚上七八点钟就到了酉阳县城，吃过晚饭，找了一家客栈住下。第二天早饭后又出发，约莫黄昏时分，抬眼能看见龚滩古镇。两弟兄想休息片刻再赶路，就在路边的一棵大树下坐着乘凉。说话间，两个衣衫褴褛的汉子抬着一位气息奄奄的老大娘也来到树下歇气。

龚明礼帮忙接下担架，两个汉子十分感激："先生哪里人？要到哪里去？"

龚明礼说："我们是濯河坝的，到龚滩古镇去进货！"

这时，担架上的老大娘呻吟着说："儿子，抬我回去吧，你们医我医穷了，还欠了一屁股债，就别医了！"

两个汉子忙跪下说："娘，您就宽心些，我两弟兄有力气，可以到处做工还债！"

老大娘呻吟着说："老天不公啊，你两弟兄孝顺，该找媳妇了，你们爹又死得早，我又病成这个样子，哪年哪月才出得了头啊？"

龚明礼见状，生出慈悲心，急忙取出三十两银子递给那两个汉子："你们两弟兄是孝子，我很敬重！我送给你们急用，不要还！"

两个汉子忙跪下给龚明礼叩了三个响头："谢天谢地！活菩萨，您这钱我们收下，等我们做工有钱了，一定到濯河坝来还您！请问恩人尊姓大名，到时好来找您！"

老大娘气喘吁吁地说："恩人啊，您这么心善，老天一定会保佑您大富大贵！"

龚明礼和蔼地说："谢谢老人家贵言，您就宽心吧！有什么困难，叫他们两弟兄到濯河坝来找我龚明礼！"

那个高大汉子又跪下，感激涕零："恩人，我们就是这附近的人，姓冉，我叫冉隆富，我兄弟叫冉隆贵。我们到龚滩古镇诊所给老娘医好病后，兄弟在家照顾娘，我跟您到濯河坝去做工偿还您的银子！请您答应我！"

龚明礼忙扶起冉隆富，客气地说："我说话算话，绝对不要你还钱！你要到濯河坝做工，我欢迎！我家在坝上做生意，正缺人手。"

冉氏兄弟千恩万谢，跟着龚明礼一路同行，不久就到了龚滩古镇。先到医馆给老娘安顿好后，龚明礼便邀约冉氏兄弟一起到望江酒店吃饭。大家都很高兴，喝了几杯酒。龚明礼、樊荣光住宿悦来客栈，冉氏兄弟则到医馆守护老娘。

三

龚明礼、樊荣光连续走了两天路，感到很疲倦，到客栈洗漱完毕，便倒头大睡。蒙眬中，听到街上有人反复大喊："龚明礼先生，你的货到了，快找人到船上来下货呀！"

樊荣光醒了，一听，街上又在叫喊："龚明礼先生，你的货到了，快找人到船上来下货呀！"忙推醒龚明礼说："哥，快醒醒，你发财了！"

龚明礼揉揉眼睛说："我没有进货，发什么财呀？"

"街上不是在叫喊吗？"

"同姓同名的人多得很哪！再说，那货不是我的，收下了，对不起天理良心啊！不义之财我不要！"

"你可以先把货卸了，有同姓同名的人来找你，你给他就是；如果没有人来找，你可以用这些钱行善、做好事啊！"

这时，冉隆富气喘吁吁跑来了，大声说："恩人，快走呀，满街都在找龚明礼先生去下货，船老板等得不耐烦了！"樊荣光也帮忙催促。

龚明礼被樊荣光和冉隆富拉着，半推半就来到码头。樊荣光对船老板大喊：

"龚明礼先生来了！"船老板生气地说："你就是龚明礼先生？我们找你找得好辛苦啊，快来验货、签字！"樊荣光说："龚先生喝酒醉了，在客栈睡着了，不好意思，请原谅哈！"龚明礼对船老板说："我是龚明礼！不好意思，对不起了！可是……"樊荣光急了，忙打断他的话说："快去验货呀！"龚明礼欲言又止，迟疑地在货单上收货人栏写下了"濯河坝龚明礼"几个字，意思是同名者可据此到濯河坝找他。

冉隆富找来几个熟人一同卸货，把一船布匹搬运到悦来客栈。龚明礼给船老板多付了五两银子的运费，船老板高兴而去。

龚明礼在悦来客栈住了四五天，都没有人来找他，心里万分纳闷，这船货究竟是怎么来的呢？樊荣光劝说道："可能那位龚明礼先生出了什么意外，你也等了四五天了，不如把布匹批发给这里的商户，再买点中药材回濯河坝卖，到时候，那位龚明礼找到濯河坝来，你多给他些钱就行了！"龚明礼只好答应。那船布匹批发出去，卖了四百两银子，进了二百两银子的中药材。

龚明礼到医馆看望了老大娘，见她的病情已大有好转，十分高兴，又送了二十两银子，叮嘱她安心治病。冉氏兄弟自然十分感激。冉隆富与母亲和弟弟道了别，和龚明礼、樊荣光踏上了到濯河坝的路途。

回到濯河坝后，龚明礼开了个中药材店，生意十分红火。

于是，在濯河坝买了几十亩田土，请长工耕作，每年又有不少钱粮收入。

等了三年，那个"龚明礼"也没来找他，这成了龚明礼的心病。于是，他留足五百两银子，作为那位"龚明礼"的本钱和利息。另外，他不仅扶危济困，而且每年施粥三个月。后来，在街上的黄金地段边买了一块屋基，为修房造屋作准备。

第七章　明礼发迹修华堂

一

修房造屋是大事，人们对此十分重视。建房主人十分辛苦，花销也特别大，当地民间有"建新屋一月两月三月苦，住华居百代千代万代福"，"上屋展下屋，也要三石谷"的说法。

按照当地习俗，建房要经历筹备材料、选定宅基地、约请匠人、择定建房日子、举办庆典等众多重要环节。

当地民间把"奠基"看得十分重要，普遍认为屋基好，后代将会香火永旺，人财两发，一代比一代强。

1905 年 3 月的一个晴天，龚明礼请来风水先生在老街"三倒拐"处买的地盘看过坐屋朝向、周围风水后，择日动土。奠基当天，主人设了香案，准备了刀头肉（煮到八成熟的一块约二斤重的猪肉）、白酒、香烛等等。吉时一到，燃香敬祖，鞭炮齐鸣，龚家兄弟象征性地挖了三锄之后，帮忙的亲友便接着开挖屋基了。附近山民感激龚家平时的关照，纷纷主动前来帮忙，只用了七八天时间，就把屋基平整好了。

屋基平整收工那天，龚氏兄弟在天涯酒店办了答谢宴，额外给每个帮忙的人送了几斤绿豆粉，收到礼物的乡亲对龚氏兄弟的厚道暗暗记在心里。

木匠进场的第一项工序就是将已经做好的柱、川、挂组合，为立柱起屋作准备。木匠辛苦一个月，整幢房子的基本框架就大功告成了。上大梁的前一天，龚明礼摆下"鲁班饭"，宴请邻里亲朋好友，营造热闹、吉祥的氛围。

开席之前，掌墨师洪师傅对先祖鲁班三鞠躬，一边把酒倒在两个酒杯里，一边念念有词：

抬头望青天，师傅在身边。勾脸望地边，师傅在眼前。早喊早到，夜喊夜到，不喊都到。鲁班仙师在我身前身后身左身右。我们所有木匠师傅送你们金钱银钱，等我功夫圆满，你们各归各位。

抬头望西天，早喊早到，佛爷下地，香不乱烧，钱不乱送，鲁班仙师吃豆腐，太上老君是吃肉。你们跟我身前身后身左身右，等我功夫圆满，你们各自归位。吾奉太上老君急急如律令。

洪师傅又给酒杯里加了点酒，继续念道："求鲁班师傅保佑弟子修建的房子宏基永固，保佑主人人财两发，一帆风顺，稳坐万万年。"洪师傅再给酒杯里加了点酒，三鞠躬，拿着刀头肉和一沓纸钱，钉在中堂右边列子的中柱上，名为"扎马"。

吃了酒席，木匠和帮忙的乡亲安好了"连山石"，做了两根柱础。柱础的原料是一块方石，雕有花草图案，还刻了李璧臣书写的"人才两发，富贵双全"八个字。完成这些耗力气的活儿之后，大家歇了口气，准备上山砍大梁。

当地人认为，堂屋的大梁起着发财致富、护佑后代的重要作用。大梁好，整个房屋才能德基永固、地久天长。

早在一个月前，主人家就上山选好了一根高大、笔直的椿树，主人带队，洪师傅和帮忙人员一行，带上斧、尺、锯等工具和香、纸、烛、红布、鞭炮等物品上了山。动斧前，洪师傅带领大家先举行了敬梁仪式，烧香烧纸鸣炮。大家都知道规矩，大树砍倒了，任何人不准从树上跨过，若有人跨过，这根梁就不能用，只能另选。去掉树的两头后，缠上了红布，抬回来直接放在了木马上。洪师傅立马加工成型，请璧臣画了"二龙抢宝""丹凤朝阳"的图案，缠上红布放在高处。

二

立柱起房的那天早上，龚家点燃了鞭炮，洪师傅便放开嗓门说福事：

> 伏矣：
> 屋向笔架山，芍药配牡丹。
> 仁义结果早，铁笔点江山。
> 四圆方方一座城，好似狮子配麒麟。
> 长方好似文武将，短方好似上将军。
> 将军到此无别事，来与主东立华堂。
> 福事一毕，上上大吉，帮忙老少请着力，一个凤凰展翅——起！

三四十人齐声喊"起""起""起"……一鼓作气，将房屋列子按序进行，很快就将列子竖好，挂上了罗檐。

接着上大梁。这个过程既庄重又复杂，要经过开梁口、定梁心、呼梁、点鸡、劝酒、缠梁、上梁等程序，整个过程由掌墨师主持。帮忙的人将披红挂彩的大梁抬到中堂，放在木马上，掌墨师动手开梁口，拿一块方正红布把文房四宝和一本历书，用铜钱钉在大梁正中，定梁心就结束了。这时，洪师傅开始呼梁：

> 伏矣！此木，此木，生在何处？长在何方？一不是生在悬崖陡坎，二不是长在深山荒凉。何人赐它生？何人赐它长？日月二光赐它生，露水娘娘赐它长。张郎过路不敢砍，李郎路过不敢量。鲁班骑马云中过，看见此木是木王。鲁班报知主东，主东告知弟子，弟子磨刀持斧去砍梁。前请三十人砍倒，后请五十人帮忙。遇山就从山拖过，遇水就由水漂洋。又在濯河坝请本主，才在龙塘请工匠。人多涌涌犹如风号，呼号连天一时三刻拖到弟子小小木马场。把木架在木马上，鲁班才把尺来量。大锯锯了头，小锯锯了巅，锯了头锯了巅，锯了两头用中间。中间

一段好似金梁，木马一对好似鸳鸯。斧头一去路路成行，锛锄一去坦坦平阳，刨子一去狮子口内放豪光。龙珠墨线弹在中央，金夹墨笺画在两旁，两头雕起云阳细省，中间刻起双凤朝阳。不是我今来夸讲，主东这根是金梁。会说福事者请说呼梁福事，不会说者请上高堂。

念完祝词，开始点鸡。点梁的大红公鸡，要没有祭祀过的，体格健壮，点鸡时，洪师傅手持公鸡，高声念道：

此鸡不是非凡鸡，身穿五颜六色衣。一母生出三双六个蛋，孵出三双六只鸡。天上黄鹰展一翅，吓得母儿满天飞。大哥飞到天空去，天中养，天中长，天门土地撒把米，脱了毛，换了衣，取名叫作金鸡。二哥飞到山中去，山中养，山中长，山神土地撒把米，脱了毛，换了衣，取名叫作野鸡。三哥飞到田中去，田中养，田中长，青苗土地撒把米，脱了毛，换了衣，取名叫作田鸡。四哥飞到竹林去，竹中养，竹中长，竹母娘娘撒把米，脱了毛，换了衣，取名叫作竹鸡。五哥飞到水中去，水中养，水中长，水中龙王撒把米，脱了毛，换了衣，取名叫作水公鸡。只有六弟年纪小，留在家中贴五更，家中养，家中长，道方土地撒把米，脱了毛，换了衣，取名叫作啼更鸡。别人拿它无用处，弟子拿它做点梁鸡。

洪师傅念念有词，上梁时把大红公鸡放于大梁中央，让它自由飞下，谁抢到手就归谁，这是当地风俗。点鸡仪式进入尾声，掌墨师对主人献祝福酒，一劝十五杯。劝酒时，洪师傅也诵吟了祝词：

一张桌子四角方，张良造起鲁班装。四角雕起云细省，上面焚起一炉香。香烟袅袅到天庭，正是主东敬梁神。不提香来犹自可，提起香来有根因。要问此香出何处？出在西天佛国门。寅卯一年涨大水，鳌鱼推到水中城。主东江前去买回，弟子拿来敬栋梁。才把此香说圆毕，又把此壶说根清。此壶原来就有根，出在南北与二京。南京去请张锡匠，北京去请李匠人。两位匠人都来了，商商量量打福瓶。上面打个雪花盖顶，下面打个鹭鸶闹麒麟。前头打个鹦哥嘴，后头打个月亮形。打个把把来提起，打个嘴嘴有酒巡。只有此壶打得好，装的泉孔酒一瓶。已把此壶说圆毕，又把此酒说根清。此酒又是何人酿？此酒又是何人尝？杜康酿酒太白尝，这壶就是酒中王。主东拿来待宾朋，弟子拿来敬大梁……

缠梁，是主人自备一幅蓝色缠梁布，家中的舅父、姑父、姐夫、妹夫等主要亲戚各送一幅红色缠梁布。缠梁时，掌墨师一边把布缠在梁上，一边说福事：

太阳出来喜洋洋，主东亲戚来缠梁。左缠三转样样有，右缠三转儿孙满堂。

接下来到了正式上梁的环节。中堂两边中柱上各架一架长木梯，挑选了四个父母健在、儿女双全、身强力壮、原配夫妻的男子负责抬梁上梁，大梁抬到一定高度时，洪师傅又说一个福事：

伏矣，一根黄梁头向东，摇摇摆摆在空中，头在主家出栋梁，尾在主家出贤王，世间只有乾坤大，儿子儿孙坐天下。

大梁抬上去后，两列都分别向两边微倾，预先在两边排列上的人和着掌墨师的号声，向内"闪列"，梁的两头就扣在了中柱的含口上。安好后，抬梁人便坐在大梁两头，意为稳坐万万年。

上好大梁，就举行抛梁仪式。主人家准备了两盘用大糍粑切成小颗的抛梁糍粑。抛梁时，两个木匠一边一个，各执一盘抛梁糍粑，从长梯上一步一步往上爬，一边抛糍粑，一边说福事：

太阳起来三丈高，正是主东把梁抛，手端金盆讲福事，脚踏云梯步步高。上一步，一时有庆；上二步，二次随红；上三步，三月及第；上四步，四海名扬……手把一川一举成名；手把二川富贵双全；手把三川三生有幸；手把四川天子堂堂。

　　到达屋顶，抛梁师傅将大部分抛梁糍粑放在大梁两头，继续说福事。下面的人送上肉、豆腐、酒等食品两边各一盘，抛梁师傅坐在大梁的两端吃肉、饮酒，意为今后主人吉庆有余，宏基永固。抛梁师傅吃完，抛梁即将正式开始。木匠师傅先说一段福事，这段福事从远古说起，再说到季节农事，把抛梁糍粑的来源说清楚：

　　五谷神，五谷神，五谷出在何州何县城？出在山东里面城。神农黄帝制五谷，轩辕黄帝制衣襟。世间只有神通大，儿子儿孙坐天下。五谷神，五谷神，提起五谷有根深，正月立春雨水忙，赶起牛儿下田庄。二月惊蛰与春分，请起人员种阳春。三月清明谷雨到，家家忙把谷种泡。四月立夏小满连，处处青秧栽下田。五月里来是端阳，田中秧子秧叶长。六月里来热滔滔，秧子扬花又预苞。七月季节是立秋，遍地金谷丘挨丘。八月里来农事忙，请起人工来收场，黏谷收得几百担，糯谷收得几十仓，九岭山前安碾子，十里路上修磨坊，碾出米来白如雪，推出面来白如霜，金童玉女来造起，造出粑粑来抛梁。一抛东方甲乙木，青地龙神领斋言；二抛南方丙丁火，赤地龙神领斋言；三抛西方庚辛金，白地龙神领斋言；四抛北方壬癸水，黑地龙神领斋言；五抛中央戊己土，黄地龙神领斋言。上抛金天金玉帝，下抛地府地龙王，左抛双龙来出洞，右抛白虎震山冈，前抛朱雀出富贵，后抛玄武出贤王。老的吃了添福添寿，少的吃了儿孙满堂。

　　福事说完，再次抛梁。抛梁师傅故意左一把、右一把、前一把、后一把地抛。抢抛梁糍粑的人奔跑争抢，借主人家的慷慨图个吉利。

　　高潮迭起的仪式中，大家一鼓作气把剩余的排列竖起来，挂好楼府，用木闩闩好。这时，主人家做好了早饭，亲友们吃完，开始钉椽匹、盖瓦片。

　　盖完瓦，主人准备了一桌酒菜，摆在堂屋，待木匠师傅烧香烧纸，取下扎马肉后，吃下马酒。这时候就到了正午，主人家开大席宴请宾客，庆祝上梁的一顺百顺。

三

经过一个多月的装修，房子基本修好了，最后一道仪式就是开财门。

当地人对中堂大门十分重视和讲究，把它看成是一家人的脸面，是一个家庭人丁兴不兴旺、主人能不能干、家庭富不富裕的象征，因而被雅称为财门。装修大门要请风水先生择定开工日子和开财门日子。龚家选择红色椿树作为门槛木料，每一扇门页的框架均穿尖年角、腰枋把门框分为三部分，上为精心雕刻的花格，以花鸟图案或"福禄寿禧"和双"喜"等字嵌在其中。下为实木，加嵌麦形等几何图案，中门部分高度较低，横木贴心，配上古朴的图案。

龚家择好了日子，举行开财门仪式，邀请亲朋好友前来祝贺。庆典的前一天，主人闩上门闩，不准任何人将门打开，等到第二天早晨踩门仪式结束后，由掌墨师将门打开，称为"开财门"。这之前，主人请了四个父母健在、儿女双全、身体健康、原配夫妻的男子充当福、禄、寿、禧星官，负责踩门事宜。开财门时，木匠师傅在屋内，四个星官在财门外，各执茶盘一个，分别装上各种干果及红包。

木匠举行敬门神仪式后，与星官一问一答说福事：

星官：

<blockquote>
新造财门色色新，鲁班造得好财门。

前面修起状元府，后面修起宰相厅。

左边修起读书院，右边修起赏花亭。

堂中修起七个字，天下财主第一人。

我是星官来此地，来与主家开财门。
</blockquote>

木匠：

<blockquote>
新造财门算得新，勉强一二过得身。

承蒙星官来称赞，实在说得真好听。

我今造门工程满，等候星官踩财门。

我今将言来问你，外面来的什么人？
</blockquote>

星官:

　　我是天上财帛星，吾奉御旨下天庭。
　　我今打马云中过，看见主家闹腾腾。
　　因问主家什么事，说是主家装财门。
　　按下云端来此地，来与主家踩财门。

木匠:

　　你今与我道名号，财帛星君果然到。
　　玉帝差你来踩门，头上戴的什么帽？
　　身上穿的什么衣？腰中缠的什么带？
　　脚上穿的什么鞋？手中拿的什么宝？

星官:

　　头戴一顶乌纱帽，身穿一件紫龙袍。
　　腰缠一根黄金带，脚踏一双粉底鞋。
　　手中拿锭金银宝，送与主家永富豪。

木匠:

　　承蒙星官来到此，来与主人踩财门。
　　一路同行多热闹，问你同行有几人？

星官:

　　我今同行有八人，玉帝差我下凡尘。

前是紫微来高照，后是文曲武曲星。

福星禄星次第走，寿星禧星一路行。

随后不是别一个，后面是我财帛星。

天上星官一齐到，一二与你说分明。

木匠：

说得明来道得真，果是神仙下凡尘。

你今同行有八个，尽是一路福德星。

玉帝差你把门踩，离别天官下凡尘。

且问你从旱路走，且问你从水路行？

……

星官：

鲁班今日把门开，我将金银送进来。

左脚踏门送贵子，右脚踏门状元生。

春季踩门春季旺，夏季踩门夏季发。

秋季踩门进人口，冬季踩门进金银。

四季踩门四季旺，金山银山取不尽。

双双脚儿齐踏进，富贵荣华万万春。

木匠：

恭喜，恭喜，发财就从今日起。

恭喜、再恭喜，恭喜荣华富贵发到底。

福事已毕，踩门大吉！

洪师傅打开财门，星官执盘进屋，院外鸣炮祝贺。

四

接着，便是安家神，将要祭祀的神仙、祖宗牌位写在堂屋的神龛上。李璧臣焚香净手，沐浴顶礼，站在堂屋面朝大门郑重书写。横联："安位大吉。"神龛两边的对联："天地德父母恩当酬当报，皇王土圣贤书宜读宜耕。"神龛内竖写的牌位正中一列是"天地国亲师 位"，挨着正中依次向左边展开，第一列为"救苦救难南海观音菩萨 位"，第二列为"九天东厨司命灶王府君 位"，右边第一列为"西溪堂上历代昭穆神祖 位"，右边第二列为"招财进宝四官财神菩萨 位"，左、右两边的第三列分别为"梓童宏仁帝君孔老夫子 位""神农黄帝播种五谷尊师 位"

写完之后，道士用雄壮的公鸡开了光，贴好。

万事大吉，主人在新房中堂举行华堂宴，答谢工匠和重要宾客。安排席次时，除工匠主要负责人外，一门亲戚安排一人，家族两人，坐在左右两侧下位次，负责斟酒。这二人既要能说会道，又要酒量超人，感谢工匠辛苦修造、各位亲朋关心照顾。主人坐在上边正中，入座后不能再站起，寓意稳坐万万年，主人准备一个大碗，掌墨师和亲朋敬酒时不能推辞，但可装在碗里，叫作前仓拿来喝、后仓拿来存，有吃有剩，年年有余。二轮宴宾席开席出菜时，要同时为华堂席换菜，表示今后主人十分富有，万事大吉。

李璧臣酒过三巡，有些微醉，便借口离席，一个人四处转转，观赏这座别具一格的新房。这座民居最具建筑空间特色，天井合院建筑，坡屋顶，全木结构，四层。结构上穿枋有少数做成弧形的猫拱背式样。建筑依山势而建，临街为一层，还有平层之下两层沿江面采用吊脚接地。平面布局灵活端正，院落和天井开敞的过厅、穿堂等加以连接，利于通风。整个室内十分通透，临街平层在过厅上端撑起歇山式屋顶形成的抱厅最具特色。房间虽然不多，但造型别致，做工精细，空间布局更是独树一帜。

吊脚楼自有其建筑的章法，一般来说，它是以一明两暗三开间作为正屋，正屋两边再配以厢房的居多。临河建造的龚家抱厅，正屋临街，临河的吊楼实际上在正屋的背面；而到了河流这边，却又成了正面。临河一面有两层设有干栏式阳台，支撑阳台的高大柱子错落着排列。这种一进一抱厅式的干栏建筑，在中国民居中非常少见。

　　龚明礼、龚明信两弟兄搬进新居后，日子越过越红火。他俩仁慈、善良，每年至少用三个月时间向穷人施粥，酉阳州府有感于此，赐予一块"乐善好施"的牌匾。往来的人们经过他家门口，无不斜视，崇敬之心油然而生。龚家声名远播，不少人都乐意和他们两弟兄结交，其中最受兄弟俩欢迎的莫过于汪茂发的三公子汪子文了。

第八章　初出茅庐显本色

一

　　龚明信最近爱上了中医，还经常去找余光顺讨教医术，有时用小说书籍去换别人的医书，空了就到"汪家作坊"闲逛。

　　腊月中旬的一天，龚明信读医书累了，就漫步到"汪家作坊"，想打听汪子文多久放假回来。

　　"汪家作坊"大院是四进三天井合院建筑，坡屋顶，砖木结构。平面布局变化灵活，呈现前店后坊格局。空间结构造型丰富，以马头墙、小青瓦最有特色；建筑雕刻艺术综合运用，融石雕、木雕为一体，显得富丽堂皇。

　　大院的格局大气中透着保守，大院南边与詹氏钱庄共用山墙，四进院落，天井特别大，各道大门和三个天井均在一条中轴线上。站在门口往里面望去，真有种庭院深深的感觉。从建设的空间布局上看，作坊还有一大特点，那就是前店与街平，而后坊和居住的两进则高出了几十公分。院内雕梁画栋、飞檐翘脊，全是纯木结构，卯榫嵌合，加上丰富多变的空间布局和别具匠心的设计施工，充分展现了前店后坊的集镇建筑特色。

龚明信特别欣赏这座院子的两副对联，其联曰："雕梁画栋，不铆不钉，喻众人不伪不斜不诈；阔门豪宅，大开大合，装天下大仁大义大忠。""成以勤，节以俭，看檐翘廊回，珍藏两字传家宝；立于信，行于诚，任客来商往，通用一篇致富经。"

龚明信知道，汪茂发经营多种加工业，仅榨油作坊就有两个，还有酿酒、烟墨等产业，另外还经营票号、钱庄、运输等业务。

他信步走进榨油房，里面是一个木质结构的人工榨油机器，非常笨重，需要三个人不停地用劲儿，才能榨出油来。刘鬼子、苏光华、王山石等几个师傅轮番上阵，每一次撞榨都要配上有节奏的号子。因此榨油房里的号子声和榨油声终年不断，成了坝上标志性的声音。

龚明信进去的时候，恰好长工们在歇气，一边抽叶子烟，一边讲荤故事。

刘鬼子说："我出个上联，看你们谁个能对出下联。"

费毛说："你一个土包子也会做对联？说来听听。"

刘鬼子说："自古未闻屎有税。"

费毛不假思索地应道："而今只剩屁无捐。"

大家一念：

自古未闻屎有税

而今只剩屁无捐

秃了顶的苏光华笑道："老费，你这个对联对得还真有水平，说出了我们老百姓的心里话，看不出你娃还有点本事！"

这时，刘鬼子放了一个响屁，自嘲道："哎呀，老子这屁眼儿总是漏气！"

费毛笑骂道："那个牛卵日的，亏你还说得出口！"

刘鬼子又说："老子再出个下联，看你娃对得出上联来不。"接着说："响屁不臭臭屁不响连环屁又臭又响。"

费毛不假思索，马上对道："香花不红红花不香玫瑰花又红又香。"

众人笑得前仰后合，眼泪都笑出来了。然后开始斟酌，念道：

香花不红红花不香玫瑰花又红又香

响屁不臭臭屁不响连环屁又臭又响

龚明信在门口跟着大家笑。刘鬼子说:"老龚,你一天吃了饭没鸟事干,又来看我们,来了招呼都不打。"

龚明信笑着说:"我怕影响你们干活。其实,我最喜欢听你们几个摆龙门阵,好要得很。听说老王记的山歌多,念两首开开心!"说完,便给每人装了一支裹好的叶子烟。

王山石点上叶子烟,礼貌地说:"老龚你这么客气,我就给你念两首吧!"接着念道:

郎是高山小阳雀,有处飞来无处落。

哪个妹儿良心好,丢把草来做个窝。

哥是天上花蝴蝶,有处飞来无处歇。

借妹花丛歇一歇,不伤花瓣不伤叶。

话音未落,汪茂发的夫人汪陈氏给长工们送茶水来了,龚明信忙给汪陈氏施礼,问子文几时回家。汪陈氏和蔼地回答:"快了!"接着和大家说话、倒茶,一点也没有主人家的架子。

二

汪茂发的夫人汪陈氏本是大家闺秀,出嫁到濯河坝后,继承了汪家诚信经商的家风。汪陈氏持家有方,对待下人尤其和善,每天都会悄悄把肉藏在长工们的饭碗里;在地里干活的时候,她还会命人熬上醪糟开水,送到地里给长工们解渴。因此,长工们都觉得在汪家干活是一件幸运的事。

汪陈氏对公婆十分孝顺,对子女的教育也很有方法。她时常教育后人:"穷不丢书,富不丢猪。"要他们记住"忠孝仁义传家,耕读创业为本"的家训。膝下三个儿子和一个女儿都很争气，不仅聪明好学，品貌端庄，而且心地善良，深受当地人夸奖。她和丈夫汪茂发相濡以沫，对子女十分疼爱，尤其疼爱幺儿汪子文、幺女汪雨虹。

1906年6月，汪子文以优异成绩从四川省城高等学堂毕业了。子文思家心切，谢绝了老师、同学劝他在外面发展的好意，决定回到濯河坝继承父业做生意。

6月中旬的一天，赤日炎炎，子文回到了日夜思念的故乡。他一回来，先向父母请安，放下行李，就去拜访叔伯汪茂盛及众堂兄弟了。

汪茂盛家住在"汪家作坊"的对街，只有二十来步的距离。这座大院建筑依河岸坡地而起，高达五层，建造极其考究，均为木结构穿斗构架，各部分装饰具有相当高的艺术性。建筑品质较高，有地方传统窗户的比例、尺度及材料，中庭竖向产生了丰富的空间变化，呼应交通与采光，檐廊空间与庭院天井之间的关系，极好地体现了山地民居建筑的风貌特色。

进入这座吊脚楼内部，可见天井处于平街之下的一层，平街层四面为内栏杆相围，沿院内平街层有十六级台阶三跑下天井底部，采光好，感观舒服，上下楼轻松。然后有石级下另外一层，从这里再下就可以直通江边。从江边仰观这栋吊脚楼，绿树掩隐之中，高耸的楼宇显得神秘而壮观。

汪茂盛见了子文很高兴，忙叫出儿子们，向子文了解成都的情况。

汪子文在汪茂盛家逗留很久才回到家里，见在私塾念书的妹妹雨虹已经等候他多时了。

兄妹相见，格外高兴。三个哥哥中，雨虹最喜欢三哥子文。

汪茂发于是给子文安排任务，除了帮忙经营生意外，还要教妹妹念书，把他在成都念的书拿给妹妹读，不懂的地方给她讲解。

不一会儿，龚明信来了。两人相见，分外亲热，说不完的知心话。

三

子文不仅孝顺、厚道、善良，而且十分睿智，两个哥哥都喜欢和他摆龙门阵，尤其是二哥汪仕华，与子文在同一所高等学堂念书，比他先毕业两年。街坊邻居也喜欢和子文打交道，说他没有架子，对人热情、和善，又勤快，又肯帮忙。

雨虹见到三哥，拉着子文的手说："三哥教我念书哈！"

子文点头说："没问题，我的宝贝妹妹！"

雨虹说："三哥，你给我说说你读的那所学堂的情况。"

汪子文自豪地说："好！我读的那所学校已有十年历史了，1896年四川总督鹿传霖奉光绪皇帝特旨创办了四川中西学堂，于当年6月18日正式成立，倡导学习'西文西艺''分课华文、西文、算学（数、理、化）'，是西南地区最早的高等学校。1901年，上谕宣布将所有书院改为学堂，同时发布管学大臣张百熙所拟《钦定学堂章程》，该章程即壬寅学制，是中国第一个完整的以西方为标准的新学制。按照这个章程，各书院、学堂在学制、办学方向、课程设置等方面作了调整。1902年，四川总督奎俊奉旨合并四川中西学堂和尊经书院组建四川通省大学堂，仿京师大学堂成例，是中西结合、文理兼备的综合性高等学校。同年，四川通省大学堂更名为四川省城高等学堂。"

雨虹听得目瞪口呆。

汪子文看妹妹如痴如醉的样子，肩膀一耸，笑道："四川省城高等学堂分为正科三类：正科一部（文科）包括经学（主要为中国哲学）、政法、文学、商科。正科二部（理科）包括格致（主要为数、理、化）、工科、农科。正科三部（医科）包括医学。学制都是四年。此外，还有速成师范科、优级师范科、普通科（即预科）、测绘学堂、铁路学堂、半日学堂、附设中学堂等。"

雨虹说："三哥，我也想去成都念书！"

子文说："甚好。不过，我估计爹娘不放心。"

雨虹诧异："为什么？"

子文说："其一，你是父母的掌上明珠，在近处读书，他们随时都能关爱你；其二，母亲身体不好，需要女儿服侍；其三，你天资聪颖，书一看就懂，我和二哥读的书都带回来了，你可以随便读，不懂之处，我们可以为你解释，没有必要外出冒风险。"

雨虹想了想说："也是。三哥，你想吃什么？我去给你煮。"

子文笑着说："我妹妹就是能干，几时学会煮饭了？"

雨虹说:"母亲煮饭时,我有空就帮忙,看着就会了,其实很简单。"

子文说:"别太辛苦我幺妹了,煮碗绿豆粉就行啦!"

雨虹冰雪聪明,念书悟性高,而且很会操持家务。不一会儿,就把一碗色香味俱全的绿豆粉端到了子文面前。

子文吃着绿豆粉,不住地夸奖说:"好手艺!好手艺!"雨虹得意地笑了,母亲汪陈氏也笑了。

子文休息几天,跑到父亲的账房,见父亲忙得不可开交,便问:"老爹,我能帮忙做点什么?"

汪茂发说:"一个月前,湖南常德的商人周建华来进货,还差他二斤桐油、十斤泉孔高粱酒,当时我叫他少给点钱,他不同意,说下次到濯河坝来进货补上,或者算了。一个多月了,还没见他来。"

子文说:"要不我送去?"

汪茂发说:"也好。回来路过恩施时顺便找张京明收一笔货款。"

子文爽快地回答:"没问题的,您老就放心吧!"

第二天早上,汪茂发告诉了那两处的地址,把写好的书信交给了子文,再三叮嘱他,路上一定要小心。

子文告别父母及哥哥、妹妹,带上包袱上路。

四

子文风餐露宿,没多少天就到了常德,顺利地找到了周建华家。取出父亲的书信交给主人,说明来意,然后将东西交给周建华说:"周叔一个多月没到濯河坝去了,不知何原因,家父很惦记您,特派我来看望您,顺便带来了三斤桐油、十二斤泉孔高粱酒,请查收!"

周建华说:"只差二斤桐油、十斤酒,带多了。"

子文说:"这是我们汪家的规矩,感谢您照顾我们家生意!"

周建华感慨地说:"濯河坝的人真厚道!"

子文说:"应该的!俗话说,苍天有眼,人心有感。要想活得心安理得,只有时刻把良心放中间啊!"

周建华深感子文虽年纪轻轻但有此修为，便置办酒席招待子文。陪客多是做生意的，听了周建华的介绍，都十分赞赏。席间，子文盛情邀请各位到濯河坝谈生意做客，大家从他那双眼睛里感受到了真诚与善良。

　　第二天，子文向主人告辞，踏上了前往恩施的路途。

　　到达恩施城那天正值中午。恩施城连续下了十多天绵雨，中午才放晴。子文找了一家旅馆住下，便到街上逛逛，顺便打听张京明家的住处。走着，走着，一位仙风道骨的高人走过来，看了看子文，忧愁地说："公子小心呀，你不仅无儿无女，而且最近还有大灾难！"路过的人听了，都说那高人看相特别准，他的话在恩施城全都灵验，劝他千万要小心。

　　子文闻言心惊，但还是礼貌地说："求高人指点，看能否化解。"

　　高人说："这是你命中的劫数，我也没有办法。你认真领会，好自为之吧！"

　　子文谢了相面的高人，情绪很是低落，没精打采地走到了江边。江风吹来，他感到不寒而栗。

　　忽然，一位披头散发的少妇哭啼着跑到江边，纵身跳入江中。子文忙喊："救人！谁把人救起来了，我给他二十两银子！"

　　有位船工跳入水中，救起了少妇。子文给了船工二十两银子，并说了声"谢谢！"然后问少妇："你为啥要寻短见？"

　　少妇说："我男人到外面做工，我在家种地，喂了一头大肥猪，准备用来偿还田租，昨天把猪卖了，不料收的钱全是假的。怕丈夫回来责骂我，再加上家中贫困，就不想活了，因此便投河自寻短见。"

　　子文非常同情她，问她一头猪值多少钱后，便给了她双倍的钱。

　　少妇回家时，在路上遇到丈夫，便哭着把这事告诉了他。丈夫非常怀疑。

　　晚上，夫妻俩一起到街上去找汪子文，想问个究竟。

　　到旅店时，子文已经关门睡觉了。丈夫叫妻子敲门。子文问是谁，回答说："我是今天投河的那个女人，特来致谢。"

　　子文厉声说："你是个少妇，我是个孤身的外乡人，晚上怎么能随便见面呢？快快回去！如果一定要来，明天早晨与你丈夫一起来。"

　　丈夫的疑惑一下子便消除了，诚恳地说："恩人，我们夫妇都在这里。"

　　子文便披上衣服起来。当他刚刚走出房门时，只听房中"轰"的一声，他们惊慌地进去一看，原来店房的后墙因久雨而倒塌，床铺已被压得粉碎。子文惊出一身冷汗。

少妇夫妇千恩万谢，子文也反过来千恩万谢，说："要不是你们来喊我，我可能就被压死了！"少妇丈夫说："还不是因为你积善行德！"

子文心想，善良比聪明更重要，聪明只是一种天赋，善良却是一种选择，付出了善良，或许不会马上有回报，但一定另有弥补。所以，不管如何艰难，都要心存善良；不管多么孤独，也要坚守人格的高尚。

第二天，子文在去张京明家的路上，又遇到了那个看相的高人。高人一见到子文就惊奇地说："你满脸阴德相，一定是做了有大阴德的事情，不仅免除了灾难，还会获得不可限量的福报。"

子文便将昨天遇到的事情一五一十地告诉了高人。高人无限感慨地说："积德虽无人见，行善自有天知。人品是最好的风水。如今，人们都很浮躁，有的人听天由命，有的人觉得一切事情都在自己的智谋中。忙忙碌碌，其实还是在命运里打滚。费尽心机得来的，还是命里有的，倒白辛苦一场。命里不该有的，费尽心机也守不住。如今，市场上在卖一种叫转运珠的首饰，一个不大的镶金的小滚珠，很多人买，图吉利。那玩意真能转运吗？其实，这世上最灵的一种转运珠，它的名字叫'积德行善'！公子，你转运了，祝贺你！"

子文拱手致谢说："感谢大师指点，在下一定铭记您的教诲，一辈子不做亏心事！"高人也不答话，飘然而去。

五

子文按图索骥，找到了张京明家。张京明是汪家的老主顾，和汪茂发的关系很不错，一到濯河坝进货，都要到他家去喝两杯，自然认识子文。

一见面，子文就说："张叔叔好！"可把张京明乐坏了："三公子，是哪股风把你吹来了？"

子文说："家父叫我到湖南常德去办点事，回来经过恩施城，顺便来拜访张叔叔。"

张京明说："好啊！你在成都念书毕业没有？"

子文说："毕业了。张叔叔身体可好？生意还好吧？"

张京明说："都好！只是母亲染病耽误了生意，在你家进的货才销售一小半。欠你家的货款，我东拼西凑筹足了，正打算过几天送去。"

子文听说张京明家遭变故，起身要去看张母。张京明一边引路，一边安排家人煮饭，并安排儿子去请妹夫一家，还有几个生意上的朋友来家一聚。

子文看了看张母，嘘寒问暖之后，赠送五两银子为礼，然后对张京明说："张叔叔，先把老人家的病治好，货款慢慢给，您先周转一段时间，我回家后给家父说明情况就行了。"

张京明感激不尽，表示先付一部分，余下的三个月内付清。

不一会儿，酒席办好了，陪客的人也陆陆续续到了。张京明的妹夫、妹妹一到，见是子文，不住地叩头说："恩人，我们真有缘啊！没想到又碰到您了！"原来，他们正是子文救助的夫妇俩。

张京明不知何故，他妹妹便将子文救她的经过说了一遍。大家无不感动。

张京明对他妹夫钟安说："你得好好敬子文两杯！"钟安说："那是当然！"

子文见钟安人高马大，是个好劳力，人也很憨厚，就问："钟大哥，可否愿意到濯河坝我家去做工？工钱优惠！"

钟安喜出望外，激动地说："您救了我一家，别说给您家打工，就是当牛做马我也愿意！"张京明的妹妹巧姑也想去，子文满口答应。

子文感谢主人家的盛情款待。饭后，三人一同赶路，三天就到了濯河坝。

见了父亲，子文将出行的来龙去脉说了一遍，汪茂发欣慰地说："子文本性善良，慧根深厚，办事能干，可成大器！"对子文更加器重。

汪茂发安排钟安在榨油房榨油，工钱比他在恩施做工高多了；安排巧姑煮酒，工钱高得令她出乎意料。

钟安夫妇俩心存感恩，干活特别卖劲，对主人特别忠诚。

一天中午，子文正在陪雨虹读书，探讨有关问题。

子文说："人生就像一扇门，有人悲观于门内的黑暗，有人却乐观于门内的宁静；有人忧愁于门外的风雨，有人却快乐于门外的自由。其实，人生很多东西无所谓最好，只要你认为值得就是最好。成功与失败，幸福与不幸，在各自心里的定义都不会相同，关键在于如何把握你想要的东西，别让它与你失之交臂，别让自己有太多的遗憾。"

雨虹点头说："精妙！"

子文接着说："人高在忍，人贵在善，人杰在悟。人在最谦卑时，才最接近伟大。爱自己最好的方式，就是成就自己。妹妹要牢记！"

雨虹高兴地说："对！对！对！我一定记住！"

这时，忽然有人急急忙忙跑来说，长工黄金山病倒了，病得很厉害，高烧不退。

子文立即叫来陈大松，和他一起把黄金山扶到余家大院——八贤堂。

第九章　救死扶伤八贤堂

一

余家大院又叫八贤堂，离汪茂发家很近，不到十分钟就能到。大院临街前堂有两个诊所、两个中药房，大院门厅内两边各有一个中药铺。

余氏家族非土著，乃是中医世家。相传，余氏是忽必烈的孙子南平王铁穆健的后代。铁穆健当时有九子一婿，朱元璋建立明朝攻入元大都前，为避灭门九族之祸，铁氏九子一婿立即逃亡漠北，在北归途中被一条大河阻断道路，眼看追兵即至，千钧一发之际，一人突然说："如果谁能够救我，我改姓都可以。"话音刚落，水面上突然出现了一条神鱼，把他们托过大河，帮他们逃过一劫。于是，他们改姓余，以报答神鱼的救命之恩。在后来的移民潮中，有四个兄弟来到濯河坝定居，保持与世无争的处世态度，训诫子孙要世代学文从医。他们还开了一家医馆，既开处方治病，又经营药材，医术世代相传。到"恩"字辈时，余家人丁兴旺，有余廷恩等七个儿子，每个儿子家又有四至六个儿子，其中余廷恩的后人更胜一筹。

这个家族于清乾隆十六年（1751年）修建了这座名为"八贤堂"的大院。

大院建筑面积八百平方米，整座宅第气势恢宏，各进正门均为六扇三开，梁架用料硕大，装饰精美，立柱、雕花柱磴、雕花窗，是濯河坝天井最多的一个大院。两端雕出圆形花纹，中段雕有多种图案，第一进的最中间一根栋梁上画着太极图。前后设有侧门，大院地下设有水道，五个天井地下水道相通，从地下暗沟排出。左右两侧有封火山墙，墙体使用小青砖砌至马头墙，墙角、天井用青石裁割成石条筑就。墙上有兽头装饰，避邪镇煞，其中夹泥墙是八贤堂的一大造型特色。院内为穿斗架全木结构，梁架髹以桐油，显得格外古朴典雅。灰、白、木色为主要色彩。建筑具有地方传统窗户的比例、尺度及材料，体现了渝东南民居建筑的风貌特色。

二

余家大夫们正在招呼病人，忙得不可开交。

子文一到八贤堂就喊："光顺叔，快救人！快救人！"

余家几个医生及药剂师看见慌慌张张的子文，立即放下手中的活儿，把黄金山扶到大夫余光顺那里坐下。余光顺把完脉，按了按黄金山身上的几处穴位："这病不轻啊，得了好久了吧？早点来看就好治了，现在麻烦可大了！"

子文说："您只管医，钱不是问题！"

黄金山说："钱我自己拿，自己生病哪要别人拿钱的道理啊？"

余光顺说："子文啊，我知道你们汪家有的是钱，也乐善好施，可这不是钱不钱的问题，而是时间问题。早点来医，一服药就能医好；太晚了才医，一百服药也难治好。"

子文说："道理确实是这样！"转向黄金山说："黄叔叔，您怎么不早点医？"

黄金山打个唉声："不要紧，以往根本没在意，平时得了不少小毛病都没管过，都拖好了。"

余光顺说："那不对！有病不医，越拖越严重，付出的代价也更大。"然后开了个处方，对子文说："这药先熬来喝三次，观察观察。"陈大松将黄金山扶回汪家熬药去了。

余光顺示意子文留下，等陈大松走远了，才悄悄对子文说："金山的病已到了晚期，这药只能起缓解作用，解决不了根本问题。"

子文大惊，哀求道："救人救彻，救火救灭，无论付出多大的代价，都要设法把金山叔叔的病治好！他是个穷人，很老实，做工不偷懒，很辛苦，我们不能见死不救啊！"

余光顺摇了摇头："太晚了，神仙也没有办法了，除非五天之内能找到那两味药。"

子文面露惊喜："哪两味药？"

余光顺说："犀角和野天麻。坝上的药铺现时都没有这两味药。犀角要到外面去进，我可以联系，不知五天之内能否运到；野天麻容易一些，黔江城后面的仰头山上有，可你又不熟悉野天麻的生长环境，不容易找到。"

子文说："是啊，仰头山我虽然去过多次，但确实没有注意野天麻生长在何处。光顺叔，这样，我明天骑马去仰头山采野天麻，把您熟悉野天麻生长环境的学徒借给我用一天，我们汪家付工钱。"

余光顺满口答应。

子文跑回家，将情况告诉了父母，汪茂发大吃一惊。

汪家派长工带黄金山的媳妇来到汪家，汪茂发告诉了有关情况及打算，金山的媳妇又惊又怕，忍不住落下泪来。

子文对金山媳妇说："你心中有个底，见了金山叔叔不要愁眉苦脸的，好生安慰他就是。"金山媳妇点了点头，跟子文去看望金山。

金山见媳妇来了，瞪起眼睛："谁叫你来的？这点小毛病算什么？别听余神医那些吓唬人的话！"

金山媳妇说："汪老爷叫我来领你回去休息几天、好好吃药，病好了再来做工。"

金山迟疑不决。

子文劝道："金山叔，您先养好病要紧，您的活我另派人干，放心吧，病好了再来干！"

黄金山这才答应。

子文又到余家药铺抓了三服中药交给金山媳妇，汪陈氏取出三十斤大米、三斤猪油、一大块腊肉，叫陈大松帮忙把金山夫妻送回家去。

金山夫妻感恩不尽，不住称谢。金山媳妇激动地给汪茂发跪下："老爷，你们汪家的大恩大德，我们永世难忘啊！"

汪陈氏搀扶起金山媳妇："金山是厚道人，为我们出了不少力。你要好好服侍他！天不早了，快点回去吧。"

金山夫妇洒泪而别。

雨虹听说子文要到仰头山去找野天麻，拉着汪陈氏的手撒娇："娘，我还没有去过仰头山，明天我想跟三哥一起去！"

汪陈氏说："问你爹和三哥！"雨虹又去央求汪茂发，汪茂发说："只要你三哥同意就行了。"

雨虹蹦蹦跳跳到子文面前："三哥，明天带我去吧，爹娘都同意了！"

子文故意逗她，脸一绷："那不行！"

雨虹拽着哥哥的手不依不饶。

子文"扑哧"一乐："逗你的，你是父母的小公主，我敢不带你去吗？"

雨虹破涕为笑。

三

第二天一早，余光顺的徒弟洪永华就来到汪家。子文叫管家牵来两匹快马，他和妹妹骑枣红马，洪永华骑黑马。

出发前，汪茂发对洪永华说："老弟，这两兄妹年轻，你年纪大些，路上好好照顾！拜托了！"

洪永华说："请老爷放心！仰头山我去过多回，没问题！"

汪茂发点了点头。

约莫两个小时，三个人就到了仰头山。

雨虹央求子文给她讲有关仰头山的故事。

子文侃侃而谈：

很久很久以前，玉皇大帝派白虎神赶诸山至南海。

白虎神领命后，骑着白虎，拿着赶山鞭，日夜兼程赶诸山，好不容易到了这个如诗如画的地方，于是停步歇息，他歇息之处变成了一个奇特的岩矸，后人把它叫作"白虎矸"。白虎神被这里的美景迷住了，赞叹大自然的鬼斧神工，但见百鸟围着一位美若天仙的土家姑娘载歌载舞，那姑娘名叫卡普，正为蕨菜和薇菜除草，百鸟帮她除虫。

白虎神忘了自己赶山的事儿，挥舞着赶山鞭，兴高采烈地奔向卡普。山岭随赶山鞭的挥舞起伏不定，林中的飞鸟、野兽叫个不停。白虎神急忙停止挥舞赶山鞭，山岭才定型成如今这样子。后人将这山岭叫作"白虎岭"。

卡普彬彬有礼地迎接白虎神，并将他请到家里，煮好蕨菜和薇菜盛情款待。这蕨菜和薇菜味道怡口，蕨菜可以延年益寿，薇菜利于长生，后人因而把它们分别叫作"长寿菜"和"长生菜"。卡普喜欢白虎神勇敢、真诚、英俊；白虎神也很爱勤劳、善良、孝敬父母的卡普，便决定留下来陪伴她建设家园。

一天黄昏，他俩肩并肩地漫步山林，脚踏之处开满了鲜花，芬芳四溢；孔雀、凤凰等百鸟在他们头顶飞舞、歌唱……他俩共同祈祷苍天，许下了生生相伴的誓言。这时，雷神来了，向白虎神传达玉帝的旨意——叫他迅速赶山，不要眷恋红尘。白虎神舍不得卡普，不肯答应立刻辞别心爱的人儿。雷神发怒，连打了三个响雷，留下了一个深深的"雷打洞"，可他俩却安然无恙，原来是观音菩萨施法力救了他们。观音菩萨劝雷神说："白虎神与卡普的这段情缘乃前世注定，姑娘本是莲花仙子临凡，她的前世乃我佛弟子。白虎神的前世本是巴人的务相，因其聪明勇敢，被众部落推为'廪君'（即首领），成为土家族的祖先。廪君执政，爱民如子，后身化白虎。玉帝感其德，封廪君为天神。他俩的劫难未满，你只将他俩的情况如实奏明玉皇天尊即可。"

雷神走后，白虎神与卡普急忙拜谢观音菩萨的救命之恩，并求菩萨做媒成全婚事。观音菩萨说："上天可以成全你们的尘缘，只是十八年之后……"这时，祥云朵朵，莲花飘香，百鸟歌舞，神仙纷纷而至，共同祝福这对新人走向新的生活……

白虎神与卡普成婚后，邻近九洞的妖魔知道了，十分忌妒白虎神，因为他们早就想打卡普的主意，准备抢去做压寨夫人，没想到让外来的白虎神捷足先登。

九洞妖魔共计三万妖兵，在九个魔王的带领下，浩浩荡荡向这里进发，想给白虎神一个下马威。

临近这山时，三万妖兵列阵叫骂白虎神，吓得卡普心惊胆战。白虎神安慰卡普说："别害怕，有我在，妖魔休想踏进这山半步！你看我使神通，定能镇住他们。"

白虎神拿着赶山鞭，头戴武士帽，身着将军服，一副天庭大将的打扮。他站在妖兵对面，将法身长成一座山，赶山鞭一挥，地动山摇，当场吓死妖兵三千，九个魔王也摔倒在地。看着身躯如山的白虎神，不敢往前冲。白虎神忘了收化作山峰的那个法身，时间久了，法身就真正变成了山。人们把它叫作"将军崖"。

一天，他俩带着一群儿女漫步山林，处处鸟语花香，空气清新，一家人兴高采烈。白虎神拖着赶山鞭，在前面载歌载舞地开路，山路随赶山鞭的拖动弯弯曲曲而上，后人将这路叫作"十八弯"。孩子们跟着爹娘到了山岭的崖边，往下一看，只见悬崖陡峭，令人悬心吊胆，后人因而把这里叫作"悬心坡"。

时光飞逝，转眼就是十八年。

一天深夜，当他俩进入梦乡时，只见观音菩萨飘然而至，对他们说："白虎神，你尘缘已尽，还不快去赶山？"二人惊醒后抱头痛哭。

第二天，托塔天王李靖率哪吒三太子等天兵天将把他们的住处围得水泄不通，天王厉声高叫道："玉帝圣旨，令白虎神立刻赶山，不得有误，若有迟延，就地正法"。白虎神万般无奈，被迫与天兵天将激战。卡普拼命地边追边哭喊，哀求天神不要拆散他们。可天神哪肯答应？眼见白虎神被擒，卡普悲痛万分，泪流成河，身躯倒下后慢慢地化作一座山峰（即"女佛山"），仰望天空激战的丈夫，充满无限期盼。白虎神痛心疾首，要下来救卡普，被托塔天王和哪吒太子等天将战败，其头盔掉下来化作了"神盔山"，其身躯倒下化作了一座山峰（即"男佛山"），与女佛山共枕而眠。后人将男、女佛山通称为"仰头山"。

他俩的泪水相互交融，浸湿了群山，漫山遍野顷刻间长出了茂密的树木和无数的"长寿菜""长生菜"……数不清的鸳鸯鸟在林中不住地啼叫，鲜红鲜红的啼血似雨点流星，滴血之处开满了象征爱情炽热与纯洁的红、白杜鹃花。

白虎神与卡普的泪水不住地流淌，渐渐地汇成了溪水，流到低洼处，聚集成了一汪圣湖。湖上迅速开满了莲花，芬芳四溢，沁人心脾。湖中的鱼儿数不清，成双成对地游来游去，其中一对很大的金鱼并排着漫游，不时嘴挨嘴，亲密无比，似乎有千言万语要倾诉，人们说那是白虎神与卡普的化身，将这湖叫作"莲花湖"。

佛祖感动不已，于是大发慈悲，施法力使二人复活如初，并留他俩在佛国世界居住，封白虎神为"圣光佛"，卡普为"感恩佛"。所以，仰头山又叫"双佛山"。

子文讲着故事，不知不觉到了仰头山的主峰。雨虹听完哥哥的讲述，再看看那些景点，仿佛觉得白虎神和卡普就在眼前。

雨虹佩服地说："三哥，没想到你讲故事讲得这么好！"

子文不无自豪地说："小菜一碟！"

洪永华轻车熟路，很快就找到了不少野天麻。

下午两点钟，他们在仰头山脚的一户农家吃了饭，便急匆匆地踏上了回家的路程。

四

黄昏时分，夕阳染红了阿蓬江，半江瑟瑟半江红。辛苦一天的兄妹俩和洪永华回到了濯河坝。汪茂发夫妇急忙命人煮饭，感谢帮忙的洪永华。

洪永华欲推辞，汪茂发拉着他的手不放："我要陪你好好喝两杯泉孔酒！"

洪永华一听说喝泉孔酒，就半推半就地坐下了。

子文说："这才像话！"雨虹附和说："这才不见外！"洪永华这才坦然决定留下。

子文稍事休息，跑到八贤堂向余光顺报告消息。余光顺正为野天麻能否采到悬着心，听到子文说话，脸上露出喜色。

子文问："光顺叔，犀角有着落了吗？"

余光顺说："有了，三天就到货。看来金山命不该绝！"

子文一听，连声说："谢谢光顺叔！谢谢光顺叔！"

余光顺说："救死扶伤，是医生天职啊！我怎能不尽心尽力？"

子文离开八贤堂，高高兴兴地跑到家里，把这个喜讯告诉了人们，大家都很高兴。

晚饭时，汪茂发父子各敬了洪永华三杯酒，让洪永华受宠若惊。

晚饭后，子文邀约陈大松一起去看望黄金山。有钱人对一个下人如此关照，令陈大松感叹不已。

金山夫妇万万没有想到子文少爷亲自来看望，黄金山挣扎着要起来，子文连忙按住他："金山叔，躺着吧。"金山妻子赶紧擦凳子让子文坐下。子文对金山夫妇说："请放心，金山叔叔的病能治好，余神医有把握了！"

陈大松又将子文一行去仰头山给他挖药的事说了，夫妇俩更是感激。

子文又说："你家还不宽裕，治病的钱全部由我家负担！"

金山说："三少爷真是菩萨心肠！"

奔波了一天的子文很是疲倦，但心情愉快，回到家里就去睡了。

余共安通过袍哥会，三天内就把犀角送到了余光顺手中。

余光顺惊奇地说："这么快？谢谢你！"

余共安说："我们八贤堂的人办事都雷厉风行。我就用不着谢了，要谢得谢那些袍哥朋友，要不是他们神通广大，我也没办法在这么短的时间内搞到这药材！"

余光顺说："共安，你一个文人，怎么和袍哥交上了朋友？"

余共安说："说来话长，等你治好了金山的病，时间空余的时候，慢慢告诉你。"

余光顺说："好吧！"马上叫洪永华去通知子文。

子文高兴地来到八贤堂，余光顺已经配好了药，交给子文，并交代如何熬药、用药。

子文给了钱，感激地说："谢谢光顺叔！救人一命胜造七级浮屠，您功德无量啊！"

余光顺说："别光说谢我，共安说，要谢得谢那些袍哥朋友，要不是他们，根本没法在这么短的时间内搞到这药材！"

子文略有所思地说："袍哥是神通广大，我在成都读书时就略有所闻，他们行侠仗义，除暴安良，很受老百姓爱戴。等我有空了，再去找共安先生问问。"

子文回到家里，找来陈大松，和他一起把中药送到了金山家。

才七八天，黄金山的病就痊愈了。他知道所有情况后，心里充满了感恩，他想，要是有一天无意中碰到那位袍哥大爷，一定要好好感谢他。

子文忽然想起一位先贤的语录：以金相交，金耗则忘；以利相交，利尽则散；以势相交，势去则倾；以权相交，权失则弃；以情相交，情逝人伤；唯心相交，静行致远。深以为然。

子文陪着金山来到八贤堂，金山给余光顺叩了三个响头，感谢他的救命之恩。

余光顺忙将金山扶起，笑着说："别客气！以后要注意点。我给你俩唱首《长寿歌》吧，要记住啊！"

子文说："请唱吧，我们会记住的！"

余光顺便念道：

> 要活九十九，清晨郊外走；要活九十九，走路甩开手；
>
> 要活九十九，常用脑和手；要活九十九，饭后百步走；
>
> 要活九十九，睡觉不蒙头；要活九十九，夫妻手拉手；
>
> 要活九十九，常在花间走；要活九十九，每餐减一口；
>
> 要活九十九，宴席不贪口；要活九十九，戒烟和限酒；
>
> 要活九十九，荤素都要有；要活九十九，笑声不离口。
>
> 哈哈哈哈哈…………

子文佩服道："妙！还有没有？"

余光顺接着又念饮食养生秘诀：

早上一杯水，到老不后悔；

常吃一点蒜，消毒又保健；

多吃一点醋，不用上药铺；

多吃一点姜，益寿又健康；

少盐多醋，少荤多素；

上床萝卜下床姜，不用医生开药方；

头要冷脚要暖，肚子不要装太满。

子文说："谢谢光顺叔！我记住了。"然后和金山一起回家了。

第十章　袍哥时兴濯河坝

一

子文回到家后，抑制不住内心的激动。汪茂发不知何故："子文，哪样事让你这么高兴？"

子文说："这次治好金山叔的病，全靠袍哥会帮忙。"

汪茂发顿生警觉："子文呀，我们家世代经商，平平安安过日子，从不加入任何组织，也不与任何组织任何人结怨。你给我记住，绝不要加入任何组织。"

子文忙点头："爹，您请放心，我一定谨记您的教诲！"汪茂发满意地笑了。他明白，孩子成熟了，该放手了；儿大分家，树大分丫，是常理呀。

汪茂盛的五个儿子、汪茂圣的四个儿子和汪茂发的三个儿子都长大成人了。汪家三弟兄已经商量过好几回了，达成共识，全部分家，让下辈各自发展。然后各自召集子女开家庭会分家，坝上其他汪姓人家也分家，几户人家一下子变成了二十几户。

1907年的元宵佳节刚过，汪茂发就邀约族兄族弟召集晚辈开会，要求大家严格遵守《濯河坝道德公约》，不忘族训，遵守家规，团结和睦，在生意上互相关照；不加入帮会组织，不惹是生非，力所能及地帮助穷人。

李氏家族早已分家，其中在濯河坝居住的就有三十多家。族人对袍哥会这一组织众说纷纭，有支持的，比如李朝恩；有反对的；也有主张顺其自然、跟着潮流走的，比如李璧臣。

龚氏家族也早已先后分家，在濯河坝居住的有近三十家。

余廷恩七弟兄开会，也把家分成了二十几家，让他们在濯河坝发展。并训诫他们要遵循天理良心，不做亏心事，济世救人，读书行医，诚信经商。

徐氏家族早已先后分家，在濯河坝居住的近三十家，以做小生意为生。

樊氏家族分成了十几家，在濯河坝做生意。

六大家族生活在濯河坝，相互都有姻亲关系，因而相安无事。

六大家族的族长经常碰头，约定各自教育好族人，要他们讲忠孝、讲诚信，不要参加任何组织，更不要犯法，以免遭受灭族之灾。因为，他们听说有个秘密的反清组织袍哥会在四川活动频繁，密谋推翻清政府。

濯河坝的子弟到成都念书的先后去了好几批，难免受其影响，甚至被发展为成员乃至于骨干都有可能。长者们非常担心这件事。他们抱着明哲保身、与世无争的处世态度，想把濯河坝建设成为世外桃源，可树欲静而风不止，他们预感到了波涛暗涌。

二

"袍哥"一说取自《诗经·无衣》中"与子同袍"之义，表示同一袍色之兄弟；另一说是袍与胞谐音，表示有如同胞之兄弟。袍哥会是清末时期四川、重庆等地盛行的一种民间帮会组织名称，在其他地区被称为哥老会，与青帮、洪门同为当时的三大民间帮会组织。

袍哥会以"讲豪侠、重义气、解放推食、急人之急"为号召，以"五伦"(君臣、父子、兄弟、夫妇、朋友)、"八德"(孝、悌、忠、信、礼、义、廉、耻)为信条。其联络聚点最初叫"山头""香堂"，随着参加的会众日益增多，又由"山头""香堂"改为"码头"(也叫"公口""社")。码头分为"仁、义、礼、智、信"(又称"威、德、福、智、宣")五个堂口，为五类性质的人参加："仁"字堂是有面子、有地位的人物；"义"字堂是有钱的绅士商家；"礼"字堂是小手工业劳动无产者。有几句概括其特征的口头语："'仁'字讲顶子，'义'字讲银子，'礼'字讲刀子。"也有类似的口头语："'仁'字堂士庶绅商，'义'字堂贾卖客商，'礼'字堂耍刀枪。"至于"智""信"两堂的人，都是社会中的体力劳动者。其组织规章有些莫名其妙的规定，如娼妓、烧水烟、修足匠、擦背、理发、男艺人演女角等的一类人都不准参加袍哥会，盗窃、淫乱等人也都不能参加袍哥会。可是，抢劫财货的土匪流氓，却又可以参加。为了自圆其说，他们说被抢劫对象是贪官污吏。

随着一部分人的变质，又出现了"清水袍哥"和"浑水袍哥"之分。在清水袍哥中，又分为"金带皮"和"下九流"。金带皮的含义是：金代表有钱，皮是面子，即有面子的有钱人，叫金带皮袍哥。他们利用自己的权势，能够"一步登天当大爷"。至于那些测字、算命、跑堂、道士、兵卒等被列在"智""信"两堂。浑水袍哥的组织和清水袍哥一样，只是称谓上有些不同，清水袍哥的头头称"舵把子"或"社长"，浑水袍哥习惯叫头头为"老摇"（摇舵的），比老摇低一级的叫"边棚老板""管事"。普遍都称浑水袍哥为"跑滩匠"。

清朝末年，兵荒马乱、民不聊生，社会急剧动荡。袍哥会乘势而起，以底层群众为基础壮大组织，成为地方上一股不可小觑的力量。大量的底层群众蜂拥参加袍哥会组织以后，又渐渐影响士绅富户相互效尤，借此保家。各州府、县的城镇乡村，到处都在"开山、立堂"。

濯河坝的水陆码头得天独厚，人气极旺。此地由于商贾云集、物流繁杂、油水甚丰，自然成为三教九流及各派政治势力争夺的地盘。

往来濯河坝的同盟会、袍哥会人员不断增多，打破了濯河坝的宁静。他们对濯河坝的年轻一代反复"洗脑"，使他们产生了革新意识，秘密筹备组建袍哥会，其中最积极的莫过于李朝恩。他去动员李璧臣组建袍哥会，璧臣表态说："八弟，我只喜欢教书、读书，对此不感兴趣。人各有志，自己认准的事情就去干吧！"

李朝恩似乎明白，心中装满自己的想法与看法的人，永远听不见别人的心声。

三

每年的农历二月十九,传说是观世音菩萨诞辰日。佛教里有四大菩萨,象征四种理想的人格,即愿、行、智、悲。象征愿力的是地藏王菩萨,象征实践的是普贤菩萨,象征智慧的是文殊菩萨,象征慈悲的是观世音菩萨。在佛教诸菩萨中,观世音菩萨位居各大菩萨之首,是我国百姓最崇奉的菩萨,拥有的信徒最多、影响最大。传说她是久已成就的古佛,号"正法明如来",为度众生倒驾慈航,现菩萨身。

1907年农历二月十九,濯河坝观音寺热闹非凡。清晨,酉阳州府警察局长李朝雄带着一班人在堂弟李朝恩等人陪同下来到观音寺上香。三十来岁的李朝恩,在家排行老八,几年前就中了武举人,人称李八爷。朝恩身材魁梧,相貌堂堂,血气方刚,不仅武艺高强,足智多谋,而且饱读诗书,为人正派,在当地很有影响。

他们刚上完香,坝上的男女老少就陆陆续续到了。坝上的百姓对他们有几分敬意,也有几分敬畏,纷纷向两弟兄行礼。他俩也笑脸相迎,一一还礼。

上午九时,举行了袍哥"仁"字堂成立大会。大会宣布袍哥"仁"字堂以观世音菩萨为榜样,以"慈悲救世,除暴安良"为宗旨。骨干成员以李氏家族的体面人物为主,并广纳社会贤才。由于没有提出"反清"等口号,所以没有受到官府干涉,且有州、县官员及社会各界名流前来祝贺。李朝恩依仗天时、地利、人和当上了龙头老大,决定在李家大院设立聚点。由于有当警察局长的堂兄支持,那些怕惹是生非的老者也只好装聋作哑。

一石激起千层浪。

不久,武举人龚聘卿联络龚氏家族的精英,成立了袍哥"义"字堂,宣布以关羽为榜样,以"义字当先,有福同享,有难同当"为口号,并决定开设镖局,聚点设在龚家大院。其骨干人员以龚氏家族的精英为主,并网罗江湖上的得力干将。前来祝贺的有不少体面人物及社会名流。龚聘卿为龙头老大。

接着,徐朝忠、樊荣耀分别联络徐氏家族、樊氏家族的精英,联合成立了袍哥"礼"字堂,宣布以岳飞为榜样,以"忠字当头,孝字为先,肝胆相照,荣辱与共"为口号,并决定开设武馆招收学徒。其骨干人员以徐氏、樊氏家族的精英为主，江湖人士为辅。袍哥"仁"字堂、"义"字堂的重量级人物均到场祝贺。徐朝忠为龙头老大，樊荣耀坐第二把交椅。

汪氏家族、余氏家族虽然没有成立袍哥会，但都分别给三家袍哥会送了厚礼。濯河坝上的所有店铺都按时给三家袍哥会送去保护费，确保生意往来安全。遇到麻烦事，通过袍哥会处理，很快就迎刃而解了。

三家袍哥会，主要是维护当地社会治安。他们倡导侠义和互助共济，重视宗法观念，相互间称兄道弟，有饭大家同吃，有难大家同当。他们处事得体，若有扯皮事，就把坝上的名人、长者请到，通过申诉—评理—协商—解决纠纷的程序进行，让扯皮双方都心服口服。他们广交朋友，外地袍哥到濯河坝来，他们热情招待，免费提供食宿，离开时送一丈二尺布为礼品，另送路费。若有叫花子死在了濯河坝，他们出钱买棺木安葬。种种善行，令坝上思想保守的长者们都刮目相看，当地群众更是拥戴，加入袍哥会者不断增多。

四

人员越多，开支也就越大。为了筹集资金，几家袍哥会各显神通。

李家在李家大院开设了镖局、茶馆、赌场，还做起了枪支、药材等生意。李八爷出自名门望族，世代习文习武，家族里当官的、做生意的、教书的、当兵的多，门路广，生意旺。

龚家开设了镖局、赌场、妓院，贩卖枪支。龚家家族大、能人多，龚聘卿虽然是武举人，却精通文墨；三哥龚伦耀本是文举人，族人中为官的也不少。族中与李家、余家、徐家、樊家皆有姻亲关系，朋友多，人脉广，各个道上都有关系，生意也顺风顺水。

徐家开武馆招学徒，还设了镖局。徐朝忠本是一彪形大汉，为人仗义，祖传飞刀使用得出神入化。他的徒弟多，个个行侠仗义、武艺精湛，尤其会使用徐家祖传飞刀，有"徐家的刀子"之美誉。因此，人们信任徐家，徐家生意自然不错。

樊家的买卖有武馆、商铺、餐馆。樊荣耀身材高大，孔武有力，虽然性子暴躁，但为人耿直、豪爽，疾恶如仇，因而人脉广，前来照顾生意的也多。传说樊家祖上樊三爷一双拳头捏得出水，便有了"樊家的锭子"之说。

往来做生意的人越来越多了，袍哥会往来人员更频繁了，游山玩水的人纷至沓来。

码头上往来的商船繁忙，陆路上的车马往来不断。

濯河坝的人气因而越来越旺。于是，街上的店铺、客栈、餐馆如雨后春笋，生意火爆。

1911年10月，武昌起义成功，"大汉四川军政府"宣告成立。袍哥会这个一直隐藏在暗处的秘密组织开始正式走上历史舞台，变得公开化、合法化。濯河坝的袍哥会也随之进一步发展。

几家袍哥会都吸纳了不少高人，为之出谋划策。他们都认为，要使袍哥会的财势长盛不衰，就必须培养好下一代。

1911年冬月下旬的一天，三大袍哥会的重量级人物会聚"古镇人家"酒店，商讨办学的事情，商讨的结果是：鼓励本地饱学之士创办学校，同时欢迎外地贤达来濯河坝办学、当老师，并确定"有钱出钱，无钱出米，无钱无米出劳力"的筹资办学办法。

当天就在戏楼的板壁上贴出海报，围观的人群发出喝彩，消息很快就在坝上传开了。

本地的青年才俊李朝鸿刚从北平京师大学堂念书毕业回到濯河坝，还没来得及去访亲拜友，就听说袍哥会资助办学的消息。于是走出家门，去看海报。

来到戏楼前的坝子，见一个似曾相识的美丽背影也在看海报，李朝鸿的心跳加速，急忙加快脚步挤进人群。朝鸿西装革履，一米八的个头，五官端庄，浓眉大眼，器宇轩昂的神采格外惹人注意。

那美丽背影转过身来看了看他，露出惊喜的目光。朝鸿眼前一亮，见这位少女约一米六八的个头，高挑、匀称，加上那两片秀气的薄唇、挺直的鼻梁和秋水般明亮的大眼睛，简直是天上飘落的仙子。那不就是自己日夜思念的雨虹吗？

雨虹羞涩地悄悄退出人流往家走，朝鸿隔远悄悄跟上，耳边响起一首情歌：

一见一见观世音，
有点有点动人心。

心想心想挨拢你，

如何如何拢得身？

差点差点想成病。

    雨虹心里扑通扑通乱跳着到了家门口。回头看了一眼，见朝鸿只在身后痴情地看着她，便低头进屋去了。

    朝鸿还没回过神来，就不见了雨虹的身影，心里顿时像失去了什么，差点摔了一跤，耳边又响起扣人心弦的情歌声：

别了情妹别了姣，

走到半路跌一跤。

不是坡陡岩板滑，

想起情妹脚打飘。

    朝鸿想入非非，转身慢慢往家走，不远处传来放牛娃的歌声：

歌声琅琅对歌台，

唱得红云朵朵开。

唱得青山团团转，

唱得鸳鸯飞拢来。

第十一章　心心相印结良缘

一

雨虹走进闺房，把门轻轻关上，坐在梳妆台前胡思乱想，然后轻轻唱了两首山歌：

> 高高山上一树槐，
> 手攀槐树望郎来。
> 娘问女儿望什么，
> 我望槐花何时开。
> 妹在房中绣花巾，
> 听到门外脚步声。
> 推开窗子伸颈望，
> 风吹竹叶空费心。

知女莫若母。这几年，都有人来提亲，汪陈氏征求女儿意见，雨虹都没有答应。汪茂发夫妇开明，对儿女的婚姻不硬作主张。汪陈氏知道，女儿在等一个人，听说那人在北平念书，该毕业了，也该回来了。

朝鸿回到家里，找到父亲李文构说："爹，何时去汪家提亲？"

李文构高兴地回答："为父知道你的心意，心急吃不得热稀饭！我早就去请了你信安叔叔了，腊月初二就去。"朝鸿如释重负，暗自兴奋着，到书房去了。

腊月初二那天早晨，詹信安夫妇按照当地习俗，带了一把新伞、一块猪肉来到汪茂发家，一阵寒暄之后便进入了主题："天上无雷不下雨，地上无媒不成亲。我们来给令千金说个人家……你们汪家和李家是几辈人的亲戚，茂发兄和文构兄又是世交……"

汪茂发夫妇喜出望外："谢谢老朋友了，这事得和雨虹商量商量！"詹信安说："婚姻大事岂同儿戏，一切依雨虹姑娘的主意，过几天我们再来！"然后起身告辞。

主人留下了雨伞，猪肉退给了詹信安。詹信安知道，这是信号，汪茂发对这门亲事表示初步同意了。

詹信安夫妇刚离开，汪陈氏就叫彩凤把雨虹叫来。不一会儿，雨虹来了，汪陈氏说："你詹叔叔来家，给你介绍了户人家，是李文构家的三公子，看你愿不愿意？"

雨虹满脸含羞："都是父母之命、媒妁之言，问女儿干啥？"

汪茂发故作严肃："那好吧！既然你不愿意，我就拒绝这门亲事！"

雨虹跺脚："哎呀，爹！我又没说不愿意嘛！"

汪茂发忍不住笑道："看看，露馅了吧？我女儿有眼光！爹娘也看得来那小伙子，听说他打算在濯河坝创办一所学校。不简单啊！"

雨虹立刻双眼放出光来，急切地问："真的吗？"

汪茂发接着说："这还有假？为父还不知道你的心思？这两年都有人提亲，没见你开过笑脸。今天一听是李家请人来提亲，你那高兴的样子，为父还看不出来？"

雨虹拉着汪陈氏的手，来回摆着嗔怪："娘，您看爹爹尽开女儿的玩笑！"

汪陈氏笑了笑说："是啊，等会儿去请你的几个哥哥来，还是征求一下他们的意见，她爹看要得不？"

汪茂发说："要得。丫头，还不快去？"

雨虹应了声，快步走出家门。

雨虹的三个哥哥回来，汪茂发说明意图，三兄弟都表示同意。

腊月初八那天，詹信安夫妇带着礼物又来到汪茂发家听信儿，汪家照单全收，并杀鸡宰鸭，盛情款待媒人。

汪茂发恳切地说："不开亲是两家人，开了亲是一家人。'踩屋基'（访亲）就简单点，后天去看一下就行了。"

二

腊月十二上午，詹信安夫人领着汪家人去李家"踩屋基"。一到门口，就见李家的主要亲戚及李氏家族的重量级人物如袍哥大爷李朝恩等人站在大门口热情迎接。

一阵鞭炮齐鸣中，主客进入内堂，李文杓带着儿子朝鸿在媒婆詹冉氏的介绍下，逐一向来宾问候。雨虹微微含笑，一一点头致意。她的美，空灵、清澈。透过她青春纯净的脸庞，丝许笑意，友善的眼眸，都深深地映射出干净、善良的灵魂，仿佛清晨的一缕阳光洒在身上，令人变得暖暖的舒畅。

趁着丰盛的午餐气氛热烈，媒婆詹冉氏要双方都表个态。

李文杓人逢喜事，满面红光，朗声道："我是看着雨虹姑娘长大的，她知书识礼，不愧为大家闺秀！我和茂发老弟世交，能和茂发老弟结成亲家，是我李家八辈子修来的福气！"

汪陈氏微笑着环视众人："只要两个孩儿愿意，我们汪家举双手赞成！"

詹冉氏将目光转向朝鸿，示意他："朝鸿，你也表个态吧。"

朝鸿站起来，凝视着雨虹："只要雨虹妹妹不嫌弃，我一万个愿意！能和雨虹妹妹成为一家人，是我八辈子修来的福气！"

众宾客哄堂大笑。

詹冉氏再问雨虹："雨虹姑娘，你呢？"

雨虹含羞低头："我听娘的！"

詹冉氏一拍掌："俩孩子情投意合，李家、汪家亲上加亲，可喜可贺啊！"

李文杓又说："请众位做个证，我没有女儿，我会把雨虹当女儿一样对待，绝不会让她受半点委屈！"

朝鸿说："爹，雨虹妹妹是我的世界！在我心中，她比什么都宝贵！今后若有半点对不起她，愿遭天打雷劈！"

汪陈氏急忙制止说："鸿儿，别说不吉利的话！"

大家越说越亲热，趁这工夫，朝鸿谈了想在濯河坝创办一所学校的设想，征求大家的意见。

雨虹第一个支持："这是好事！可以借鉴外面的经验，招收女生！"

朝鸿说："我完全赞同这个观点！北平不少大知识分子留学回国后，主张向西方学习，男女平等，首先要在受教育上平等。京师大学堂就有很多女老师，有的还是外国人。"

雨虹说："对呀！"

大家点头称是："是呀，女孩子也该读书啊！"

朝鸿说："不少大城市还专门办有女子学堂。"

雨虹说："可惜濯河坝还没有一所女子学堂，富贵人家的女孩子还可以读点书，穷人家的女孩子就没有机会了。"

朝鸿鼓励雨虹："以后你可以创办呀！"

雨虹诧异："我？能行吗？"

朝鸿语气坚定："行！"

于酒宴中热聊许久，两家又商议腊月十八"插香"（认亲），不知不觉地，太阳就要落山了，汪陈氏一行辞行，主人客客气气地送了一程。

三

腊月十八上午，汪家大院门前的古树上，几只喜鹊叫个不停，帮忙的人员穿梭忙碌着。

媒人詹信安夫妇带着李家一行前往汪家"插香"。快到门口时，李家帮忙的人点燃了鞭炮。

汪茂发家早已作好了准备，只等认亲队伍的到来。鞭炮响后，汪家发烛的人员代表主人在大门迎接，从客人手中接过大红烛，请客人入堂就座。

汪家堂屋神龛下的八仙桌上摆满了李家送来的物品：喜烛一对、香五炷（每炷三支）、小红烛四对、用红纸包装的纸钱四贴、刀头肉一方、白酒二斤、鞭炮若干，以及为汪家亲戚们准备的肘子（猪腿）、条方、烟、酒、糖果之类的礼品。

上茶、敬烟后，李家先将大烛插在烛台上，再将酒、茶按三巡斟上后，二位发烛先生各持两支小烛，点燃后左右手各持一支，同时将一对大烛点燃。神龛香碗上插那对大烛，堂下、门口各插一对小烛，然后在堂前候着，等待客人上香。李朝恩作为未来的押礼先生，将五炷香双手合手上，在右边大烛上点燃后，退到堂前，作三揖九叩之礼，然后将五炷香分两次，每次两炷交介绍人转交发烛人员，向门外叩一个头之后，将最后一炷香交媒人转交发烛人员插上。五炷香插位是：神龛香碗内三炷、供桌上一炷、大门一炷。敬祖上香之后，客人、发烛人员共同将带去的纸钱分别在堂前、大门前燃烧，再次鸣放鞭炮。

插香仪式结束后，汪家安排了丰盛的佳宴，双方参加认亲的人围坐一处，喝茶谈天。

四

每年的正月初二至初四三天，坝上都要举行小摆手舞活动。1912年的正月依然如此。

土家摆手舞旨在祭祀祖先，祈求兴旺，去除不祥，后来逐渐发展为祭祀祈禳、歌舞社交、体育竞赛、物资交流的综合性的民俗活动。其舞姿丰富多彩，有模仿生产、劳作全过程，有单摆、双摆、抖蛴蚤、叫花子烤火、螃蟹上树、磨鹰闪翅、播种、栽秧、薅秧、割谷、打谷、挑谷等数十种，表现土家族先民劳作的艰辛，以及迁徙途中的苦难与自强不息的精神。

摆手舞有大小之分，小摆手规模小，一般为三天，多在本姓祠堂举行。每隔三五年举行一次的叫大摆手，规模大，时间长，与文艺体育、集市贸易融为一体，在摆手堂举行。参加大摆手时，人们均着盛装。各寨人马于本寨祭祀后，在土老司指挥下，抬着祭品，吹起牛角号，鸣钲击鼓，燃放鞭炮，向摆手堂进发。祭品有斋粑、豆腐、酒肉、野兽等。队伍中有手持土王兵器的，还有放三眼炮的，唱摆手歌的，跳摆手舞的，跋山涉水，直奔摆手堂。到摆手堂后，将所带物品陈列土王香案前，猎物挂于堂内两侧的柱子上，焚香燃烛，鸣炮奏乐。后生们高举龙凤大旗，扛着红布圆伞，手持金瓜斧等军械，吹着长号，走完几个坝子，才到自己家族的摆手堂祭祀。土老司行九叩大礼，用土家语祈祷。祭祀毕，在土老司指挥下，三声炮响，鼓乐齐鸣，"嗬——喂"一声，顿时歌声大作，男女相携，载歌载舞，通宵达旦。

正月初二那天早上，濯河坝沧浪桥边的广场十分热闹，街上的男女老少吃了早饭后，陆陆续续到达广场，加入跳摆手舞的行列。雨虹拉着丫鬟彩凤来到广场，加入跳摆手舞的行列，边跳舞边打量跳舞的人群。不远处，李朝鸿也在边跳舞边看她，眼里充满了深情。雨虹的心像闯进莽撞的小鹿，扑通扑通乱跳。

活动结束之后，适龄的姑娘和小伙成群结队，吹木叶、唱情歌，表达彼此的爱意。

雨虹和彩凤走到沧浪桥上，情不自禁地唱道：

> 小妹生来爱唱歌，
> 山歌出口百鸟和。
> 郎若敢来把歌对，
> 胜过千人把媒说。

李朝鸿尾随追来，深情地唱道：

> 姐儿住在花草坪，
> 身穿花衣花围裙。
> 脚穿花鞋花上走，

手拿花扇扇花人，

花上加花爱死人！

雨虹又唱道：

不是好树我不栽，

不是真情莫要来。

塘边栽棵相思树，

等着凤凰飞过来。

朝鸿接着唱道：

草木逢春一片青，

哥妹相爱一片情。

月亮还有圆和缺，

你我相爱永不分。

雨虹唱道：

新衣合身妹才穿，

情郎合心妹才连。

连情不是一时过，

同苦同甜到百年。

朝鸿又唱道：

今日同妹把话别，

眼里流出相思血。

虽然不是同母生，

恩恩爱爱舍不得。

朝鸿追上雨虹、彩凤，和她们并排走着："妹子，新年好！你的歌声真好听！"

雨虹微笑："朝鸿哥，新年好！办学的事有眉目了吗？"

"有眉目了，袍哥大爷李朝恩表示大力支持我。只不过，正月十五以前大家都要走亲访友，办不了事。"

雨虹说："也是，慢慢来，别着急。"

他们边走边聊，不知不觉地走到了老街，朝鸿要送雨虹回家，雨虹说："我有彩凤陪着，就免了吧，你也要回去准备准备，过几天就要拜年了。"

五

正月初六，李朝鸿一行到雨虹家拜年，给未来的岳父家送去肘子、猪肉、酒、糍粑等新年礼物，还给汪家亲房的伯伯、叔叔、姑姑、哥哥等每家准备了礼物，在雨虹带领下，一家一家地送去，主人家一般都要请吃饭，还要递"打发"（回礼）。当然，正头主子（女友家）递的回礼更贵重，其中少不了两双或四双布鞋。

汪家人丁兴旺，爷辈、父辈、同辈一共有几十家。一连几天，雨虹带着朝鸿走亲戚，两人边走边摆龙门阵，陶醉在相爱的春风里，许下了"天长地久情不渝，地老天荒也相依"的誓言。

在很多人户，只是略微坐一会儿，喝杯茶，摆几句龙门阵后，雨虹和朝鸿就要告辞，尽管主人家真诚挽留，由于要走的人户太多了，实在是安排不出吃饭时间。主人家也很理解，不好苦苦挽留，便给了"打发"放行，送到院坝边。

最后到了子文家拜年，不吃饭就走肯定是不行的。子文早已备下宴席，请了父母哥哥等亲人。席间，朝鸿依次敬完酒，有点微醉的样子，子文就制止说："朝鸿，情谊尽到即好，不能喝醉！"朝鸿点头，内心感激三哥的爱护。

朝鸿回到了家，第二天，去给媒人詹信安家拜年，请他们早点到汪家去"讨庚"（讨要女方的生辰八字），择定结婚的日子。

　　午饭后，朝鸿去给堂兄李朝恩拜年。李朝恩对朝鸿很器重，一直想发展他加入袍哥会。见朝鸿来给自己拜年，非常高兴："老弟，今天我两弟兄好好聊聊！"叫用人泡两杯茶送到书房。

第十二章　群贤聚会吟花诗

一

到了书房。朝恩亲手给朝鸿沏了一盏茶："兄弟，尝尝新鲜的鱼子兰。"

朝鸿双手接过来，看着金色透亮的茶汤说："好茶！"

朝恩在朝鸿对面坐下，微微一笑："兄弟，今天我百事不管，只管和兄弟聊天！"

朝鸿真诚地说："谢谢哥子！小弟刚从学校出来，不懂世事，还望哥子指教！"

朝恩喝了一口茶，说："兄弟谦虚！说句心里话，兄弟呀，学业是铜牌，能力是银牌，人脉是金牌，思维是王牌。"

"老兄高见！"朝鸿点头并作揖，对这位清末武举人刮目相看。

"识时务者为俊杰！如今，袍哥很吃香，确实能够办成很多事情，我希望兄弟加入我们'仁'字堂袍哥！"说着，朝恩拿出一张自己的名片给朝鸿："外出若遇为难时，可提起我的名字，或许能起点作用。"

"好，好，谢谢！加入袍哥的事我会认真考虑。我现在最关心的是办学，需要哥子关照！"

"没问题，我做你的坚强后盾。"朝恩爽快地回答。又说："办学的事，你自己认真谋划，多请好老师是关键！"

"那是那是！有哥子作后盾，我会努力的！"

约莫半个时辰，丫鬟进来说："老爷，客人来啦！"

"知道啦！请他们到客厅喝茶！"然后起身说，"老弟，走，到客厅去！"

朝鸿起身拱手说："哥子，你家来客，我就回家吧！"

朝恩笑着说："老弟，你也是我的客人呀！为了陪好你这个贵客，我专门叫人请了古镇的一些名人来陪你聊聊天，晚上还要一起喝几杯！"

朝鸿高兴地说："哥子你太客气了，小弟惶恐啊！"

朝恩爽朗地笑道："老弟是名牌大学毕业的高才生，为我们李家争了光，我为你感到骄傲！我觉得你是个很好的苗子，前途无量，特请古镇群贤来聊聊，或许对你有启发！"

"哥子高看了我，小弟十分感激！好吧，恭敬不如从命！"

"这就对啦！走，兄弟！"

二人高高兴兴地走出书房，来到客厅。慈恩法师、弘佛法师、石隐道长刚坐下，正在喝茶，二人急忙给三位世外高人叩拜，三位高人忙起身还礼。

二

不一会儿，李璧臣、汪子文、汪雨虹兄妹到来。朝鸿喜不自胜，立即起身作揖，然后亲自为他们倒茶。子文客气地说："贤弟，不必客气！"雨虹笑吟吟地说："兄弟给哥子倒茶天经地义，两位哥子应心安理得！"朝鸿忙回应："妹子说得对！应该应该！"

这时，龚体之、余共安也来到客厅，丫鬟忙着倒茶。

朝恩见所请客人到齐了，拱手说："感谢各位赏脸！你们都是学识渊博的文人，让我家蓬荜生辉。大家欢聚，怎么个玩法，请大家出题目。"

慈恩法师说："客随主便，还是施主安排吧。"石隐道长接着说："主人家早就胸有成竹，有什么想法就直接说吧。"

李朝恩谦逊地说:"文化高的人就是与众不同。我虽然没读多少书,但对文人特别尊重,想请几位文人吟花诗,大家觉得如何?"

"好、好、好!"众人附和。

李璧臣兴奋地说:"人生的脚步常常走得太匆忙,转眼间,春夏已逝,秋已深。不如停下来,笑看风云;沉下来,平静如海;定下来,静观自在;坐下来,静赏花开。学会在一朵花中释然,刹那便成了永恒。所以,我提议吟诵中国十大名花的诗歌,并概括此花的品格,轮到谁都不要冷场。大家觉得如何?"

人们热烈鼓掌。

李璧臣接着说:"那好,我先开个头。梅花有'花中之魁'的美誉,每年十二月至次年三月开放,坚强,傲骨,高雅。当百花盛开的时候,找不到她的身影,她不喜欢凑热闹。百花凋谢、大雪纷飞时,她才兴致勃勃地顶着风冒着雪而来。"然后朗诵了林逋的《山园小梅》:

> 众芳摇落独暄妍,占尽风情向小园。
> 疏影横斜水清浅,暗香浮动月黄昏。
> 霜禽欲下先偷眼,粉蝶如知合断魂。
> 幸有微吟可相狎,不须檀板共金樽。

龚体之说:"牡丹有'花中之王'的美誉,每年四月至五月开放,圆满,浓情,富贵,雍容华贵。折一枝牡丹,送给你,带着沧海月明的柔情。从年少到古稀,如果你愿意,我将尘埃落定。"然后朗诵了刘禹锡的《赏牡丹》:

> 庭前芍药妖无格,池上芙蕖净少情。
> 唯有牡丹真国色,花开时节动京城。

汪子文说:"菊花有'花中英雄'的美誉,每年九月至十一月冰霜绽放,清净,高洁,真情。菊花红的似火,白的似雪,粉的似霞;有的秀丽淡雅,有的鲜艳夺目,有的昂首挺胸。"然后朗诵了陶渊明的《饮酒》:

结庐在人境，而无车马喧。

问君何能尔？心远地自偏。

采菊东篱下，悠然见南山。

山气日夕佳，飞鸟相与还。

此中有真意，欲辩已忘言。

慈恩法师说："荷花出淤泥而不染，有'水中芙蓉'的美誉，每年六月至九月绽放，清白，坚贞，纯洁，自由脱俗。翠绿的荷叶丛中，亭亭玉立的荷花，像一个个披着轻纱在湖上沐浴的仙女。含笑伫立，娇羞欲语；嫩蕊凝珠，盈盈欲滴，清香阵阵，沁人心脾。"然后朗诵了王月浦的《荷花》：

雨余无事倚阑干，媚水荷花粉未干。

十万琼珠天不惜，绿盘擎出与人看。

汪雨虹接着说："月季有'花中皇后'的美誉，每年八月至次年四月绽放，持之以恒，等待希望，美艳长新。仰着粉红的小脸，羞涩地微笑着。花蕾姹紫嫣红，在碧绿发亮的嫩叶衬托下显得生机勃勃。"然后朗诵了杨万里的《腊前月季》：

只道花无十日红，此花无日不春风。

一尖已剥胭脂笔，四破犹包翡翠茸。

别有香超桃李外，更同梅斗雪霜中。

折来喜作新年看，忘却今晨是季冬。

余共安说："杜鹃有'花中西施'的美誉，繁花似锦，每年四月至六月绽放，爱的欣喜，永远属于你。杜鹃花又名映山红，它风姿绝艳，灿若云锦，令人炫目。它唤起人们对生活热烈美好的感情，是自强不息、生命力顽强的象征。"然后朗诵了李白的《宣城见杜鹃花》：

蜀国曾闻子规鸟，宣城还见杜鹃花。

一叫一回肠一断，三春三月忆三巴。

李朝鸿说："茶花有'花中娇客'的美誉，每年十月至次年五月绽放，理想的爱，谦让。茶花四季常青，叶片翠绿光亮，冬青之际开红、粉、白花。茶花宛如牡丹，艳丽多娇，给人带来无限生机和希望。"然后朗诵了陆游的《山茶》：

东园三月雨兼风，桃李飘零扫地空。

唯有山茶偏耐久，绿丛又放数枝红。

弘佛法师说："兰花有'花中君子'的美誉，四季绽放，美好、高洁、贤德。兰生深山中，馥馥吐幽香。偶为世人赏，移之置高堂。绰约多姿的叶片，高洁淡雅、神韵兼备的芳香，沁人肺腑。"然后朗诵了刘伯温的《兰花》：

幽兰花，在空山，美人爱之不可见，裂素写之明窗间。

幽兰花，何菲菲，世方被佩资蒉施，我欲纫之充佩韦，袅袅独立众
所非。

幽兰花，为谁好，露冷风清香自老。

石隐道长说："桂花，十里飘香，每年八月至十月绽放，友好，吉祥，素雅，大方，充满生机，浓郁的幽香，熏得人都要醉了。它是崇高、吉祥、贞洁、荣誉的象征，是人们美好祈愿的祝福。"然后朗诵了王维的《鸟鸣涧》：

人闲桂花落，夜静春山空。

月出惊山鸟，时鸣春涧中。

汪雨虹说："水仙有'凌波仙子'的美誉，每年元月至三月绽放，多情，想你。绿裙青带，清香馥郁，亭亭玉立于清波之上。素洁的花朵，超尘脱俗，高雅清香格外动人，宛若凌波仙子踏水而来。"然后朗诵了黄庭坚的《水仙花》：

得水能仙天与奇，寒香寂寞动冰肌。

仙风道骨今谁有，淡扫蛾眉簪一枝。

　　汪雨虹接着说："中国十大名花，不同的花语，各自蕴含着美好的祝福，你最爱哪一朵呢？忙碌的日子，若能持一朵盛开的花游走世间，细细品尝生活的美好，是何等幸福的事！"

　　人们对汪雨虹刮目相看，李朝鸿更是惊叹不已。

　　龚体之深有感触地说："美女也是一种花呀！"

　　李朝恩非常高兴地接过话题说："对、对、对！雨虹小姐是我们古镇最美的花。雨虹小姐能不能给我们吟诵关于美女的一些诗篇？"

　　众人鼓掌欢呼说："要得、要得！"

三

　　汪雨虹有几分得意，随口便答："好啊，没问题！中国古代四大美女，素有'沉鱼落雁'之容、'闭月羞花'之貌的美誉，而沉鱼落雁、闭月羞花分别指的就是西施、王昭君、貂蝉、杨玉环。现在，我就给大家吟诵这四大美女的一字诗！"

咏西施

一颦一笑一捧心，一国倾废一霎间。

一船一桨一生伴，一日归来一湖烟。

　　雨虹解释说，西施是中国古代四大美女之首，天生丽质，有沉鱼之容颜。在国难当头之际，忍辱负重，以身报国，被越王勾践献给吴王夫差当妃子，最终乱吴宫。后来，越国灭了吴国，也就是卧薪尝胆的故事。

咏王昭君

一车一马一路尘，一鸣秋鸿一缕魂。

一曲一唱一声怨，一月空照一丘坟。

雨虹解释说，昭君出塞的故事大家都耳熟能详，而昭君的落雁之美，也是出了名的。王昭君是汉元帝时期的宫女，匈奴单于呼韩邪来朝，请求娶汉人女子为妻，元帝遂将昭君赐给了呼韩邪单于，也就有了广为流传的昭君出塞的故事。这首"一"字诗可谓是昭君出塞故事的高度缩影，也是昭君一生命运的概括。

咏貂蝉

一计一献一连环，一朝兴亡一唏嘘。

一笔一纸一方砚，一段风流一段书。

雨虹解释说，貂蝉是《三国演义》中的人物，也是中国古代四大美女之一，有闭月之美貌。她为了报答义父王允的养育之恩而甘愿献身完成连环计的故事在民间广为流传。

咏杨玉环

一喜一悲一相对，一串荔枝一串泪。

一诗一吟一梦里，一朝酒醒一朝醉。

雨虹解释说，杨玉环是唐玄宗的宠妃，拥有羞花的姿色。资质丰艳，通音律，善歌舞，集才华与美貌于一身，唐玄宗对其宠爱有加。"一骑红尘妃子笑，无人知是荔枝来"就是描写唐玄宗对杨玉环的宠爱。

雨虹总结说，这四首写她们的"一"字诗，既记录了她们的历史事迹，又形容了她们的绝代风华，生动含蓄，给人留下无穷的想象空间。"一"字诗，用最简单的文字，却能够表达出最美好的意境，也能描绘出栩栩如生的美人、诗词的魅力、汉字的魅力、文化的魅力，实在太多太多！

龚体之拱手说："佩服佩服！没想到汪小姐如此冰雪聪明，实在难得，难得！"

余共安接着说："是啊，汪小姐秀外慧中，可喜可贺！"

其他人也赞不绝口。

四

女子是一个地方的风向标！当女子追求知识时，这个地方是进步的；当女子崇尚自由时，这个地方是文明的；当女子崇拜金钱时，这个地方是腐化的；当女子攀附权贵时，这个地方是堕落的。

汪雨虹清新脱俗的表现，让在座诸君看到了濯河坝的未来。

快开晚饭时，"仁"字堂的重量级人物陆陆续续到了场。朝恩先将所请客人一一介绍给这些人，重点介绍了汪雨虹、李朝鸿，请这些人关照自己的堂弟李朝鸿，李朝鸿十分感动。然后，一一介绍"仁"字堂的重量级人物。大家相互问候，十分亲热。

不一会儿，丰盛的宴席准备好了，其中一桌为素席，专门为三位世外高人准备。

李朝恩招呼人们入座。客人落座后，用人为吃素的客人倒茶，为其余的客人斟上濯水泉孔酒。李朝恩举起酒杯说："感谢各位光临寒舍，粗茶淡饭不成敬意，祝愿大家身体健康、心想事成、万事如意！我敬大家，法师、道长就以茶代酒，请干了这一杯！"

大家一起干了第一杯酒，津津有味地品尝着美味佳肴，心情十分愉快。

第二杯酒斟满后，李朝恩举起酒杯说："这第二杯酒，我敬大家，祝愿我们古镇兴旺发达！干！"人们一饮而尽。

第三杯酒斟满后，李朝恩又举起酒杯说："这第三杯酒，我敬大家，祝愿我们的友谊天长地久！干！"人们又一饮而尽。

朝恩吃了点菜，先敬了几位世外高人，然后依次敬酒。轮到汪子文、汪雨虹时，朝恩热情地说："我打心眼里佩服你们两兄妹！以后还望多多关照！"然后给雨虹、朝鸿斟上酒，真诚地说："你俩珠联璧合，简直是绝配！我为你们这对金童玉女感到万分高兴！提前祝福二位白头到老、万事如意！"

客人们也相互敬酒敬茶，拉家常，有说有笑，感情十分融洽。

饭后，又喝茶、聊天。

正当兴趣正浓时，徐朝宣前来拜访，邀请大家明天中午到天涯酒店聚餐，陪陪从上海来的刘老板。大家欣然接受。徐朝宣感激不尽，拱手辞别。

徐朝宣走后，客人们也陆陆续续告辞回家。

第十三章　心存善良子孙旺

一

徐朝宣人缘好，古镇精英都买他的账。因为大家都知道，这个孤儿能够混到今天，实在不容易。他家的故事在濯河坝一带流传，令人感慨万千。

晚清时期，濯水桐木盖有个小地名叫杨柳，住着一户穷苦人家，男的长得人高马大，外号叫徐大汉。他为人厚道，日子虽然过得清苦，但夫妇勤劳、善良。遗憾的是，夫妇都快四十岁了，还没有一男半女。

有一年闹灾荒，徐大汉到濯河坝赶集，在回家路上，看见一位老者躺在路上奄奄一息，于心不忍，就把老者背回家，媳妇煮饭款待。老者吃饱后，恢复了体力，就要告辞赶路。徐大汉问："老人家，您要到哪里去？"老者满脸凄然，感激地说："恩人，给你家添麻烦了！我孤身一人，无儿无女，走到哪里黑就哪里歇！"徐大汉说："那就在我家多住几天吧！"老者见夫妇诚心诚意挽留，就同意了。

夫妇对老者很客气，像对待自己的父亲一样，令老者十分感激。老者很智慧，既懂风水，又懂中医，还会算"八字"，得了个外号叫"活半仙"。他给徐大汉夫妇号脉后，各开了一张中药单子。徐大汉到灌河坝街上的药铺按单子买药回来，"活半仙"亲自熬好药，令夫妇分别服用。几天后，夫妇容光焕发。"活半仙"很高兴，便语重心长地对徐大汉夫妇说："按命理推算，你们不该有后，可是，你们讲天理良心，积了不少阴德，一定会有好报的！"

过了一段时间，"活半仙"给徐大汉的媳妇把脉，然后高兴地对他们说："恭喜！你有喜了！我报了你们家的恩，该走了！"徐大汉听后，泪如雨下，立即跪下说："您老就别走了，您老对我家恩重如山，我爹去世得早，您就是我的亲爹！我们愿为您养老送终啊！"媳妇也说："爹，您就给我们个机会吧！"说着，也给他跪下。"活半仙"老泪纵横，忙扶起他们，动情地说："好吧，我就不走了！这个家一定会兴旺发达的！"

"活半仙"很勤劳，农忙季节帮忙种田种地，闲时给当地群众看病，深受当地百姓尊敬，日子一天天好了起来。徐大汉夫妇很高兴，感激"活半仙"给夫妇治好了病，让媳妇怀上了孩子，认为是"活半仙"给他们家带来福气，因而对"活半仙"更加尊敬。后来，媳妇产下一子，取名朝宣，一家人更高兴了。

"活半仙"心疼朝宣，精心呵护。孩子生病了，他就用一些偏方治好。有空就抱着朝宣玩。徐大汉夫妇看在眼里、喜在心里，对老者充满敬佩和感激。

一天，朝宣单独玩，被蛇咬了，哇哇大哭。徐大汉夫妇很着急，"活半仙"看了，旋即挖来一些车前草捣碎，涂在被咬的地方，孩子顿时就不哭了。然后郑重对徐大汉夫妇说："车前草是一种野菜，营养价值很高，春天可以经常吃，无论是做馅还是清水煮、凉拌，都是一种非常美味的食物。车前草还有四大药用：一是具有抗炎和杀菌作用，可以有效缓解皮肤瘙痒或发红；二是可用于治疗咳嗽和哮喘；三是可以预防一些炎症性疾病；四是有助于降低尿酸，有一定的利尿作用。"徐大汉夫妇听了，喜不自胜。

二

时光流逝，转眼间春天又来到了人间。桃花、杏花、李花争相竞放，田间地头、山坡荒野处，不知名的野花也柔柔绽放，随清风摇曳曼舞，清香馥馥，弥漫荒野，也很让人陶醉，开心快意。小小黄花，朵朵娇柔绽妍，还有紫色小花点缀，在芳草丛中随风曼舞，似小精灵，令人喜爱。

一天，天气晴朗、白云飘飘，徐大汉陪同"活半仙"到濯水古镇赶集，看到一个人在卖一条大鲤鱼，说是刚从阿蓬江网来的，有九十九斤重。那条鱼望着他们，眼泪不住地流淌。

"活半仙"对徐大汉说："这条鱼是神鱼，煮来吃了会遭天打雷劈的！我们买下放生，一定会获福无量！"

徐大汉说："爹，您见多识广，您说怎么办就怎么办！"于是就买下了那条神鱼。父子俩抬着那条大鱼来到江边放下歇气，准备休息一会儿再放生。这时，一位仙风道骨的老法师朝他们走来，边走边念道："不生不灭本来心，野草闲花也醉人。山花烂漫真心化，心净如如闻妙音。"父子俩忙起身叩拜说："老法师好啊！"

老法师回礼后说："阿弥陀佛，善哉善哉！救人一命胜造七级浮屠，众生平等，救鱼如救人，功德等同！"然后又施礼，父子二人忙还礼。"活半仙"请老法师赐教。

"谢谢施主，我来给它说句话！"然后对神鱼说，"道友，你要坚定道心，一定要修成正果！"接着给神鱼说法，然后反复念诵"皈依佛，皈依法，皈依僧！阿弥陀佛、阿弥陀佛、阿弥陀佛……"接着叫父子二人放生。

那条神鱼到了水里，边游边回头，不住地吐水泡。接着，又游了回来，在他们面前跳了几次，然后才依依不舍地游开了。三人都乐开了花。

父子俩诚邀老法师到家喝茶，法师欣然同意。到家后，老法师与他们一家越谈越欢，鼓励他们多积德行善，造福众生，将来福报不可估量。

从此以后，徐大汉一家更爱做善事了，经常救助贫困人家。日子越过越红火，买了好多田土，还在朝宣五岁那年搬到了濯河坝街上住。

徐大汉搬到濯河坝才两年，"活半仙"便无疾而终。徐大汉为他举行了隆重的葬礼，花去了不少积蓄。

接着，徐朝宣生了一场大病，徐大汉夫妇几乎卖光了田土，才将孩子医好，可家境就一天不如一天了，真是三贫三富不到老啊！

祸不单行，徐朝宣八岁那年，父母双双去世。叔叔于心不忍，就把朝宣接回老家杨柳抚养。徐朝宣很懂事，放牛、砍柴，只要能干的活儿都干。

十二岁那年，徐朝宣告别叔叔一家人，到灌水古镇的一家餐馆当小工。老板见他勤劳，加之徐大汉在世时为人和善，因而对他另眼相看。包吃，每月还给二两工钱。

三

徐朝宣很节约，住在家里、吃在餐馆，工钱多数都积攒下来。

徐朝宣很懂得感恩，逢年过节都要买点礼物去看望叔叔，当地人无不夸奖他。

徐朝宣聪明、能干，吃得苦。餐馆的事干完后，就去找李璧臣先生教他识字、念书。璧臣先生对这个孤儿很关心，免费教他读书，看到朝宣读书进步快，心里特别高兴。

时光飞逝，转眼就到了1906年，那年徐朝宣刚满十七岁，就带着盘缠到上海去闯荡。

江苏的贾先生，在上海租界某洋行工作，深得刘老板信任。

端午节前，刘老板派他去城南一带收欠款，他带上皮袋子就出发了。事情进展得还算顺利，到中午，共收得银洋一千八百多块。

贾先生走了半天，说了半天，早已是口干舌燥、疲惫不堪。正好来到"十六铺"的茶楼，进去匆忙喝了点茶就急忙赶回去交差，以便好好休息一下。

贾先生回到商行才发现皮袋子不见了，顿时如雷轰顶、大汗淋漓、吓蒙了，慌乱中更加说不清、道不明。

刘老板看他神色慌张、张口结舌、语无伦次，认为其中有诈。于是厉声斥责他辜负了东家的信任，并说如不赶快归还就送他见官。

一千八百多块银圆在当时可是一笔巨款啊，如果不乱花，足够一个人用一辈子，贾先生如何赔得起呢？他责任重大，又有口难辩，感到这辈子完了，绝望地大哭起来。

话分两头，徐朝宣买好了那天午间的船票准备渡江回乡看望叔叔。因为离上船时间还早，也来到"十六铺"茶楼，想慢慢喝着茶来消磨这段时光。

恰好是在贾先生刚匆匆离去时徐朝宣就到了。

徐朝宣刚坐下，发现身边的椅子上有个小皮袋子，也没多加理会，慢慢喝起茶来。

许久仍不见有人来取，徐朝宣疑惑起来，提了提感觉沉重，打开一看，他的眼珠子差点惊得掉了出来：竟然全是光闪闪的银圆！

徐朝宣惊喜交加！这可真是一笔大财啊，它不但可以改变自己目前的穷困潦倒状态，而且自己后半生衣食也无忧了。

但他又转念一想：不行，钱财是各有其主的，这钱我不能要！要是因为我把钱拿走了，失主因此而丧失名誉，甚至失掉性命，我的罪孽可就大了！

徐朝宣心想：既然今天让我拾到了这些钱财，我就应该尽到责任、物归原主。到了吃午饭的时候，茶楼的客人只剩了八九个，看他们的神色，没有一个像是丢了钱的，只好饿着肚子等下去。

一直等到掌灯时分，茶客都回家去了，只剩下徐朝宣一人，他仍然聚精会神地注视着过往的人……

突然，他看到一个人面色惨白、踉踉跄跄地朝这里奔来。来人正是贾先生，后面还跟着两个人。

一进茶楼，贾先生就指着这个茶桌对那两人说："就是那里，我当时就是坐在那里的！"三人径直向徐朝宣桌子走来。

徐朝宣看得出他们就是失主，笑着对贾先生说："你们掉了钱袋吗？"贾先生不可置信地盯着他一个劲地点头。"我等你们很久了，"徐朝宣说着拿出那个皮袋子给他们看。

贾先生感激得浑身颤抖，说："您真是我的救命大恩人哪！没有您，我今晚就要上吊了！"

原来，贾先生发现钱丢了时，就想返回去沿途找一遍，虽然能找回的希望渺茫，但也只有这一条路了。

可是主人怕他潜逃，不准他出门，他费尽口舌说了半天，主人才叫两人陪他出来寻找，还嘱咐陪人务必把他带回去。

二人互报姓名后，贾先生要以五分之一作为酬谢，徐朝宣坚决不要；又改为十分之一，徐朝宣还是不要；再改为百分之一，徐朝宣生气了，严词拒绝。

贾先生不知如何酬谢才好，于是说："那我请您喝酒，好吗？"徐朝宣仍然坚决推辞。

最后，贾先生说："不谢，我心怎安！明天早晨在下在某某酒楼恭候，恳请恩公大驾光临，不见不散。"说罢一揖，掉头走了。

四

第二天早晨，徐朝宣居然来了。

贾先生正要施礼再谢，徐朝宣却抢先道谢，说："多亏您昨天丢了钱，让我捡回了一条命！"

贾先生一头雾水，正待细问，徐朝宣接着说："我昨天原定渡江回乡的，已经买好了午间一点钟的船票，因为等您来取钱把船耽误了，回到住处得知，那条船行驶到半途被急浪打翻，船中二十三人全都淹死了。我如果上了那船，岂不也一命归西了？是您救了我的命啊！"说罢再拜。两人互相感激得一塌糊涂。

周围的客人们听了都啧啧称奇，纷纷举杯向他二人祝贺，说徐朝宣一桩善举挽救了两条人命。

贾先生三人回去后，把事情一说，刘老板也十分惊奇，感慨地说："这么好的人真是难找啊！"他非要见见徐朝宣不可。结果两人见面后非常投缘，经过一番长谈后，刘老板极力挽留徐朝宣，并高薪聘请他主管账目。徐朝宣非常高兴地答应了，在工作上兢兢业业、任劳任怨，深得刘老板信任，还与刘老板成为莫逆之交。

徐朝宣在那家洋行干了一年多后便回到了故乡，在濯河坝街上开了个小百货门市部，生意越做越红火，媒人纷至沓来。

十九岁那年，徐朝宣娶了媳妇，日子过得很滋润。1910年正月，长子徐廷模降生，街坊邻居都来庆贺。后来，又生了儿子廷忠、廷林、廷尧、廷泽、廷泰和女儿廷碧，六子一女都高寿，子孙后代都兴旺。此乃后话。

上海刘老板很重情，和贾先生一起，带着丰厚的礼品来到了濯河坝。徐朝宣一家非常高兴，盛情款待，决定第二天中午请古镇名流作陪，隆重宴请刘老板一行。

安顿好刘老板一行之后，徐朝宣急急忙忙出门去请陪客。

第二天中午，徐朝宣在天涯酒店安排五桌宴席，古镇精英几乎全部到场，为刘老板一行接风洗尘。徐朝宣首先介绍了他的莫逆之交刘老板及贾先生，接着向刘老板等人一一介绍古镇精英，令刘老板一行感动不已。

　　宴席一结束，李朝鸿就匆匆告辞回家。

第十四章　情天恨海泪难干

一

朝鸿回到家里，拜见老爹，将这两天的活动情况简略地向李文杓作了汇报。

李文杓听了，意味深长地说："人生最大的错误，就是在错误的人际圈里不知不觉耗尽一生，碌碌无为度过一生。人生最大的喜悦，就是遇见彼此的那一盏灯，你点燃他的激情，他点燃你的梦想；你照亮他的前途，他指引你走过黑暗的旅程。彼此都是贵人，就会相互成就。你的书读得饱，比老爹聪明，自己要好好把握。"

朝鸿沉思良久，觉得父亲像一位哲人，话中含有丰厚的人生哲理。

这段时间，朝鸿几乎每天都要到汪家去和雨虹商谈办学的有关事情。那种快乐，那种心情，可以想象。

李文杓也经常拄着拐杖去拜访亲家，说自己越来越老了，朝鸿已经二十四岁了，雨虹也近二十一岁了，希望早点把两个孩子的婚事办了，完成自己的心愿，让孩子们放手干自己喜欢干的事情。汪茂发其实也有相同的想法，也想早点完成挂心的事情。

正月十二上午，詹信安夫妇带着李家用红纸写好的书帖兴致勃勃地来到汪家，书帖上写的是朝鸿的"八字"，即他的出生年、月、日、时辰，同时也询要了雨虹的"八字"。汪茂发夫妇商量后，便请人将雨虹的"八字"用红纸写好后发给了李家。

汪家便开始筹备嫁妆，计划在秋天嫁女儿。李家也紧锣密鼓地筹备相关事宜，预备秋天娶媳妇。

朝鸿、雨虹也经常到沧浪桥上漫步，除了谈情说爱，谈得最多的是办学校，这是他们共同的理想。他们知道，要办一所学校并办出特色，很不容易，除了筹措办学经费外，需要专业的管理人才和雄厚的师资力量。

朝鸿在京师大学堂念书时有三个同班同学，关系很好，分别住在酉阳龙潭镇和龚滩镇。几天前他就写好书信寄去了，打算正月十五一过，便去拜访他们。雨虹同意朝鸿的想法，招纳贤才是办好学校的关键。

二

正月十六早上，李文构、李璧臣送李朝鸿到码头，千叮咛万嘱咐，叫他路上一定要小心，切莫惹是生非。上船之际，汪茂发夫妇、雨虹也来了。朝鸿非常感动，一一告别，向轮船走去。

船儿启动了，渐渐消失在前方的尽头，雨虹耳边萦绕着锥心的歌声：

> 送郎送到河坝头，
> 妹见船儿泪水流。
> 篙竿点水催船走，
> 篙篙点在妹心头！

朝鸿一去没有消息。第四天傍晚，惦念不已的雨虹又走到码头，翘首等候，船来了又去，就是不见朝鸿的身影。这时，天空细雨蒙蒙，雨虹专注于河面，浑然不觉衣裳微湿。直到一把雨伞罩在头顶，耳边轻轻响起一首山歌：

和风吹来细雨淋，

望郎望得脑壳晕。

凹凹坎坎望成路，

路边石头望成人。

　　雨虹目视远方，说："你怎么来了？"彩凤说："小姐，快回去吃晚饭吧！你别着急，说不定朝鸿少爷明天才回来呢。"雨虹说："也许吧，我们回去吧。"怅然若失地和彩凤离开码头。

　　晚上，雨虹早早躺在床上，可翻来覆去睡不着，脑海里始终萦绕着那两首情歌：

妹为情哥九分愁，

白天黑夜梦里游。

梦里相见得欢喜，

醒来不见眼泪流。

妹等情哥哥不来，

等到花落花又开。

锡壶装酒煨干了，

油炸豆腐起青苔。

　　第二天，雨虹吃过午饭，又去码头等心上人。等到黄昏时分，朝鸿终于出现了，两位小伙子扶着他走下轮船。雨虹见状，急忙跑过去迎接。朝鸿强打起精神说："妹子好！"然后指着两个小伙子介绍："这两位是我的同学，这是赵世奎，这是冉启龙。我病了，一路上全靠他两位照顾！"雨虹忙打招呼，说些感激之类的话。这时，璧臣带着儿子李春晖走了过来。

　　春晖隔远就大喊："幺叔，幺叔，你回来了，爷爷奶奶好担心你！"

　　这孩子腿快，眨眼跑到雨虹面前喊道："雨虹姑姑好！"雨虹摸着春晖的头说："乖！这孩子又礼貌又可爱！"朝鸿也摸着春晖的头说："春晖乖！"

春晖嘴甜："雨虹姑姑比仙女还乖呢！"雨虹乐弯了腰。

璧臣和大家挨个打了招呼之后，看着朝鸿说："老幺，你病得不轻啊，回去休息一会儿，去八贤堂找余神医看看。"朝鸿说："小毛病，无大碍，明早去他那里号个脉也可以。谢谢二哥关心！"

一行人往家走，春晖蹦蹦跳跳在前面带路。经过汪家时，汪茂发夫妇早已到门口等着。朝鸿赶紧打招呼，表示谢意。汪家要留大家喝茶。璧臣说："没多大工夫就到家了，还是先回去吧，以免家父担心！谢谢汪叔叔！"汪茂发夫妇说："也好，那你们改日再来。"雨虹和大家道了别，随父母进了家门。

朝鸿一行回到家里，李文杓夫妇十分高兴，热情招待了朝鸿的两位同学，感谢两人对朝鸿的关照。

朝鸿体力不支，给爹娘问了安，草草吃过饭，请哥哥陪好两个同学，便去睡觉了。

不一会儿，李朝恩来到朝鸿家，一进门就说："我来看看两位稀客——朝鸿的两位同学！咦，朝鸿呢？"璧臣说："他有点不舒服，很疲倦，去休息了。老弟，请坐！"转身给赵世奎、冉启龙介绍："这是我堂弟李朝恩，'仁'字堂袍哥会老大！"两位同学忙说："久仰久仰！幸会幸会！"四个人重新落座，喝茶闲聊，谈论的内容主要是办学。

他们谈话很投缘，越说越兴奋。这时，汪茂发和雨虹也来了，一到就问朝鸿的状况。

璧臣回答："他身体不舒服，一吃完饭就去睡了。要不要喊他起来？"

雨虹说："不必了，让他睡吧。我们来看他的两位同学，没想到朝恩哥也来了！"朝恩笑道："那是应该的，你都来了，我还敢不来？"雨虹抿嘴而笑，算是回答。

小辈们谈得甚欢，李文杓、汪茂发插不上嘴，张罗着弄夜宵去，让孩子们边吃边聊。

吃了夜宵，客人告辞。主人安排赵世奎、冉启龙在朝鸿隔壁屋安寝。

三

清晨，璧臣早早起床，匆匆洗把脸，便喊朝鸿随他去八贤堂看病。两弟兄到了八贤堂，余光顺给朝鸿把脉，又看了看朝鸿的气色，说："病得不轻啊！安心在家里好好调养一段时间，不要想其他事！"开了处方，叫徒弟抓药，把璧臣拉到僻静处，悄悄地说："你家老幺的病很严重，我也没有办法了，赶快想其他办法吧。"

璧臣大惊失色："怎么会这样？请您费心！"

余光顺说："救死扶伤，医生天职，我肯定会尽力，可他这病已经到了晚期，我根本没有办法啊！你可以带他到其他地方去试试，听说黔江城东观音寺的方丈可知一个人的前世今生。"

璧臣说："您是神医，如果您都不能解决问题，其他人更没有办法了。您看这样行不行，您给他开些中药，我回去和爹商量商量，去观音寺里问问方丈，看能不能有救，那方丈我很熟。"

余光顺说："好吧，我尽力而为！"

璧臣内心悲痛，表面却装作若无其事，以免影响弟弟的情绪。抓了药，璧臣带着朝鸿慢慢地回到家里。见兄弟俩回来，李文杓夫妇急切地问："怎么样？"璧臣答道："不要紧，余神医说好好静养一段时间就行了。"李文杓夫妇长吁口气，吩咐人给朝鸿熬药。

药熬好后，朝鸿才喝两口便吐了，感觉很难受，又去睡觉了。

璧臣悄悄把余光顺的话对父母说了。李文杓夫妇一听，惊呆半晌，止不住老泪纵横，又怕幺儿知道真相，病情加重，表面上还要装出若无其事的样子。

两位同学从李家人的神态中猜出朝鸿的病情，吃了早饭就告辞回家了。李家送走了客人，立即商量对策，并做了最坏的打算。

璧臣找来一匹黑骏马骑着，心事重重地前往观音寺。

观音寺位于黔江老城的东边，一条大峡谷就在脚下，河水日夜奔流不息，汇入阿蓬江。整条峡谷逶迤武陵山中，以深、悬、奇、丰闻名，仙山怪石聚会、佛道两家会聚，八面山密林通幽，融山、洞、峡、瀑布、湿地、森林、地质奇观和佛教文化、土家风情于一体。登高远望，大峡谷恰似一条地缝，峡谷两侧峭壁直立，四十多个砾岩溶洞千变万化，鬼斧神工。黔江城其实就是一座溶洞撑起来的。

可是，璧臣无心赏美景，满腹心事地走进庙宇，找到住持慈航大师。两人是老朋友，璧臣省去客套，落座直奔主题，请方丈看看朝鸿的寿元。

慈航大师上香打坐，冥思入定。几分钟后，睁开眼，对璧臣说："先生，别难过！人无千日好，花无百日红！"

璧臣大哭："吾弟休矣！"

慈航大师劝道："有生就有死，快回去吧，你爹娘深陷悲痛，劝他们节哀。"

璧臣快马加鞭回到了濯河坝，隔老远就听到了哭声。

李文枃哭着说："我儿不该去得这么早啊！媳妇还没过门，还无后啊，我的幺儿呀，痛杀老夫！"

四

璧臣扶起李文枃宽慰道："爹，老幺的媳妇虽然还没过门，但人家已经发了'八字'，是算有媳妇的；春晖过继给老幺，是算有后的。"

李文枃揩了揩眼泪说："好吧，难得你理解爹的心意，你就给春晖说清楚吧！"

"好！"忙将春晖叫到僻静处说，"儿子，幺叔对你好不好？"

春晖点头说："好，可惜他这么年轻就死了！"

璧臣说："是呀，他还没有儿子呀，你就当他的儿子吧！"

春晖说："我是您的儿子，怎么要给幺叔当儿子呀？我不懂是什么意思。"

璧臣说："一个儿子就是一房。我和你伯伯与幺叔都是你爷爷的儿子，现在你的叔叔去世了，如无儿子继承，他那房就无后了，所以，你要顶替幺房，成为幺房的大儿子。这样，你爷爷的每个儿子都有后人啦，爷爷奶奶也安心一些。懂了吗？爷爷、奶奶、幺叔，还有雨虹阿姨对你那么好，就听我的话啊！"

春晖明白了爹的意思，懂事地点头答应。

璧臣又说："等安葬了你幺叔，我们给汪家通报这事后，你得叫雨虹阿姨小娘！"

春晖点了点头，然后按照父亲的安排，披麻戴孝，端着朝鸿的灵牌跪在朝鸿的灵柩面前，按照阴阳先生的指点，该叩头时叩头，完成了有关丧事礼仪。

第二天早上，李家就安葬了朝鸿。

雨虹哭得死去活来。汪茂发夫妇也十分感伤。他们的女儿发了"八字"给李家，就视为是李家的人了，如今人未过门朝鸿就死了，这是"望夫寡"。若要女儿另嫁他人，还需征得李家上下的同意，而且还要被人瞧不起。这对女儿来说，实在是太残忍了。

七天后，璧臣带着春晖来到汪家，流着泪说："伯父、伯母，朝鸿走后，家父家母就染病在床，不能亲自前来拜访，请原谅！"

汪茂发强忍悲痛："都是一家人了，别这样说，我们一家人也很伤心啊，可老天作弄人，没办法呀！"

璧臣接着说："家父特别说，他是看着雨虹姑娘长大的，那么聪明善良的一个孩子，让她跟着受罪于心不忍！何况，朝鸿在临走之前说'望夫寡'是早就该破除的陈规陋习，所以，他死之后绝不能耽误雨虹，让她另嫁他人，李氏家族不得为难她，更不能耻笑她，他在九泉之下才会安心！家父答应了老幺的请求！"

雨虹泪流满面，哽咽着说："我和朝鸿虽然是媒妁之言，可是真心相爱的！我家给他发了'八字'，就承认我是他的人了。我虽然读书不多，但祖上的规矩还是懂的，好马不配双鞍，烈女不嫁二夫！我生是李家的人，死也是李家的鬼！"

汪陈氏抱着雨虹哭："我苦命的女儿呀，真是难为你了！"

汪茂发说："感谢文杓兄！谢谢他和朝鸿的好意！……也谢谢我女儿明白事理！"

璧臣拍了拍春晖的肩膀说："去，去给你外公、外婆和小娘行礼！"

春晖走过去跪在汪氏夫妇面前，叩了三个响头，含泪说："外公、外婆保重！"汪茂发忙扶起春晖说："我外孙长命百岁、富贵双全！"

春晖又到雨虹面前跪下，叩了三个响头："小娘，您就别再伤心了，我会好好孝敬您的！"雨虹将春晖搂在怀里，自言自语道："朝鸿哥，我们有后人了，你就放心吧！"

汪茂发原本年老多病，经此打击，身体状况愈发堪忧。他预感自己时日不多了，想在离世之前多做点善事，一来为子孙积德，二来希望自己福满后往生到极乐世界与菩萨为伴。这是祖祖辈辈不变的信仰：好心必有好报，好人死后升天享福，恶人死后下地狱受苦。

第十五章　乐善好施功德满

一

到了夏天，一连好多天没下一滴雨，濯河坝的难民来了一批又一批。汪茂发的心情更加沉重，他邀约龚明礼等人设棚施粥，广济灾民。那几位乐善好施，自然十分乐意。

粥棚很快搭好，汪老先生日日操劳，身体愈加吃不消。子文、雨虹担心父亲，每天陪着父亲施粥，让汪老先生感到欣慰。

仲秋的一天中午，汪茂发溘然长逝。

临终前，汪茂发把家人叫到床前，叮嘱道："灾荒年，丧事从简，省下银两多为穷人施舍。"家人含泪答应。

气若游丝的汪茂发目光定在儿子身上，汪子文握紧父亲的手："父亲，您说吧，儿子一定照您的话办。"汪茂发断断续续地说："子文啊，分家几年，你的生意做得最好，要带一下两个哥哥！雨虹你也要特别照顾……"子文哽咽道："爹，您就放心吧！"

雨虹跪在床前，哭得像个泪人似的。

汪茂发努力地说："雨虹啊，你要挺住……"

子文扶起雨虹："幺妹，只要三哥有一口饭吃，你就不会饿着！你有什么心愿，三哥也会帮助你完成！"听了子文的话，汪老先生露出艰难的笑容。

濯河坝讲究寿终正寝。当病人生命垂危之际，亲属会将其移到正屋间的灵床上，在大家的守护下，度过弥留的时刻，俗称"送终"。人死之前要撤去老人床铺上的蚊帐，据说是使死者不在阴间走错路，误入"枉死城"受罪，免受"落亡之苦"。还要打开窗户，并揭掉若干块屋顶上的瓦片，露出一个小洞，为"开天路"。此举意在死者的灵魂从窗户或屋顶上的小洞游到户外，顺利升天。

这些事情办妥了，汪老先生便安详地走了。家人围在他的身边，泣不成声。

子文按照当地风俗，将米饭塞入父亲口中，表示死者吃饱喝足地离开人世，在阴间不愁吃喝。接着在亡父脚边烧三张纸钱，称"落气钱"。传说这些纸钱，一部分用于供奉掌管阴间生活的阎王、判官、阴间小吏，就像缴纳买路钱和过路费，祈望死者在去阴间报到时不遭苦难；另一部分纸钱是供死者日后在阴间使用，过上富足的生活。然后，把父亲放在六尺长的白布上，四人轻轻地把他提上门板，俗称"下柳床"。

接着，子文点燃鞭炮。璧臣一听到鞭炮声，估计汪家老人去世了，忙带上春晖一起到汪家帮忙料理丧事。

"活菩萨"汪茂发老人去世的消息像风一样很快就传遍了濯河坝，人们无不悲伤，纷纷赶来帮助汪家处理后事。

二

汪茂发老人去世当天，汪子文就派人找来风水先生寻找墓地，并和两位兄长共同商定。

棺材早在五年前就准备好了。棺材有外棺、内棺之分，外棺也称寿木、木头、枋料、枋子，内棺称为内椁、匣子，故有"外棺内匣"之说。制作棺材的树木为耐腐耐磨的杉木、楠木、柏木，忌讳用枫木。内棺近似于长方体，由盖板、底板、侧墙、端墙组合而成，棺头略大，棺尾略小，底宽上窄。外棺头部比尾部大许多，犹如狮盘虎踞，故称雄头，由上盖、底板、侧墙、端墙组成。内棺为殓尸之物，尺寸须与死者身材大致相符。外棺为盛放内棺、护尸之物，尺寸自然要与内棺相吻合。

制作棺材时，木料的拼接全部用公母榫，不能用钉和栓，特别忌讳有铁钉和其他金属物。当地人认为，如果有金属物的话，不仅会钉住死者的灵魂，而且会致死者永远不能投胎转世，影响子孙后代兴旺发达。因而在入棺之前，死者的至亲要细心对内外查看一次，以防被人有意在棺木上钉入铁钉等金属物。为增强棺材的防腐能力，一般都用生漆刷内棺和外棺。传说每刷一次可防腐一百年，刷七次以上可防腐千年。所以，提前准备好的棺材，往往会每年刷一次漆。雨虹记得，父亲的棺材和母亲的棺材至少刷漆了五次以上。

父亲的寿服也在几年前就准备好了。寿服，也称老衣、寿衣，是寿枕、寿衾、寿帽、寿衣、寿裤、寿袜的统称。寿衣的布料为绸或土布，忌讳用斜纹布料、缎子，颜色为红、白、黑三色。"夹衫"是制作寿服必备的，实为两层长衫，青布面子，红布里子。据说人新逝后，一到阴间，老鬼们就会欺生，都来剐新亡人的衣服，当他们看到夹衫里面的红色，以为把皮都剐下来了，红血飞天，就不忍心再抢其衣服了。制作寿衣要选择良辰吉日，裁剪师傅开剪前以香烛酒馔祭奠先祖轩辕黄帝。祭奠完毕，主人要给裁剪师傅红包。不过，与日常服装做工相反，寿衣的布料虽然好，制作却比较粗糙，针脚较稀。

三

濯河坝的老人寿终正寝，称为"白喜事"，仪式非常隆重。"白喜事"的酒宴称为天缘酒，招待参加葬礼的亲戚朋友，但不会广泛通知亲友，故有"人死饭门开，不请自己来"的习俗。宾客特别多时，需办"流水席"，从午宴开始，一直到半夜。如果逝者年过八旬，有的孝家还会预先制备寿碗等礼品。汪老先生虽然只有七十来岁，却在三年前就制备了寿碗。

汪老先生的子女当然知晓濯河坝一带的丧葬禁忌：年纪大的人死时，忌无人送终；人死后，忌久停床上；亲属哭亡人时，忌泪水滴在尸体上；净身更衣时，忌哭；孝子（或说信人）向亲友报丧，忌踏街沿、进家门；死者入棺和安葬时，忌将生人的影子盖入棺内、埋入墓内；举丧期间，孝子只吃稀饭，忌吃酒肉；孝女或孝媳忌脂粉和戴金玉之类的饰物，要粗颜缟素；本族坟山忌被外族人埋葬；挖井（墓穴）时，忌互喊名字；家里的孕妇、寡妇忌讳送葬；抬柩途中，忌棺材落地；孝子送殡回家时，忌回头看坟；烧纸钱时，忌用木棍拨弄；坟上忌开荒、砍树等等。

丧初，要招僧道做佛事，谓之"道场"。一般七日，诵经忏，谓之"烧七"。三年内，做大佛事，撤灵位，谓之"除灵"。

亲人在哭泣举哀的同时，要给死者剃头，还要为死者净身，就是将死者的全身用清水擦洗干净。一般是象征性地在死者手心、脚心、胸窝、顶命心、太阳心等处，反手各擦洗三下，俗称"抹汗"或"洗丧"。死者亲人到水井取一罐井水烧热，帮忙之人给死者剃好头之后，拿新毛巾用温水打湿，在死者胸前背后分别抹三下，以示洗澡。再穿寿衣、寿鞋，按死者岁数，一岁一根白线作腰带缠腰。用白绸或白布裹尸，再穿寿衣，三件至十三件不等，穿单不穿双。然后盖上红底黑边的衾被。净身时，不能让外人听见水响。净身后，将所用的毛巾烧掉。一切停当，摆正尸体，双脚用棉线缠绕使之脚尖并拢向上，然后在其面部盖上"搭面纸"，意思是阴阳隔一张纸，完成"正寝"。

净身后，将死者移至堂屋设灵堂，点起清油灯，燃起香烛纸，并请阴阳先生择期入殓。入殓时，子孙一齐跪拜，并披麻戴孝。所有亲人与遗体告别，然后盖上新被和棺盖，再在棺盖上覆以红布，暂行"封棺"。

丧家要在棺材下用桐油和灯草点灯照明，称为点"脚灯"，也叫"路灯""过桥灯""随身灯""引路灯""引魂灯"，目的是让刚去世的人看清去阴间的道路，熟悉周围的环境，认识那些前来捉拿他的牛头马面等小鬼们。传说此灯由死者拎着走路，若灯熄一次，死者在阴间就会摔一跤。因而亲人要好好守灯，不能让它熄灭。传说去阴间的路非常复杂，先是一段主道，然后有许多岔道。这些岔道，是按不同姓氏分设的，死者亡魂需要依靠"脚灯"走上自己氏族的道路。

汪家严格按以上风俗规定的程序，依次完成了有关事项。

四

点"脚灯"之后，请来道士为死者开路、送魂。传说死者要渡过一条名叫

"血河池"的河，那里有许多虫蚁毒蛇，河上有一座"奈河桥"，有日游神、夜游神日夜把守，生前有罪的要被两旁的牛头马面推入"血河池"受罪，生前行善的死者有神佛护佑顺利过桥。一般亡灵必须在阴阳先生的指引下，才能安全过桥。阴阳先生用咒词为死者超度并指引魂路：

> 去冥土的魂路上，有孤魂野鬼的地方，你不要停留，一直朝你列祖列宗居地走去，那里是最快乐的地方。每一个人都会死，不要再留恋你过去的权力、地位、名誉、金钱了，不要再贪念生前的快乐了，其实你来到这个世界之时，你已经知道来到人间会是痛苦的，所以，你到达人间第一声就是哭泣。这里并不是好地方，只有冥土才是永久安乐的故土。快快活活地去吧，蹦蹦跳跳地去吧，唱唱笑笑地去吧！

子文知道，濯河坝素来有中老年辞世设灵堂的传统。灵堂灯光要求既要看得清楚，又要保持不明亮。灵堂上方用白布或青布做背景，右上方挂一朵大白花，一个大大的"奠"字下面悬挂亡人遗像。由女儿、女婿或侄女、侄女婿送一个悲灵幛，也就是挽幛礼幛。如有多个女儿，则由长女负责；如无女儿、侄女，儿子、儿媳自行挂悲灵幛。悲灵幛布长短以"七父八母"为准则，即父亲辞世七尺、母亲辞世八尺，布的颜色只能用青色或白色。悲灵幛如以女儿、女婿、侄儿、侄女婿赠送，中间四个大字一般为"泰山云寒""泰山其颓""泰山西沉"等；如岳母辞世，可用"泰水西流""泰水西归"等。如无儿女、侄儿侄女，可用"教诲难忘""白云何处"等。

死者沐浴、更衣及开路、送魂完毕，到出殡安葬之前，为治丧礼仪阶段。

死者入殓后，孝子孝孙按照亲、疏、嫡、庶的辈分，分别穿不同的孝服、戴不同的孝帕、披不同的麻纱。发束苎麻，表示与亡人有千丝万缕剪不断的情分。腰系草绳，一则感恩亡者的情义，愿结草衔环相报；二则如果有孤魂野鬼前来索要财物，扑倒的只是一根草绳，会认为亡人很穷，从而作罢。

孝布通用白色，父亲辞世孝布不离七，如七尺、七尺七、四尺七等；母亲辞世不离八，如八尺、三尺八、四尺八等。

五

超度亡灵时，要举行堂祭，相当于追悼会。堂祭时，死者子女和至亲好友还要专门创作并书写祭文（悼词），在堂祭过程中由他人代诵。儿子孙子举行的祭祀称为"家祭"，女婿和外人举行的祭祀叫"客祭"。

在堂祭汪老先生时，他的儿女写了如下祭父祭文：

维

中华民国元年（1912年）7月12日，孝男汪仕荣、汪仕华、汪仕富及孝女汪仕静率孝媳、孝孙，谨以香帛钱烛酒馔不腆之仪，致祭于新仙逝显考汪公讳茂发老大人之灵前，泣之以文曰：呜呼，痛维吾父，偶染微恙，一病身亡。嗟余不孝，祸起萧墙。号天泣血，泪湿衣裳。深知吾父，毕生辛忙。勤耕苦种，毫厘不爽。创家立业，俭朴忠良。克己恭良，处事堂皇。生育吾辈，呵爱甚广。精抚严育，不致张狂。如斯人德，寿宜高倡。俾为儿女，定省参商。侍奉敬仰，永驻芬芳。胡天弃我，分道镳扬。驾返西阙，九天鹤翔。音容笑貌，莫及瞻仰。情何以堪，哭断肝肠。化悲为俭，化痛为强。继承遗志，家声显扬。聊表孝心，设祭斯堂。先父有灵，来品来尝。呜呼哀哉，伏维尚飨！

愚子汪仕荣、汪仕华、汪仕富，愚女汪仕静等泣奠

堂祭之后，便是跳丧。跳丧，又称打绕棺、穿花、串花等。一般由鼓手击鼓指挥，一为死者歌功颂德，二为安慰死者家属，当地人都把跳丧当作情谊的象征，所谓"听见丧鼓响，脚板就发痒""送不起粑粑送不起情，跳一夜丧鼓送人情"。

跳丧舞通常是七项仪式，分别是待师、跳丧、摇丧、践丧、穿丧、退丧、哭丧。要求古乐、歌唱、舞蹈三者同时进行。舞者必须是男性，人数必须是偶数，一般由四、六、八人为一组，每人手拿一件打击乐器，如锣、钹等。在跳丧时，掌鼓者在灵前的左面击鼓指挥，其他人则手持乐器，在灵前或围绕棺木，共同敲击出变化多端、节奏统一的锣鼓点子，并随着不同的曲调和歌词而相应变换舞

姿，或狂歌狂舞，或轻歌曼舞，通宵达旦。唱词有歌颂亡人生前人品、功德的，有赞美爱情的，有表现动物植物的，有唱说历史典故的，甚至还有猜谜的，内容十分丰富。有的还舞狮子、吐火龙、旋火棍。

举行跳丧仪式时，在灵柩前设一供桌，摆上祭品，灵堂内烛光通明，香烟袅袅。在堂屋正对的坝子上用八张方桌、十三把小椅子设十八层地狱，基本程序有开堂（又名"放排鼓"）、请神、端灯、开孝、哭丧、绕灵、穿花、解结、传灯、上桥，穿花与上桥是打绕棺的高潮。打绕棺不仅是对已逝之人的悼念，也是对守灵者的安慰，既慰亡人又娱生者。

汪家的跳丧队一组接一组，唱词丰富多彩，其中最为动人的莫过于《散花文书》：

有花不散心不散，我把花名表一番。
梅花原是素打扮，兰花生来手指尖。
李花白得似粉团，转针莲花团团转。
十姊妹花爱好玩，芙蓉花儿笑满面。
合欢花儿夜不眠，海棠花儿真好看。
芍药花儿颜色鲜，山茶花儿口红染。
石榴花儿似火燃，夜来香花香得远。
鱼子兰花起串串，鸡冠花儿起卷卷。
玉簪花儿生得扁，金钱花儿生得圆。
扬头莲花脸对脸，向日葵花扁又扁。
阳雀花儿不叫唤，水仙花儿下凡间。
今晚陪亡把花散，超度亡灵往西天。

天上日月两悠悠，地下长江昼夜流。
人生在世不长久，看看年轻白了头。
纵有黄金堆百斗，事到头来不自由。
今晚把花散几手，超度亡灵往西游。
锣鼓打得闹沉沉，惊动天门土地神。

天门土地来看问，敲锣打鼓陪亡人。

一来不是在唱戏，二来不是在耍灯。

我今开言把花论，各位歌师听原因。

只因我们无学问，散花拿来赛黄金。

东扯西扯不好听，下面还有我先生。

大家都是爱高兴，陪伴亡灵到五更。

一幅图画是八仙，一个女来七个男。

湘子骑鹤云间站，采和手内提花篮。

洞宾身上携宝剑，仙姑现出小金莲。

国舅手执云阳板，果老骑驴颠倒颠。

钟离手拿鹅毛扇，拐李独脚走上前。

今晚陪亡把花散，超度亡灵往西天。

前面散花无其数，说得大家笑呵呵。

只因亡人归故土，青山绿水一画图。

三春花柳满云雾，明月云遮光全无。

江山不改千年古，唯有人心不比初。

古今孝子无其数，而今有些忤逆徒。

修桥补路行善事，闲言几句随泥牛。

书归正传说明目，超度亡灵往地府。

散花文来说散花，散朵仙花度亡魂。

亡魂度得西天去，逍遥快乐上天庭。

不散东来不散西，洗耳恭听好花文。

到了花场唱几句，大家一起度亡魂。

希望大家来帮衬，打起锣鼓散花心。

歌堂立在龙王背，一道灵符传圣经。

孝家去把山神请，九天玄女下罗针。

玄女罗盘字向定，五行八卦分得清。

二十四山分砂水，六丁六甲分山行。

罗盘上面字看准，二十八宿当先生。

九天玄女地踩稳，孝家安葬送亡人。

希望大家把花散，散花散到大天明。

天地生人在世间，为何彼此不一般。

也有贵来也有贱，也有愚来也有贤。

也有恶来也有善，也有忠来也有奸。

也有邪来也有正，也有仇来也有冤。

人生犹如天上月，初旬缺了十五圆。

人生好比山中树，春来发叶秋来残。

一生福德自己建，下有命来上有天。

尧王治世称圣主，丹朱不曾位让贤。

妲己狐狸进宫院，败了纣王锦江山。

文王盛德垂裔远，周朝鸿基八百年。

秦王无道焚万卷，塞上防畏胡王蛮。

王莽刘秀被追远，奔走南阳十八年。

台城饿死梁武帝，皆因侯景报含冤。

身为帝王命难算，不由人来总由天。

自作善的享安乐，自作孽的受熬煎。

争强作恶遭天谴，一无仇来二无冤。

要好还需早行善，穷富自然有因缘。

留一分来让几件，一世人生不多年。

休想金银满万贯，莫求朝中做高官。

只要一生无过犯，只要儿孙个个贤。

在生衣食无缺欠，临老慎终尽周全。

报本修斋给贡献，超度亡魂早升天。

出殡那天早晨，细雨蒙蒙，好像离人的泪水。出殡仪式一结束，锣鼓、唢呐声就此起彼伏，鞭炮声连续不断，一路上，纸钱纷纷扬扬。长长的送葬队伍到达墓地后，便举行了完整的下葬仪式。

那一年，丧事不断，李文杓夫妇、龚明渊夫妇、余廷恩夫妇、徐朝忠夫妇、樊荣耀夫妇等濯河坝先贤、遗老先后作古，令他们的晚辈感伤不已。最悲伤的莫过于雨虹了，她生命中最重要的两个男人在那一年先后离她而去，慈母汪陈氏也在那一年离世。好在子文兄、璧臣兄及儿子春晖经常来安慰她，朝恩兄也悉心关照，让她鼓起了生活的勇气。

第十六章　雨虹创办女学堂

一

1913 年初，酉阳州改为酉阳县，隶属川东道。消息很快就传到了濯河坝，人们纷纷议论，中华民国政府已经建立一年多了，好像也没有什么大的变化……

那年的清明节来得特别早，杜鹃花开得特别鲜艳。清明节那天，细雨蒙蒙，雨虹撑着一把油纸伞走在小路上，雨丝像一首凄婉动人的小诗萦绕在她心头。她提着一篮子的香烛纸钱，来到父母亲的坟前，点燃祭品，缓缓地跪了下去，虔诚地叩头礼拜，忍不住泪水涟涟。这时，她家失踪几个月的狗出现了，原来它竟然一直守在主人墓地，雨虹十分惊喜，记得安葬完父亲后，狗就不见了，没想到它居然在这里。雨虹抚摸着狗狗，唤它跟自己回家，它却怎么也不走。雨虹似乎明白，或许陪伴父亲成了狗生命中的唯一，它在为主人而活，一直在等着主人醒来。父亲生前对狗特别疼爱，给他喂食、洗澡，无论走到哪里都带着它。

刚要离开，子文到了，喊了声："幺妹，你先来了，怎么不喊三哥一路？"

雨虹说："三哥是个大忙人，不知道你今天有时间。"

子文说："再忙也得抽时间来给爹娘上坟啊！"

雨虹说:"三哥就是孝心好!"

子文说:"幺妹的孝心比我们几个当哥哥的都好!不知你想做些什么事。"

雨虹转了话题:"三哥,我在家里闲着很无聊,看书也是东翻一本、西翻一本的,静不下心来。给我找点事做吧!"

子文说:"不知你想做些什么事。"

雨虹说:"我想教书,最好是办一所女子学堂。"

子文说:"也好,幺妹在濯河坝是远近闻名的才女,要招十几二十个女学生,肯定没有问题,三哥支持你,信安叔叔那儿我去说一声,请他无偿给你提供文房四宝。"

雨虹黯然道:"办学校是朝鸿的遗愿,也是我的心愿。感谢三哥对我的支持!"

两人祭祀了亡父亡母,正待转身返回,墓旁的狗低吠一声。子文这才发现,居然自家的狗在这里,不禁惊愕。子文双目润湿,上前抚摸着狗,唤它回家,狗定定地望着子文,却不肯挪步。子文感慨道,良犬知恩啊。

两人无奈离开,走了一段路,雨虹说:"三哥先回吧,我去看看朝鸿的墓!"

子文说:"难得幺妹重情重义,那我先回去了。"

雨虹来到朝鸿坟前,点燃香烛纸钱,眼里噙满了泪水,耳边响起动情的歌声:

大阳出来照白岩,

妹睡牙床起不来。

去年相思还没好,

今年又把相思害,

恨不得挑起相思卖!

这时,春晖跟着父亲李璧臣正向这里走来,隔老远就喊:"小娘!小娘!"

"哎!"雨虹缓缓站起来,望着父子俩,心里充满感激。

春晖跪在朝鸿墓前叩了三个头。

璧臣说:"妹子,辛苦你了,也难为你啦!我们李家对不起你呀!你这么年轻，还是找个人家吧！"

雨虹说："二哥，别那样说。"

璧臣叹了口气说："走不出的牢笼，都是自己画的。大多数人想改变这个世界，却很少有人想改变自己！"

雨虹感激地说："谢谢二哥关心！"然后摸着春晖的头说："儿子乖，今天跟小娘一起去，小娘给你煮好吃的！"

春晖望了望璧臣，璧臣点头说："跟你小娘去吧，晚上回来读书。"

春晖说："好的，小娘也经常教我读书，比爹教得好些。"

璧臣说："好啊，请你小娘多教教你！谢谢了，妹子！"

雨虹说："二哥，自家人就别客气了！"然后给璧臣介绍了创办女子学堂的设想。璧臣表示尽力支持，并从中明白了一个道理：心中有所牵挂，生命才会坚强。

二

子文在回家的路上，逢人便说雨虹要创办女子学堂。消息很快就传开了。

雨虹带着春晖刚到家里，坝上十多个家长就来找她，请她收自己的女儿当学生。石鸡沱的冉财主带着年仅九岁的女儿冉启秀也来报名，令雨虹高兴不已。

雨虹感谢大家对自己的信任，表示一定尽力教好学生，让孩子们学习文化、礼仪、琴棋书画，还要学习后河戏。她说："你们送女儿上学堂，说明很有眼光，不重男轻女。时代进步了，把自己的女儿培养成为大家闺秀，也有益于国家社会，是一件有意义的事情。"说得家长们心悦诚服。

冉财主说："你是我们濯河坝远近闻名的美女、才女、淑女、烈女，令人敬仰！我们把女儿交给你教育，一万个放心！"

雨虹兴奋地说："你们的女儿我都收下，我得做好准备工作，开学时通知大家。"

大家高兴而去。春晖拉着雨虹的手说："小娘，您真了不起！"

雨虹摸着春晖的头说："做人一定要讲忠孝、诚信，小娘相信你长大后一定会成为一个顶天立地的男子汉！"

春晖使劲儿点头："我一定听小娘的话，长大后一定做个好人！"

雨虹暗下决心实现心愿，她深深知道，没有哪一个行业能像教育这样聚集全社会的关注与期待，没有哪一份工作能像教育这样深刻地影响着民族的未来，没有哪一项事业能像教育这样清醒地坚守着文化家园。

濯河坝女子小学堂开学那天，晴空万里，阳光灿烂，坝上的名人都到场祝贺。詹信安送来一批毛笔和墨锭。璧臣、子文、朝恩自始至终为雨虹撑台子。

学堂门口悬挂着璧臣书写的一幅特别醒目的标语："灵性在这里创造，人格在这里升华。"

开学典礼结束，雨虹谢了各位，到教室开始上课。

班长冉启秀喊道："起立！"全体同学站起来行礼，齐声喊："先生好！"

雨虹回礼，示意孩子们坐下，开口讲道："孩子们，在各界人士和父老乡亲们的帮助下，我们濯河坝女子小学堂正式开学了！我们要永远对他们充满感恩之情。现在，我问大家一个问题，你们为什么要到学堂来念书呢？"

女孩子们面面相觑。

雨虹微笑着说："读书使人明白道理、明辨是非，懂得忠孝礼仪。读书使人聪慧，能够增长知识才干，教我们把握好自己的命运，成为对国家和社会有用的人。"女孩子们瞪大眼睛听着。

雨虹接着问："大家要不要认真念书？"十八个女孩子齐声回答："要！"

雨虹说："好！现在你们都是同学了，大家要像姐妹一样互相关心、互相帮助！现在请同学们依次介绍自己的姓名。"

正式上课的时候，前来祝贺的朋友和家长们陆续散去，他们没有理由不信任这位德才兼备的女先生。

三

雨虹在黑板上写了两个字：忠孝，接着教读音，解释字义。

她说"忠"是形声字，从心，中声。本义是：忠诚无私，尽心竭力。"忠"字可以组成很多词语，如忠心、忠诚、精忠报国等等，并将每个词语作了简要解释。"孝"是会意字，本义是尽心奉养和服从父母。"孝"字可以组成很多词语，如孝道、孝顺、孝义、孝养等等，并将每个带"孝"字的词语作了简要解释。

孩子们听得如痴如醉。

雨虹从孩子们的表情中获得了鼓舞，继续讲下去，讲忠孝，包括对祖国对人民尽忠，对父母对长辈尽孝。如果忠孝不能两全的时候，忠字当先，国家利益至上。为了加深印象，她还举了几个大忠大孝的故事。生动鲜活的讲解，使"忠""孝"二字在孩子们心灵中打下了深深的烙印。

注重社会实践的雨虹，不仅组织孩子们参观寺庙、商铺，还组织郊游活动。

有一次，她带着孩子们爬山，在山脚下，小雨蒙蒙，爬上山顶时，阳光灿烂。这让她体会到，太阳是永恒的，只是偶尔被云层挡住了而已。之所以会被雨淋湿，是因为你在云的下面，而当你超越云层，阳光会洒满你的全身。人生难免阴云密布、大雨倾盆的时刻，但太阳就在云层上方等着。无论是怎样的痛苦，都要咬紧牙关，打起精神，努力向上攀登，就一定能够看到美丽的风景。

雨虹将自己的感受分享给孩子们，教导孩子们做自信而睿智的女子。她语重心长地对孩子们说："我们虽然不能决定太阳几点升起，但可以决定自己几点起床；我们虽然不能控制生命的长度，但可以增加生命的宽度。希望大家养成勤劳的良好习惯，勤奋学习，热爱生活，热爱劳动。"

丰富多彩的社会实践活动，不仅丰富了孩子们的生活，也升华了自己的灵魂。雨虹深深懂得，幸福，不仅仅是一种内心的感受，更是一种能力、艺术与智慧！要想自己无可替代，必须总是与众不同。

四

濯河坝时兴后河戏。雨虹经常带孩子们去观看，大多数女生表现出浓厚的兴趣。雨虹觉得这是个好兆头，不仅自己学，而且边学边教。

戏楼是濯河坝的标志性建筑，为木构架穿斗结构，地下一层，地上两层，结合土家建筑和徽派建筑之美。整个建筑气势宏大，飞檐翘角，小青瓦花格窗。楼的上层比较宽大，屋顶歇山起翘，起伏有致。这种建筑通风防潮，避暑御寒，是少数民族独特的建筑工艺。戏楼的最上面是一个宝鼎，宝鼎下面是莲花，莲花下面是蝙蝠，借蝙蝠的"蝠"喻祝福的福，象征天降洪福。宝鼎两边依次是螭吻、草龙、鳄鱼、麒麟，都是古人认为的祥瑞之兽。在戏楼的中层有一排靠椅，叫"美人靠"。"美人靠"是徽州民宅楼上天井四周设置的靠椅的雅称。徽州古民宅往往将楼上作为日常的主要憩息和活动的场所。古代闺中女子轻易不能下楼外出，寂寞时只能倚靠在天井四周的椅子上，遥望外面的世界，故雅称此椅为"美人靠"。

后河戏源于清同治八年（1869年）。那年，湖北咸丰县的南戏团玉字班到濯河坝演出长达一年，主要剧目有《二度梅》《天水关》等。那些年，汉剧、川剧等多个剧种也在濯河坝演出。当地戏迷背熟了台词，学会了唱腔和表演，形成一批"玩友"。这些"玩友"一有兴致，便聚在茶坊酒肆中表演几段。"玩友"们相聚时，有的唱，有的拉京胡，有的弹三弦，有的打锣鼓；服装用皮纸裱褙裁剪，用红绿画就而成。继而加入本地民间的戏剧和音乐元素进行改造和创作，逐渐在民间传唱开来，久而久之，形成了不同于湖北南戏和汉戏以及川剧，但又有相近之处的独特的地方剧种，称为后河戏。阿蓬江系乌江支流，是乌江的后河，故称其戏为后河戏。

"半台锣鼓半台戏"是后河戏的一大特点。有一套完整的戏剧表演程式：锣鼓分轻重缓急，悲欢刚柔，戏着重唱念做打，形体动作和面部表情统一，虽分南、北、上三路唱腔，但仍属皮黄戏一类。舞台表演空间大，时间跨度不限。唱历史也唱现实，还可用新编、填新词的方法演绎当代故事，因而深受人们喜欢。

后河戏唱腔分为南路、北路、上路三大类。南路含"倒板""一字""二流""扣扣""尖子""哀子""垛垛板"等曲牌，多用于苦皮戏和悲壮戏；北路含"倒板""一字""二流""三板""肖眼"等曲牌；上路含"倒板""一字""二流""四平调""南北杂"等曲牌。三大类唱腔感情丰富，有的高昂铿锵，有的婉转悠扬，有的行云流水，有的悲壮凄凉。

后河戏的锣鼓曲有一百三十四种，分闹台锣鼓和演出锣鼓两大类。演出锣鼓根据剧情的动作和唱腔而定，什么曲牌打什么鼓。由引子锣鼓到放腔锣鼓，应用自如。京胡、二胡伴奏根据锣鼓牌子而定，打什么牌子，就拉什么曲子，道白以地方方言为主。伴奏分打击乐和弦拨乐两种。

雨虹冰雪聪明，掌握了后河戏的相关知识、特点后，反复苦练技巧，再将所学传授给学生。她所教的学生，后来大多成为后河戏的传承者和骨干人员。此乃后话。

　　雨虹创办女子学堂之举，在濯河坝可谓石破天惊，不仅在当地深受欢迎，而且引起了酉阳县教育界的关注。时任酉阳县教育学会会长刘泽膏（字德思，1876—1944）知道后，多次到濯河坝考察女子学堂，与璧臣、体之、雨虹等人探讨时局特别是教育问题，广泛联络濯河坝的有识之士，准备在濯河坝创办新学堂，推行新学。

第十七章　德思创办新学堂

一

　　时光飞逝，一晃又是一年。

　　1914 年 6 月的一天，时任西阳县教育学会会长刘泽膏再次踏上了回濯河坝的路途，打算和龚体之在濯河坝筹备创办西阳县第三高等小学堂，推行新学，也就是张之洞所说的"中学为本，西学为用"。

　　德思对那个时期的教育体制变革情况很了解，毕竟是见证者。1903 年，张百熙、张之洞、荣庆等拟定《奏定学堂章程》。1904 年 1 月，清政府正式公布在全国施行。此章程通常称为"癸卯学制"，参照日本的教育模式，将整个教育分为初等和高等小学堂（小学）、中学堂（中学）、高等学堂（大学）三级，是中国近代由国家颁布的第一个在全国范围内实行的系统学制，是清末民初新式教育体制的主要依据，在中国近代教育学史上具有重大影响。1905 年 9 月 2 日，清廷下诏废除科举制度，至此，从隋朝大业元年（605 年）开始实行，到清光绪三十一年（1905 年）为止，经历了一千三百年的科举制已成为历史。

　　德思一边走，一边浮想联翩：虽然推翻了帝制，建立了民国，可中国已经远远落后于世界发达国家了，要振兴中华，推行新学迫在眉睫……

黄昏时分，德思来到了濯河坝龚体之家。

宾主相见，免不了一番寒暄，之后切入正题。

德思说："体之先生是文举人，濯河坝的开明绅士，热心教育事业，我这次回来找你帮忙，想在濯河坝创办一所高等小学堂，希望得到你的帮助！"

龚体之闻听，兴奋之情溢于言表："我早就有心在家乡办学校，推广新学，可没有找到合适的合作对象。今天你来了，我太高兴了，晚上邀约几个朋友好好喝几杯，一来给你接风，二来为我们的共同心愿庆贺，听听坝上贤达的意见。"

德思忙说："不知你有什么打算，如何运作。"

龚体之说："你是官府的人，你来领衔办学应该以官方的名义办。"

德思说："酉阳县已有两所高等小学堂，我想把第三所高等小学堂建在濯河坝。国家目前还处在混乱之中，各级主要官员还没有把主要精力转移到教育上来。但是，只要是有识之士领办教育，各级政府都会支持的。"

龚体之说："这是大好事！我建议整合有关资源，把这所学堂办得像模像样。比如濯河坝义学讲堂和雨虹创办的女子学堂都有优势，但也有缺陷，把师资等资源整合在一起，再聘请一些德才兼备的老师，把学校规模搞大一点，初步定到八个班，三百至四百名学生，教职工二十五至三十人。"

德思说："好啊，老兄早就胸有成竹！这个设想不错，找他们商量商量。"

龚体之说："两家我都分别联系过，他们都表示大力支持。晚饭都请了他们。"

德思感激地说："你想得太周到了！"

二

晚上，龚体之家灯火辉煌，坝上的头面人物都来了。

大家对德思先生仰慕已久，如今得见自是欣喜。德思先生身材高大，戴一副黑边近视眼镜，身着中山装，儒雅随和。他出身贫寒，苦读私塾。学有所成之后，在冯家坝、马喇湖的杨家湾等地设私馆、教蒙童。清朝末年，"废科举、行新学"，他进入四川通省师范学堂学习，在校期间废寝忘食，品学兼优。毕业后再度回乡教化乡民，著有《为学十戒》，广为诵读。1903 年，创办酉阳县立模范小学堂；1906 年，任酉阳直隶州教育会长。他刚正不阿，生活简朴，回老家常亲自犁田，人们常说他"刘老爷，变成犁田大哥了"。

宴席十分丰盛，大家相互敬酒，各抒己见，滔滔不绝。

雨虹说："我建议学堂的校训为：顶天立地做人，脚踏实地做事。"

龚体之赞许："雨虹妹子的提议我赞成！"

大家积极响应。

李朝恩说："大家都说说，看还有没有更好的。"

璧臣说："我提一个：志当存高远，从小学做人。"

德思先生说："嗯，不错！"

大家跟着叫好，杯中酒一饮而尽。

汪子文说："前面已经抛砖引玉了，大家还是听听德思先生的！"

大家一齐望向德思先生。

德思先生稍作沉吟："校以育人为本，师以敬业为乐，生以成材为志。"

众人喝彩。

龚体之说："雨虹妹子、璧臣先生都说得很好，德思先生说得更好、更全面，他毕竟是远近闻名的教育家啊！我建议，以德思先生说的这个为准！"

李朝恩说："我觉得校训这事就这么定了。既然濯河坝女子学堂要合并进来，我提议，由德思先生担任校长、体之、雨虹担任副校长，璧臣兄担任教务主任，明天就贴出招聘先生和招收学生的公告，抓紧筹备开学事宜，需要我们坝上帮什么忙，请德思先生吩咐就行了。"

众人无异议。

德思先生一脸谦逊："恭敬不如从命！我事务繁杂，可先代理一段时间校长职务，等学堂的事走上正轨了，各位另请高明。"

汪子文率先说道："我其他帮不了什么忙，支持点钱吧。"

璧臣说："子文贤弟出钱，我们出力，没有什么事情办不好！"

三

办学的事紧锣密鼓地进行。

不到两个月，校舍就改建好了，教材也准备得差不多了。

课程设置有国学、算术、音乐、美术、体育等。

大家选了一个黄道吉日，举行隆重的开学典礼。那天，濯河坝敲锣打鼓，人们跳起了摆手舞。酉阳县参事李满堂、濯河坝乡长熊锡山也来学校道贺，坝上各界均送来钱款、粮食等物资。

李满堂本是李念武之后，虽然定居酉阳城，但对故乡一往情深。他在讲话中阐述了推行新学的意义和作用，对德思、龚体之等人的功德赞赏有加，感谢濯河坝社会各界人士对办好高等小学堂的热心，希望全校师生严格遵循校训，让这所高等小学堂办得红红火火，自己也将为家乡的教育事业竭尽心力。

他的讲话赢得了一阵又一阵热烈的掌声。

接着，乡长熊锡山讲话，也免不了殷殷的叮咛和希望。轮到雨虹上台，她一上来就吸引了人们的目光。只见她身着一件素缎旗袍，举止典雅，大大方方地向主席台上三鞠躬，又转过身来向台下三鞠躬，一时看呆了众人。

雨虹朗声说道："作为教书先生，我内心无比骄傲和自豪！今天，我代表濯河坝高等小学堂的全体教书先生向各位郑重承诺：我们一定不辜负大家的殷切希望，尽职尽责、鞠躬尽瘁！"她的话音刚落，便响起了雷鸣般的掌声。

刘德思校长发表了热情洋溢的讲话。他说："教育是塑造人类灵魂的伟大工程，对于培养有理想、有道德，热爱祖国、热爱民族的新人具有不可替代的作用。教育是推动人类文明、进步的特殊工具，对于培养有智慧、有能力的建设人才，推动时代进步、民族复兴具有划时代的意义。希望政府和社会各界真心实意地支持教育，力所能及地为办好教育创造良好的条件。希望全体教职工为办好教育披肝沥胆、呕心沥血，希望全体学生勤奋学习，努力开拓人生新境界，不断攀登科学文化最高峰，长大后成为对国家和民族有用的建设人才，为实现中华民族的伟大复兴而英勇奋斗！"

男生代表李春晖长成了十四岁的翩翩少年，上台信心百倍地宣誓，表示一定珍惜机会，遵守校训校规，勤奋学习，将来报效国家，报效社会和父老乡亲。相比于春晖，十岁的女生代表冉启秀有点羞涩、腼腆。她走上讲台，忽闪着一双水灵灵的大眼睛，脆生生地说：“我代表全体女生给大家表态，我们一定认真学习，在家做孝顺的好女儿，在学堂做讲礼貌、爱学习的好学生，长大后成为受人尊重的淑女、才女！”

这孩子一副小大人的模样，甚是惹人爱怜，台下一片笑声。

四

万事开头难。招聘老师与招收学生同步进行，诸事不少，可也还算顺利。等学堂基本走上了正轨，德思先生和体之、雨虹、璧臣等人才松了一口气。

1915 年 10 月，学堂里的师生争相传阅陈独秀主编的《新青年》杂志，这份杂志高举科学与民主两面大旗，倡导白话文，提出了一系列独到的见解，振聋发聩。

一天放学后，学堂召开座谈会，德思先生语重心长地说：“学堂开学了，感谢各位鼎力相助！办好学堂，教师是关键，恳请各位提高见，我洗耳恭听！”

雨虹发言：“最近，学堂有些师生在传阅《新青年》杂志，我觉得是好事。这份思想启蒙刊物宣传民主与科学，提倡新文学反对旧文学，提倡白话文反对文言文，这对于我们改造思想、开拓知识视野都有很大帮助，学堂应紧跟时代，大力倡导。”

龚体之站起来接着说：“我同意校长和雨虹的看法。我们办学，必须把道德教育放在首位。我觉得，做人，对上恭敬，对下不傲，是为礼；做事，大不糊涂，小不计较，是为智；对利，能拿六分，只拿四分，是为义；恪律，守身如莲，香远溢清，是为廉；对人，表里如一，真诚以待，是为信；修心，优为聚灵，敬天爱人，是为仁。”

李璧臣激动地说：“《新青年》杂志让我们豁然开朗，我们必须更新观念，开拓创新，紧跟时代，不然就会落伍。”

大家鼓掌称是……

星期六下午，全校师生集合，观看雨虹组织的一系列别开生面的节目。

第一个节目：朗诵《少年中国说》，表演者：李春晖、冉启秀。

李春晖：透过历史的眼眸，我们站在岁月的肩膀上远眺。

冉启秀：我们肩负沉甸甸的嘱托，我们憧憬美好的未来。

李春晖：当代思想家梁启超挥笔成就经典名篇《少年中国说》。

冉启秀：经典的铿锵音韵在我们耳边回响。

李春晖：经典的千古风韵在我们心头荡漾。

冉启秀：请欣赏《少年中国说》——梁启超。

合：天地苍苍，乾坤茫茫，中华少年，顶天立地当自强。

李春晖：少年中国者，则中国少年之责任也。故今日之责任，不在他人，而全在我少年。

冉启秀：少年智则国智，少年富则国富。

李春晖：少年强则国强，少年独立则国独立。

冉启秀：少年自由则国自由，少年进步则国进步。

李春晖：少年胜于欧洲则国胜于欧洲，少年雄于地球则国雄于地球。

冉启秀：红日初升，其道大光。河出伏流，一泻汪洋。潜龙腾渊，鳞爪飞扬。乳虎啸谷，百兽震惶。

李春晖：鹰隼试翼，风尘吸张。奇花初胎，矞矞皇皇。

冉启秀：干将发硎，有作其芒。天戴其苍，地履其黄。

李春晖：纵有千古，横有八荒。前途似海，来日方长。

合：红日初升，其道大光。河出伏流，一泻汪洋。潜龙腾渊，鳞爪飞扬。乳虎啸谷，百兽震惶。鹰隼试翼，风尘吸张。奇花初胎，矞矞皇皇。干将发硎，有作其芒。天戴其苍，地履其黄。纵有千古，横有八荒。前途似海，来日方长。

李春晖：美哉我少年中国，与天不老！

冉启秀：壮哉我中国少年，与国无疆！

合：美哉我少年中国，与天不老！壮哉我中国少年，与国无疆！

台下掌声不断。其他节目也十分精彩，令人备受鼓舞。

演出结束后，雨虹走到璧臣面前说："二哥，请你通知春晖，晚上到我家吃饭，有要事相商，我先回去准备准备。"

璧臣爽快地点头答应说："好！"

晚上，汪子文也应邀到雨虹家吃饭。席间，春晖给几位长辈敬酒，感谢长辈们的关照和抬爱。酒席散后，雨虹吩咐丫鬟泡了几杯茶来，这才说明原意："我今天请二位哥子和儿子春晖来，是讨论春晖的前途问题。我觉得，濯河坝这个塘塘小了，应该送他到外面去读书。"

子文问春晖："你的书念得怎么样？读了多少课外书籍？"

春晖掩不住得意："学堂里的课程根本不够我读，古代几大名著我都读了两三遍了！"

璧臣说："先读万卷书，再行万里路。死书要读活，厚书要读薄。你对自己所读的书的内涵理解了吗？"

春晖说："爹，我只注重故事情节，崇拜英雄和好人，至于什么内涵就没有去认真研究过。"

子文说："读书要明白作者告诉我们什么道理，给人生有什么启示，才算真读书。比如《三国演义》《西游记》《水浒传》《红楼梦》四大名著，包含丰厚的人生哲理，也提供了多方面的知识，读透了，会陶冶情操、增长智慧。"

雨虹接着对春晖说："你舅舅见过大世面，读过很多书。"

春晖谦虚地说："几位长辈知识渊博，都是我的榜样。刚才舅舅提到的四大名著各取一端，各有特色、各展风采。不如请几位长辈说说四大名著，让我长长见识！"

子文笑了："你这个小鬼头！好吧，今天咱们就讨论讨论四大名著！"

子文的话，勾起大家的兴致。

璧臣开头："《三国》是正史，《水浒》是野史，《红楼》是家史，《西游》是妖史。《三国》写官，《水浒》写盗，《红楼》写人，《西游》写怪。《三国》搞计谋，《水浒》讲义气，《红楼》重在感情，《西游》讲的是神奇。"

子文接着说："《三国》写了一次变革，《水浒》写了一次冲动，《红楼》写了一场恋情，《西游》写了一次旅游。《三国》写了一个大时代，《水浒》写了一群大英雄，《红楼》写了一个大家族，《西游》写了一伙大妖怪。《三国》斗智斗勇；《水浒》官逼民反；《红楼》怀金悼玉；《西游》光怪陆离。"

……

春晖豁然开朗："长辈们读书读得好认真哦！"

雨虹说："春晖呀，每个人都是自己生命的主角，选择很重要啊！"

璧臣接着说："历史无法选择，现在可以选择，未来可以开创。"

子文说："读好书、交高人，乃人生两大幸事。一个人的身份高低，由他周围的朋友决定，朋友越多，其层次越高，意味着他的价值越高，对他的事业帮助越大。"

雨虹接过话题说："人生舞台上，处处都有精彩。只要怀揣希望，逐梦前行，你就是自己的人生主角！"

春晖点头说："谢谢长辈们！你们的话给我启发很大，我会好好考虑我的未来！"

子文表态说："差钱，找我；差文化，找你爹和小娘！"

春晖站起来给长辈们行礼，表示由衷的感谢。

三位长辈都希望春晖有出息，自然很高兴。

第十八章 弃笔从戎闯世界

一

　　春晖陪父亲璧臣回到家里，毫无睡意。在铺上辗转反侧，反复回味长辈们的话语。

　　从此，他好像变了个人似的，一有空闲，就贪婪地阅读书报，还做笔记，认真回味，反复思考。

　　1916年的秋天不知不觉就到了人间。在灵魂深处扎下传统道德之根的李春晖在学堂里十分活跃，边学文边习武，阅读了不少课外书籍。他最喜爱《三国演义》《说唐》和《说岳精忠传》，这些古典名著对传统道德作了精准的诠释，关云长、秦叔宝和岳飞的忠义侠行和浩然之气对他影响颇深。再后来，他接触到孙中山的"三民主义"学说和"驱除鞑虏，恢复中华，建立民国，平均地权"的资产阶级政纲，以及《新青年》杂志，这些振聋发聩的进步思想在他原本只知孔孟的头脑中增添了崭新的内容。他天资聪颖，高等小学堂的课程远远满足不了他的求知欲。他有得天独厚的条件，业余时间有璧臣、雨虹分别辅导，形成了刚柔相济的性格。他的知识面宽，看问题比同龄人深刻得多。

一天放学后，见父亲无事，便向父亲袒露了自己想从军的想法。璧臣一愣，随即给儿子讲了三条鱼的故事：

"第一条鱼是海洋深处的大马哈鱼。母马哈鱼产完卵后，就守在一边，孵化出来的小鱼还不能觅食，只能靠吃母亲的肉长大。母马哈鱼忍着剧痛，任凭撕咬。小鱼长大了，母鱼却只剩下一堆骸骨。母马哈鱼是一条母爱之鱼。第二条是微山湖的乌鳢，据说此鱼产子后便双目失明，无法觅食而只能忍饥挨饿，孵化出来的千百条小鱼天生灵性，不忍母亲饿死，便一条一条地主动游到母鱼的嘴里供母鱼充饥。母鱼活过来了，子女的存活量却不到总数的十分之一，它们大多为了母亲献出了自己年幼的生命。乌鳢是一条孝子之鱼。第三条是鲑鱼。每年产卵季节，鲑鱼都要千方百计地从海洋洄游到位于陆地上的出生地——那条陆地上的河流。鲑鱼的回家之路极其惨烈和悲壮。回家的路上要飞跃大瀑布，瀑布旁边还守着成群的灰熊，不能跃过大瀑布的鱼多半进入了灰熊的肚中；跃过大瀑布的鱼已经筋疲力尽，却还得面对数以万计的鱼雕的猎食。只有不多的幸运者才可以躲过追捕。耗尽所有的能量和储备的脂肪后，鲑鱼游回到了自己的出生地，完成它们生命中最重要的事情：谈恋爱，结婚产卵，最后安详地死在自己的出生地。来年的春天，新的鲑鱼破卵而出，沿河而下，开始了上一辈艰难的生命之旅。鲑鱼是一条乡恋之鱼。"

春晖激动地说："爹讲得真好。在这个世上至少有三条鱼让我们感动。一条是父母，给了我们生命，目送着我们走向远方，无怨无悔地付出直到无所付出。一条是子女，从呱呱坠地的那一天就与父母结下了血脉之缘，从此无比信任相伴到老。一条是故乡，无论飘得多高，终有一天我们还是要踏上这条回家的路。"

"我们都是一群孤独的鱼，不小心游到了这个世界上，从此被这个世界收留，成为今生今世三条鱼最大的牵挂。"璧臣拍着春晖的肩膀说，"儿子有志气，我支持你。但不能鲁莽行事，以免后悔。北宋名相寇准有一篇传世奇文《六悔文》，只有短短四十二个字，却说尽了人生六大悔事，被晚清名臣曾国藩奉为经典，时刻用于自省。其文曰：官行私曲，失时悔。富不俭用，贫时悔。艺不少学，过时悔。见事不学，用时悔。醉发狂言，醒时悔。安不将息，病时悔。"

春晖说："谢谢爹教诲！"

璧臣说："说实话，爹爹舍不得你离开濯河坝，可是为了你的前途，我又支持你走出濯河坝，到外面去闯世界！"

二

一个丽日的黄昏，春晖到雨虹家拜见他的小娘。雨虹十分高兴，问春晖今后有什么打算。春晖跪了下去，叩了三个响头，流着泪说："小娘，我想到外面去闯世界，希望得到您的支持！"

雨虹扶起春晖说："春晖，小娘支持你！说实话，小娘肯定舍不得你离开濯河坝，但看到你志存高远，小娘为你高兴！"

春晖哽咽："小娘，您在我心目中是一位了不起的巾帼英雄，作为儿子，心里也很矛盾，本应该保护您，可是……"

雨虹说："在濯河坝，没有人敢欺负我，李家、汪家、龚家都是我的保护神，你就放心吧！"

春晖说："小娘，孩儿过几天就要到龙潭古镇投军了，临别之前，想聆听您的教诲！"

雨虹说："小娘请你记住十句话，终身受益！"

春晖点头说："小娘，您请说吧，孩儿一定记住！"

雨虹感慨地说："这十句话，我思考了很久，还是抄一份给你好些，便于记住！"然后走进书房，在书桌上一挥而就。春晖毕恭毕敬地接过那张饱含深情的纸，认真朗读道：

人生十句话

第一，结交两个朋友：一个是图书馆，一个是运动场。到图书馆博览群书，可以不断地丰富自己的知识；到运动场锻炼身体，可以强身健体。

第二，培养两种功夫：一个是本分，一个是本事。做人靠本分，做事靠本事。

第三，乐于吃两样东西：一个是吃亏，一个是吃苦。做人不怕吃亏，吃亏是福；做事不怕吃苦，吃苦是福。

第四，具备两种力量：一种是思想的力量，一种是利剑的力量。思想的力量往往能战胜利剑的力量；一个人的思想有多远，他就有可能走多远。

第五，追求两个一致：一个是兴趣与事业一致，一个是爱情与婚姻一致。兴趣与事业一致，就能使你的潜力得到最大限度的发挥；爱情与婚姻一致，就能使你家庭幸福、人生美满。

第六，插上两个翅膀：一个是理想，一个是毅力。有了这两个翅膀，就能飞得高、飞得远。

第七，构建两个支柱：一个是科学，一个是人文。有了这两个支柱，就拥有无穷的力量，就能攀登任何高峰。

第八，具备两个大夫：一个叫运动，一个叫乐观。运动使你身体健康，乐观使你心理健康。日行万步路，夜读十页书。

第九，记住两个秘诀：健康的秘诀在早上，成功的秘诀在晚上。业余时间能成就一个人，也能毁灭一个人。

第十，追求两个极致：一个是把自身的潜力发挥到极致，一个是把自己的寿命健康延长到极致。

春晖一口气读完，激动地说："读小娘十句话，胜读十年书啊！孩儿一定记住您的教诲！"

雨虹说："好了，你想吃什么，小娘给你煮。"

春晖感激地说："只要是小娘煮的饭菜，孩儿都喜欢吃。"

三

春晖兴致勃勃地回到老家草龟塘，拜见生母李龚氏。李龚氏见到刚满十六岁的儿子，已长成高大帅气的小伙子，心里十分高兴。

春晖说："娘，您生养了我，本应在您身边好好孝敬您，可我想干一番事业，想到外面去闯世界，请您老支持！"

李龚氏说："你太年轻了，出去闯什么世界？我不放心！再说，我也做不了主，得问你爹，还有你小娘。"

春晖说："他们都支持。"

李龚氏说："他们都是教书先生，看问题比我看得远。既然他们都同意了，我也不阻拦。但是，你还得去问问你那几个叔叔、舅舅。"

春晖说："那是自然。我准备出去当兵，您要保重身体，不要太劳累。我会经常写信回来，告诉我在外面的情况，以免你们担心！"

李龚氏说："我儿年纪轻轻，就这么懂事，娘就放心了。至于我，你就别担心，你的哥哥和几个弟弟都明事理！你大娘、幺娘对我也很好，毕竟有你几个舅舅撑着，没有人敢欺负我。"

春晖说："娘，我会在外面好好干，一定要混出个名堂来！"

李龚氏说："这我相信！我儿文武双全，一定会为祖宗争气。到外面，千万要小心，机灵。切记切记！我去给你准备些衣物盘缠。"说完，便到屋里去收拾东西。春晖走出家门，分别拜见了李刘氏、李王氏以及几个同父异母的哥哥、弟弟。

李龚氏送了儿子半里路，不忍离别，眼泪揩了一次又一次。

春晖转过身来："娘，您回去吧！"

李龚氏说："好了，娘就不送了，你要好好保重！"春晖挥手而去，走几步又回头，李龚氏还站在原地。春晖鼻子一酸，差点掉下泪来。走了很远，转过身来，看见母亲还站在那里，他再次向母亲挥手，母亲也向他挥手。春晖的眼泪夺眶而出。

下午三点左右，春晖回到濯河坝，找李朝恩说明来意。李朝恩惊喜："贤侄有此雄心壮志甚好，我给你写一封推荐信，你到龙潭镇后交给当地的袍哥会大爷赵世杰，他一定会帮忙的。"

春晖拱手相谢。

春晖揣上李朝恩的书信和二十两银子，又去分别找了舅舅龚体之、龚聘卿，都得到了支持。

春晖来到汪子文家。子文听完春晖来意，颇感欣慰："你有如此志气，我为你感到高兴！舅舅帮不了你太多，回头取五十两银子做盘缠。"

春晖心中涌满一股暖意。

四

初秋的早晨，薄雾蒙蒙。璧臣、雨虹、子文、朝恩、龚聘卿、龚体之等人陪着春晖行走在古镇街上。春晖豪情满怀，却又充满依依不舍之情。

走到街口，春晖接过行李说："各位长辈请回吧！我会永远记住你们的恩情！"与亲人洒泪而别。雨虹望着渐行渐远的背影，大声喊道："儿子啊，一路多保重！"

春晖不住地挥手，大声喊道："亲人们，请回吧！"加快了脚步。

晚上，春晖到达酉阳县城，按照李朝恩提供的地址，先后拜访了李朝雄、李满堂等宗亲。见到气宇轩昂的侄儿，李朝雄、李满堂十分高兴，安排酒席接风。

第二天清晨，警察局长李朝雄写了封信，叫春晖代交给赵乡长，派两个亲信骑马护送春晖到龙潭古镇。

中午时分，春晖一行到了龙潭古镇，找到一家酒店，点了几个菜，要了一壶酒，感谢两位警察相送，并请他们转达自己对叔叔的谢意。两位警察连声应诺，酒足饭饱之后，起身告辞回去复命。

二位送行人员走后，春晖按图索骥找到当地袍哥会大爷赵世杰，将书信交给了他。赵世杰看了书信，说："朝恩贤弟是我的好兄弟，你是他的侄儿，也就是我的侄儿！俗话说，自古英雄出少年。你年纪轻轻，就胸怀大志，佩服佩服！"

春晖礼貌地说："谢谢赵叔叔夸奖！"

赵世杰吩咐手下人说："保护好春晖侄儿！"下面的袍哥们齐声附和说："大哥，您就放心吧！"

赵世杰又说："晚上在龙潭酒店按最高规格安排两桌酒席给贤侄接风，我还要邀请有关人员到场作陪。"

春晖激动地说："别这样，赵叔叔！您能见我，侄儿都感到诚惶诚恐了，这样侄儿实在不敢去！"

赵世杰慷慨而言："天下袍哥一家亲，你叔叔的事就是我的事。到了我的地盘，我说了算，你就别管了。"

五

晚上，龙潭酒店灯火辉煌。镇上的体面人物赵乡长、袍哥会的头面人物都到了，春晖忙将李朝雄的书信交给赵乡长。赵乡长看了书信，握着春晖的手说："贤侄，我和你朝雄叔叔是多年的老朋友了。他的事就是我的事！"

春晖说："谢谢乡长大人关照！"

征兵长官李副官也带着两个警卫来了。大家起立，向李副官致礼，李副官给大家行军礼致谢。

宾主落座之后，赵世杰隆重推介了春晖："春晖是酉阳县警察局长李朝雄和濯河坝袍哥大爷李朝恩的侄儿，也是濯河坝袍哥会大爷、武举人龚聘卿和文举人龚体之以及濯河坝富商汪子文的外侄。春晖天资聪颖，读了私塾又读高等小学堂，业余时间练武，别看他年纪轻轻，对时局有独到的见解。请李副官予以特别关照！"

春晖忙站起来，毕恭毕敬地给李副官行了个军礼。

李副官是川军二十军第一师六团副官，受团长委派前来征兵。他打量了英姿勃勃的春晖，又听说他文武双全，出自濯河坝的名门望族，加之姓李，自然满心欢喜。于是，便满口答应说："请诸位放心，我会关照的！到了重庆，我把他引荐给郭汝栋长官！"

赵乡长说："春晖处处遇到贵人，可喜可贺！我提议，大家一起敬李副官一杯。"大家一饮而尽，气氛更加和谐，话语也多了。

春晖给几位头面人物都敬了酒，态度谦卑，令人欢喜。

春晖买了两份厚礼，分别送给了赵乡长和赵世杰，表达感激之情，并盛情邀请他们到濯河坝去做客。两人都夸奖春晖聪明，深信他一定会混出个好前程。

赵世杰说："春晖，你对李副官是怎么考虑的？"

春晖说："我正想请教您，我打算给他送五十两银子，请您引荐，不知合适不。"

赵世杰说："好，等会儿和我一起去。我和赵乡长也要给李副官送点礼物，一来请他关照你，二是结交个朋友，以后做某些生意到了重庆，遇到难题的时候，可请他帮些忙。"

春晖说："好的。谢谢您的大恩大德！"

赵世杰带着春晖找到李副官的住处，给他的两个警卫员各五两银子，叫快去通报。两个警卫员半推半就地收了银子，商量之后，一个守着，一个去通报。

不多久，通报的警卫员出来了，引着他俩走进了李副官的临时宿舍。李副官很热情，招呼他们坐，并亲自给他们泡茶。一阵寒暄之后，赵世杰说明来意，送上礼品，春晖也送上银子。

李副官假装生气地说："我们是兄弟伙，又不是酒肉朋友，你们这样做，不是陷我于不义吗？"

赵世杰说："我们是永久的朋友，今后还要到重庆来麻烦您；春晖既是您的部下，又是您的本家，所以都不是外人。我们这地是这个风俗，千里送毫毛——礼轻仁义重。如果您不嫌弃我们，就请您收下！"

李副官说："既是这样，这次我就收下了，但下不为例。今后常来常往的，欢迎赵大哥到重庆做客！至于春晖嘛，我们是本家，一笔写不出几个李字，尽管放心吧！"

李副官给赵世杰写了通信地址和联络方式，对春晖说："你就好好休息，过两天跟着我们到重庆。"

第十九章　剑走偏锋发横财

一

赵世杰要春晖在他家住宿，春晖盛情难却，只好从命。

第二天，春晖闲着无事，便找赵世杰要来纸笔墨砚分别给璧臣、雨虹等长辈写了家书，在信中提及朝雄、赵世杰、赵乡长、李副官等人对自己的关照，特别是赵世杰对自己无微不至的关怀，并表示自己一定好好干，请长辈们放心。书信先让赵世杰看了，赵世杰看到春晖优美的文辞和刚劲、娟秀的字迹，感到由衷的佩服，深信此人前途无量，更觉得自己的眼光独到，有些自鸣得意。

赵世杰像慈父一样无微不至地照顾春晖的生活，见他把书信写好了，便热情地说："贤侄，你把信封写好封好就行了，用不着去邮局寄，过几天，我要到濯河坝，顺便带去，保证比邮寄稳当。"

春晖感激地说："那好，谢谢赵叔叔，您的大恩大德我一定不会忘记！"

赵世杰拍着春晖的肩膀说："贤侄，别见外，出去好好干！我深信你一定很有前途！"

春晖点头说："嗯，谢谢赵叔叔的良好祝愿！"

送别春晖那天，赵乡长、赵世杰亲自送行，赵世杰给李副官耳语了一会儿，部队就开拔了。

过了几天，赵世杰带着两个袍哥兄弟赶到了濯河坝。

赵世杰找到李朝恩家，把春晖的书信交给他。李朝恩看了书信，非常高兴，赞叹说："我这侄儿很懂事，文章和字也写得好，肯定有出息！"

赵世杰说："那是！这次结识了李副官，到时候可以到重庆做些生意！"

李朝恩眼睛一亮，高兴地说："大哥精明！是可以好好利用这个资源。我们得抓住机遇，不可错失良机啊！"然后吩咐手下说："去濯河坝酒家订两桌高档宴席，给赵大哥接风。"手下应声而去。

晚上，濯河坝酒家的"麒麟厅"云集了濯河坝的风云人物。李朝恩首先向大家介绍坐在身旁的赵世杰说："这位是龙潭的袍哥会老大赵大哥，那两位是他舵上的兄弟。"赵世杰忙站起来给大家鞠躬，谦逊地说："非常感谢各位！欢迎各位抽空光临龙潭！"

李朝恩又挨次向客人介绍了李璧臣、汪雨虹等人。

赵世杰一一施礼，真诚地说："感谢朝恩兄！感谢濯河坝的各位贤达！我们有缘相识，谢天谢地！今后若有用得着我赵世杰的时候，尽管吩咐！"

佳肴美酒，气氛热烈。席上，相互仰慕、感激之类的话语暖人心，璧臣、雨虹等人感谢赵大哥对春晖的关照。赵世杰说："那点小事实在不值一提！"

那晚，大家的兴致都很高，相互敬酒，一共喝了十二瓶濯河坝名酒——泉孔酒。大家都要求赵世杰多住几天，一定要宴请他，请他千万别推辞。赵世杰爽快地答应了。

酒足饭饱之后，李朝恩吩咐手下："你们两个陪世杰兄的两个兄弟到满堂春去玩玩，我陪世杰兄到我家喝茶，叙叙旧！"

李朝恩的两个袍哥会兄弟领着赵世杰的两个兄弟歪歪倒倒地走了。李朝恩挽着赵世杰向自家走去，其余人员跟着走出店门，向他俩道别，各自回家去了。

二

回到家里，李朝恩叫用人泡两杯好茶送到书房来。

李朝恩和赵世杰分宾主刚坐好，热茶就来了。李朝恩吩咐说："提一壶开水来，不准任何人进来，我和赵兄谈点事。"用人应声而去，提了一壶开水来，然后轻轻带上门。

赵世杰开门见山地说："兄弟，我们是多年的老交情了，我想和你商量一件事，不知可以不。"

李朝恩笑着说："我们两弟兄就别见外，但说无妨！"

赵世杰说："我想和你联合做鸦片生意。"

李朝恩吃了一惊："这是犯法的事呀！"

赵世杰说："老弟，这不像你的为人风格吧？你都不敢，我还敢？"

李朝恩说："我的哥，我知道那油水多，可风险很大啊，你说说你的想法，我们探讨探讨。"

赵世杰分析说："现在虽然是民国，实际上是不伦不类，清王朝垮了，军阀上台了，没有人管老百姓的死活，有钱有枪是硬道理。军阀们各怀鬼胎，各自为政，相互争夺地盘，也悄悄贩卖毒品，根本没人来管这些。再说，只要伪装得好，冒充普通商品，很容易鱼目混珠。鸦片装箱财不露白，免得白道上的人眼馋，明里暗里吃、卡、要，也免得黑道上的来抢来偷……当然，要做这生意，需要疏通多方面的关系，尤其是军队和警察局的关系，以防万一。"

李朝恩点头说："那是那是！这年头，社会动荡不安，没有实力肯定不行。只是这样做，有违天理良心啊！"

赵世杰说："在这兵荒马乱的年月，这种生意我们不做，别人也会抢着做。再说，这种生意利润高，不做白不做。我们赚钱也不是赚穷人的钱，我们钱多了，还可以救济穷人啊！"

李朝恩说："说得在理。酉阳方面我可以基本摆平，重庆方面有难度，你结识了李副官，可以利用他打通关节。"

赵世杰说："李副官那里我可以摆平。还有货源问题，老弟点子多，应该没有问题吧？"

李朝恩说："我们都想办法吧，短时间肯定不行，最早也要到明年秋天。"

赵世杰说："你老弟是胸有成竹，不知道你葫芦里装的什么药，佩服佩服！"

李朝恩说："哪里哪里，别见外了！"

两人越谈越欢，似乎心有灵犀。直谈到瞌睡来了，才罢休。

第二天，赵世杰在李朝恩家吃过早饭后，分别到李璧臣、汪雨虹家拜访，转交了春晖的书信说："昨晚就该把信拿给您，又觉得喝酒场合不合适，更重要的是想专程拜访，表示敬意，春晖聪明、能干，一定会前途远大！"璧臣、雨虹都很热情，读了春晖的家书，都十分高兴，都要宴请赵世杰。赵世杰说，龚聘卿提前约好了，不能违约。两人便分别送了一份礼物，表示谢意。

中午，龚聘卿做东，宴请了赵世杰一行，依旧邀请了坝上的风云人物作陪。

下午，赵世杰分别拜访了汪子文、余光顺、余共安、詹信安，商议联合做桐油、布匹、药材等生意。

晚上，汪子文设宴招待了赵世杰一行，陪客和李朝恩、龚聘卿所请的人员差不多，都是濯河坝六大家族的核心成员及坝上名人，你来我往，一团和气。

通过姻亲关系，加之经常相互走访、宴请，濯河坝"李家的面子""龚家的杆子""汪家的票子""余家的铺子""徐家的刀子""樊家的锭子"等六大家族各显神通，关系进一步融洽。

赵世杰在濯河坝待了三四天，觉得收获颇丰，不虚此行，高兴而去。

三

赵世杰走后没几天，李朝恩便带着管家和五名家丁到五佛岭去打猎。

五佛岭在濯河坝的背后，有四五公里远。山势雄奇、秀美，千年古树林立。那五座山岭相连，活像五尊佛像，惟妙惟肖。传说在很久很久以前，佛祖带着观音、文殊、普贤、地藏四大菩萨路过此地，见这里百花齐放、万紫千红、空气清新，便走下云端，在这里歇息了一会儿。附近百姓见这里祥云缭绕，金光四射，隐约浮现佛祖与菩萨的庄严圣像，便倒身叩拜。当他们再抬头时，祥云、金光散了，佛祖和菩萨离开了，留下五座酷似佛祖、菩萨的秀美山岭，便取名为五佛岭。

五佛岭林木苍苍，四季各色鲜花竞放，空气清新，老虎、野猪、豹子、巨蟒、山羊、猴子等野兽特别多，金鸡等数十种鸟儿不时发出欢快的鸣叫，人迹罕至，令人胆战心惊，因而很少有人敢到那里去打猎，但也有不信邪的人。一个月前的一个下午，有个名叫张风哥的年轻人带着伙伴张毛山去五佛岭砍柴。他们正在砍柴时，一只大老虎循声跑来，张毛山吓得屁滚尿流。张风哥正在拾柴，忙放下手中的柴，朝老虎迎面冲去，一拳打中老虎的眼睛。老虎咆哮着朝他扑来，他一闪，顺势骑上老虎背，朝着老虎头挥拳猛打。老虎急了，用力一跳，张风哥摔了下来。老虎已经筋疲力尽，正要向张风哥扑来时，张风哥就地一滚，迅速站起来，挥舞着双拳，老虎慌忙逃走。张毛山见老虎跑了，忙走过来看张风哥，问他伤了哪里，张风哥拍了拍身上的衣服，自豪地说："毫发无损！"张毛山感到很神奇，对张风哥佩服得五体投地，回家给当地人讲了张风哥与老虎搏斗的经过，人们争相传说，越传越神奇，张风哥的名声很快就传开了。同时，也没有人敢去五佛岭砍柴了，怕豺狼虎豹伤着。

李朝恩一行走到山林边，没有进山林。家丁不解地问："老大，来打猎，怎么不进山林？"

李朝恩说："山林里豺狼虎豹成群结队，人手少了，不安全，下次带足了人手、子弹再去。"说完，认真观察地形，无限感叹地说："这一片荒地有好几十亩，荒着很可惜啊！"

家丁说："这岭上豺狼虎豹多，谁敢来耕种啊？"

管家说："大白天，怕什么？再说，人有三分怕虎，虎有七分怕人。我看栽种点名贵中药材，完全没问题。"

李朝恩点了点头说："是啊，我看这办法不错！"

管家忙说："老大，我是开玩笑说说，您就当真？"几个家丁你看我我看你，不知道老大葫芦里装的什么药。

李朝恩说："这是好主意呀，我们回去再说。"说完，便带头往回走，管家及家丁忙在后面跟着。

回到濯河坝后，李朝恩一行到濯河坝酒家美餐了一顿。饭后，李朝恩把管家叫到书房面授机宜。

深秋时节，管家带着几个家丁又去了上次去过的五佛岭的山林边。按照李朝恩的吩咐，管家组织了附近三四十个劳力把那片荒地除草、翻土之后，种上了罂粟。罂粟是二年生草本植物，叶长椭圆形，夏季开花，花瓣四片，红、紫或白色，果实未成熟时划破表皮流出乳状白液，可制鸦片，含吗啡和其他生物碱，有镇痛、镇咳和止泻作用，但常用成瘾。罂粟和麦子一样秋末播种，来年麦收前后收获。凡是适宜麦子生长的土地和气候，也就适宜种植罂粟。管家给每个劳力发了双倍的工钱，代表李朝恩大爷感谢大家，希望大家保守秘密，更不能损坏药材，否则，定受惩罚。当地人谁不知道李朝恩的大名？谁敢动他的东西？

四

转眼就到了1917年的夏天。汪家的桐油、菜油、酿酒、染坊、面坊等生意越做越红火，余家的中药铺、副食店铺人来人往，其他家族的生意也火爆，江浙会馆"万天宫"，湖广会馆"禹王宫"，江西会馆"万寿宫"，商贾云集。李家、龚家的茶楼、赌馆、妓院热闹非凡，徐家、樊家的小生意也火爆。

李朝恩的管家忙着带领家丁悄悄去了五佛岭的山林边，收割去年种植的五六十亩罂粟。由于是多年的荒地开垦出来的，土地十分肥沃，大获丰收。一个家丁说："这药材是不是鸦片？"

管家喝道："住嘴，专心干活，乱说，你就不怕老爷扒了你的皮？"那个家丁脸红脖子粗，其他人都认真干活，不敢多言多语。

罂粟收割后，李朝恩找来师傅用铁锅熬炼成鸦片。

接着，李朝恩不断找汪子文、龚聘卿、余共安、龚明礼商量，准备组织一批货物到重庆去卖，然后从重庆买回各自所需要的货物，由李家的镖师押运。李家的镖师多次押运过濯河坝的货物，从未出过差错，坝上的人都放心。李朝恩表示，初次到重庆，为了保证货物安全，这次自己亲自去，大家都很敬佩他，觉得他考虑问题细心、周到。

没几天，汪子文准备了一批桐油、菜油等货物，余共安、龚明礼准备了濯河坝的土特产薄荷、马蹄香、芍药等。

晚上，赵世杰带着八九个镖师押着几辆马车，马车上装满了药材箱子，如约来到濯河坝。

第二天早上五点钟，李朝恩招来十几个他信得过的同门兄弟，把自家的货物装了箱，装在了马车上，同时把汪子文、余共安、龚明礼的货物装在马车上，一共十五辆马车。李朝恩带着十七八个镖师，与赵世杰的马车队一起，浩浩荡荡地向黔江方向进发。

晚上到达石会坝住宿，第二天清晨向彭水进发，晚上七八点便到了彭水县城乌江码头。那里的警察局何局长带着七八个警察早已等候在那里，专门包的一艘货船也在江边停泊着。李朝恩忙给何局长打招呼，并递一包银子说："何局长辛苦了，小意思，不成敬意！"

何局长一边收下银子，一边赔笑说："前几天收到酉阳李朝雄局长的信，说兄弟要经过这里。到了我的地盘，请兄弟放心！"

李朝恩致谢说："谢谢局长大人关照！"

何局长客气地说："别见外，李局长是我的老朋友，还请兄弟在他面前多多美言。快叫兄弟们把货物搬上船后吃饭，我为兄弟接风！"

李朝恩点了点头，吩咐镖师把货物全部搬上船，并向何局长介绍了赵世杰。何局长热情地握了握赵世杰的手，然后摆龙门阵。

不一会儿，货物全部搬上了货船。李朝恩吩咐五个镖师守着货船，何局长也派了三个警察守护。然后到码头边的一家酒店，安排了三桌丰盛的佳肴，先上两桌的菜。

何局长举起酒杯说："各位兄弟远道而来，辛苦了，先干一杯！"大家表示谢意，将杯中酒一饮而尽，然后狼吞虎咽地吃菜。

何局长又分别敬了李朝恩、赵世杰，两人分别还礼。不一会儿，几个酒量有限的警察和镖师吃饱了饭，打了招呼，去替换守货船的那几个人。

酒足饭饱之后，李朝恩吩咐一个镖师去结账，并对何局长说："我们经商，钱要宽裕些，您就别和我争了，我们回来后再请您喝酒！非常感谢，欢迎您随时到濯河坝去做客！"赵世杰也要付钱，被李朝恩制止了。

何局长说："好吧，恭敬不如从命！你们的马匹、马车我已经安排了人手看护，请放心！"然后陪同到码头。李朝恩与何局长握着手，吩咐贴心镖师给每个警察发了五两银子，然后依依不舍地告别，登上了货船，何局长一行在岸边不住地挥手。

五

轮船航行了一天一夜，第二天黄昏时分到达重庆朝天门码头，停靠在一艘趸船边。李副官已升任团长，和当地的袍哥会老大陈大哥等带着二三十个士兵提前到达码头边等候，隔老远就给赵世杰打招呼。赵世杰忙和李朝恩下船来，快步走到李团长、陈大哥跟前，与他们热情地握手。

赵世杰与李团长悄悄交谈之后，递给他一口皮箱，李团长叫副官提着，然后很热情地向李朝恩、陈大哥道了别，笑吟吟地走了。

李团长走后，陈大爷和李朝恩、赵世杰热情地交谈。不一会儿，陈大哥带领的一大群兄弟把那批货物卸下船，装上汽车。管事过来说东西验过了，货对头，数量也无缺，已经装上车了。陈大哥把手一挥，两辆卡车、一辆中型吉普车开上公路。

汽车开到一个宅院前，司机叫李朝恩、赵世杰下车，指了指院子，说那里有人接你们。两人下了车，警觉地站到了院子前面大槐树的阴影里。

正当他俩疑惑的时候，那座小院的门一下开了。从里面出来一个仙风道骨的老者和一个身穿旗袍的漂亮女子。

老者热情地说："你们是李朝恩先生、赵世杰先生吧？我是你们陈大哥的父亲，这是他的妻子张娜，请到屋里坐。"

两人慌忙施礼，跟着走进了屋子。老者说："张娜，快点帮你娘煮饭，我陪他们喝茶、摆龙门阵。"

张娜说："好！饭菜早就准备好了，等孩子他爹回来了就开饭。"

约莫半小时，陈大哥就回来了，与客人热情握手："两位兄弟安心住我家，我已安排你们的镖师到旅馆里去住，有兄弟伙陪他们，免得你我兄弟说话碍手碍脚的。"

晚餐相当丰盛，陈大哥的母亲做了一罐干豇豆清烧腊猪蹄，一罐海带炖土鸡，还有清炖鲤鱼、烤鸭等佳肴，让李朝恩、赵世杰大呼美味，陈大哥也直呼过瘾。饭后，陈大哥把李朝恩、赵世杰领到自己的书房喝茶、聊天。

第二天中午，陈大哥和李朝恩、赵世杰坐车到一家酒店的一个包房，刚坐下，李团长就带着李春晖穿着便服来了。大家都高兴，相互之间说了些客套话。李春晖先是惊讶，后是激动。他说，感谢长官关照，感谢叔叔们关心，并请李朝恩带信给家乡的亲人，他过得很好，已经升任排长，请勿挂念。李朝恩满口答应，同时感谢李团长对侄儿的关照。李团长说："应该的，都是自家人，用不着客气。再说，春晖很争气，文武兼备，又谦虚又刻苦，将来前程远大啊。"

饭后，李团长和春晖告辞。陈大哥送朝恩、世杰到朝天门码头，镖师们已在那里等着，汪家需购的布匹，龚家、余家需购的犀角、阿胶、当归、党参等药材，李家、赵家需购的枪支等货物已经用麻布口袋、木箱装好搬运到了船上。李家、赵家的心腹镖师过来说，东西验过了，货对头，数量也无缺。

　　李朝恩、赵世杰与陈大哥一行一一握手后，上了轮船。

　　五天之后，顺利回到濯河坝。赵世杰一行在坝上住了一晚上，第二天清晨，带着马车队向龙潭进发。

　　汪子文、余共安、龚明礼各自收到自己的银子与货物，自然很高兴，上门感谢李朝恩。

　　璧臣、雨虹对种植、贩卖鸦片很是不满，私下也劝过李朝恩，可朝恩根本听不进去，谁也说服不了谁。论交情，朝恩对他们的关照可谓无微不至。二位先生除了叹息，只有教书、读书，不再过问此事，以免把关系搞僵。

　　连续几年，李朝恩利用五佛岭边那几十亩开荒之地种植罂粟，发了横财。之后，在坝上的黄金地段买了一块风水宝地，修建了三楼一底的四合院，可供三十多户人家居住，成为坝上最大的建筑。后来修的 319 国道从他家门前穿过，公路两边陆续有人修建房子，逐渐形成了一条长街。

　　日子一天天流逝，濯河坝的货运码头边的船只往来不断，驿道、商道、盐道上的车马、人流不断往来或经过濯河坝，老街店铺林立，人气更旺。

　　一天，街上出现了一个特别的身影，有人悄悄耳语，说那人是打虎英雄张凤哥，绰号"天棒"。

第二十章　天棒捉肥掀波浪

一

张风哥虽然只有一米六五左右的个子，却长得十分结实、健壮，目光如炬，身手灵活、敏捷，力大无比，走路像风一样快。他个性倔强，天不怕地不怕，人们就给他取了个绰号"天棒"。他出生在五佛岭脚下的一个贫苦农民家庭，距濯河坝二十多里远，从小就和哥哥张大牛帮助父母干活，当地人都夸他是个孝子。

由于家庭贫寒，为谋生计，张风哥小小年纪便给金洞峡口坝何财主家当长工。何财主为人极不厚道，不仅想方设法克扣长工的工钱，还经常打骂长工，长工们暗地里叫他"活剥皮"。张风哥受不了虐待，偷跑回家，立志要出这口恶气。于是，他在家边做农活边练功夫，数年过去，他长大了，功夫也练好了。

张风哥忘不了当长工时受到的屈辱。一个月黑风高的夜晚，他翻山越岭，摸到金洞峡口坝一把火烧掉了"活剥皮"的房子，再悄悄回到家里睡觉。

自从在五佛岭打败老虎之后，天棒的胆子更大了。他想，天天干农活是富不起来的，也改变不了家里贫穷的现状，便萌生了"捉肥"的念头。去哪里"捉肥"呀？附近有很多大户人家，可人家都有枪有家丁，根本下不了手。再说，兔子都不吃窝边草，在近处"捉肥"不妥，逗人骂，尤其怕爹娘责骂，还有可能遭到报复，风险太大。

天棒找到儿时的好伙伴张毛山商量。张毛山瞪大眼睛，吓得说不出话来。

天棒说："看你吓成那样子，怕什么？我只是找你出主意，又不是叫你一个人去干。"

张毛山说："我们从小就是好朋友，从小就听你的，我能出什么主意？只不过，老虎都怕你，你还怕什么？"

天棒说："我爹娘都老实忠厚，绝对不同意我去干那事，总得找个借口出门啊！"

张毛山说："这倒好办，就说我两个一起外出找活儿干。"

天棒说："好！你跟着我一起出去逛逛，保证不会让你吃亏。"

张毛山说："这我相信，我们回去各自给自己的爹娘说，应该没问题。"

两人约定好了，各自回到家里，给爹娘说了自己想外出找活儿干的想法，并且有伴。爹娘都很高兴，叮嘱路上千万要小心，不可惹是生非。

1919年初秋的一个晴天，天棒和张毛山带着包袱出发了。一路上，两人说说笑笑，商量到哪里去，去了又怎么办，盘算着一旦真有了钱如何用。

两个人反复讨论，决定到彭水的郁山镇去碰碰运气，因为那里盛产盐巴，水路、陆路上的商贾往来不断，大富人家多。

二

天棒和张毛山风餐露宿，不到两天就到了郁山镇。

郁山镇街上店铺林立，人来人往，川流不息。他俩找到一家面馆，每人吃了一碗面条，向老板打听有关情况。然后，又上街到处逛。走着，走着，天棒忽然眼睛一亮，一个衣冠楚楚、相貌堂堂的中年男子一手牵着一个男孩迎面走来，两个小男孩的相貌一模一样，十分可爱，显然是双胞胎。天棒和张毛山假装没有看到，等他们走过后，隔远悄悄跟踪……

晚上，天棒和张毛山到镇外的一户农户住下，打听到了准确信息：那人姓高，因为中年秃顶，人们便叫他"高光头"。"高光头"家祖祖辈辈做生意，富得流油，在镇上有半条街都是他家的产业，因此这条街被称为"高半街"。"高光头"乐善好施，被当地人誉为"活菩萨"，先后娶了两房媳妇，可都没有子嗣。"高光头"心急如焚，到处烧香拜佛，四十岁那年，小婆子终于给他生了这两个宝贝儿子。

天棒翻来覆去睡不着。他想，"高光头"是个好人，绑架他的儿子很损德，可是，绑架穷光蛋又不起作用。唉，谁叫他那么富！自己要是有钱用，也不会去干那缺德事。

天棒铁了心，和张毛山商量了一阵，叫他先休息，他一个人去侦察，免得暴露了目标。

天棒连续两天在高半街转悠，搞清楚了"高光头"两个儿子睡觉的地方在厢房，两人由一个十四五岁的保姆陪着。

天棒回到住处，和张毛山谋划了一番。

深夜两点左右，郁山镇进入了梦乡。一片寂静中，夜空突然出现几个闪电，顷刻间雷雨交加。俗话说，月黑杀人夜。天棒以为这是老天在帮忙，唤上张毛山钻进霹雳中，悄悄来到高家的厢房门外，弄开了门闩，轻轻走到床边，用毛巾塞住了保姆和两个小孩的嘴，把保姆捆在床上，随后抱着两个小孩扬长而去。

第二天早上，高夫人起床，见保姆还没起来，便大声喊她，喊了好几声，没有回音，便跑到厢房一看，大吃一惊，两个儿子不见了，保姆被捆着，嘴里塞着毛巾，一时间惊慌失措，破了嗓子大喊。

"高光头"急忙起床来到厢房，见铺上有一张字条，上面写着几行字：

"你的两个儿子在我手上，准备一千块大洋到濯河坝五佛岭下张风哥家来取人，给你五天时间，别耍花招，否则要你儿子的命。"

"高光头"泪水纵横，夫人更是呼天抢地，号啕大哭。"高光头"到底是"高光头"，他慌张了一会儿，便迅速冷静下来，果断地说："哭有什么用？赶快筹钱救人要紧！"

镇上人家知道高家飞来横祸十分同情，纷纷出主意。当地袍哥会老大主张设计杀掉张风哥，夺回孩子。好心人担心，这太冒险了，张天棒老虎都斗不过他，万一失败，伤了自家兄弟，还可能害了孩子。当地文人劝说，钱财乃身外之物，生不带来死不带走，只要人在，有的是机会找钱。张天棒的目的是要钱，先筹钱把孩子赎回来再说。

袍哥会老大把"高光头"叫到旁边耳语："把我那四个武艺高强的袍哥会兄弟带去接孩子，顺便打探虚实，伺机行动。"有袍哥会老大做后盾，"高光头"心里有了底。

三

天棒两只手一手抱着一个孩子在前面飞跑，张毛山在后面紧紧跟着，累得上气不接下气。天刚亮就赶到了石会坝，找到一家小店，吃了早饭继续赶路，中午到了黔江县城，晚上就赶回了老家。一家老小都没有睡，见天棒和张毛山抱着孩子进屋，不知何故。

天棒说："娘，快给我们煮点吃的，饿得心慌了！"

天棒娘眼上眼下打量两个孩子："你和毛山出去找活儿做，怎么就回来了？这，这到底是怎么回事？"

天棒说："娘，我又饿又累，吃了饭再给您老人家慢慢说。"

凤哥、毛山狼吞虎咽吃完了饭，天棒爹说："你们饭吃了，说说是怎么回事。"

天棒如实相告，一家人大惊失色。

天棒爹说："我们家祖祖辈辈本分，你这么干，怎对得起列祖列宗？"

天棒娘揩着眼泪："儿呀，人穷不穷志气，可不敢做伤天害理的事呀！"

天棒说："爹娘说得都对，可人无横财不富，马无夜草不肥，那高家在郁山富得流油，有半条街都是他家的，放点血，也不过是九牛一毛。"

天棒爹说："别人是别人，好的不学，去学坏人，万一人家来报复，那不是引火烧身吗？"

天棒说："怕什么，老虎都怕我，他能把我怎么样？不拿钱来，我就杀了他的儿子！"

天棒娘说："人家与你前世无怨，今世无仇，犯着你这样！你就不怕遭报应吗？"

天棒冒火了，说："为了钱，我不怕遭报应！"

天棒爹摇头叹息。天棒娘见劝阻无望，把两个孩子搂到怀里："我们劝你不听，你要了人家的钱财，千万不要害了这两个孩子。"

天棒说："好吧，只要给钱，我绝不伤害他的孩子！"

四

三天后的清晨，"高光头"筹足了钱，备了一份礼品，与那四个武艺高强的袍哥会兄弟骑着快马向濯河坝挺进。中午刚过，便到了濯河坝，递上袍哥会名片和郁山袍哥会老大的书信，三家袍哥会老大知道了情况，十分愤恨张风哥的做法，大骂他损害了濯河坝人的声誉，要讨伐天棒。

"高光头"说："算了，你们的深情厚谊我心领了！那人那么骁勇，难免拔刀见红，我还是先去赎孩子，再从长计议。"

李朝恩说："不打草惊蛇是上策，那这样吧，高兄弟也不要过于焦急，天棒想的是钱，我想他不会把孩子怎么样，你来得匆忙，先吃点饭再去不迟！"

"高光头"说："还是我请客，以谢老兄！"

李朝恩摆摆手："到了濯河坝，我们应该尽地主之谊。"

"高光头"推辞不过，拱手说："兄弟就不言谢了！"

饭后，朝恩派了个小兄弟给"高光头"一行带路。到了天棒家的院坝后，"高光头"喊道："这里是不是张风哥壮士家？我是郁山镇'高光头'。"

门开了，天棒的爹、娘走了出来，弯腰赔礼："我们是张风哥的爹娘，我们没有教育好儿子，心中有愧啊，请到屋里坐吧！"

"高光头"客气还礼："老人家，别这么说，我想张兄弟定是有为难事迫不得已，他若有什么难处，高某愿尽全力帮忙。"

天棒娘只是唉声叹气。

"高光头"惦记儿子，忍不住问道："老人家，孩子还好吗？"

天棒娘说："好好好！这几天都是我带着。"

"高光头"一脸感激："老人家，我们已把钱带来了，还给老人家带了份礼品。"

天棒爹愧疚难当，喊："风哥，快把孩子还给人家！"

大棒、张毛山一人抱了一个孩子走了出来。天棒说："高先生，得罪了，可我也是走投无路啊！"

"高光头"看到儿子果然毫发无损，悬着多日的心总算放下了，话也就更软了："张老弟，钱我如数带来了，孩子给我吧。"

天棒留了一手，自己抱着的孩子不动，叫张毛山把他抱的那个孩子给"高光头"后数钱。

张毛山数完钱："风哥，一千块大洋不多不少。"天棒一笑，把孩子递给"高光头"后，和他们一一握手，才用三分力气，那几个人就痛得受不了，心下生了畏惧。

天棒见状哈哈大笑："请你们放心，我收了钱，不会对你们怎么样。"指着旁边的大石凳，用命令的口吻说："请高先生的四位兄弟帮我把它搬到街沿上！"

"高光头"示意："有劳几位兄弟了。"那四个袍哥会兄弟使尽浑身力气搬了几次都搬不动。

天棒说："算了吧，还是我自己来。"就去搬那石凳，毫不费力地把石凳抱到了街沿上。四个袍哥会兄弟面如土色。

"高光头"不动声色："张老弟好身手！"

天棒得意大笑。

"高光头"恐夜长梦多，不敢逗留，谢了众人，带着孩子迅速离开张家。

五

天棒手里有了钱，买田土，修房造屋，娶媳妇，雇长工，过着花天酒地的生活。

他一有时间，就去调查远远近近的大户人家，看他们有没有做伤天害理的事，一旦发现，他就背把马刀，站在必经之地的路口，问道："你认不认识张风哥？"若来者回答认识，他就一马刀当场将其砍死，然后去抢其家里的金银珠宝，用来救济周围的贫困人家，很有"杀富救贫"的意味。

金洞峡口坝何财主后来知道他家的房子是张风哥烧的，就拿三百块大洋雇了一个杀手去杀张风哥的家人。那杀手披着蓑衣在一个雨夜找到张家，先到老房子里问："这里是不是张风哥家？"风哥爹说："这是老房子，我和他娘住这里，他们住在旁边的新房子。"那杀手手起刀落杀了风哥爹，风哥娘正要喊人，又被杀手杀了。那杀手急忙出来飞奔新房子，准备去杀天棒的媳妇。天棒正在喝茶，看到家里掠过一道黑影，立马出来制伏了杀手，审问之后一刀砍死。天棒跑到老房子，见爹娘已死，捶胸顿足。他喊来哥哥张大牛，叫他找人好好安埋爹娘，自己则连夜赶到金洞峡口坝，找到"活剥皮"何财主家，把他全家都杀了。

之后，张风哥啸聚山林，结伙为匪，还拉起了队伍，逐渐扩充自己的势力，正式开始了打劫的营生。他经常化装成叫花子走在路上，一碰到人就问："你认识张风哥不？"如果回答"认识"，并说"他是好人""了不起"之类的好话，他就放过，还给一些钱财；要是说"不认识"，说他坏，他就一刀取了那人性命。后来，当地人遇到类似情况，都违心说好话，以免招来杀身之祸。若谁家小孩哭闹，大人就吓唬道："莫哭了，再哭就把张风哥招来了！"小孩就不敢再哭。

有一天，天棒突发奇想，决定试试金钱的魅力。他把侄儿张金叫来，叫他打扮成阔少爷，自己则穿着破烂的衣服，蓬头垢面，一副糟老头子的样子。

两叔侄一起来到濯河坝的一家酒肆。负责招呼顾客的少妇热情地给张金安排了一个很华丽的餐桌，把天棒则安排在阴暗角落的一个餐桌。

张金说："给角落边的那个老头子弄几个最好的菜，我和他侄儿媳妇好了一两年了！"

不一会儿，菜来了，天棒一副高兴的样子，一边吃一边眉开眼笑。

少妇鄙夷地说："他和你侄儿媳妇好，你还吃得下去、笑得出来？"

天棒说："他才和我侄儿媳妇好一两年，我和他婶娘好了十多年了！"

少妇瞠目结舌。

叔侄俩走出酒肆，在古老的石板街上闲逛，捕捉信息。听赶场的人摆龙门阵，听人说冉财主的女儿冉启秀要出嫁了，又听说李璧臣、汪雨虹的儿子李春晖升任营长了。回家的路上，天棒向张金说准备抢劫冉财主家。侄儿劝说他，冉财主为人和善，不曾欺压百姓，冉启秀是自己的同学，都曾受教于濯河坝名师李璧臣、汪雨虹，这两位名师的儿子已经当了营长，李家、龚家、汪家在濯河坝的势力很大，没有必要得罪那么多人，以免引火烧身。天棒和张金的关系情同父子，觉得侄儿分析得很有道理，就打消了那个念头。

第二十一章　魂牵梦萦盼郎归

一

冬天来了，春天还会远吗？转眼就到了 1923 年正月。

濯河坝三门滩石鸡沱冉财主的女儿冉启秀与冯家坝地主万远岐的儿子万诗楷的婚事正在紧锣密鼓地筹备。万诗楷生于 1904 年 1 月 22 日，先入私塾，1920年又进入黔江县城高等小学堂，1923 年 4 月毕业。

按照当地习俗，万家请媒人到冉家"说媒"（提亲），冉家到万家"踩屋基"（看人户），万家到冉家"插香"（认亲）、拜年、讨庚、"送期单"（请期）之后，有关程序完成了，最重要的就是出嫁、迎亲等仪式。

婚期定下之前，冉家就忙着准备嫁妆。冉家是大户人家，嫁妆全是"双陪双嫁"，即所有的东西都是双份，并在嫁妆上面放上红包，作为对男方所请来的接亲搬夫的犒劳。

1923 年四月初五那天，阳光明媚，鸟语花香，田野里一片葱茏。冉财主家大办花圆酒（女方婚前一日举办酒席宴请亲友），十分热闹。这天，冉家把所有的嫁妆都摆在堂屋，供来客参观。丰厚的嫁妆，令当地人羡慕不已。

冉家聘请了当地一位德高望重的族人冉景做操办事务的知客师，负责这场喜事的程序、接待、司仪、宴宾以及物资准备等事务。冉景身材高大，能说会道，很熟悉有关程序、礼仪要求。

冉景按照当地习俗，邀请了与冉启秀相好的九个未婚姑娘，同坐一桌吃"陪十姊妹"酒，九个姑娘轮番陪她哭唱。之后，冉启秀便回到自己的闺房里哭嫁，同时等待来客的祝福。李璧臣、汪雨虹都教过冉启秀，一进闺房，冉启秀就动情地哭了两位先生，称赞他们的教育之恩。

哭嫁在濯河坝一带已有上千年的历史，即土家族姑娘在出嫁前几天就要开始哭，有的地方甚至在婚期前半个月就开始哭。哭的对象主要是直系血亲和旁系血亲中的长辈，谁来看望就哭谁。亲族中的妇女要前来陪哭，当新娘哭到某一长辈时，长者还要向新娘赠送财物表示安慰和祝福。新娘除哭人以外，还要哭事，如哭辞祖宗、哭梳子、哭上轿等等，其哭词多为押韵的七字句，歌词有现成的，也有触景生情、信口哭诉的，其哭调大多反映对亲人的惜别之情或对婚后生活的忧虑。冉启秀和当地其他姑娘一样，十一二岁时就开始偷偷传抄学唱哭嫁歌。从媒人送来期单那天起，冉启秀便开哭，左亲右邻来看望，她都触景生情地哭。在筹备嫁妆过程中，如绣花、织锦、打花被盖时，她也思潮起伏，情不自禁地哭。她知道，从出嫁前夕，举行开脸、祭祖、陪十姊妹等酒宴起，至上轿、出门，都要哭，称为出嫁哭。这段时间的哭嫁只能按婚典仪程进行，不得随意抽泣哭诉，其形式分为一人哭唱、二人哭唱、多人哭唱几种。

冉启秀哭父母：

一怕儿女受饥饿，二怕儿女疾病磨。
三怕穿戴比人丑，四怕文盲送入学。
披星戴月费苦心，含在嘴里捧手窝。
爹娘恩情说不尽，永生永世铭心阁。

姊妹哭：

（姐）桫椤树上十二杈，姐妹同根又同杈。

今朝姊妹要分离，难忘相聚彩物华。

（妹）桫椤树上十二杈，姊妹同娘又同爹。

今朝姊妹要分离，心里犹如乱箭拔。

璧臣、雨虹都知道，当地哭嫁歌的音乐结构属曲联体，是一个较长的乐句多次反复，在反复哭唱过程中，由于唱词变化，旋律也随之有一些变化，但旋律的基音和终止音保持不变，每句旋律均由高音级逐渐下降，装饰音运用较多，在句尾时常加进呜咽与抽泣哭声，表现女子悲痛、压抑的情绪。

二

在濯河坝一带，女子婚前和婚后的发式完全不一样。女子结婚时的梳妆打扮称为"开脸"。女子出嫁的当天，一般要请姑母、姨娘或嫂子帮忙化妆，用丝线绞尽额上汗毛，把眉毛绞成一弯新月；还要把辫子挽成"粑粑髻"，俗称"毛转"，再在"毛转"前后绕上红头绳，插上银发簪，戴上耳环、戒指、镯子。发髻是濯河坝一带女子婚否的标志，"开脸""上头"后就意味着已成少妇，这种习俗隐含着当地女子固守贞操的传统。冉启秀知道，在花圆酒之前要节食，俗称"饿饭"，至少三天，茶饭不进，使腹中空空，无法排泄，以免在婚礼过程中去方便，那是很丢人的事。

黄昏时分，万家过礼的人就来了。过礼是举行婚礼之前，男方家到女方家进行的婚前最重要的一项礼仪，即男方家向女方家送彩礼。由媒人带队，男方请押礼先生负责，在婚期前一天（即女方花圆酒那天）前往女方家过礼。

所有过礼礼品用红纸封上，抬盒抬着，还写有礼单，届时由押礼先生随礼送交女方知客师。

媒人走在前面带路，押礼先生拿大烛走第二，其余为端彩礼、挑箩筐者，最后是鸣炮者，一共八人，到达冉家大门前就鸣放鞭炮，让对方知道过礼队伍已到。女方早已设好喜堂，做好了接待准备。听到过礼炮响，接待人员一齐到大门口迎接，冉家知客师和万家押礼先生便展开了如下精彩对话：

冉家知客师："一言申禀，押礼先生，你来得急走得忙，龙行虎步气昂昂；

你翻山越岭多辛苦，汗水打湿新衣裳；你来到茅棚礼不周，望祈海涵再见谅！"

万家押礼先生接着道："一言回禀，接书先生，我一没忙二没慌，净脚来到贵地方；我来到此地抬头看，你接书先生人才出众、品貌端庄，开言就论古，出口就成章；你庭前摆起八仙桌，金杯玉盏摆桌上，香茶美酒样样有，竹叶青来十里香；仁兄提壶把茶敬，小弟在此不敢当，老亲老戚不必不必！"

冉家知客师放下茶杯，提上酒壶："一言申禀，押礼先生果然能，赛过古代那萧何；萧何才能和六国，卧龙舌战吴群雄，你口笔双全，聪明聪明，你能说会干，文武双全；今日到此为何事？请你给我说分明，我且劝上一杯酒，若不嫌弃请多饮。"

万家押礼先生也不示弱："一言回禀，接书先生请听清，我且给你说分明，我们礼馆请到我，差我当个下书人，你问到此为何事？'投书'里面写得明。人要休息车要停，人呼马叫要扎营。一时半会儿到堂前，八仙过海各显神通。我不会说不会言，办个交代转回程。"

冉家知客师紧接着劝茶："茶是清明茶，壶内有全花。先生今驾到，小人奉杯茶。"

万家押礼先生面不改色，回道："茶是三江水，初次到此地，不必讲礼规。"

冉家知客师拿出"撒手锏"——香烟："一言申禀，押礼，你翻山越岭多辛苦，不喝茶酒就抽支烟。"

万家押礼先生立马接话："甲子乙丑海中金，桌上摆起几包烟，昔日他方未见过，今日看到得一惊；不提烟来由之可，提起烟来有庚申，正月惊蛰才下种，二月春风还没生，三月清明才出土，四月立夏才定芯，五月端阳就出土，六月大暑要掐丫，七月立秋进烤棚，八月白雪烤完烟，九月重阳交工厂，十月制成黔龙烟，冬月运到各商店，腊月买烟过新年，主人买来办喜事，摆在桌上接客人。"

这押礼先生是位喜欢抽烟的人，又说："我今把烟拿到手，喜在眉头笑在心。划根火柴把烟点，一股喜雾冲上天。"

彼此作揖后，冉家知客师搬开桌凳，作"请"的手势让万家迎亲队伍进堂屋。

冉家发烛人员将喜烛插好了，万家押礼先生将过礼主要礼品摆在堂上，冉家发烛人员将酒、茶按程序斟好后，先将大烛小烛发好，押礼先生上前烧香敬祖，把五炷香在右边大烛上点燃，然后退到堂前，面对神龛横拿着香，大声念道：

> 冉府尊亲历代祖宗：万、冉两家联姻，永结秦晋之好，贵府闺秀冉
> 启秀与万氏门中弟子万诗楷结为终身伴侣，已经万事俱备，请各位老人
> 放心。
>
> 冉府众位尊亲，帮忙老少，我受诗楷父母之委托，率领万氏门中前
> 来贵府过礼，若有礼仪不周、礼物浅薄，请贵府众位尊亲多多理解、原
> 谅，在此请受我重重一礼。

押礼先生向女方祖先牌位作了三个揖，将香每次两炷，交介绍人转交发烛人
员，然后手持一炷香，面朝大门，交介绍人转交，烧一些纸钱，发烛人员烧纸、
鸣炮。

之后，在介绍人主持下，押礼人员主讲：今天我们过礼人员一行受诗楷父母
之委托，来到冉府尊亲举行过礼，得到冉府尊亲及主要帮忙人员热情接待，我代
表过礼人员表示感谢！为了把两家共同的一桩喜事办好，下面我谈几点意见，供
冉府尊亲参考。我认为两家共同一桩喜事，就本着开亲就是一家人、喜事简办等
原则，通过两边帮忙人员齐心协力、共同努力，把两家共同的喜事办圆满、办
美好……

冉家知客师将用红纸书写并装入红纸信封的嫁妆礼单交给了押礼先生。

三

第二天早上，万家迎亲队伍在喜庆的唢呐、锣鼓声中向冉家进发。

迎亲是婚姻中最重要的程序。迎亲队行走的路线有两种说法：一种是回来的
路线不能与去时的路线一样，必须故意绕道走，预示"不走回头路"；另一种说
法却完全相反，要求迎亲队回来的路线，必须与去时的路线一致，预示"永远不
分路"。迎亲队出发前，万家押礼先生首先在喜堂给天地祖宗上香，新郎万诗楷
接着在堂前磕三个头，鸣炮，迎亲队便出发了。出发的时间也很讲究，一般都会
根据到达女方的距离选择一个吉时。

万家迎亲队到达之后，吃完早饭便开始发亲。发亲又称发轿，新娘临出门时，要手拿两把筷子，在跨过大门时使劲向身前身后撒去。据说，撒筷子是祝福兄弟姊妹与自己过上丰衣足食的生活，也表示新娘嫁人后"快快有子"，从此走上自立之路。

喜棚、喜堂早已搭好，还贴有嫁女喜庆对联。发亲之前要祭祖，万家迎亲队到达前，冉家知客师带领发烛人员到门前迎接迎亲队伍，将押礼先生拿来的喜烛接过来，插在烛台上，按程序斟上茶、酒后，将喜烛点燃，押礼先生敬祖上香，交发烛人员后，共同烧红纸钱。

发嫁妆由发烛先生的二位家属负责，将生活用品装好，按床上用品、生活用品等顺序发给迎亲队人员，迎亲队伍每人只能拿一次嫁妆。

接着，举行发亲仪式。

冉启秀上轿前，由母亲给她搭上盖头布，教导她要孝敬公婆、夫妻恩爱等，称为"施巾结离"之礼，又叫"堂前申戒"。然后才依依不舍地上轿，在送亲客的陪送下，一路吹吹打打，向万家进发。按照风俗，迎亲过程中，万诗楷手中始终要拿着一把雨伞，表示夫妻二人从此即将风雨同舟、患难与共，同时希望得到庇护，保佑夫妻生活幸福、平安！

冉家知客师宣布发轿后，押礼先生在堂前接上轿礼，致谢，安排好送亲客、媒人行走线路。女送亲客跟在闺秀后面走，男送亲客、男介绍人、押礼先生走最后。待一切准备好，由冉家先鸣炮欢送闺秀，迎亲队鸣炮，表示迎接。迎亲队伍按顺序缓缓迎亲。

迎亲队伍按原路返回，中途不休息、不鸣炮。快到万家之前，迎亲队伍鸣炮通知万家知客师，迎亲队已圆满返回，准备迎接新郎、新娘下轿。

送亲客到了男方后，不直接进堂屋。拜堂仪式结束后，男方的主接亲客用茶盆贴上红纸，到送亲客小歇之处接引进堂屋。进喜堂时，男送亲客按传统礼节行三揖九叩之礼。喜堂行礼后，女送亲客到洞房休息，男送亲客则到另外房间休息。

铺床是当地婚俗礼仪中别具特色的传统。在迎亲队伍出发前，将床合好，铺上床板，放上几捆干净稻草、一张新簟席。床合好后，新郎便在新房换上新装，锁上新婚房门，把钥匙交给圆亲婆，等待嫁妆送到后迅速铺床。

铺床人提前请好了，选择新郎的亲属（新郎的姑母、婶婶或嫂子）中生儿育女多又能说会道的人。铺床有很多规矩，铺床人必须一边手脚利落地铺床，一边说吉利话。用花生、瓜子、糖果、枣子往床上撒，糖果表示新郎新娘今后的日子甜甜蜜蜜，枣子是祝愿早生贵子，边撒边说祝福语。吉利话可以是赞美新郎的才华，也可以赞美新人的品质，还可以对新人美满婚姻进行祝福，对新人的一些规劝，比如勤俭持家、尊老爱幼等等。万家铺床时说了如下祝福语：

花生风烛照新房，天赐新人享吉祥。
良夜熊罴来叶兆，诗歌麒趾遍三章。
宝马归来满屋光，新奁四面拥新妆。
紫箫引动朝阳凤，一阵香气入洞房。
飞来鸾凤结成双，诗咏关雎第一章。
好是洞房花烛夜，明年定育状元郎。
十指纤纤绣幙牵，一团美玉种蓝田。
将来后代超前代，鸾凤和鸣乐百年。

闻君今夜小登科，试问登科事如何。
笔头硬举从容写，翰墨淋漓仔细磨。
新郎新娘站两边，夫妇齐眉天赐缘。
洞房花烛如琴瑟，永裕乾坤福寿绵。
好新房来美新房，新房里边好嫁妆。
两边金箱与银柜，中间摆着八宝床。
八宝床上铺锦被，龙凤枕上配鸳鸯。
良时喜庆成佳偶，来年生下好儿郎。
郎才女貌两相宜，洞房摇红烛影题。
共结丝萝山海图，永调琴瑟寿齐眉。
红漆茶盘四四方，香茶沏满摆中央。
新郎新娘两边站，饮口茗茶满屋香。

梅破南枝正吉天，蓝桥佳会胜登仙。

杯交合卺春葱露，带结同心夜月圆。

凤烛光辉金屋喧，麝兰香衬锦衣妍。

来年吉叶麒麟兆，定产宁馨着祖鞭。

黄莺成对蝶成双，修成鸾凤配鸳鸯。

青鸾双舞千秋合，彩凤来仪百世昌。

百世夫妻始今朝，宾朋何必苦相熬。

莫教织女临河等，早放牛郎过鹊桥。

　　床铺好之后，等着挂蚊帐。按照当地习俗，女方发亲时，帐杆和帐钩由新娘的弟弟或是侄儿侄女拿着。送到男方家的时候，会要一笔"打发钱"，等待男方家的人拿出红包来交换，红包里的钱一定是吉利的数字。挂蚊帐的时候，唱了以下的歌：

一对金钩打得好，挂帐好比乔国老。

刘备东吴去相亲，国老改名称月老。

手挂罗帐喜洋洋，罗帐制来根源早。

帐内好似粉宫殿，夫妻不被蚊虫咬。

四

　　花轿进门，暂停于中堂之外，经一番礼仪后，才在鼓锣、唢呐及鞭炮声中升轿入堂。新娘出花轿前，男方家要请人提一只公鸡，将鸡冠咬出血，绕花轿走一圈，口中念词，称为"退煞"。然后由圆亲婆将新娘扶出轿门，俗称"牵新媳妇"，跨过轿前的七仙河。两名与新郎新娘同辈的小伙子，点燃事前做好的"熏把"去熏新娘的胯裆，也有的是搁上一盆火，让新娘从火盆上跨过去，意为熏掉新娘的污气。新娘进门后，在圆亲婆搀扶下进入喜堂，拜天地祖宗和新郎的父母，再行交拜礼后入洞房。

　　在拜堂过程中，有一个程序叫"摆茶盆"，由烛台先生在香案上或茶盆上供一些"多籽"或者读音有吉祥寓意的水果，比如苹果、脐橙（继承）、枣子（早子）、花生等，巧祝新郎新娘早生贵子。不能用梨子（离子）这类读音可能不吉的水果。烛台先生和圆亲婆都要选择父母健在、原配夫妻、家庭和谐、有儿有女的人。在拜堂前，烛台先生负责按设堂要求设好堂，将龙凤烛插在烛台上，泡好茶，将刀头肉重新温热，圆亲婆准备好下轿礼（红包），用茶盆装好，准备迎接新娘。

当圆亲婆将新娘扶到堂屋门口时，拜堂礼官将新娘请入喜堂，举行拜堂礼。

新郎新娘到后，在喜堂门口站候，司仪请出新人父母到堂前坐定。接着举行隆重的拜堂仪式。

主持人用洪亮而喜庆的声调宣布：

1.万远岐之子万诗楷与其媳妇冉启秀新婚志喜典礼仪式，仪启。

2.请圆亲先生为典礼仪程发烛，喜堂生辉。

3.新郎新娘，进入喜堂。

红烛金光，照亮喜堂，一对佳人，百年鸳鸯。相敬如宾，互爱互帮，人财两发，万世其昌。

4.新郎新娘，新服艳装，天造一对，地设一双。一拜天地。

一鞠躬，天地赐给你们幸福。

二鞠躬，天地赠给你们吉祥。

三鞠躬，天地送给你们安康。

5.新郎新娘，二拜高堂。

一鞠躬，保佑你们发家致富。

二鞠躬，保佑你们人丁兴旺。

三鞠躬，保佑你们恩爱久长。

6.新郎新娘，夫妻对拜，永远恩爱。

一鞠躬，白头偕老，举案齐眉。

二鞠躬，互帮互学，比翼双飞。

三鞠躬，相敬如宾，幸福一生。

7.圆满礼成。新郎新娘，进入洞房，鸣炮祝贺。

拜堂完毕之后，新郎、新娘在圆亲婆的护送下步入洞房。入洞房后，新郎、新娘要抢坐新床，谁先坐到床上，预示着将来由谁当家管理家庭中的一切大小事务。如果两人同时坐上床，预示今后两人共同当家理财。坐床是当地婚俗中一件有趣的风俗。亲友中的妇女帮助新娘，后生帮助新郎。坐床时要求男左女右，以正中为界。新郎、新娘坐床后，宾客中的妇女、小孩则拥进新房看新娘，新娘要亲自开箱揭柜，将箱柜中的核桃、板栗、葵花子等分赏给他们，以示招待。新娘在洞房里分发的食物都是多籽食物，暗示"多子"。

之后，便是婚宴。婚宴桌次安排有讲究，送亲客坐主桌，作为对新娘娘家人的特殊礼遇。座次也有讲究，老者尊者依次坐上席。

开席全过程包括出菜、谢宾、撤席一套程序。出菜时，先由知客师打招呼，宣布今天酒宴是什么事，出席多少桌后，鸣炮、再出菜。当地民间宴宾出菜时，一般是先凉菜，后炒菜，再蒸菜，最后汤菜，并且第六道菜必须出主菜：喜沙扣肉。桌席上的菜随吃随添，不换菜盘，一直到所有客人吃饱喝足，方才散席。

婚席间，新郎、新娘要向客人敬茶敬酒，送亲客作为后家亲人，不能喝喜茶，喝酒时，只能礼节性表示，不能喝醉。在会亲会上，女送亲客要讲一些谦虚的话。送亲客临别时，要向男方父母道谢，并在喜堂前行鞠躬礼后返回，到女方家堂前再行鞠躬礼，并向女方父母及宗亲汇报送亲一事。

晚上还要闹洞房。这是亲朋好友对新郎新娘的另一种祝福，希望他们一生都如今夜般欢欢喜喜、无忧无虑。新婚当夜，在男方家留宿的亲朋好友还要在洞房内摆酒设宴，想方设法博新娘一笑，直至半夜才散。

成婚后，新郎、新娘还要适时叩拜族中长辈和重要亲戚，如外公、外婆、舅父、舅母、姨父、姑父、伯叔等客人，俗称"拜客"。拜客分为行拜和出拜两种。行拜在新人拜堂之后举行，主持人手持书匣，从长辈到晚辈，从直系亲戚到旁系亲戚逐人点名，圆亲婆则去叫人，被拜的人均要给礼钱以示祝福，俗称"抠颈子"。在结婚当晚，新郎、新娘还要向送亲客请茶，即到送亲客住的房间请他们喝茶，请茶时，送亲客只送钱不喝茶。出拜则是在次日清晨，新郎、新娘身着盛装，披红挂彩，来到中堂按男左女右站立，面向神龛，由知客师按事先拟好之亲族长辈名单一一高呼某某受拜，新郎新娘即应声下拜，并向受拜者送新娘做的布鞋，名曰"传鞋"，或称"送茶鞋"，受拜者要赠送钱物，称为"丢拜钱"。

婚期后第二天早上，新娘要亲自下厨，办一餐丰盛的筵席招待送亲客和留宿的至亲，俗称"拜客早饭"，饭后，送亲客在男方敲锣鞭炮的欢送声中辞行。客人走后，新郎、新娘一家老少也要吃一顿团圆饭，叫圆席。席间，新郎介绍一家老少，新娘要给长辈一一敬酒奉茶。圆席意味着未来家庭生活的开始，新郎、新娘从此血脉相通，香火开始传递！也寓意着两位新人今后的生活生生不息，红红火火。

最后一道礼仪是回门。婚后第三天，新郎陪新娘回娘家看望新娘父母及亲人，称为回门。回门是新娘婚后首次回娘家，因此格外重视。新娘临行前，要向公婆叩头，到娘家后，先拜家堂中的神佛及宗亲牌位，再向父母及长辈们行叩首礼。吃过饭后，不管路途多远，都必须离开娘家，不准在娘家留宿。回门礼仪之后，男方要设宴谢媒人，还要向媒人送衣料、酒、肉等物品。

万家是当地大户人家，按当地民俗圆满完成了所有仪式。

五

时光流逝，转眼就到了 1923 年 7 月，时年十九岁的万诗楷新婚三个月就告别娇妻，考入重庆川东师范学校。在重庆求学期间，经阿蓬江、乌江、长江而来，与水有着不解之缘分，又受到萧楚女、张闻天等革命先驱影响和熏陶，诗楷把自己的名改为"涛"，暗喻革命形势波涛汹涌，抒发自己立志要做推动革命万顷波涛勇士的决心。后来参加了红军，贺龙任红三军军长，万涛任政委。这事被当地一个叫查胡子、诨名四营长的恶霸知道了，便说："这还了得？我地盘上的人敢出去当棒客，我得去问问老万家。"其实，他这话只是当着别人说，他是容不得万家人发家的，因为这对他查家不利。癞子没得擦痒处，他早就想去收拾万家，这下他找到了借口，好去搞整万家一回。

一个月黑风高的夜晚，四营长带着两个狗腿子去烧万家的房子。万家是当地大户，那房子是四角天井，中间一个大天井坝，后面一片斑竹林。隔竹林不远，是一棵两人合抱的大桂花树。房屋周围都是围墙，晚上大朝门一关，就不得进去。他们绕着围墙转了几圈都进不了院，只得叫狗腿子沿着桂花树掉下的树枝爬进去。

第一个刚爬上去，突然电闪雷鸣，一串火连圈之后，只见一条火龙从天而降，那个人就从树上消失了。四营长吓得屁滚尿流，连滚带爬地回到家里，夜不能寐。恍惚间，见一个头戴博士帽的人对他说："你再敢动我家桂花树，我就让你尸骨无存！"他吓出了一身冷汗，原来是南柯一梦。第二天一早，四营长便请来道士圆梦。道士说："营长，那就是万家出去的那个人哪，他是文曲星下凡，动不得哟。"从此以后，四营长再没敢动过万家。

桂花树被那天晚上的响雷炸断树枝后便开始干枯。风水先生说，那是桂花树犯了出卖主人的罪，被雷神爷把命收了。

没过多久，四营长听到一个信儿，说万家那后生给家里的媳妇寄来了一张相片，害人的坏心又活泛起来。

那天晚上，万家人都睡着了。四营长带着十二个狗腿子扛着七支长枪、五支短枪直扑万家，"乒乒乓乓"砸开万家大门，把万家人集中在天井坝，狗腿子们翻箱倒柜，也没有找到那张相片。四营长不甘心，叫狗腿子严刑拷打万家丫鬟，万家新媳妇的贴身丫鬟经受不了皮肉之苦，供出相片藏在主人卧室挂蚊帐的竹竿里头。

四营长喜出望外，直奔万家新媳妇儿的卧室，伸手去取挂蚊帐的竹竿。说也奇怪，他手还没伸到，那竹竿就霞光亮盏，刺得他的眼珠子像要爆出来似的。他急忙闭上眼睛，过了一会儿又伸手去取，又被刺痛，一连三次都如此。他拔出短枪瞄准那竹竿准备开枪，可扣了好一阵扳机，就是打不响。四营长突然想起他做的那个梦，猛然明白了过来，"哦！莫非他真是文曲星？"这样一想，背脊骨都凉了，他不敢在那里逗留，带着狗腿子，大气儿都不敢出地溜出万家。不久，四营长就一命呜呼了。

六

冉启秀清晰地记得，为了实现万诗楷的心愿，他们新婚才三个月，便瞒着父母，送丈夫到江边乘船外出去闯世界。临行前，俩人难舍难分，冉启秀取出早已放在丈夫行李箱中的未纳完的鞋底和剪刀，要诗楷用剪刀在离别的青石上给她刻个记号，她每年都要在这儿给丈夫做鞋，等着丈夫回来带她一起去闯世界。诗楷含泪接过剪刀，在布满青苔的青石上重重地刻下了一道深深的印痕……

诗楷带着妻子无限的爱意乘一叶小舟出发了。冉启秀恋恋不舍，凝视着丈夫远去的身影，流下了两行晶莹的泪水。

回到家里，冉启秀告诉公婆，诗楷到外面闯世界去了。公婆非常震惊，万老爷怨儿子不该去闯什么世界，认为世界没有田地值钱；万夫人责怪冉启秀放走了自己的儿子，要她把儿子还回来……

冉启秀又来到了江边，轻抚着丈夫离去时在青石上刻下的印痕，思绪万千，不知丈夫漂泊到了何方……丫鬟梅花兴冲冲地跑来，告诉她楷哥来信了。冉启秀赶紧拉着丫鬟向家中跑去……

冉启秀从婆婆手中接过楷哥的来信读了起来，心里又喜又酸，情不自禁地掉下了眼泪，看着诗楷随信寄回的那张照片，冉启秀连声轻呼："楷哥！这就是楷哥！……"她把照片递给万老爷夫妇观看。万老爷看过照片，大叫："孽障！这怎么得了！怎么把魂儿活脱在纸上了？快！快拿去烧掉！"万夫人在旁边忙给冉启秀递了一个眼色，冉启秀把信和照片拿到房里藏到了枕头底下。

万老爷在思念儿子的忧愤中死去。安葬了万老爷后的某一天，冉启秀手拿剪刀，神思恍惚地向江边走去。幸好被一老年妇女瞧见，她见冉启秀神情不对，赶到万家告诉了万夫人。万夫人赶到江边时，只见冉启秀手持剪刀正在那块有诗楷刻下记号的青石上来回地刻着，手已被剪刀划破，鲜血直流。万夫人又惊又痛，抱着冉启秀放声痛哭。她劝冉启秀改嫁，可冉启秀誓死不从，说楷哥回来，她是万家的媳妇；楷哥不回来，她就是万家的女儿。她要继续等楷哥，孝敬婆婆。

一年又一年，青山依旧青，绿水依旧绿。冉启秀面对茫茫的江水，心中充满了无限的惆怅，她始终相信自己的丈夫一定会回来……

无尽的岁月流逝了，江边那块青石上的刻痕也年复一年地变得密密麻麻了，这是冉启秀等盼丈夫的那颗坚贞不渝的心迹，它默默地记下了冉启秀所经历的人世沧桑……望穿秋水地等盼丈夫归来，等盼了大半个世纪，最后等到的消息却是，丈夫曾任红三军政委，1932年被错杀于洪湖，时年二十八岁，1984年平反……此乃后话。

雨虹听说自己的得意弟子冉启秀痴情等盼丈夫的事迹后，感慨不已，她想到春晖，好久没有收到他的来信了，不知道他在外面过得怎么样，多久才回来。

这样想着，不知不觉到了璧臣家。璧臣高兴地告诉雨虹一个消息："妹子，我知道你想念春晖，朝恩刚从重庆回来，说见到了春晖，还一起吃了饭，请他带信给我们，他最近要回濯河坝，请我们不要挂念。"雨虹一听，喜出望外。他知道，春晖一定也和自己一样挂念故乡和亲人。

第二十二章　荣归故里招新兵

一

春去秋来，物换星移。春晖无时无刻不思念家乡和亲人，在睡梦中时常梦到父亲和生母李龚氏，但梦到最多的却是小娘雨虹。他请了几次假，都没被批准。在那个动荡不安的年代，军务繁忙，实在脱不了身。

1927 年初秋，川军二十军为了扩充实力，动员所属团长、营长回乡招募新兵。春晖时任第三师第六团团长，深受师长郭汝栋器重。

春晖愉快地接受了任务，带着两个警卫员回到了阔别十多年的故乡。

春晖一行到达濯河坝，李璧臣见到儿子，欣喜若狂，拉着春晖的手久久不放，老泪纵横。

春晖见爹爹已经苍老了许多，止不住热泪盈眶，双膝一软，跪在爹面前："爹，孩儿不孝，没有在您身边服侍您老人家，还让您为孩儿惦念。"

李璧臣伸手扶起儿子："别哭，应该高兴才是！你出去十一年了，如今当上了团长，爹为你感到特别高兴！"

春晖向父亲讲了自己奋斗的历程，分析了当前的局势，并说明了回乡的主要目的，恳求爹爹予以支持。

璧臣爽快地答应："男儿有志在远方，自古英雄出少年！我支持你！"

春晖感激地说："谢谢爹！"

璧臣说："我已经六十三岁了，没有出过远门，孤陋寡闻。你年轻有为，见的世面比我广，眼界比我宽，知识比我渊博，比我有出息，真替你高兴啊！"

春晖说："爹，您是我最尊敬的父亲，也是我最尊敬的老师，您的大恩大德，我会永远铭记在心！"

璧臣说："好儿子，爹为你感到骄傲！"

春晖高兴地说："谢谢爹！请您先带个信回草龟塘，我过几天就回老家去看望娘和哥哥弟弟。我现在先去看望小娘，回来再和您聊！"

璧臣拍了拍儿子的肩膀说："快去吧，多和她聊聊，这些年，她孤单得很，特别牵挂你。"

春晖来到雨虹家，雨虹悲喜交集，激动地说："儿啦，可把为娘想死了！"

春晖立正站好，给她行了个庄严的军礼："孩儿不孝，请您恕罪！"

雨虹眼里闪出泪花："你这么有出息，让为娘好好看看！"雨虹反复打量，"真像一名将军，我太高兴了，快坐，快坐！"

春晖询问了雨虹的身体状况，要她保重身体；叙述了自己从军的艰辛历程，讲了这次回乡的主要目的。

雨虹坚定地说："眼下国家正是用人之际，也是你们青年人大显身手的时候。你就大胆地做你想做的事情，小娘绝不会拖你的后腿！"

春晖恭敬地说："感谢小娘的教导与支持！"

雨虹说："麻烦你去请你爹、朝恩叔叔和子文、体之、聘卿几个舅舅来我家吃晚饭，给你接风。"

春晖拱手说："谢谢小娘！好久没有吃过小娘煮的饭菜了！我这就去。"

二

晚餐十分丰盛，大家坐定后，雨虹举起酒杯说："我本来不喝酒，今天特别高兴，也喝一点，为春晖和他的两个兄弟接风。请大家把这杯酒干了！"大家一饮而尽。雨虹又举起酒杯说："感谢多年来各位兄长对我的关照！我敬各位兄长一杯，请春晖作陪。"大家干了杯中酒，边吃菜边赞不绝口，夸奖雨虹的厨艺太好了。

素来不碰酒的雨虹连干三杯，春晖深受感动，毕恭毕敬地给每位长辈都敬了酒，说不尽的感激话。

朝恩说："贤侄，听说你参加了军校学习，说来大家听听。"

春晖便绘声绘色地讲述了他在云南讲武堂学习的那段永生难忘的经历。

他说，云南讲武堂以军事学科为主，普通学科为辅。军事学科分步、骑、工、炮、辎重等，主要教材为《战术》《筑城》《阵中要务》《步兵操典》等。普通学科有国文、算术、几何、英文、法文、日文等等。目的是将学员培养成一专多能的军官。

军校的纪律非常严格，每天早上五点起床训练，晚上九点才休息。每天上课六小时，上操两小时，早晨有体操和跑步，晚上还有自习，而且夜间有紧急集合等训练。

讲武堂有几首军歌，词、曲都作得很好。真的，那嘹亮的军歌是那么催人奋进，不能不令人热血沸腾。

大家都听得如痴如醉。雨虹说："春晖，你把军歌给我们唱一首听听！"大家纷纷响应。

春晖清了清嗓子，便唱起了《云南陆军讲武堂军歌》：

风潮滚滚，感觉那黄狮一梦醒；
同胞四万万，互相奋起作长城。
神州大陆奇男子，携手去从军。
凭着团结力，旋转新乾坤！
哪怕它欧风美雨，来势颇凶狠！
练铁肩担重担，壮哉中国民！

中华男儿，要凭那双手撑苍穹。
睡狮昨天，醒狮今日，

一夫振臂万夫雄！

长江大河，翘首昆仑风虎云龙，

泱泱大国气多宏！

黄帝之裔天骄子，红日正当中！

歌声高亢、激越，气壮山河，震撼人心，听者无不激动万分。

李朝恩带头热烈鼓掌，站起来举着酒杯，动情地说："我坚信，我的侄儿一定会成长为优秀的将军！请各位举杯，祝愿春晖前程似锦！"大家将杯中酒一饮而尽，雨虹更是激动得热泪盈眶。

三

酒足饭饱之后，大家纷纷告辞。李朝恩说："我陪春晖到他爹那里去喝茶，顺便聊些事。"

到了家，璧臣叫用人泡三杯茶到书房。不一会儿，茶泡来了，三人的话匣子也打开了。

春晖说："八叔，感谢您多年来对我们家的关照！您的神通很广大，生意做到重庆了，还做了些冒险生意，真不简单啊！"

朝恩说："自家人，应该的！我认为，江湖就是社会，生意就是生机，袍哥人家，身处江湖，没有赚钱的生意支撑，无从谈发展。"

春晖说："那是。只不过，做鸦片生意太冒险了吧，八叔又不缺钱用，做做其他生意就行了，用不着冒险啊！实话说，我觉得鸦片太害人了！"

朝恩把手一挥，说："这年头，形势变幻莫测，没有实力，是过不上好日子的。正因为鸦片利润非常高，所以才有很多人去冒险。不过，我们贩运鸦片赚取的利润，除少部分留给社会外，大部分用来购买枪支等物品，有备无患，手中无枪，形同羔羊。据了解，外国侵略者亡我之心日烈，中国的形势危在旦夕，留给我们的时间非常有限，袍哥会必须壮大自己，手头要有枪，金钱就是后盾。再说，金钱也是个人事业发展的后盾，有志走遍天下，无钱寸步难行。金钱也是接济江湖朋友、救助贫困人员的及时雨啊！"

春晖说："八叔说得也很有道理，我是怕您担风险。再说，我只是个职业军人，以保家卫国、服从命令为天职，以不问政治为高尚。"

璧臣说："你两叔侄说得都有理。只不过，对事物的看法各有不同，所谓人各有志嘛！再说，各有各的活法，做自己喜欢做的事情就感到快乐，比如我，什么都不感兴趣，就喜欢教书、读书。"

朝恩说："老哥说得很精辟！我们两叔侄的观点虽然不一致，但不会影响叔侄之间的深厚感情！"

春晖说："那是当然！八叔的大恩大德，我感激都来不及！我的父母、哥弟还要仰仗您多多关照！"

朝恩说："我们是亲房，相互关照，理所当然。我做生意到重庆，假如遇到麻烦，又想不出其他办法，到时别袖手旁观哈。"

春晖拱手说："八叔放心，只要是合情合理的事情，我能办到的一定办。"

……

春晖在濯河坝住了七八天，先后拜访了坝上的豪强、名人、朋友，还到濯河坝高等小学堂看望了学校师生。坝上人热情、好客，每天都有人请他吃饭、喝酒，并且理由充分，不好推辞。应酬之后，春晖便分别向璧臣、雨虹、朝恩、子文、体之、聘卿、光顺、信安等长辈告辞，带着警卫员回到了草龟塘。

四

草龟塘的秋天特别美，稻田里一片金黄。牧童的山歌声，不时在山坡上回荡。寨子里炊烟袅袅，鸡鸣犬吠，一片祥和。

春晖一行走在乡间小路上，心情特别舒畅。回到阔别多年的故乡，见到久别的亲人，眼里噙满泪水。一家人兴高采烈，忙着杀鸡宰鸭。

附近的寨民听说了，都来到李家，见春晖威风凛凛，一表人才，还带着两个警卫，羡慕不已。春晖儿时的伙伴也来了，围着他问这问那。

酉阳县府、黔江县府的官员和冯家坝、两会坝、石家河等附近的豪强也先后来到草龟塘拜访，一时间，草龟塘热闹非凡。

春晖带着两个警卫，每天走访多家寨民，嘘寒问暖，赠送银两，大家都对他十分信任。

春晖约定一个晴天的上午，在草龟塘的院坝召开动员大会。

春晖站在台上慷慨陈词：

"忠就是报效国家，孝就是孝敬父母。从军报国，是为忠；努力奋斗，有出息，让父母感到骄傲，是为大孝。如今，国家正处用人之际，希望广大青年朋友踊跃报名参军，既能报效国家，又可以光宗耀祖，生活也有保障。"

下面一片叫好声。

春晖继续说："我此次受郭汝栋师长重托，回乡招募新兵，就在我团服役，一律凭自愿。我的四弟永槐、五弟永庄都要随我到部队当兵，我的父母亲大力支持。所以，请你们打消顾虑，回去好好商量，愿意随我去当兵的，我定当亲兄弟对待。"

他最后强调，要去当兵的，从明天起就可以来草龟塘报名，领十两银子作为其父母的赡养费；五天后到濯河坝老街"李半街"报到，集中训练三天后开拔。

连续三天，不断有人来报名。春晖对每一个来报名的青年都要详细了解其家庭情况，凡是独子的，都劝其不去当兵；一家有几弟兄的，至少留一个在家赡养父母。

此次共招募新兵六十五人，其中有弟弟李永槐、李永庄及本保乡邻谢树堂、谢龙彪。

不知不觉就到了中秋节，璧臣先生提前回到了草龟塘。一家人团团圆圆、热热闹闹过了节。第二天清晨，春晖辞别家人，带着两个警卫员和两个弟弟，赶往濯河坝。

下午三四点钟，新兵陆续到达，六十五个，一个也不少。

晚饭时，新兵们和当地名流共进晚餐，一共围了八桌。

春晖先致祝酒词。

子文说："春晖，我们几个商量好了，这几天的伙食由我们几个轮流做东请客。"

春晖说："舅舅，免了吧。"

子文说："家乡子弟从军，报效国家，我们一定要表示心意。"

盛情难却，春晖给长辈们敬个军礼，大声说："弟兄们，请把酒杯倒满，我们一起举杯，感谢长辈们对我们的盛情和希望。"

新兵们齐声应答，声音如潮。

新兵出发那天，坝上的父老乡亲前来送行。春晖与璧臣、雨虹等人依依惜别，坚定地踏上了征程……

春晖带着新兵回到了部队，郭汝栋师长亲自给他接风洗尘。

1928年1月，南京政府委任郭汝栋为二十军军长兼三师师长，郭汝栋于当年5月12日通电就职。

李春晖在短时间内先后升任副旅长、参谋长、副师长，他急忙写信告知雨虹。

日子悄无声息地流逝，转眼就是1929年的春节了，人们都忙着准备年货……

第二十三章　血泪浸染马灯田

一

雨虹在愉快中度过了春节。

看到儿子的成长，她感到由衷的喜悦，默默地告诉朝鸿哥：你的后人在濯河坝一带最有出息，前途不可限量。你在九泉之下可以瞑目了，也要保佑春晖一切顺利。

初六早上，雨虹带着礼物、书信来到"李半街"璧臣家，将书信递给璧臣。

璧臣读完书信，捋着胡子说："祖宗有灵，谢天谢地！"

李朝润的儿子李永琮（字春融）泡来两杯茶，一杯递给雨虹，礼貌地说："幺娘，请喝茶！"一杯递给叔父璧臣，然后自己泡了一杯茶来，挨着叔父坐下。李璧臣将书信递给春融，激动地说："你二哥已当上副师长了，你的资质也很优秀，完全有能力出人头地啊。"

春融说："叔父，我的资质哪能和二哥相比呀？"

雨虹说："春融呀，你博学多才，正当年轻力壮时，应该做点有意义的事情。"

春融说："谢幺娘指点迷津！"

璧臣说："我也很赞成你幺娘的观点，做事情不是要你升官发财，而是不要逃避现实，更不要玩世不恭，碌碌无为，愧对生命！"

雨虹说："春融呀，你叔父说得对。听说坝上要民主选举保长，你可以去试一试。"

春融说："我还是喜欢教书，对当官没有兴趣。"

璧臣说："你幺娘的建议不错，你能力强，为人公正，可以为父老乡亲做更多的好事。"

雨虹说："是呀，保长的官虽然小，可和父老乡亲的关系很直接。你想吧，好人当官，可以造福百姓；要是坏人掌权，老百姓就要吃尽苦头了。"

春融点了点头说："那我就去试一试吧！"

雨虹笑着说："祝愿你成功！我走了，去看看我三哥！"说完，便起身告辞。李璧臣要留她吃午饭，雨虹说，"子文哥昨天就叫他的儿子德祖来请了。"

雨虹到了子文家，侄男侄女欢呼："爹，幺姑姑来了！"

子文出来迎接，责怪说："怎么不早点来？兄妹之间好久没一起摆龙门阵了。"

雨虹说："到璧臣哥家去坐了一会儿，春晖给我来信了，他已经升任副师长了。他说没时间一一写信，叫我代他向各位亲朋好友问好。"

子文无比欣慰："这孩子到底出息了。"雨虹和三哥走进屋里，喊道："三嫂，新年好！要我来帮忙不？"

子文媳妇笑着说："饭菜都好了，就等你呢！"

雨虹边吃饭边对子文说："坝上很多人推荐你去竞选保长，准备得如何？"

子文说："用不着准备，我也不想当保长，既然民主选举，就由老百姓选择吧！"

二

李春融、汪子文都对当不当保长看得很淡，龚聘卿的侄儿龚道强却看得很重。

龚道强长得人高马大，一脸横肉，浓眉，络腮胡，家庭殷实。为了能当上保长，多次请叔叔龚聘卿喝酒，送厚礼，求他推荐。龚聘卿根本瞧不起他，经不住软磨硬泡，只好答应了，但告诫他做人一定要厚道、义气、公道。龚道强拍着胸脯表硬态。

龚道强又去找叔叔龚体之帮忙，龚体之说他不适合，就别去参加竞选了。龚道强说外人都支持，自家人不支持，世上哪有这样的道理？龚体之沉默不语。

一连几天，龚道强分别送给族人及坝上人家白糖、毛巾、肥皂等小恩小惠，请他们届时给自己投一票。

正月十五中午，熊锡山乡长召见濯河坝各界人士聚会，商讨民主选举濯河坝保长事宜。会议决定，由李家、龚家、汪家各推举一名候选人报乡政府审定，由乡政府组织公开选举。

李、龚、汪三大家族迅速召集族人开会，推举候选人。李氏家族推举了李春融，龚氏家族推举了龚道强，汪氏家族推举了汪子文。

熊乡长拿着名单审阅了一番，对龚氏家族推举的候选人犹豫了一下，对李氏家族和汪氏家族推举的候选人都非常满意。转念一想，三选一，无论是李春融还是汪子文选上都是好事，龚道强肯定选不起。好，就由选民决定吧。

正月十八上午九点，熊锡山主持濯河坝的民主选举大会，濯河坝各界名流在主席台就座，台下坐满了选民。熊乡长先讲了民主选举的目的、意义、作用，以及操作办法，现场推举了七个监票员，准备了三个纸箱，每个纸箱的正面贴一个人的名字，分别是李春融、汪子文、龚道强。

现场给每个选民发了一张红纸，投上自己庄严的一票，回到自己的座位上。监票员当场清点票数，其结果出乎意料，龚道强得票远超汪子文和李春融。龚道强欣喜若狂，汪子文、李春融非常镇静，表现出无所谓的态度。熊乡长心里很不是滋味，但木已成舟，只好宣布龚道强当选。

龚道强走上主席台，向台上台下三鞠躬，发表就职演讲：感谢各位对自己的信任，自己一定做好本职工作，尽职尽责，为濯河坝的兴旺发达作出贡献。

熊乡长宣布，保长可以配备五条枪、四个保丁。

会后，龚保长欢天喜地，大办酒席，招待心腹。

雨虹邀约璧臣、子文、春融到她家小聚。

雨虹坐下安慰子文、春融，两人不在乎当不当保长，只是有点纳闷。

璧臣感叹地说："你两个的德和才都远远超过他，没想到你两个会落选，真是想不通！"

雨虹接着说："这就是逆淘汰！违背了优胜劣汰的规律，将危及地方安全。"

春融笑着说："幺娘，什么是逆淘汰呀？"

子文说："就是坏的淘汰好的，小人淘汰君子，平庸淘汰杰出，等等。有史以来，这种悲剧常常发生，李白只能游山玩水，陶渊明唯有去种田，屈原不得不投汨罗江，等等，都是逆淘汰的表现。所以，我对官场不感兴趣。"

雨虹接着说："为什么自古以来君子都不跟小人斗，因为小人什么手段都使得。在官场上或职场中常可见到有能力的人被束之高阁，人才到处流放，平庸之辈青云直上。"

璧臣说："是呀，逆淘汰现象的比例越大，对国家和民族的危害就越大。"

春融点头说："几位长辈的教育，让我茅塞顿开！"

三

龚道强当上保长后，在龚聘卿的调教下"聪明"了不少，见人就打哈哈，见官就点头哈腰，表现出和善、谦虚的样子，人们对他也刮目相看了。他心知肚明，自己能当上保长，全靠袍哥会老大龚聘卿叔叔推荐，因而经常请龚聘卿吃喝，不时送点小礼物到他家，陪他喝喝茶、聊聊天。有了亲叔叔作靠山，底气就足多了。

为了融洽方方面面的关系，龚保长也舍得花钱、花时间。

一个晴朗的丽日，龚保长约上了熊乡长、李朝恩、汪雨虹一同到蒲花暗河去郊游。回来时，路过一户农家，看到三条小狗儿在院坝玩耍，熊乡长、汪雨虹都赞那几条狗儿可爱。龚保长叫同行的两个保丁走进农户，用六两银子买了那三条狗儿，要送给熊乡长、李朝恩、汪雨虹。朝恩不喜欢养狗，熊乡长选了条公狗儿，雨虹选了条母狗儿，剩下的那条公狗儿自然就是龚保长的了。

几人一路说说笑笑。熊乡长突然说："那几条狗儿一起玩得多么快乐呀，现在我们一人喂养一条，它们好寂寞啊。"

龚保长说："也是，不过，我倒有个想法。"

雨虹说："说出来听听。"

龚保长说："不如请汪先生把三条狗儿喂养一段时间，让它们快乐一段时光后，我们再捉回家喂养。"

熊乡长嬉皮笑脸地说："这倒是个好办法。"

雨虹说："这办法不好，到时候麻烦可大了。"

熊乡长说："此话怎讲？"

雨虹说："你想吧，乡长一条公狗儿，保长也是一条公狗儿，我选的却是一条母狗儿，三条狗儿混在一起喂养，到时候，狗儿长大了，我家的母狗怀孕了、下崽了，分不清究竟是乡长那个狗日的，还是保长那个狗日的。"

李朝恩哈哈大笑："你们两个开我弟媳的玩笑，占到便宜了吗？"熊乡长、龚保长的脸一下子就红了，无言以对。两个保丁忍不住笑，又不敢笑出声来，悄悄叽叽咕咕。

龚保长喝道："你们两个在说啥子？"其中一个保丁说："我们是说，女先生的胆子也太大了，居然敢挖苦乡长、保长。"

李朝恩冷笑道："你两个龟孙子给老子听着，女先生是我们李家的媳妇、汪家的小姐，她儿子是国民党军的副师长，就是县长见了她也得客客气气！一个小小乡长、保长算个鸟东西？"

熊乡长的脸涨成猪肝色。

龚保长呵斥道："你两个狗眼看人低，简直不知天高地厚，给老子闭嘴！"

李朝恩接着说："有些动物主要是皮值钱，比如狐狸；有些动物主要是肉值钱，比如牛；有些动物主要是骨头值钱，比如人。"熊乡长、龚保长的脸一下子就红了。

雨虹说："算了吧，开个玩笑，何必冒火？"大家都说："是、是、是！"一下子就缓解了气氛，说说笑笑回到了濯河坝老街。

走进天涯酒家，店老板忙喊："杨妹儿，快招呼客人。"话音未落，一位漂亮的少妇迎了上来，热情地说："贵客们，请！"

杨妹儿将客人领到一个豪华的房间，迅速给大家倒茶，拿着菜谱问："哪位先生点菜？"大家相互谦让，说由做东的人点菜。龚保长于是点了濯河坝上的十儿道名菜，要了两壶泉孔酒。

店老板笑嘻嘻地对杨妹儿说："做东的那个络腮胡是你老辈子，去敬他几杯酒，顺便也可以推销一壶酒啊。"

杨妹儿提着一壶酒，走到龚保长旁边礼貌地说："老辈子，我才来几天，不认识您，老板说您是我老辈子，叫我来敬您一杯酒！"

龚保长虽然有点醉，但心中有数，便说："你既然是小辈，就先喝三杯，我再喝！"杨妹儿喝了三小杯后，给龚保长斟满了一小杯，龚保长一饮而尽。

杨妹儿又说："老辈子，您是哪个字辈？"龚保长反问："你是哪个字辈？"杨妹儿说："我是昌字辈，您呢？"龚保长笑道："你昌字辈，我嫖字辈，刚好比你高一辈。"众人哈哈大笑。

李朝恩笑骂道："龚保长，晓得你龟儿喜欢嫖娼，开玩笑也不离本行啊！"

雨虹说："妹子，你上当了，你两个姓都不一样！"杨妹儿的脸一下子就红了。

众人嘻嘻哈哈走出店门，各自往家走。不远处，龚保长的长工李小柱正在找他，见了龚保长，急忙走了过来，搀扶着龚保长回家。

四

长工们对龚保长都礼貌有加，其中十五岁的李小柱十分乖巧、勤快，很得龚保长喜欢，龚保长经常开他玩笑，叫他"幺儿"。李小柱干脆叫龚保长"干爹"。起初，龚保长也默认，久而久之，便公开承认了。

李小柱是独子，家住蒲花暗河边的山坡上，隔濯河坝只有四五里路。父亲李大柱老实巴交，家里一贫如洗，四十来岁才娶到一个寡妇，后来就有了小柱，日子过得很艰辛，好在儿子很懂事，五六岁时就帮着扫地、砍柴、提水、喂鸡，什么都干，让大柱夫妇欢心。小柱到十一二岁时，就去给龚道强家当长工，每月工钱仅三两银子。爹娘则耕种仅有的一丘田，勉强度日。

小柱每天做完工，吃了晚饭后，都要回家看望爹娘，在家里睡，第二天清晨又赶往龚家做工。龚家当然乐意，免得占地方，脏了屋子。

转眼就到了深秋，雨水特别多。一天，大雨下个不停，天又黑，风又大，小柱便找龚保长借马灯回家。龚保长说："今晚雨这么大，不回去可以不？"

小柱决意要回家，心想，一盏马灯不过几文钱，有好贵哟？何况只是借一下，又不得弄坏。于是鼓起勇气说："干爹，借给我吧，保证不得弄坏，如果弄坏了，我赔就是！"

龚保长勉强答应了，叮嘱说："走慢点，路上小心！"

小柱高兴地说："干爹您就放心吧！"接过马灯，愉快地踏上了回家的路。小柱一路上小心翼翼，走到自家院坝时，见爹娘已在门口等着。

大柱喊道："儿哪，今天怎么回来这么晚，我和你娘在门口望了四五回了！"

小柱十分激动，一不留神，摔了一跤，把马灯的玻璃罩子打碎了。大柱夫妇惊慌不已，小柱也十分懊恼，肯定明天要挨骂。事已至此，埋怨也无济于事，何况爹娘是心疼自己。于是安慰说："不要紧，是我不小心！"

一家人一夜都没有睡好觉，小柱还做了几个噩梦。

第二天清晨，小柱提着马灯忐忑不安地到了龚家。

吃早饭时，小柱跪在龚保长面前，告诉马灯罩子摔烂的事，请他开恩。龚保长一反常态，勃然大怒，说："我这马灯在成都买的，花了三十两银子，你得赔我！"

小柱一听，犹如晴天霹雳，哭着说："干爹，没得那么贵呀！一盏马灯不过几文钱，我赔你一两银子！"

龚保长恼羞成怒地说："放屁，你必须赔我三十两银子，否则要你的命！"

小柱哀怨地说："我家哪有银子赔呀？"

龚保长愤怒地说："你家不是有一丘田嘛，就用那丘田相抵！"

小柱哀求道："求求您开恩吧，那可是我爹娘的命根子，没了那丘田，他们怎么活呀？"

龚保长暴跳如雷地说："我不管！"然后命令保丁把小柱捆了，关在柴房，派一名保丁去把李大柱押来。

李大柱被押来后，战战兢兢。龚保长拿出写好的契约，叫李大柱按手印，李大柱不肯。龚保长于是捉住李大柱的手在印泥上沾了一下，在契约上按了手印。

李大柱欲哭无泪，不住地叨念："田，田，我的田……"

李大柱、李小柱被赶出龚家，呼天天不应，喊地地不语。

回到家里，三人哭成一团。小柱咬牙切齿地骂道："龚道强，简直就是强盗！"然后跑去看自家的那块田，止不住泪水长流。

小柱哭了一阵后，没精打采地回到家里，看到爹娘都悬梁自尽了，号啕大哭。附近的邻居听到哭声，来到小柱家，看到如此惨状，无不同情，帮忙安排后事。当他们知道缘由后，非常愤恨，既爱莫能助，又敢怒不敢言。

小柱打起精神，赶到濯河坝，在街上碰到龚明信的儿子龚禹夫。龚禹夫年方十八岁，血气方刚，他记住大伯龚明礼和父亲经常念的口头禅："黄金非宝书为宝，万事皆空善不空。"听了小柱的叙述后，义愤填膺，当即表示，他家出钱安葬小柱的爹娘，然后陪同小柱到龚保长家讨个说法。

五

龚保长见小柱又到他家来，恶狠狠地问："你又来干什么？"龚禹夫说："老伯儿，你看你干的好事，为了一盏马灯，你霸占了人家一丘田，还逼死了人家两条命，好狠心呀！"

龚保长说："老辈子，一笔写不出几个龚字，你怎么帮着外人说话呀？"

龚禹夫说："老伯儿呀，我们都是濯河坝人，都应该遵守族训，遵守《濯河坝道德公约》。为人要讲良心，不能以强欺弱，这事你做得太不应该了！人在做，天在看，举头三尺有神灵。你就不怕遭报应吗？"

龚保长一听，火了，生气地说："你算哪样，有什么资格来教训我？"

龚禹夫也不示弱，理直气壮地说："你身为保长，有责任和义务保护当地百姓，而不是草菅人命、欺压百姓！"

龚保长恼羞成怒，喝道："你给我滚！我家的事不要你来管！"

龚禹夫说："我才不稀罕管你家的事，只是你做事做得太绝情了，看不惯！我劝你厚葬小柱的爹娘，还他家的田，好好抚恤小柱！"

龚保长再次下逐客令："滚出去！我家不欢迎你！我家的事自会处理好的！"

龚禹夫说："我走就是，但不准欺负小柱！告诉你，缺钱可以赚，缺德准完蛋！"然后拂袖而去。

龚禹夫刚走，龚保长就气急败坏地教训小柱："你爹娘是自己吊死的，又不是我把他们吊死的，你来找我干啥？"

小柱说："你不霸占我家那丘田，爹娘也不会寻短见！"

龚保长恶狠狠地说："笑话！你家还不出钱，用田相抵，田契是你爹自觉自愿按的手印，怎么说是霸占呢？"

小柱气愤地说："你蛮横！"

龚保长趾高气扬地说："我蛮横又怎么样？看你可怜兮兮的，就赏你五两银子，赶快滚回去！"说着，就来赶小柱。小柱抱着他的脚不走。龚保长连踢了他几脚，小柱豁出去了，狠狠地咬了他几口。龚保长气急败坏，掏出手枪就是一枪，可怜小柱白白送了性命。

枪声刚响，龚聘卿就进了家门，见此惨状，狠狠地给了龚保长几个耳光，厉声训斥道："谁给你这么大的权力？简直是无法无天！你知道吗，你闯祸闯大了，人命关天，小心你的狗命！"

龚保长一听，立马跪下，哀求道："叔叔，我错了，我一时糊涂，您得帮帮我！"

龚聘卿心里很不是滋味，自责自己没有听龚禹夫的话，晚到了一步……

龚禹夫知道此事后，悲伤不已。他母亲劝说，我儿宅心仁厚，将来福报不浅呀！果然，禹夫在两年后娶汪子文的大女儿汪禹娥为妻，先后生了八个儿子，个个成才，有五个儿子子承父业，世代从医；最引以为豪的是幺儿龚佩光，后来成为中国著名科学家。

小柱一家的悲剧故事很快传开了，人们议论纷纷，无不谴责龚保长。

璧臣、雨虹一起来到龚聘卿家，龚聘卿知道是来兴师问罪，有苦难诉。璧臣生气地说："哥啊，你是春晖的亲舅舅，叫我怎么说呢？你是怎么搞的？唉——"说完，不住地摇头。

龚聘卿还没来得及回答，雨虹又义正词严地问："你怎么推荐一个地痞流氓当保长？不仅丢了你龚家的脸，还丢了所有濯河坝人的脸！"

龚聘卿自责地说："只怪当初我瞎了眼啊！惭愧，惭愧！你们批评得很对，我无地自容！你们怎么骂我、责怪我，我都认了！当务之急，是如何处理好这件事，给濯河坝人一个比较满意的答案。我很难呀，怎么个下手，我比你们还急呀！"

几大家族头面人物召开会议，商议处置小法。李家、汪家、余家、徐家、樊家主张枪毙龚保长，以正风气。龚聘卿最后表态说，人死不能复生，事已至此，就撤了龚道强的保长职务，建议由李春融担任保长并报乡政府审定。同时表示，一定对龚道强实施最严厉的族规。

　　熊乡长同意了几大家族的建议，收回了发给龚道强家的枪支和配备的保丁，并立即召见了李春融。

　　龚聘卿派兵把龚道强押到他家，龚道强一见到龚聘卿，就跪着号啕大哭，反复认错，请求宽恕。龚道强的妻室儿女和龚聘卿的哥哥嫂嫂也随后赶到他家，苦苦哀求龚聘卿手下留情。

　　龚聘卿对龚道强愤怒地说："你把老子的面子丢光了！一命抵一命，这是自古以来的规矩，何况你欠了三条人命，叫我如何向坝上人交代呀？坝上人都主张杀人偿命，你给我出个主意，如何才能平息众怒呀？"

　　龚道强只是不住地求饶说："我该死，我该死！叔叔救我，叔叔救我！"龚聘卿无可奈何地说："好吧！你得受些皮肉之苦，方能说得过去！"接着命令卫兵脱下龚道强的衣服、裤子，龚聘卿亲自拿着竹条儿使劲地抽打赤身裸体的龚道强，直到打得鲜血直流后才住手，然后叫卫兵用板子狠狠地打龚道强的那些衣服、裤子，直到打烂了，才叫龚道强穿上。接着将龚道强捆绑好，由卫兵押着游街示众，一遍敲锣打鼓之后，卫兵高声说："大家听着，龚团长已经打了龚道强四十大板，衣服、裤子都打烂了……"游了一个多小时街，才放了龚道强。

第二十四章　位卑未敢忘忧国

一

对龚道强的处罚，虽然有不少人愤愤不平，主张杀人偿命，但也无可奈何，几大家族相互通婚，都是亲戚，不好撕破脸皮，况且龚聘卿文韬武略，绝非等闲之辈，不仅是袍哥会老大，又是濯河坝民团团长，拥有四五十条枪的武装力量，一旦伤了和气，相互消耗实力，对坝上没有任何好处。加之最近盗匪猖獗，尤其是附近的悍匪张天棒洗劫了不少大富人家，杀了不计其数的人，对濯河坝形成严重威胁，需要齐心协力，共同对付。

龚聘卿推举李春融取代龚道强，确实是明智之举。不仅仅是安抚了李氏、汪氏等家族，关键是李春融为人正派，各大家族都喜欢，熊乡长非常器重，而且有远见、有韬略，有很强的组织协调能力。

但李春融无心接任这个保长，这可急坏了大家。熊乡长、龚聘卿等人又去动员汪子文出山，可汪子文一口回绝道："这事没有商量的余地，本人对当官没兴趣，也不是那块料，只喜欢做生意。"

熊乡长、龚聘卿、李朝恩、龚体之、李璧臣、汪雨虹、汪子文、余光顺、詹信安、余共安等人轮番去做李春融的工作，应允全力支持他的工作，他才勉强答应接手试试。

李春融果然不负众望，一上任就挨家挨户走访，倾听群众呼声，了解有关情况，收集有关建议，疏导各家族之间的矛盾。然后向乡长汇报，求得支持。同时拜访六大家族的头面人物，特别是三大袍哥会的重量级人物，广泛征求往来客商的意见，大力宣传《濯河坝道德公约》，营造和谐的氛围。

李春融以"心善最乐"为座右铭，力所能及地为濯河坝人服好务。

一天夜晚，他来到熊乡长家里，熊乡长很热情，客气地说："春融啊，我虽然是乡长，但没有实力，还得仰仗你的帮助啊！濯河坝的各路豪强可能买你的账，却不一定买我的账。"

春融知道乡长说的是老实话，便真诚地说："乡长别担忧，只要是对老百姓有利的事情，我一定尽力而为。"

熊乡长喝了一口茶，不无忧虑地说："时局堪忧，盗匪横行，百姓苦啊！远的不说，就是附近的悍匪张天棒就特别令人头痛呀！我担心他骚扰我们濯河坝，剿灭他，又没有绝对的把握。不除掉他，又后患无穷。"

春融说："是啊，濯河坝商铺林立，货运码头繁忙，又是渝东南驿道、商道、盐道的必经之路，如果他来骚扰，必然严重影响濯河坝的秩序，影响濯河坝的繁荣，从而影响百姓的生活，也影响税收。为今之计，只有联合民团、三大袍哥会，形成合力，共同防守悍匪侵扰濯河坝。张天棒异常骁勇、狡猾，有七八十条枪，加之有老奸巨猾的军师'歪脑壳'辅佐，一时很难铲除，只宜智取。我已在濯河坝宴请了'歪脑壳'，还送了一份礼，叫他劝说张天棒别在濯河坝地盘上抢劫，井水不犯河水。"

熊乡长高兴地说："这事做得好啊！他那军师答应了吗？"

春融回答："当然答应了。我给他陈说厉害：濯河坝有民团、三大袍哥会，两个武举人，坝上人在外当官的很多，有政府、军队作后盾，一旦兵戎相见，势必两败俱伤，大家都没有好日子过。'歪脑壳'是个聪明人，一点就通。"

乡长紧握着春融的手，赞赏道："你不仅是个君子，更是个将才！"

二

李春融先后拜访了三大袍哥会老大，阐明的主张都得到支持。李朝恩是亲房叔叔，龚聘卿是堂弟李春晖的亲舅舅，话不须赘言；徐光达、樊长青耿直，和他关系历来就很好。

李春融又先后拜访了汪子文、詹信安、龚明礼、龚明信、余光顺等商界、医疗界人士，他们都按时足额缴纳有关税费，热心扶持慈善事业和公益事业。

李春融很高兴，选择一个丽日，请叔父李璧臣先生出面邀请了德思、体之、雨虹、共安几位先生到家里聚会，商讨繁荣濯河坝的大计，重点是如何办好教育。

李璧臣先生儿孙满堂，才高八斗，为人和善、谦逊、低调，多次放弃做官的机会，一心扑在教育事业上。

德思先生先后担任过多所小学校长、酉阳县教育局局长、酉阳师范学校校长、酉阳县参议员，有"渝东南教育先驱"之美誉。

体之先生出自濯河坝第二大家族，清末文举人，学富五车，热爱教育事业，担任过酉阳县师范学校校长等职务。他为人厚道，与世无争，平等待人，历来坚持和下人一起吃饭。

雨虹先生更是濯河坝人心中的美神。

共安先生也是清末文举人，既教书育人，也行医救世，还做药材生意。

几位先生都是知心朋友，他们虽然不信仰任何党派，却信仰天理良心，始终保持知识分子的心灵纯净。他们对李春融充满信心，寄予厚望，提出了很多好点子。

雨虹先生还向大家推荐了新到濯水小学任教的青年教师程垫江。程垫江，号一筒居士，个子虽然不高，却长相匀称、五官端庄，戴一副近视眼镜，冷天爱戴帽子。程垫江勤奋好学，一有空就读书，知识渊博，工作十分敬业，热心社会活动，对佛法也有一定研究。虽然才二十几岁，但和他年龄相当的同事都叫他师傅。于是，"垫江"便成为"师傅"的代名词，多年以后，程垫江逐渐老了，熟悉的人都喊他"老师傅"或者"老垫江"。

三

程垫江经常拜访璧臣、雨虹先生等名师，请他们赐教，也顺便混顿美餐吃。

震惊中外的"九一八"事变发生后，国人惊醒，濯河坝知识界精英以濯河坝小学为主要阵地，掀起了抗日救亡运动。

璧臣先生、雨虹先生和程垫江经常聚集在一起，探讨对时局的看法，强烈谴责日本侵略者的可耻行为和国民党的不抵抗政策。

1931年冬，雨虹先生牵头组织成立了"抗日救国会"，号召各界人士结成抗日统一战线，团结抗日。学校师生绝大多数人参加了抗日救国会，李璧臣、龚体之、余共安、程垫江等为骨干成员，程垫江年富力强，协助雨虹先生处理日常事务。

一天上午，阳光灿烂，濯河坝小学全体师生在操场上集合，四周站满了群众。

主席台上空挂着一幅璧臣先生书写的横幅：抗日救亡誓师动员大会。

校长龚体之先生主持会议。他宣布大会开始，请全体肃立，为在"九一八"事变中遇难的中国军民默哀三分钟。

接着，璧臣先生讲述"九一八"事变的经过，强烈谴责日本帝国主义的残暴行径，号召广大群众积极投身抗日救亡运动。雨虹先生激昂地宣读了《抗日救亡倡议书》，愤怒地领呼口号："打倒日本帝国主义！""打倒卖国贼！""还我河山！"台下一片呼喊声，义愤填膺。

雨虹清了清嗓子，激动地说："四年前，我儿春晖回乡，教我唱了《义勇军进行曲》，现在，我给大家唱一遍！"然后唱道：

> 起来
>
> 不愿做奴隶的人们
>
> 把我们的血肉
>
> 筑成我们新的长城
>
> 中华民族到了
>
> 最危险的时候

每个人被迫着

发出最后的吼声

起来

起来

起来

我们万众一心

冒着敌人的炮火

前进

冒着敌人的炮火

前进

前进

前进 进

歌声高亢、激越，令人热血沸腾。熊乡长、李朝恩、龚聘卿、李春融、徐光达、樊长青等人带头鼓掌。

在众乡贤的带领下，人们走上大街小巷、码头、驿站高呼口号，散发传单，呼吁社会各界抵抗日本帝国主义的强盗行径。

四

学校召开教师会，要求老师给学生灌输爱国主义思想，要学生回到家里给自己的父老乡亲宣传抗日救亡的道理，揭露日本帝国主义侵占我国东北三省、亡我中华的罪恶阴谋，唤起群众的觉醒，声援抗日。

学校利用濯河坝赶场的日子，上街游行，张贴标语，高呼口号。无数袍哥会成员、商人深受影响，纷纷加入"抗日救国会"，支持爱国行动。

后来，有几名中共党员来到濯河坝小学任教。他们以教师身份为掩护，在群众中积极开展党的地下工作，宣传反蒋抗日主张，他们在学校大门两侧书写"明耻""教战"，学校成为进行爱国主义宣传教育的主阵地，把抗日爱国教育作为学校的主要任务。

以濯河坝小学为先导的抗日风潮很快波及酉阳、黔江等县学校，数十所学校纷纷掀起抗日救亡热潮。

学校的宣传队、歌咏队、话剧队纷纷上街下乡义演，大量抗日救亡歌曲由学校唱到社会，"打倒日本帝国主义""出兵抗日，收复失地""铲除汉奸卖国贼""国家兴亡，匹夫有责"等抗日标语贴满大街小巷，遍及乡村。

共产党不断向濯河坝渗透，以贺龙为军长的红三军在湘鄂川黔接合部活动频繁，也对濯河坝产生了深刻影响。

1933 年 12 月 22 日，红军占领黔江城。国民党第二十一军军长刘湘慌忙派第五师师长陈万仞率达凤岗旅徐光耀、黄子裳、陈阶平、何甫之等团向黔江反扑。

张天棒胆大包天，在军师"歪脑壳"的精心策划下，在梅子关神出鬼没地偷袭了国民党军队的尾部，缴获五十多支枪。后来查明是张天棒干的，刘湘非常气愤，责令酉阳县政府限期除掉张天棒。酉阳县政府又将任务分派给濯河坝乡政府及保安团。

张天棒多了五十多条枪，迅速招兵买马，实力进一步壮大，气焰更嚣张，根本没把濯河坝放在眼里，甚至扬言："给老子惹毛了，老子一天就让濯河坝出五十个寡妇！"

从那以后，天棒变本加厉，不但见钱就眼开，还嘱咐家丁把金银珠宝选隐秘之地用坛子窖藏起来，然后把窖藏金银珠宝的家丁全部残忍地杀掉。

濯河坝人心惶惶。

熊乡长、保安团、几大袍哥会、各界名流频繁走访，商讨对策。

第二十五章　出其不意诛天棒

一

剿灭张天棒的主要责任是熊乡长和保安团长龚聘卿。两人接到指令后，急得像热锅上的蚂蚁。他们深知张天棒的剽悍、凶残、狡诈是出了名的，几次斗法都没得到甜头，现在要限期剿灭，就是赔上自己的全部家当，也可能于事无补。

两人密谋了一番，也没有想出好办法。于是，请了李朝恩、龚体之、李春融等人到熊乡长家里商量对策。大家一致认为，如果硬拼，结果肯定是两败俱伤，甚至会殃及濯河坝无辜百姓，只能采用软索套猛虎的办法。

李朝恩说："道理是不错，可用什么软索套？如何套？他毕竟有八九十条枪啊！"龚体之毕竟是文弱书生，一时说不出个子丑寅卯来。

熊乡长、龚团长一起将目光投向李春融。

李春融沉默了一会儿，说："张天棒有可能知道一些情况，建议由我出面宴请他的军师'歪脑壳'，并送上一份厚礼，说明酉阳县政府及保安团想嫁祸给濯河坝，实施一箭双雕之计。我们是世交，不会上当。先稳住张天棒，以免他狗急跳墙，然后设法除掉'歪脑壳'，让张天棒失去臂膀。同时，请聘卿舅舅和张天棒结为'干亲家'，进一步拉拢他，利用往来之机探明虚实，再想对策除之。"

于是，依计而行。

李春融出具了拜帖，邀请"歪脑壳"到街上天涯酒店三楼的一个房间喝酒，说明有关情况，要他劝说张天棒，千万不要相信社会谣言，以免中了酉阳县政府的一箭双雕之计。临走时，李春融送他一百块大洋。"歪脑壳"虽然视财如命，但还是保持了高度的警惕性，半真半假地说："李保长，我们多次交往，也算老朋友了，我们对濯河坝是信守承诺的，没有来骚扰过。如今风声紧，不会有诈吧？"

李春融拍着胸膛说："先生，自从我们结交之后，你们没来骚扰过濯河坝，我们也没有冒犯过你们，大家相安无事，你说是不是？"

"歪脑壳"想了想："这倒是真的。我相信你，本人一定劝说张营长，咱们一如既往，井水不犯河水。"

两天后，龚聘卿送拜帖给张天棒，想与他结为干亲家。张天棒怕其中有诈，问计于军师。"歪脑壳"说："人家如果是真心实意，我们如虎添翼。如果有诈，只要保持高度的警惕性，我们也不怕。通过往来，也可以探明他们的虚实。"张天棒便爽快地答应了。

一时间，相互往来，好不亲密。尽管龚团长每次到张家去都只带两名侍卫，可张天棒警惕性很高，四五名侍卫紧随左右，连睡觉都睁着一只眼睛，龚团长根本找不到下手的机会。

二

濯河坝到20世纪初，已发展成为一个商业发达、加工业小具规模的地方。濯水窑罐就远销酉阳、黔江、彭水、秀山和湖北咸丰，濯水绿豆粉、泉孔酒、油炸糕、马打滚等小吃也名扬四方，而濯河坝的剃头匠更是功夫娴熟，其中最了得的，当数"麻光头"了。他的店就在"光顺号"转角处，四季生意兴隆。剃头时，人们还没反应过来，不是被抹了光头就是顶一把"大锅铲"。他为人和善，爱开玩笑，常逗得人们哄堂大笑。

"麻光头"本姓何，年轻时就秃了顶，人们都喊他"何光头"。闲时爱打扑克，一次，有个人没有出一张牌就输了，于是就开他的玩笑说："这么好的牌，没想到还打个死光头。"

有一年夏天，"何光头"走亲戚家，走到蒲花河边，看到几个少妇在河里洗衣服、捣麻绳，就明知故问："喂，大姐，走冉家往哪里走呀？"其中一个少妇认识他，却假装不认识，就故意说："我们不晓得你是哪个，姓哪样，哪个要给你说呢？"何光头想幽默一下，就说："我就姓你们下面那个。"意思是姓何（河）。没想到，那个认得他的少妇也幽默，笑着说："你这人的姓才怪哦，我们下面是麻绳，那就是姓麻！"然后哈哈大笑，喊他"麻师傅"。这个笑话很快就传开了，当地一些爱开玩笑的人推而广之，就将何姓人氏喊成麻姓人氏。从此，人们都喊他"麻光头"，起初，他还反击一下，久而久之，他觉得不过是"木脑壳打亲家——话儿一句"，便不自觉地接受了。

"麻光头"终身未娶，一生只贪杯中之物，他喝酒以后还能"走眼皮"。

一天夜晚，龚团长派人请他到家里去喝酒。"麻光头"受宠若惊，高高兴兴地跟着到了龚聘卿家里。丰盛的佳肴、醇厚的泉孔白酒，让他高兴不已，也让他大惑不解。

酒足饭饱之后，龚团长吩咐所有人退下，他要和麻师傅谈点事。

其他人退下之后，"麻光头"战战兢兢，身上发抖。龚团长拍了拍他的肩膀说："老弟，别害怕，我对你没有恶意！""麻光头"定了定神说："谢谢龚团长！我不晓得您哪个对我这么好，所以很激动！"

龚团长笑了笑，取出二十两黄金递给"麻光头"说："老弟，拿去用！"

"麻光头"简直不敢相信自己的耳朵和眼睛，忙说："无功不受禄，这么多金子，我哪敢要啊！"

龚团长在他耳边悄悄说了一些话，叫他如此如此。

"麻光头"一听，身体瘫软了，吓得面如土色，哀求道："我不敢，怕张营长复仇！"

龚团长掏出手枪，翻来覆去地比画："你怕他，就不怕我？我告诉你，这件事你必须给我办好，并且不准走漏半点风声，否则我随时都可以要了你的小命！你若把事情办好了，还会重重有赏！"

"麻光头"骑虎难下，接过金子，心里忐忑不安。龚团长继续给他打气、出主意，叫他把事情办了之后，立即到外地避一下风头，等事情风平浪静了再回到濯河坝。

"麻光头"唯唯诺诺地答应了

五天后，人们在黄泥沱的石缝里发现了"歪脑壳"的尸体，只见他那头发、胡子剃得干干净净的，脖子上有一道整齐的刀口，气管、血管、喉管全都割断了，绝对是一刀要命。"麻光头"突然在几天前消失了，留下一个很容易猜的谜，人们自然会联想到这可能是"麻光头"的杰作。

三

张天棒望着"歪脑壳"的尸体，有点感伤，更多的却是愤怒、疑惑。有人给张天棒报告，不少人怀疑是"麻光头"干的，因为尸体刀口细小，应该是剃头刀所为，刚好"麻光头"又消失好几天了。张天棒想了想，"歪脑壳"有不少钱财，"麻光头"孤身一人，完全有可能劫财杀人之后远走他乡。

龚团长便去安慰张天棒，分析是何人所为。绕了一阵圈子之后，都怀疑到"麻光头"了。于是建议，由濯河坝乡政府和保安团联合发布通告，追捕杀人嫌犯"麻光头"。

龚团长办事神速，和张天棒商谈后，不到两个时辰，一些路口尤其是张天棒可能经过或容易看到的地方都贴上了追捕杀人嫌犯"麻光头"的通告。

张天棒觉得龚团长很仗义，心生感激，关系进一步密切。

熊乡长等几个人心知肚明，其余人则蒙在鼓里。不少人对龚团长冷眼相看，甚至鄙视，李璧臣、汪子文、汪雨虹、余共安等人很瞧不起他，可龚团长沉得住气，假装不知道，和张天棒打得更加火热。

汪子文把李春融叫到家里，提醒他说："春融啊，你可别犯糊涂呀！"

李春融得意地说："三舅，您就放心吧，龚团长这么做，自有他的道理，好戏在后头呢！"

晚上，龚团长在李春融的陪同下拜访了李朝恩，请他"请神"，祈求神力相助。

李朝恩开玩笑说："龚团长大驾光临，我敢不买账？"

龚团长真诚地说："我们都是老亲老戚，老弟，你不会见死不救吧？"

李朝恩微笑着说："没问题的，我的哥，你就大胆地按计划行事，我们密切配合。我们喝杯茶后，马上作法事。"

三人边喝茶边研究细节，龚团长还是觉得没有绝对的把握。

李朝恩说："这样吧，我请神后再说。"

李朝恩洗漱后，点燃三支香，对着神龛三叩九拜之后，念道："太上老君，急急如律令……"口中念念有词，不一会儿，便恍恍惚惚，闭着眼睛，身上冒汗。李春融忙将他扶在椅子上坐下。

李朝恩哼了哼，迷迷糊糊地说："快倒酒，天神到了……"

李春融忙斟满酒，放在神龛上。

李朝恩吐了点白泡沫，问："我是荡魔天君，哪个找我？"

龚团长毕恭毕敬地回答："我是龚聘卿，有个事求天君帮助！"

荡魔天君道："我知道你要问哪样事，快拿纸笔记录！"

龚团长忙说："好！好！好！"

荡魔天君道：

天恩浩荡

夜擒天棒

只在更前

成功稳当

李春融做好了记录。

龚团长对着神龛三叩九拜之后说："谢谢天君指点迷津！"见李朝恩身子瘫软，拿了记录，吩咐道："春融啊，我有事先走了，估计还有一阵时间他才回得了阳，你守着，等你八叔回阳后给他解释解释，哪天我请他喝几杯泉孔酒！"

李春融点了点头。

龚团长走后不到两分钟，李朝恩就醒了。春融正欲开口，朝恩急忙摆手，示意他别说话。两人会心一笑。春融心想，什么"请神"，分明是装神鼓劲。

四

一切都在按部就班地准备着。

转眼就到了1934年的正月十八，这天是龚团长嫁女的大喜日子。李家、龚家、徐家、樊家精选了习武的镖师，让他们穿着朴素的衣服到龚家帮忙倒茶、端菜。李朝恩、徐光达、樊长青等人则藏着手枪帮忙接客。

濯河坝后河戏被龚家包场，整天演出《穆桂英挂帅》《三娘教子》等节目。

客人不断来来往往，流水席从中午一直摆到晚上。

张天棒自然也少不了来凑热闹，他与一帮喽啰被单独安排在厢房里。龚团长亲自陪同张天棒饮酒行令，其他匪徒更是把随身携带的刀枪丢到一边，敞开肚子大吃大喝。一来二去，不觉到了掌灯时分，一个个都醉眼迷离、不知所以了，但还是不依不饶，继续猜拳喝酒。

龚团长对陪客说："陪兄弟们好好喝，我去撒泡尿就来！"

龚团长借故出去，向有关人员使了眼色，以示提醒。回到厢房后，亲自给每个人的杯子斟满了酒，大声说："承蒙各位兄弟厚爱，本人十分感激，我最后敬大家一杯酒，我先干为敬！""最后"二字的声调特别高，实际上是对门外有关人员再次递暗号。

龚团长一饮而尽，大家齐声喊："干！"也将杯中酒一饮而尽。龚团长突然把杯子一掷，叫道："招呼！"便闪出门外。同时，几个侧门闯进一群持刀壮汉，不到一支烟的工夫，二十多个土匪全都命丧黄泉。

张天棒老道狡猾，睡着了都睁着一只眼睛，他听到龚团长一声"招呼"，知道上当了，一招饿虎扑食，扑倒在地，躲过了迎面砍来的大刀，然后躬身弹起，撞窗而出。李朝恩等人早已埋伏在窗外，同时拔枪射击，张天棒当场毙命。

人们这时才醒悟，龚团长嫁女是一场戏，目的是引诱张天棒赴这"鸿门宴"。

张天棒被杀，消除了濯河坝的心腹大患。濯河坝人拍手称快，称赞龚团长智勇双全。龚团长谦逊地说："不能这样说，我只是做了点微不足道的事情，要是没有大家支持，我就是有天大的本事，也办不成这件事！"

汪雨虹说："以往大家对龚团长有些误会，不知道你的葫芦里卖的什么药，现在真相大白了，实在是可喜可贺呀！"

李璧臣说："龚团长就别谦虚了！通过这件事，可以看出我们濯河坝人很顾全大局！大家要像以往一样，和和睦睦过日子。"

李朝恩说："璧臣哥说得对！要团结才行啊！听说贺胡子的队伍已经到了黔江的马喇湖，可能要从濯河坝过路。还听说，张天棒的侄儿张金要血洗濯河坝，为他的叔叔报仇。大家要务必小心！"

人们一听，惊愕不已。

熊乡长表面上镇静，内心却十分恐慌。他把李春融叫到跟前，悄悄耳语了一番。李春融点了点头，之后，邀约李璧臣等人到他家小聚。

五

李春融直截了当地说："听说'贺胡子'是个有情有义的人，这个局面可能好应付。张天棒的侄儿张金要报仇这件事确实难办，如果搞得不好，会造成双方伤亡，乃至于恶性循环。我请大家来，就是想听各位的高见。"

汪子文说："是啊！确实要想个万全之策。"

璧臣先生说："我和雨虹先生都教过张金，我们去劝劝他，让他放弃复仇念头！"

雨虹先生接着说："我乐意陪同二哥走一趟！"

李春融站起来给二位先生作了个揖，十分感激地说："谢谢二位长辈为我分忧！可是，我怎么能放心啊，要是有个三长两短，我负不起责啊，不仅对不起列祖列宗，还会成为濯河坝的千古罪人呀！"

李朝恩接着说："假如出现意外，怎么向春晖交代呀！"

璧臣先生说："谢谢你们为我俩的安全担心！为了濯河坝的安宁，我俩该冒险！我分析他不会对我俩无礼，理由有四：一是谋杀他叔叔，名义上是熊乡长、龚团长，我俩是局外人，和他没有深仇大恨；二是我俩都教过他，师生情谊在；三是他知道春晖当了国民党军副师长，如果杀了我俩，也不会有好结果；四是我年已古稀，雨虹先生是一介女流，他未必下得了手。"

璧臣先生一席话，大家觉得很在理。

汪子文说："我还是觉得不安全，不怕一万，只怕万一！"

朝恩笑着说："子文多虑了！我越来越觉得春融是块当官的料！你想吧，他请二位先生来商量的目的是什么。还不是为了兵不血刃，要二位先生冒一回险啊！其实，他早就胸有成竹了。"

李春融笑着说："八叔都说了，我反复考虑过，只有二位长辈去游说最合适，应该不存在安全问题。那就有劳二位老辈子了！我已经安排丫鬟煮饭，请大家不要推辞。"

第二天早饭后，春融安排四个轿夫抬着两顶轿子送璧臣、雨虹先生到张金家。披麻戴孝的张金见是教过自己的二位先生，便请到屋里坐。二位先生对着张天棒的灵堂拜了三拜之后，才进屋。张金对着二位先生拱手作揖后，哭着说："感谢先生昔日的教诲！"

璧臣先生安抚说："这事来得很突然，很多人包括我们都蒙在鼓里的，直到事情发生了才知道一些情况。事已至此，我和雨虹先生商量，特来劝慰你。来之前，有人劝我俩不要来冒险，我说没有危险，张金深明大义，又聪明能干，绝不会对我俩无礼！"

张金忙表态说："二位先生教过我，所谓一日之师，终身为父，我怎么可能对先生下毒手呢？况且杀害我叔叔的事与先生们毫不相干！"

璧臣先生接着说："是啊！可是，我担心你去报仇，这事万万不可！你想吧，要是你叔叔不去偷袭国民党军队，肯定就不会有这个结局。得罪了国民党正规军的司令长官，酉阳专署接到命令完不成任务，也会派另外的组织来剿灭。所以，熊乡长、龚团长等人也是身不由己啊！假如你去找他们报仇，然后他们又来找你报仇，肯定会连累双方的父母、妻室儿女，乃至于遭受灭顶之灾！他们毕竟是替政府、军队办事，有政府、军队撑腰，可你就不一样了！如果一时冲动，可能导致亲人无辜送命。"

雨虹语重心长地说："和为贵，留得青山在，不愁没柴烧。冤家宜解不宜结啊，你要三思！再说，你叔叔也杀了不少无辜百姓，干了不少伤天害理的事情！"

璧臣先生又说："濯河坝奉行'死者为尊'的理念，我俩来时，李春融保长已请人给你叔叔的遗体整理好了，不仅洗干净了血污，还换上了新衣，等着你们去领回安葬。"

张金听了二位先生的话，心里释然，表示不再提报仇的事。

璧臣先生见张金醒悟了，怕他还有顾虑，就说："为师在你家住下，你派人和雨虹先生到濯河坝把你叔叔的遗体运回下葬，入土为安啊！我以这条老命担保你们绝对安全！"

张金原本担心去运回叔叔的遗体有麻烦乃至于性命之忧，现在吃了定心丸，于是安排人员随雨虹先生到濯河坝。一切事情处理得很圆满，李春融保长代表濯河坝有关人士送了一份厚礼，还写了一封情真意切的书信劝慰张金。张金读了李春融的信后，很是感激，派人护送璧臣先生回到了濯河坝。

人们见璧臣先生不仅毫发无损，还消除了一个严重的后患，可以睡安稳觉了，对先生更加佩服。可是，坝上的头面人物还是睡不好觉，国民党派了一个连的部队进驻观音阁打前站，贺胡子的队伍要是到了濯河坝，不知该如何应对。

第二十六章　黄昏枪声惊魂梦

一

　　早春二月，春寒料峭，濯河坝上空十多天不开晴，整天阴沉沉、死闷闷的，压得人们透不过气来。河边的柳树拼命地挣扎着发芽，可就是绿不起来，河中的鱼儿也在等气候变暖才产卵，自然界万物生灵都在等。

　　这一天傍晚，麻柳嘴忽然传来枪声，划过江面显得格外愤懑、凄厉……

　　一个面目全非、满身鲜血的人，跌跌撞撞从芭茅草丛中爬了出来，正要爬到河边，突然不动了……紧接着，从芭茅草丛中蹿出两个手持双枪、一身短打的人，撵到这人面前，摸了又摸，看了又看，一个叫冉七的说："这家伙好凶啊！一连打死我们三个兄弟！哼！他要死了还要我赔上一枪。"说完赶紧护着负伤的左手。另一个叫王老六的说："你的伤不要紧吧？"

　　冉七说："问题不大，只是肩膀上的肉被打飞了一块。"王老六又向死者踢了一脚，说："我不相信他是铁打的不成，中了我两枪还爬这么远。"又翻过去翻过来看了一遍说："看来硬是死了。"冉七说："走，回观音阁向连长报告去，我也好给手包点药。"

两人收好枪，在芭茅草丛中消失了。

不一会儿，从河心飘来一阵清脆的后河船工号子：

后河水哟浪逐浪哟千年流淌嗬呀！

站船头哟举目望哟河水茫茫嗬咿哟！

小船儿舍似箭发哟河水茫茫哟咿呀！

什么事引来了如此枪响哟嗬哟嗬呀！

河中忽然闪出一条船来，仔细一看，是常在后河打渡的谢龙和女儿谢英莲。

已经五十岁的谢龙，满脸络腮胡，长得浑厚结实，一副罗汉身材，说话做事都笑成一坨，为人忠厚老实。

他一生有两个嗜好：一是爱抽叶子烟，二是爱喝酒。他一年四季抽的都是五佛岭的"顶匹匹"，那根烟杆棒棒，有一尺五寸长、一斤八两重，银皮包头，铜皮包嘴，莲花、菊花包左右，烟斗下面是像黄豆大小的七颗铁珠，叫"七星棒肚"。据说这种烟杆只有土家族才有，用这种烟杆抽烟不上火，不熏肺，经常挂在身上还是一件防身武器呢！要是挨上这一烟杆啦，轻者六神无主、晃晃悠悠，重者立马倒地、呜呼哀哉。说起喝酒，他是一天都在喝，可从来都没醉过，并且只喝泉孔溪的老窖酒。有人劝他少喝点，他说在河边住，冷气湿气大，喝点酒刚好。他的酒杯很特别，名叫"五花七星杯"，又叫"掌心杯"，是用透明的五花石人工打造的，共十个杯子，每杯只装三钱酒，是湖南一个姓曾的客商来古镇做生意时送给他的。由于杯子个头小，谢老汉经常把它们扎在头上的毡帽檐里，现在只有八个了。关于两个杯子的丢失，很有戏剧性。

前年有一天，谢龙喝酒无菜，闷闷不乐，回想起老伴死得早，丢下自己和女儿风餐露宿，一年四季都在船上，苦不堪言，忽然见水中有鱼游过，他顺手将掌心杯掷了出去，一条两斤多重的青聋子鱼，肚皮朝天，浮上水面，他一把抓起，撕开鱼肚就生吃了起来。

去年，一个彭水的小偷在码头上一直跟踪一个湖北商人到了古镇，为的就是一袋洋钱。好不容易找到机会，刚一下手，就被商人发觉。小偷气急败坏，强行恶取，一拳打中商人的眼部，商人一撒手，小偷夺钱而逃。当时，谢老汉正在喝酒，只听有人在喊："捉偷儿啊！"谢老汉转头一望，小偷已经提起洋钱跑出去好几丈远了，只见他手一伸，"叭"！不偏不歪，正中小偷左眼。小偷放下钱袋，蒙着眼睛撒腿就跑，一溜烟就不见了。商人把钱提起来，一膝跪在谢老汉面前说："救命恩人，今天如果不是你相救，我一切都完了，只有跳河一死！"顺手抓一大把洋钱递给谢老汉表示感恩，谢老汉摇头不要，商人又抓出一把来，谢老汉还是不要，推来推去，商人无可奈何地问道："你要我怎样才能报恩嘛？"谢老汉说："不要你谢，只要你记住一点，来濯河坝做生意，四个字——天理良心，别的不用说了。"商人感激不尽，后来出钱维修了这码头。

二

谢龙怎么会有打水中游鱼、射游人左眼的本事呢？这还得从几年前说起。一个名叫黄鹏的武师来古镇投奔徐家武馆，招收学徒练功习武。前来拜师者达四十人之多，全是古镇人。他们天天学，天天练，使得黄鹏在古镇也小有名气。

黄鹏中等身材，一双炯炯有神的眼睛像穿梭不停的刁狸子，两只耳朵能听到蚂蚁爬动的声音。他在少林寺习武有数年之久，刀枪剑戟，鞭箭瓜锤，无一不精，无一不晓。

1931年，黄鹏到丹东参加海灯法师的拜谒活动。那时日本人已经占领了东三省，黄鹏目睹一个日本人奸污了一个少女，他忍受不了小日本的嚣张气焰，一气之下空手取了日本皇军大佐山野太郎的小命而被日军追杀。因此蛰伏内地，并下定决心以武报国，到处传授武功，甚至不顾戒律，将一些致命绝招都传授给学徒。

来古镇传武的第二年，一天，黄鹏武师正带领四十多个学徒在万天宫川主庙前练功习武，不料来了一个本镇的徐三爷，一脸杀气。他为啥来到川主庙？来干什么？

徐三爷，本名徐天武，八岁时父母请人为他算命，说他命中有行武之运，运行五十年。因此，父母就送他到嵩山少林寺深造，希望有机会上京考武状元。岂料人算不如天算，一夜间，清朝土崩瓦解，徐三爷习武不到七年就离开少林寺回到家中。

不久，他听说万天宫的川主庙修起已几十年但缺少一尊张飞塑像，当地绅士请过无数位雕塑师来都无功而返。这次又请了一位浙江师傅，据说工艺不错，但已经来了半月之久，却苦苦找不到灵感而迟迟没能动手。徐三爷听后，来到现场，问其原因，哈哈大笑。众人发惊之余问道："三爷，难道你能做个样子吗？"三爷说："这有何难？"一个箭步登上神龛，向塑像师言道："你看好了，半斜身，左手撩袍端带，右手掠髯斜抬，下身金鸡独立，双眼睁圆鼓大，张嘴大吼，呀呀呀！这就是张飞！"比画完后又一步跳将下来，塑像师连忙向徐三爷跪下道："是他！是他！三爷，你就是活张飞！"

不到半月，一个活灵活现的张飞神像站立在川主菩萨的左边，凶神恶煞，十分吓人。

徐三爷听说有个外地武师胆敢在塑像前舞棍弄棒，这还了得！非得看个究竟不可，就气势汹汹地来到万天宫。一看，那就是"张飞"的大哥呀，还公然在他面前端来椅子坐下，传授什么习武救国的道理。徐三爷气不打一处来，悄悄走到黄鹏武师后面，朝背心就是一拳，这要换作别人，五脏六腑非抖散不可！可是黄鹏早已听到了这一拳的风声，身子一闪，顺手将徐三爷的拳头往前一带，徐三爷一个饿狗抢屎，趴在地上。徐三爷这时心里明白，此人武功在自己之上，高手啊！便尴尬地站了起来。黄鹏正要上前搭话，徐三爷什么也不说，也不理会任何人，只听他"哼"的一声，大步流星地离开了万天宫。从此，徐三爷十个指头留成长甲，整天摊开双手闭目养神，不久，便忧郁含恨而死。

谢龙本爱热闹，也好奇，经常跑到练武的地方去看，先是看本地人有哪些人在练，哪些人练得好，师傅怎么样，后来也产生了兴趣。南拳北腿他不学，飞檐走壁他也不爱，唯独对飞镖情有独钟。因此他就偷学，把偷听到的要领、方法带回家偷练。开始练眼神，按照师傅教的方法，白天用线固定一端，另一端捆上小圆石，让石头不停地来回摆动，双眼死盯石头。晚上捆上香火，用同样的方法练，一直练到所看到的活动物体成死状，才开始练手法、手力。经过一年多的偷学偷练，才练就了这一手绝活。

谢龙的父母一共生下七个姊妹，哥哥姐姐都先后去世了，他是老幺，人称老七，所以他做什么都讲究一个"七"字。烟杆上七星占位，酒杯用的是七星掌心杯，据他说，金三银七，银七就是"赢起"，图个口顺、口福。

女儿谢英莲十六岁，已经长大成人，他感到欣慰，要为女儿的幸福着想，所以，暗暗地挑选如意的门婿客。为什么像他这样船家合一、一无所有的穷家境况还要挑三拣四呢？谢龙心里明白，自己的女儿从小就在风里长、雨里泡，从不撒娇放骗，养成了独来独往、好强气盛的不屈性格。要说她聪明伶俐、精明能干，那是一点也不过分。

刚才那段船工号子，就是这天真无邪的谢英莲姑娘唱的。这号子吼得夜风拂面、垂柳飘曳、微澜四起。船刚行至江心，谢英莲眼睛一扫，忽见一人躺在河边。

"爹！"谢英莲用手一指，"你看那里，好像是个人！"

谢龙说："儿啦，快把船靠上去，拴好！"

谢英莲将篙竿一插，一纵步跳上岸，把船拴稳了。谢龙上了岸，两人走上前看得一惊，只见上身穿的土布单衣，扎着腰带，下身穿的灯笼裤，一双水草鞋，周身是血，翻过身来一看，是个年轻英俊的小伙子，满脸污泥血迹。

谢龙先试鼻孔，再摸胸膛："儿啦，这人身上还是热的，还没有落气。"

谢英莲说："爹，我们不救他就要死啦！"

谢龙说："我俩把他弄上船，救他一命！"

谢英莲说："好！"两人将这人抬上船，放在舱里，接着谢英莲篙竿一点，驶向了对岸。谢龙一个箭步飞上岸，回头对女儿说道："英莲，你弄点热水给他洗一洗，再烧点姜汤灌他，我去找'姜聋子'！"话一说完，人就不见了。

古镇上的人根本不知道"姜聋子"是哪里人，他是做什么的，为什么来古镇住。只晓得"姜聋子"对人谦和，不爱说话，而且耳朵有点聋，可谢龙就知道得多，因为他经常爱来船上耍，去钓鱼，熟悉得很。

去年，有个叫野猪顶的地方，有个人砌一壁堡坎，不小心，一块石头掉下来把脚打断了，血染透了裤腿，不住地呻吟，七八个人正用滑竿抬着过河，准备抬到西阳县城去医。这时"姜聋子"正在船上钓鱼，见此情景，站了起来，鱼竿一收，说道："请相信我，不要去西阳了，就抬到我那里去，我保证医好。"众人用怀疑的眼光凝视着"姜聋子"，他继续说道："这样重的伤势，就算一天抬到西阳医院，恐怕性命都难保。"

众人半信半疑地把伤员抬到了他的住处。只见他非常熟练地剪开裤子，清洗消毒，止血接骨，缝合固定，不到两个小时，手术处理得十分干净、完美。另给了一些口服药，就抬了回去，不到三个月，此人就能下地走动了。这整个过程，谢龙十分清楚，也正有意接近"姜聋子"，两人就成了好朋友。

船上，谢英莲舀来热水，先把脸部擦洗干净，然后清洗脖子，再洗头。洗着洗着，这人突然一口又黑又浓的血吐了出来，随着一声呻吟……

"不要动，我在给你洗伤。"谢英莲说。

当英莲洗到肩胛时，小伙子叫了起来，英莲一看，呀！一个血洞洞，还在往外渗血。英莲忙撕了块围片，包了起来。

再洗到手膀时，小伙子又"哎呀"一声，这里又是一个血洞，又包扎起来。这时，谢龙和"姜聋子"上了船，直奔舱内而去。

三

"姜聋子"，本名姜云龙，香港人，英国剑桥大学高才生，外科博士生导师，回到香港，准备办所医科大学。不料，日本大举侵略中国，东北三省岌岌可危！国民党的抗日军队在东北急需外科医务人员。姜云龙得知，义无反顾地带着学生医疗队奔赴东北。可是不到几个月，抗日部队就接到国民党政府的密令，放弃在东三省的抵抗，撤回关内待命。一直退到汉口进行修整。蒋的嫡系——九师又接到密令，江西战事在即，要全力围剿井冈山的朱毛红军，于是又要急行军，连夜赶赴赣江一带。

出发的头天下午，姜云龙的思想非常混乱，他在江边踱来踱去，不解为什么要放弃对日本侵略者的抵抗，而倒转枪口打起中国人来了呢？一个逃脱计划在脑海中形成……

他急忙赶回住地，秘密召集自己的学生，作了如下吩咐：一、我的阑尾发炎，需要在武汉医治，暂时不能随军前往，同时任何人不得向外说出此事；二、希望你们尽早寻找机会安全地回到香港；三、不要打听我的下落，只有我来找你们，希望你们好自为之。

宣布完毕，学生们目瞪口呆，但导师的决定和嘱托不可辩驳，只得听从。

当天晚上，姜博士把必要的医疗器材和一些必用药物装进一个藤箱里，神不知、鬼不觉地溜出了汉口镇，乘坐一只小船逆长江而上。小船行至涪陵，小住下来，是再沿长江而上到重庆呢，还是逆乌江而上到偏僻山区呢，姜博士踌躇。在这个十字路口上，他必须做出人生的转折性抉择。虽然到重庆对事业、对个人生活都有好处，然而他非常厌恶那种无聊的政治斗争，更不愿意卷入那个可怕的旋涡，在这山河破碎、兵荒马乱的乱世，到重庆去干什么？难道又要去为那些内打内的人效力吗？不，绝不，宁愿到穷乡僻壤的山区去，听说后河那边有个酉阳州，不如去那里，先立住脚后静观其变。

经过一个多月的颠簸，姜博士到了濯水古镇，经过两天的观察，觉得古镇是他的安身之地。原因有三：其一，古镇远离城市喧嚣；其二，避开政治；其三，辞断沙场血腥。其实，这里的古朴民风民俗和秀丽的山川，才是他真正留下来的原因。从他选定住在马家桥上的回头荷塘，就可证明这一点。

为不引起人们的注意，不暴露其身份，他沉默寡言、装聋作哑，一年多来，不理发，不刮胡子，刚刚而立之年，看上去却像六十多岁的孤老头子，所以，古镇的大男小女都喊他"姜聋子"。

"姜聋子"一上船，就直奔舱内。几分钟后，出得舱来，严肃地对谢龙说："此人是枪伤，两处伤口都有弹头在里面，需要马上取出。但是，目前他流血过多，十分虚弱，如要动手术取出弹头，必须首先输血，等血压稳定后才能动手术。"

谢龙说："到哪里去找血，我马上去找。"

"姜聋子"说："没得地方去找，就是找来也不一定得用。"

谢龙说："那是为什么？"

"姜聋子"说："要合他的血型才得用。"

谢龙说："那就糟了，糟了……"边着急，边搓手。

"姜聋子"沉思一下说："你上街去打斤把酒来。"

谢龙说："别样还没得，这酒嘛，我这里有的是。"

"姜聋子"说："好！你快舀一碗来。"谢龙立马舀来一碗酒，递给了"姜聋子"。

只见"姜聋子"捞起袖子，就在自己的手上吸出一些血来放进这酒里，再去把伤者的血弄点来放进同一碗酒里。过了几分钟，一看，两种血分开了。"姜聋子"无可奈何地说："我这血不和。"正在着急时，谢龙伸出大手："来，用我的血试一下。"

"姜聋子"连忙将酒倒掉，重新装上一碗酒，按照前面的方法做了一遍，结果还是不行，又倒掉了。

二人愁眉苦脸、无法可想的时候，谢英莲走出舱来，说："试试我的血吧。"边说边把袖子一挽，手就伸向"姜聋子"，谢龙又舀了一碗酒来，再一次按照前面的方法试了一遍，等候片刻，两样血合二为一，浑然一体。"姜聋子"喜出望外，父女俩也非常高兴，都说："有救了，有救了！"

血输好后，"姜聋子"非常熟练地做外科手术，只见弹头一颗、两颗，全部取了出来，缝合包扎后，"姜聋子"对谢龙说："为了病人的安全，先弄到我那里去住，我住的那个地方后面有个红苕篷子，让他在那里养伤，又安全又清净，我换药也方便。"

谢龙说："要得，我这船上去得千千，来得万万，太显眼了，就依你的，我马上背他去。"

"姜聋子"说："好，马上走！丫头，你把船上打整一下，要冲洗干净，别人晓得了不好。"

谢英莲说："好，我知道了。"

一切恢复了平静，这死沉沉的天，像一只倒扣的大碗捂得古镇透不过气来。除了几声蛐蛐叫而外，静得吓人。过了三更，谢龙才回到船上，女儿谢英莲没有睡，听说伤员已经转危为安了，父女俩会心地笑了……

谢英莲猛然想起什么，说："爹，刚才河对岸有好多灯笼火把，一直走到河边，在麻柳嘴一带好像在找什么东西似的。"

谢龙有些疲倦，说："不管他，睡吧，明天还要起早呢。"女儿顺从地回到后舱去睡了。

四

观音阁始建于清王朝乾隆中期。几百年的悠悠岁月，几百年的风风雨雨，观音阁始终与古镇相互照看、相互辉映。古镇有了观音阁而闻名，观音阁因古镇而香火旺盛。

观音阁坐落在古镇隔河的南端，坐南朝北，北靠金堂岩，面朝黄泥坨，后河与太极河这两根紧挽的大银索，紧紧地盘住观音阁的底座。

观音阁是一座憨厚、敦实的城堡，枪炮不入的塔碉，建筑宏伟。

推开厚重的山门，便是一丈一八宽、三丈六尺长的通道直连拜谒大厅，通道左边是财神，右边是王灵官的坐宫，正殿上是一尊慈祥带抿笑的观世音菩萨。拜谒大厅四周是转角耳楼，大大小小的菩萨、罗汉、神仙依职位高低而排列，显得有些拥挤，好在后花园宽敞，净土上花团锦簇，空气清新，宜人居住。

传说，观音菩萨应远，灵官菩萨应近。所以，古镇一年一度半个月的庙会就格外庄重、热闹。

曾几何时，这么一个受人敬仰的佛教圣地，古镇人的精神寄托殿堂，被一伙强人霸占，玷污了神灵。

绅士、民团，古镇人当然不允许这帮强人开过镇来，搞一些乌七八糟的事情。

这天傍晚，观音阁的油灯昏暗，灯苗幽幽晃晃，还在苦苦地挣扎……

一位师太上完香，正要关庙门，忽然，有两人急匆匆地闯了进来，师太无可奈何，只好退到屋里休息。

"报告！"耳楼上传来刚进庙的那两个人的声音，这是王老六喊的。

只听屋内"进来！"王老六和冉七推门一看，太师椅铺着一张大老虎皮，老虎皮上坐着一个猴儿脸，右眼眉旁有一块疤痕的人。他头戴大圆帽翘头，帽子上有一块铜皮帽徽，像老鼠一样的眼睛一闪一眨地放出凶光，身穿大翻领，腰皮带上别了个枪盒，双脚搁在桌子上。此人是现任中央军七十二师三团二营一连连长牛贵涛，曾经的大土匪头子，双手沾满了血腥。两边站立着八个形象各异、荷枪实弹的士兵。

牛贵涛凶神恶煞地问道："这么久才回来呀，还有三个呢？"

冉七说："被一个过路人打死了！"

牛贵涛一听此话，"嗖"地一下站起来："你说什么？"

王老六说："我们正在小河边巡防，看见这个可疑的人，我们的人上前问他，'你到哪里去？'他不说，再问别的什么，他也不说一句话。结果王五和巴山用枪逼着他说。那人手疾眼快，叭叭两枪就把王五和巴山给撂倒了，陈二急忙上前想去收拾那家伙，不料还没走拢，又被他打死了，我举枪射击，他连中我两枪，一直追到麻柳嘴，他的最后一颗子弹，还把我的肉打飞了一块。"

牛贵涛问："那人呢？"

冉七说："已经死了。"

牛贵涛问："看清楚了？"

王老六说："翻来覆去地看，非常清楚，是真的死了。"

牛贵涛问："那三位兄弟呢？"

王老六说："还躺在小河边的。"

牛贵涛说："明天都要厚葬，给他们家里多带些洋钱。"

二人答道："晓得了。"

牛贵涛忽然转身，大声吼道："这一定是贺龙的探子！马上派人去把他找回来，活要见人，死要见尸！快去！"身边人一个个准备灯笼火把，出发了。

牛贵涛被收编不久，接到上方命令，为了配合国民党军对红军的围追堵截，严防红三军与其他红军会合，必须在武陵山后河一带构筑阻击防线，由牛贵涛率部进驻濯水古镇。

这次来古镇，牛贵涛是旧地重游，地形地物十分熟悉。他找到熊乡长，要求军队进驻古镇。熊乡长说，自己是个空架子，没有实力，说了不算数，要问古镇实力派。然后悄悄告诉龚聘卿，此事他不好出面阻拦，否则无法向上面交代，你们要好自为之。龚聘卿心领神会，于是代表地方绅士、民团强力拒绝牛贵涛部入驻古镇。牛贵涛也曾考虑强行进镇，又怕搞不赢地方势力，即使搞赢，也会损兵折将，只好暂住观音阁。不料才第二天就遇上了陌生人打死了三个弟兄，伤一个，给他来了个"猫洗脸"。这是不祥之兆啊……

牛贵涛在耳楼上踱来踱去，突然往桌子上一锤，灯台抖动，茶碗翻落。他气急败坏地吼道："这是贺龙要来古镇的信号，明天古镇那些人再不准去的话，哼哼，我要火烧全街！"

这一吼，连桐油灯都咪熄了。

"报告！"有人把灯点亮了。牛贵涛问："找到了没有？"

冉七说："没有。"

王老六说:"报告连长,这事非常奇怪,我亲自开枪打死的,又亲自反复检查,确实断了气,才离开的,怎么就不见了呢?我认为,不是死人爬起来走了,就是别人把死人弄走了。"

牛贵涛说:"死者肯定是贺龙的探子,我敢肯定是龚家藏起来了。哼!给老子来这一手,好嘛!你无情莫怪老子无义!去,跟兄弟们说,明天见亮吃早饭,准备桐油,放出话去,若不交出探子,就火烧全街!看镇上的几大家族有何反应。"

第二十七章　斗智斗勇显神通

一

古镇街上，上演了一场生死大逃亡悲剧，有的人在喊，有的人在跑，有的人在哭。水码头更是人声嘈杂，拥挤不堪，一片混乱，哭声喊声声声刺耳，这船那船船船爆满。船工声嘶力竭地吼道："莫上啦，莫上啦，船遭不住了，上岸一些，后面的船又来。"吼了半天，船才勉强开出。

人们竞相逃命，因为听说牛贵涛放话要烧全街，不得不出去避难。

突然，一阵号锣声镇住了慌乱的人群，一个叫余胡子的老头，边打锣边高声喊："乡亲们，不要慌，不要跑，老爷们正在和牛连长在大堂议事，牛连长说啦，不烧街了，请大家回来。"

咣、咣、咣、咣，通街吼了几遍，古镇才慢慢地恢复了平静。

余胡子五十来岁，是古镇的新闻发言人，也是古镇上空的高音喇叭。他不可缺少的就是那面又大又重的青铜锣也叫号锣，打号锣的稻谷草捶棒，有人叫它捶草棒。

龚家大院的议事厅气氛紧张，空气凝固，大厅中每件摆设都像在凝视着将要发生的一切。

沉闷中，忽然传来赞礼生的声音："陈诚长官司令部直属连连长牛贵涛到！"

牛贵涛全副武装，身边紧贴两个荷枪实弹的保镖，大摇大摆地进入大厅。与此同时，屋内也走出四个荷枪实弹的保镖，护卫着龚聘卿和李朝恩。双方刚一照面，牛贵涛的保镖王老六、冉七就一个箭步靠近了龚聘卿和李朝恩，两支冰冷的枪口，分别直抵龚聘卿和李朝恩的太阳穴。几乎同时，龚团长的保镖费毛、李虎和李朝恩的两个保镖一闪身就蹿到牛贵涛的两侧，四支枪管同时顶到了牛贵涛的头部。六个保镖的每一支手枪都打开了扳机，他们怒目相视，同时诈喊："不许动！"都想以气势压倒对方，屋内四周埋伏的枪手也"咔嗒、咔嗒"地给步枪上了膛，八支步枪齐刷刷地对准了牛贵涛："不许动！"再一次将紧张的气氛推到极致。静场，静得吓人，谁也不敢动。

这时，从内屋走出李璧臣、汪雨虹，后面跟着龚体之、汪子文、余共安等古镇名流。

璧臣先生严肃地说："是怎么一回事啦，都把枪放下！"两边陆续把枪放下。"退下！"又陆续退下。

璧臣先生继续说："过门为客，过门为客，来！来！来！牛连长，请坐！请坐！坐下好叙话。"

牛贵涛沉着脸坐下，其他人也依次坐下。

龚团长说："上茶！"

龚团长拱手道："不知连长驾到，未曾远迎，请你海涵！"

牛贵涛说："鲁莽闯府，见谅！见谅！"不知牛贵涛在哪里学到了这客套话。

龚团长依次介绍了参会人员，重点介绍了李璧臣、汪雨虹，说："这位是郭汝栋军长的爱将李春晖副师长的生父，这位女士是李春晖副师长的小娘。"牛贵涛惊出一身冷汗，忙起立敬了个军礼，说："既然是长官的父母，我当赔罪！"

龚团长说："大家不必过谦，有话就直说了吧，需要我们地方办的，我们愿效力。"

牛贵涛说："既是团长这样开门见山，那我就直说了吧，这次兄弟我率部到古镇是奉上峰之命，在后河一带剿灭共匪贺龙所部，还要仰仗地方鼎力相助。"

龚团长说："这是我们应该做的。算起来，都是自家人，地方也有责任！"

牛贵涛说："根据情报，贺龙匪部要渡过后河，向贵州方向逃窜，所以，军令如山，不敢懈怠，前晚发现了贺龙的探子。"

"发现了探子？"人们惊问。

牛贵涛继续说："也可能是先头部队来探水的，还把我三个兄弟打死了，虽然那个探子也连中了两枪，死在麻柳嘴河边，但至今未找到尸体，是死是活不见踪影。我想，龚团长你不会不知道吧！"

龚团长有些慌神儿："没有，没有，没有的事。"

牛贵涛说："如果是龚团长的什么人，说明了，也没事，如果隐藏起来不认……那就太不仗义了。"

龚团长连忙说："真的不晓得，牛长官如果不信，可以任你搜，翻它个底朝天，要真有此事，本地方愿受罚。"

牛贵涛的眼珠子盯着龚团长叽里咕噜转。

龚团长知他松动，趁隙说道："你想，你说是在前晚河对面麻柳嘴的事情，我怎么可能知道呢！再说，我家又无船，怎么把人弄过来藏起来呢！"

"船？"牛贵涛暗想，我怎么就没有想到船呢？"王老六、冉七！""到！"牛贵涛说："马上派人，将后河上上下下的船只，包括舢板船在内，拉网式检查一遍，特别要仔细搜查船上血迹，查血踪，有情况马上报告。"

王老六、冉七："是！"转身跑步下去。

牛贵涛对大家说："我们都是熟人，当年我在古镇流浪的时候，龚老爷送我一床棉絮，李老爷、汪老爷、余老爷等人都给我递过银子……"大家仔细一看，果然是当年那个绰号名叫"牛鬼子"的牛贵涛。

龚团长说："哎呀，真没想到，硬是你！"转身说："来人！"用人上来："老爷！"龚团长说："撤去茶具，设宴。"用人回道："是，老爷。"连忙去收拾茶具，又马上摆了两桌饭菜。

龚老爷对牛贵涛说："多年不见，真是士别三日当刮目相看，没想到你能混到今天这样风光。"

牛贵涛说："我也是十磨九难才熬到今天，苍天有眼，是时势造就了我啊！"

龚团长恭维道："祖坟埋得好，祖坟埋得好！"

龚团长招呼大家："请大家入座陪陪牛连长！"李璧臣、李朝恩、汪子文、汪雨虹、余共安、徐昌达、樊长青、程垫江等人也依次入席。大家都说："多年不见，都这么出息了，将来前途无量啊！"

牛贵涛说："承蒙各位抬爱，与春晖兄相比，还差得远呀！"

汪雨虹说："也快，只要这次完成了任务，肯定前途无量啊。"

牛贵涛说："还得仰仗各位支持！在下谢谢各位！"

汪子文说："我们家支持你一些钱粮！现在你是我们的客人，我们先喝酒！"

龚团长说："好，大家喝酒！"自己敬了牛贵涛三巡酒后，大家又分别给牛贵涛敬酒，说话也随和多了。

最后，龚团长说："我的意思是，牛连长的人马一部分驻上渡口李家店子，一部分驻公馆的雕楼，一部分和牛连长驻禹王宫的四圣池，至于军需、后勤，我们六大家族共同负责。"

大家齐声附和："好，好，没问题。"

龚老爷说："牛连长，你意下如何？"

牛贵涛说："很好！谢谢各位，全部仰仗各位！"

一席酒宴用完，华灯初放，牛贵涛带着酒意说："夜不谈公事，明天来好好商量对付贺龙的问题。"

众人称好。

龚团长说："来人，把牛连长搀扶到烟房去烧两口，过过瘾。"用人扶着牛贵涛去抽大烟了。

龚团长说："各位应该心领神会，目前无法，只得先稳住他，以免对古镇造成伤亡和损失。俗话说得好，强龙难斗地头蛇啊。为了古镇的繁荣、祥和，大家要心往一处想、劲往一处使，同心同德，顾全大局。"

璧臣先生说："大家要多方打听消息，认真考虑对策，做到万无一失。这个比张天棒更难对付，情况更复杂，既有国民党军驻扎，又有红军可能过境，哪路神仙都惹不起，弄得不好，哪路神仙都可能对古镇造成毁灭性的打击。"

雨虹先生接着说："是呀，这次考验更严峻！但我相信，只要大家精诚团结，没有过不去的坎儿。"

二

为了摆脱国民党的围追堵截，贺龙军长率中国工农红军第三军的全体将士从湖北鹤峰县直奔来凤县城而来，一场硬仗、一场恶仗在途中沙道沟打响了。

沙道沟是鹤峰、来凤、宣恩三县交界处，两面穷山险境，一条小溪穿底而过，一条毛狗小路，紧爬溪沟不放，几十里的狭长地带，实在不是打仗的地方。

为了阻止红三军西进，国民党中央军——四师纠集地方民团共四千余人，在沙道沟四面的小路旁一字儿摆开架势，进行埋伏。

当红三军刚一出现在溪沟，喊声四起，杀声连天。由于双方距离不到十公尺，地方又狭窄，枪炮用不上。只听得叮叮的刀砍声，一场残酷的白刃战正在进行。

红三军的将士对这突如其来的吼声，开始有点蒙，但很快就明白是怎么一回事了。战士们背包、长枪一丢，袖子一挽，"唰"，一把把明亮的大刀抽了出来，手起刀落，不是人头落地，就是一刀劈为两段。有个战士怪得很，赤手空拳，专找敌人的匕首，拿在手中，四处观察，若有红军战士遭危险，他手一伸，匕首就插进敌人的心脏，捡一把，摔一把，一共干掉了三四十个敌人。

三班班长朱庆，第一个把枪装上刺刀，一声怒吼："杀！"捅死一个，右手一抬，一道弧线划过去，枪托打在太阳穴，报销一个，刺刀掉头，往后一推，又除脱一个，就这样，杀得天昏地暗，直叫敌人喊爹叫娘。杀肉搏，拼刺刀，这帮人哪是红军的对手，有的团丁看见这个阵法，白刀子进、红刀子出，早就被吓得屁滚尿流，撒腿就溜掉了。

等贺龙军长赶到现场时，这场未放一枪一炮的白刃战基本结束了。只见尸体满沟，血流成河，晚风吹来，血腥呛人。这时有人向贺军长报告：经过清点，消灭敌人2443人，缴获各种枪支3121支，弹药86箱，红军伤103人，阵亡47人。

贺军长说："就地安葬阵亡将士，并登记造册，其余按建制撤至太平镇驻守。"

红三军临时作战指挥部设在太平镇一个开明绅士的院内。贺军长身披一件军用黄呢大衣，两道浓浓的寿眉，紧锁额头，一双凤眼炯炯有神，一条又粗又密又黑的一字胡，左手叉腰，右手紧握那支常年伴随他的大烟斗，显得镇定自若，正凝视前方。

几个作战参谋不敢吱声，他们知道，贺军长正在酝酿着什么战略部署。

忽然，贺军长转过身来问道："军部派出去的联络员孙彪同志有没有消息？"

一个参谋连忙回答："孙彪同志出去已经四十天了，至今尚无消息。"

贺军长问："派出去的侦察班情况怎么样？"

另一个参谋答："侦察班一行五人，是田振亮同志带的队，已经二十七天了，正在黔江马喇湖一带活动，那里离古镇后河只有三十里路，还没有和孙彪取得联系。"

贺军长沉思一会儿说："我军必须赶到端午节前渡过后河，否则，洪水期一到，困难更大，只是那批骡马……"转身走近地图，用手寻找着什么，无奈又丢下铅笔，吸了两口烟，沉思一会儿，自言自语道："老哥，这回就指望你了。"

几个参谋不知所措，惶恐地望着贺军长。贺军长苦笑着说："没事，去年我在水车坪结识了一位名叫石卓之的大哥，我托他买一批骡马，给钱，他不要，他说这是送给我的结拜礼，到现在，一点消息也没有，着急呀，事关与兄弟部队会师的大事，没有骡马，辎重就无法解决，是要耽误大事的啊。"

三

第二批以田振亮为班长的侦察班，半月前就来到马喇湖。这里离古镇后河只有三十里路，由于情况不明，不能贸然到古镇，必须摸清古镇的情况后才能行动。

要到水市找石卓之先生，古镇是必经之路，不能有任何闪失。田振亮知道，贺军长还在等候他们的消息。

田振亮这几天了解到一条与古镇有关的消息，并召集侦察班的全体人员进行研究，制订行动方案。

原来，马喇湖、干溪一带都属于古镇龚老爷的势力范围，他的七兄弟负责这一带的社会治安，人称七营长。

七营长书生一个，没有经历过什么战火，他有两个老婆、三个孩子，住在火草坝的宅院里，没有几个像样的武装，只有几个护院的家丁。

这天早上，五个樵夫打扮的侦察员刚走到七营长家门口，突然，柴担子一甩，一个箭步飞上了大门口，没费吹灰之力就解决了岗哨。留下两人守住大门，田班长带领两个战士直插大堂，七营长一家人正在吃早饭，田班长看得清、认得准，手枪早就抵到了七营长的脑门："不许动！不准说话，也不要害怕。"

七营长被吓成一团，口不从心地说："是，是，愿听吩咐。"

田班长说："你听好了，第一，我们是中国工农红军的先遣队，要借道贵处过路；第二，对你和你家人及你手下并无伤害之意；第三，我们部队要路过古镇，渡过后河，希望你与你在古镇的几个兄弟商量一下，我们只是过路，三天时间，秋毫不犯，如果搞阴谋、耍手段，我军严惩不贷。"

七营长说："就按贵军说的办。"

田振亮收起手枪，继续说道："时间紧迫，我们大部队正在山上休整，为了快速、安全又不惊动地方百姓，请你走一趟，和我们一起去古镇，与你家几兄弟商量此事。为了保险起见，我们留下三人住你家保证他们的人身安全。此事不得向任何人走漏一点风声。如果你们能按照我们的要求办，大家就相安无事。如果我们去的人出了一点差错，你的家人和你，包括古镇的几弟兄都将化为灰烬。听清楚没有？"

七营长答道："听清楚了、听清楚了。一切照你说的办，不过……"

"不过什么？"

七营长说："我哥在不久前派人送信说，中央陈诚长官司令部直属连已经镇守在古镇了。"

田班长问："有多少兵力？"

七营长答："一个快枪连。"

田班长问："连长是何人？"

七营长答："是杀人不眨眼的牛贵涛，他是奉国防部的命令，专门阻击红军渡河的。"

田班长问："你哥意欲如何？"

七营长说："暂时稳住他，怕古镇百姓遭殃，想除掉他，又感到力不从心，左右为难。"

田班长说："既然如此，到了古镇，不能乱说乱动，一切听我指挥。要知道，你的家人还在我们的掌控之中，再说，我们的千军万马在山上注视着你的一举一动。"

七营长说："知道。"

四

田班长和杨明山挟持着七营长到了古镇。一路上，田班长一再嘱咐七营长要如何如何，七营长一一应允了。

龚团长与李朝恩还在为如何除掉牛贵涛大伤脑筋，一个团丁走到门口："报告，七营长到。"

龚团长说："快快有请。"

七营长进了屋："二位哥子好！"

龚团长说："老七，你怎么来了？"

七营长说："你派人送信，说牛贵涛进驻古镇了，我是担心哥子，才来看你。"

龚团长说："来得好、来得好！请坐、请坐！"

李朝恩一看这两个不熟悉的卫兵，就连忙问七营长："老七，他俩……"

七营长说："啊，他俩？我才换的卫兵，一家人，不碍事。"一看两个兄长都不开心，继续问道，"何事让哥儿俩这般为难？"

龚团长说："老七，你不晓得呀，牛贵涛披着中央军的皮皮，骑在我们头上拉屎拉尿，作威作福，一不将就他，他就扬言要烧通街。他们吃、住、用都要我们负责，周边百姓都吃他的亏，还打死了几个手无寸铁的人，他的手下更是无恶不作。和他们硬拼，又拼不过，左右为难啊！"说完，双手反背着，在中央大厅踱来踱去。七营长见此情形，又不知道龚团长在想什么，又要做什么。

七营长说："据可靠消息说，牛贵涛本是个杀人不眨眼的大土匪，民愤极大，县府、州府都恨他，国民党采用一石二鸟之计，将他收编之后，用他当炮灰，叫他去对付红军，借红军之手除掉他，同时也消耗红军的实力。"

龚团长说："这消息我们也知道一些，但面子上披着中央军的皮皮，还要地方配合，我们很难办呀！"

七营长试探性地说："智取，把他干掉就是。"

李朝恩说："说得容易，他们有百多人，武器精良，个个都是亡命之徒，是杀人不眨眼的一群恶狼，再说牛贵涛睡觉都是把眼睛睁起的。"

七营长说："这有何难？我有几个兄弟，喊来帮你。不过他们对这里情况不了解，人生地不熟，你要保证他们的安全，我敢向大哥保证，只要他们来了，干掉牛贵涛，简直不费吹灰之力，加之古镇袍哥也有一批高手，保证没有问题。"

龚团长说："我的好兄弟呀，马上喊来，我绝对保证他们的安全。"

七营长说："听哥子这么说，我就放心了。"转身对田振亮说："田班长，就派你们那个班来，帮助哥子除掉这个魔头，怎么样？"

田振亮："是，营长。"

李朝恩还是有些不放心，说："一个班，我看有点悬。"

七营长说："啊，八哥，你是不相信我呢，还是不相信他们呢？"

李朝恩说："我不是不相信你们，我是怕事情没有办到，反而让古镇生灵涂炭。只不过，我们还有民团、袍哥、武馆，要尽量智取，减少损失，还要把责任推得一干二净，向中央军和州府、县府有个交代！"

七营长说："八哥想得周到。至于责任嘛，就说是红军消灭的，不就行了吗？"

龚团长眼睛一亮："对呀！"

七营长说："哥子，胆小非君子，无毒不丈夫！你就听老七这一次，我从来都是怕事的人，这次不怕，我有把握才敢在哥子面前打包票。再说了，还能想出更好的办法吗？"

田班长说："除掉牛贵涛，并解除全部武装，是件不容易的事，还得从长计议。况且，我们兄弟对这里的地形地物又不熟悉，必须想个万全之策，寻找时机，不能鲁莽行事，一切都要秘密进行。"

七营长说："对，不能操之过急。"

龚团长喜出望外："七老弟，没想到你手下还有这么精明能干的人，就按这个田班长说的办，今夜，再把璧臣先生等人喊来一起商量，哈哈……"

七营长："商议我就不参加了，我马上回去，把那几个兄弟喊来。"

龚团长："不忙，把饭吃了再走。"

七营长："夜长梦多，我还要走三十里路啊，再说，也怕引起牛贵涛的怀疑。"

龚团长："那好！"

七营长："哥子，田班长两个，我就交给你了，要好好款待他们。"

龚团长："你就放心好了。"

七营长和田振亮、杨明山一同走出大厅。

田班长："七营长，按我们商量的办，如果搞阴谋、耍手段，你是知道后果的啊。"

七营长非常诚恳地说："我绝对不敢。我可以对天发誓，你知道，你们只要不伤及我家人和我家弟兄以及古镇百姓，你们的事就是我的事，何况，我哥正愁很难除掉牛贵涛，而你们来插手帮忙，人心都是肉长的，我没有任何理由出卖你们啊。"

田班长："除掉牛贵涛这块绊脚石，一是为古镇百姓除掉心腹大患，二是为红军顺利渡河扫清障碍，可以说是我们分内的事情。"

七营长："我相信你们，明天我找个可靠的人，把你们那三个带来。"

田班长："对带路的那个人，也要保密。"

七营长："那是，我知道怎样给他说，保证不得出任何差错！"

田班长："你把这个带上，交与我们的人，否则，他们是不会听你的。"

七营长接过东西一看，小红布上用自来水笔画的一把镰刀，还有一把铁锤。他小心翼翼地藏好，说："请放心，我们后会有期！"

五

分手后，田、杨二人回到大厅，一桌热腾腾的饭菜，正等着二位来就餐。席间，龚团长问了七营长的很多情况，田班长只一句话就推回去："我们只管七营长的安全，其他概不知道。"这样，龚团长就无法打听到有关情况了。

晚饭后，田、杨二人要到古镇走一走，看一看，观察一下地形地物。龚团长同意并要派人跟随带路，田、杨二人婉拒。

田振亮走出龚家大院，边走边思索，对除掉牛贵涛这祸根并不十分上心，原因是，他毕竟只有一个连的兵力，也没有重武器。真正要解决的问题是，水车坪石卓之老先生那里的骒马到底有没有，有多少，军部联络员孙彪同志的情况怎么样，到哪里才能找到他。这是军部派我们来的主要任务，事关大局呀！

"杨明山！"田振亮说。

"到！"杨明山答。

田振亮说："先到水码头去观察一下。"

杨明山："到水码头去做啥子？"

田振亮："摸下底，河有多宽，水有多深。"

杨明山："好。"

到了水码头，二人正在四面观察，上下打量，一个清脆的声音传来："客官，要过河就上船。"田、杨二人不由自主地应道："好。"上了船，一个姑娘站起身来，篙竿一点，渡船就离岸两丈多远了。姑娘又说："客官，站稳了，小心掉进水里去。"田、杨二人同时转过身来，面向姑娘答道："谢谢你，我们注意就是。"这一照面就引起了姑娘的高度注意，这二人穿的衣服非常奇怪，外面那一层是本地乡丁穿的，第二层怎么和孙大哥穿的是一模一样呢？衣领两边都有块暗的方印，她百思不得其解。

田班长问："小妹，这里到水车坪有多远？"

谢英莲一愣："水车坪……"

田振亮："对，水车坪，有多远？"

谢英莲："水车坪……水车坪……"

田振亮："有多远？"

谢英莲："三十里。"

田振亮："怎么走？"

谢英莲："先走干田堡，要过洗墨桥，再上环二坡，要过刺丘树，才到大路槽，翻过撮箕口，老长坝上走一遭，就到了。"

田振亮："啊，那水车坪你去过没有？"

谢英莲："常去。"

田振亮："那你认不认识一个叫石卓之的人？"

谢英莲："石卓之……不认得。"其实就认得，经常过河，与家父还相好呢，怎么不认识呢？不过谢英莲不明白，世上哪有这么巧的事，他们和孙大哥穿的一样，和孙大哥要去的地方一样，和孙大哥要找的人也一样。太巧了，得试探他一下。于是，谢英莲把船停了，随手打开箱子，取出了才洗干净的孙大哥的上衣，假装再晾晒一下。其实，这时哪有太阳啊，主要想看这客官的反应。

果不其然，谢英莲刚把衣服拿出来，还没晾好，田振亮就问："小妹，这件衣服，你是从哪里弄来的？"

谢英莲说："是我自己的衣服。"

田振亮说："不对，我说这衣服是另有其人。"

谢英莲心里想，我是取出来想试一下他们，不料倒被问着了，忙说："这衣服，是我的，就是我的。"

田振亮："你那衣服，有记号，如果我说对了，你要给我说这件衣服的来历。"

谢英莲："记号？"她翻来覆去看，"哪有记号呢？"

田振亮："你别管，只要我说对了，你要给我说老实话。"

谢英莲："要得。"

田振亮："你把衣服翻转来，看好了，上面那路字是——七三二五，是不是？"

谢英莲把衣领翻过来一看，果然是那几个数，顿时惊呆了。

田振亮："小妹，是你答应后我才说的啊。"

谢英莲沉默……

田振亮："小妹，快说，你在什么地方得的？"

谢英莲再次沉默……

田振亮："小妹，我们这次到古镇来，就是专门来找穿这件衣服的人，你看。"田、杨二人脱去外衣，谢英莲一看，果真是一样的衣服，又把衣领翻起给谢英莲看，都有记号。

谢英莲顿时心乱如麻。

田振亮："穿这衣服的人姓孙，是我的血老表，出来这么多天了，父母、兄弟着急，叫我出来到处找他，今天看到衣服在你这儿，我能不问个明白吗？"

谢英莲："你们在船上等我，哪儿也不要去，我去找我爹来给你们说。"小妹下了船，田忙说："小妹，你给你爹说，我叫田振亮，在船上等他。"

谢英莲："知道了。"一溜烟就不见踪影了。

第二十八章　巧施妙计除恶魔

一

　　"姜聋子"的住宅在马家桥旁的回头荷塘边。屋内，"姜聋子"、谢龙、孙彪三人谈笑风生。自从孙彪被"姜聋子"救活后，在"姜聋子"的精心调理下，伤口没感染、没发炎，不到半月，就可以起床进行康复锻炼，现在基本痊愈了。

　　通过这段时间的亲密相处，孙彪觉得谢龙父女和"姜聋子"十分可靠，所以把真实情况告诉了他们。今天是向三位救命恩人致谢告别，还想通过谈话，把"姜聋子"争取过来为红军所用。

　　"姜聋子"正在讲他的经历，讲述自己当年如何怀着一腔热血从事救国行动到国民党采取不抵抗政策从而引起自己强烈不满，又如何设计逃脱，到古镇又如何装聋卖傻，逗得大家哈哈大笑。

　　"爹，有人找你！"谢英莲早就知道爹爹爱在这里来耍，当然，还有另外一层意思，父女俩都想到了同一个问题，谢英莲的终身大事。孙彪是这父女心中唯一看中的目标，只是还没来得及挑明罢了。

　　"哪个找我？"谢龙问。

女儿进了屋，把刚才在船上的经过，一五一十，非常仔细地说了一遍，最后，谢英莲说："其中有一个叫田振亮。"

"田振亮？"孙彪一下站起来，"英莲，他现在在哪里？"

"姜聋子"一把按住孙彪："不要冲动，听英莲姑娘把话说完。"

英莲说："他二人还在船上。"

"姜聋子"："这个叫田振亮的人，是你什么人？与你有什么关系？"

孙彪："他是军部侦察连连长，他一定有贺军长的重要指示，我得马上找到他。"

"姜聋子"："趁这段时间很少有人过河，不如现在就去船上见见你的战友。"

孙彪："好，一起去。"

几个人上了船，谢英莲篙竿一点，渡船开进了七里塘的青树子旁。

战友相见，格外亲热。拥抱问候之后，相互介绍了各自的情况。

田振亮说："我一定向贺军长汇报你们三人搭救红军战士之恩，我和我的战友再一次感谢你们！"

根据谢英莲的一再要求，父亲同意她跟随孙彪一起到水车坪去找石卓之先生，把骡马的情况搞清楚，并决定明天出发。

第二天下午，田振亮和杨明山在渡船上听孙彪述说在水车坪石卓之那里的情况，事情办得非常顺利。原来，贺军长给石卓之说的是三十匹骡马，而现在石卓之老先生已经准备了四十八匹膘肥体壮的骡马，都在皂角树周围的亲戚家喂起的，随要随到，还是那句话："不要钱！"

这时，谢龙进舱来说："龚团长派人在找田班长，说是田班长的人到了。"田班长站起来说："好，我和杨明山到龚家去，等会儿，还是在船中碰头。"说完，去龚家了。

龚家大院的客厅，龚团长正在陪着几个人吃饭。田班长和杨明山刚进屋，一个陌生人对他说："田老弟，七营长怕你人手不够，在我们兄弟之间又挑选了三个，任务完成后，马上回去，七营长要给你嘉奖。"

田振亮一听，再一看，什么都明白了，张参谋的到来，必定有新任务。因此，不露声色地说："好，好啊，现在这几位的到来，必将大事搞成，龚团长，这两天我已经熟悉了地形，也摸清了牛贵涛的部署，等吃过饭后，我带他们出去看一下，商量怎么办。然后向您老人家汇报，最后还是要您拍板。不过，夜长梦多，早点作出行动部署，对您和整个古镇都有好处，不然后患无穷。"

龚团长说："好！我等你们拿出办法来，马上行动，不除此匪，坐卧不安，是不是要派人跟你们一起？"

田振亮："不必了，我已经熟悉了。以免打草惊蛇，引起牛贵涛的怀疑。"

龚团长说："好吧！"

华灯初上，七里塘上，渡船已抛锚，九个红军战士加上谢龙、谢英莲、"姜聋子"，一共十二个人在舱内紧挨坐着，一个完整的除恶方案，在十二只有力的手高高举起时通过了。

这次除恶行动，战斗指挥田振亮，副指挥孙彪，行动联络员谢英莲，救护人员姜云龙。

二

龚家大院早已戒备森严，三步一岗，五步一哨，威严、紧张、清静得吓人……

养静轩内，整洁，豪华奢侈，大号美孚吊灯分外发亮，一幅苏杭刺绣牡丹富贵图挂毯十分抢眼，挂毯下方是一张红木桌，双龙戏珠木雕镶嵌桌边，对面是丹凤朝阳的刷金浮雕，左面墙上挂着松、竹、梅岁寒三友名画，右面是幅诗配画喜鹊闹梅，半圆红木桌子，光亮得照人，桌面上放着一对青花瓷瓶，一把唐三彩茶壶和几个细料透光的茶杯，正泡着鱼子兰花茶等待客人的到来。

一盏美孚座子灯，冒火翻天地燃着，像这次会议它比主人还着急，整个养静轩的温文尔雅和今天的客人以及议事内容，形成鲜明的对比。

圆桌左边坐的依次为龚团长、李璧臣、李朝恩、汪子文、汪雨虹、龚体之、李春融、徐昌达、余共安、樊长青、五营长、八营长，右边坐的依次为田振亮、张参谋等八位红军战士。

这次议事，人们要看七营长手下的这些人有多大能耐，又能使出多大的章法，也要听一听、看一看，这次除暴安良能想出多少锦囊妙计来。一句话，这台戏究竟怎么唱，拭目以待。

龚团长首先说："自从牛贵涛住进古镇不到一个月的时间，就先后打死我古镇七个人和一个外商老板，昨天他手下去小河碥偷刘家的鸡，被他家不满十岁的小孩看见，就喊声：'娘，有人偷我屋的鸡。'这个兵就是一枪，这小孩倒下了。他娘听见枪声跑出来一看，见小孩死了、鸡被偷了，哭着骂道：'你这个强盗。'又是枪一响，小孩的娘也不动了……后来他男人来找我，要求我替他主持公道，我实在无法，真是无地自容，他只好哭着回去料理丧事去了。"

　　龚团长接着说："今天，又有一个姓谢的人，在蒲花池住。他隔壁住的是徐家，徐家大人叮嘱两个小孩，近段时间不准上街，小孩就不解地问大人：'为啷个？'大人说：'牛贵涛的人，惹不起。'小孩又问：'啥子叫牛贵涛？'母亲插话说：'遭天杀的，就叫牛贵涛。'不料，此话恰巧被一个戴烂斗笠的人听见，此人是牛贵涛的暗探。他二话不说，就是一梭子子弹射出，一家大小倒在血泊中……好多人都来找我，我也无法，好劝歹劝，拿些洋钱作为安埋费，这才劝回去了。"

　　龚团长擦干眼泪，继续说："一个外商也死得惨。牛贵涛的一个手下，强行抢他门市部里的商品，这几个外商找他付钱，他不但不给，反而回来把整个店给砸了。这个外商说了一句：'古镇居然出了土匪。'这个士兵举手就是一枪，把这个外商打死了。古镇人敢怒不敢言，这一段时间古镇关门闭户，人烟稀少，阴风惨惨，连赶场天都没有人。不除此恶，有何脸面见古镇？只怕是，到后来，你我都死在他手里，祖上创下的家业，将要毁于他的魔掌。幸好，老七派来了他最贴心、最干练的兄弟来，帮助我们除掉这一祸害，今天请大家来商议一下，怎么除法，还是先听听这几位弟兄的想法，来的都不是外人，不要怕，说出来大家商议。"

　　田振亮想要趁这个场合达到两个目的：一是对镇上的实力派起震慑作用，使他们从内心认为我们并非等闲之辈；二是在红军渡河时不敢轻举妄动，只有服服帖帖地为红军渡江提供帮助。他站起来，镇定自若、不卑不亢地向各位点头示意，振振有词："牛贵涛是一个心狠手辣的大土匪头子，手段极其残忍，杀人如麻，是中央军豢养的走狗，狡猾奸诈，若不将他干掉，他可以两个时辰将通街烧光、全街杀完，那时，古镇就是他一个人的天下，如果还不除掉他，这条疯狗就将变成吃人不吐骨头的恶狼。"大家都说："是啊，应该赶快设法除掉他！"

田振亮接着说:"牛贵涛鬼精灵得很,想要接近他,谈何容易,我这里有个办法,不知大家愿不愿意办?"龚老爷说:"只要能除掉这个魔头,我们什么都愿意办,你说吧!"

田振亮:"我想,古镇最近要策划一件大喜事,声势要造大,让全街都知道,搞得越热闹越好,假戏要真做,使牛贵涛深信不疑,认为是真的,不能让他有一丝一毫的察觉,不能让他破解其中有诈。到时候要让牛贵涛知道发出很多请帖,过府饮宴,但不要给牛贵涛本人发请帖……"

三

转眼就到了 1934 年 4 月 30 日。这天早上,余胡子手提号锣在街上来回喊道:"乡亲们听着,李璧臣老先生三月二十八,即阳历五月二日,整七十大寿生期酒,有钱捧钱场,无钱捧人场,长短都是棍,多少都是情,望乡亲们都去凑个热闹。"哐、哐、哐……每天吼三遍,吼了三天。

李家大院张灯结彩,锣鼓喧天,唢呐齐鸣。后河戏连续三天唱大戏,晚上又是围鼓,内厅又唱堂会,通宵达旦,好不热闹。古镇惶惶不可终日的气氛,好像被冲得烟消云散。

冯家坝的八营长,吹吹打打送来七十华诞大寿匾,游了通街后,再放鞭炮,锣鼓声中挂上了二厅的大门,一块金匾额上"松柏常青"四个大字,金光灿灿,十分醒目。紧接着,河对岸的聋团长,非常隆重热闹地送来一块柏杨木精雕细刻的寿匾,挂在前厅大门上,"南山寿翁"四个大字闪闪发光,红绸大花套在匾额上,非常喜气。

这三天,李家大院门前的席桌摆了半截街,早上吃长寿面,中午吃寿蛋(诞)和汤圆(元宝),下午是寿宴,夜宵是绿豆粉。流水席,随到随吃,每天四道,来者不拒。

五月二日上午九点,拜寿仪式正式开始。只见寿堂中央,六尺见方的木牌上,一个大篆"寿"字,在一对大寿烛的烛光映衬下,金黄色的光泽一闪一闪地像流着眼泪要述说什么,寿字两边是古镇的文化名人余共安书写的对联:

苑符潜踪当归仁

松柏常青恰延年

横批：母难过天

字迹特别庄严、浑厚、工稳，非常抢眼。寿堂中央是雕花大寿桌，桌面上摆满了各种果品。

三声炮响，两个赞礼生，头戴博士帽，身穿团花马褂绸缎衫，肃立两边。

甲：东边祥云腾空起

乙：西边彩云滚滚来

甲：天上降下福、禄、禧

合：鼓乐请出寿星来

鼓乐响起，礼炮齐鸣，璧臣老先生缓步进入寿堂。只见他头戴礼帽，黑缎马褂套长衫，大红绸花缠腰间，很硬朗地坐在木雕花的寿椅上。

甲：娘奔死，儿奔生

乙：膝下华诞记慈恩

甲：一叩首：请老先生叩拜

乙：再叩首：请老先生叩拜

甲：三叩首：请老先生叩拜

合：起：请老先生坐定

甲："长子李永昌叩拜。"李永昌拜毕后说："祝父亲寿比南山，福如东海！"

乙："三子李永奇叩拜。"李永奇拜毕后说："祝父亲年年有今天！"

甲："其他晚辈跪拜！"堂侄、孙子依次拜毕。

合：礼毕。

大礼已成，奏乐鸣炮。观礼的、看热闹的、等开席的挤得水泄不通，锣鼓声、唢呐声、鞭炮声、震耳欲聋。忽听两声枪响，嘈杂声戛然而止，有人吼道："牛连长到！"众人惊慌地闪出一条通道来。当然，龚团长、李朝恩等人暗自高兴，这个恶棍终于上钩了。

只见牛贵涛神气十足地带着两个全副武装的卫兵，大步流星地走进殿堂，趾高气扬地抱拳说道："老爷子七十华诞，本连长不请自来，以一百二十个光洋为贺喜之礼，望笑纳！"

璧臣先生忙下位迎接牛贵涛，激动地说："岂敢、岂敢！牛连长，没敢请你，一是怕你引起误解；二是你是国民党军将领，责任重大，怕影响你分散精力，让贺胡子钻空子，大家都脱不了干系；三是怕你花费……"牛贵涛说："老爷子耿直、厚道，多虑了，我岂敢怀疑您的人品？"璧臣老先生说："能够得到牛连长捧场，三生有幸啊！请，请到内房歇息用膳！"

四

内房客厅早已预备一桌专为牛贵涛而设的宴席，宴名"三合三散"。这是仇人宴，俗称仇人面前好敬酒，由此而得。

何谓"三合三散"？即在司宴生的主持下，三次聚坐又三次散席，古镇俗称"三幺台"。三合的规矩，即分三大类食谱，流程为素、浑、淡作宗旨。

一合水果、糕点。必须是八大盘，加上圆桌中央艺术造型的花盘共九盘。四盘水果加一花盘成五，或四盘糕点加一花盘也成五，寓意"九五之尊"。四盘糕点即酥食、蛋饼、桃片和点心；四盘水果即梨、橙、桃、橘，梨是整个，不能分离（梨），其余三种可化整为零。这一合，基本上是开胃口，洗食道，象征性的，点到为止。

一合之后是离席，也称一散。宾主应到隔壁房间，那里早已有洗漱用品等着用，这点间歇，席桌已经清理完毕。这一合一散，就叫一幺台，必须在第一宴房完成。接着由司礼引至第二宴房。

二合荤，也叫正宴。蒸、炖、炒、炸、烧、煎、烙、煮迅速摆上席面，各项厨艺，都要显示在这席"五品四衬"上。鸡、鱼、面、蛋、汤五个主菜，另加四个干盘菜，称之为"五品四衬"。

很有意思的是，一巡酒退一次盘子菜，另加四盘；二巡酒退二次盘，三巡酒加三次盘，下酒菜不得重复。一巡酒的下酒菜香炸，共四大盘，有巴岩鱼、兰花豆、苕粉片、饭锅巴；二巡酒的下酒菜是卤鲜，共四大盘，有卤肝、卤耳、卤舌、卤肠；三巡酒的下酒菜是腊香，共四盘，有香肠、腊肝、腊腰、香干豆腐。最后"五品四衬"，主宴是吃饭用的菜谱，五品：蒸鸡、炖髈、松毛鱼、肉丸豆油皮、肉炸豆腐扭肉丝，四衬又名四扣：扣肚、扣红、扣喜沙、扣排骨。

二合之后又散，至第三宴房。其内容是赏怡园，品工艺，观花赏鱼，闲聊打杂，自由支配。

三合品茗。品茗轩内茶香扑鼻，单条字画，茶几明快，十分优雅。大家边品茶边闲谈，海阔天空，扯南山盖北海，气氛轻松，知无不言、言无不尽，随心所欲，时而在讲述，时而在争论，热闹。

古镇"三幺台"宴席，源自清朝乾隆年间，一位学院大人去酉阳州开科考试，路过濯水古镇，当时下榻一家土家族公馆。公馆为迎接尊贵的宾客而举办了最高级别的宴席。这个宴席流传至今，成为宫廷的满汉全席。

一席宴下来，差不多时至黄昏，古镇街上繁星点点，头更鼓在谯楼响起。

璧臣先生问牛贵涛连长："今晚是不是去搓几把？地点由你确定。"

牛贵涛："好，就在禹王宫耳楼上去搓两圈。"

璧臣先生说："要得！"然后对龚团长说："请龚团长去招呼，安排一下。"

龚团长一出门就找到田振亮，把打麻将的地点给他说了。

田振亮："老奸巨猾，耳楼离卫兵住处只有一箭之遥！"田振亮略加思索，道："你放心陪他去玩，这里一切由我来安排。"说完，看看四下无人，分手了。

禹王宫的耳楼上，一桌麻将摆在中间，四把太师椅紧贴一张大方桌，铺着雪花白的桌布，大方桌的四只脚都绑上了"草鞋板"。大蜡烛散发出的烛光跳得老高，不知是欢喜而跳呢，还是害怕而发抖。一副象牙底子、楠竹背、黑白分明的晚清麻将，像是接受检阅的部队，整整齐齐地在四方排列着，正等待着各方高手的到来。

在禹王宫的正殿上，左边是三张桌子的"红宝"，右边是两张桌子的"牌九"。赌"红宝"的、"推牌九"的，两大群都围得水泄不通，里三层、外三层，吼声震天，像两坨没分窝的马蜂包。右边"宝官"吼道："头层失盖，看二层！"右边又在吼："豹子！豹子！"整个大殿，闹哄哄的，乱成一锅粥。

再上耳楼一看，四打八看，就是轻声说，一饼、二筒、三万，都听得清楚，比大殿清雅得多。牛贵涛坐东向西，两个卫兵立后；上方坐的五营长太太，两个侍女陪着；下手坐的八营长太太，旁边站着两个丫鬟；对面坐的龚团长，有两个乡丁守着，一个是田振亮，另一个是杨明山。桌面四大角，洋钱堆起一摞一摞的，看来，已经打了两三圈了。

戌时已过，亥时已到，在戏楼前的坝子上有一个人高声吼道："消夜啦！"

多种夜宵的饮食摆在坝子上，有的吃蹄花绿豆粉，有的吃掐掐汤圆煮醪糟，有的吃荷包蛋泡阴米花，还有的干脆就来牛肉干下烧酒。

耳楼上送来的是糖食、糕点和果品，烟、酒、茶，伸手便是。

夜宵刚散，已近子时，牛贵涛除了桌子上码起的洋钱外，还赢了一小箱子。

牛贵涛："王老六、冉七！""到！"卫兵回答。

牛贵涛："传我命令，除你俩外，其余战士回营休息，如果再赌，军法从事。""是！"

不一会儿，坝子传来"立正、报数、向后转"的口令声。这下，禹王宫又清静下来。

子时刚过，一个厨师来到耳楼上向牛贵涛说："牛连长，这都半夜了，是不是叫这两个弟兄消点夜，吃点东西？"

牛贵涛："去嘛、去嘛，吃了就上来。"

"是！连长。"王老六、冉七下楼吃夜宵去了。

刚进厨房，王老六想说什么，就被早已埋伏好的红军战士一闷棒打翻在地，冉七还不知道是怎么一回事，杨明山一把揪着脖子，只听"噼扑"一声，脑壳转了一整圈，前后不到十五秒，牛贵涛的两个贴身卫士就被解决了。

耳楼上，八营长太太拿了一支香烟，递在牛贵涛的嘴边，刚一叼住，火柴"刺啦"一声点燃了，伸手给牛贵涛点烟。牛贵涛歪着脑袋吧嗒吧嗒地抽，龚团长将麻将往前一推，再翻转，摊牌，口中一喊："八十福！"几乎同时牛贵涛脑后"噔"一声。

原来，田振亮是准备"八十福"暗号一出，就一枪把牛贵涛崩了。不料，遇上了一颗水子弹，未打响，牛贵涛也非常清楚地听出这是扣动手枪扳机的声音，是冲着他来的，非常熟练而敏捷地掏枪，手还未抓到枪盒子，田振亮的手枪把子像一坨生铁，飞进了牛贵涛的太阳穴。牛贵涛被这一突如其来的重创，砸得歪歪倒倒，六神无主，但右手还在摸什么。在场人还没有回过味来，只见田振亮随手抓起一条板凳朝牛贵涛劈脑壳打下去，牛贵涛倒下了，脑壳被打破了，脑浆四溢，手、脚还在抽搐……

龚团长心里明白，看得清楚，这十天八夜的准备，斩首成功了，便上前一连踢了牛贵涛几脚，口中说道："你也会有今天！"终于泄了心头之恨。

几个红军战士早已列队，立正待命。

田振亮手提枪说："按既定方案行动，杨明山！"

"到！"

"你带人马去上渡口解决住在李仁斋处的一班，缴械后，押解到禹王宫偏房关押起来，派人严格监控，其余几个战友随我到公馆雕楼上去解决那个班，不能漏掉一个人，谁要顽抗，就地枪决，听清楚没有？"

"听清楚啦！"

"出发！"

两个战斗小组像离弦的箭，无影无踪。

不到半个小时，两处人马都先后到了禹王宫，牛贵涛的这些不可一世的铁哥们儿，在红军战士面前不过是酒囊饭袋，很顺利地把牛贵涛这个排的武装解除了，分别关进两间临时牢房，门上大锁锁得紧紧的，只等明天召开除恶大会进行处理。

五

孙彪在三天前就离开古镇，日夜兼程，火速赶到了湖北鹤峰的太平镇。贺龙军长亲自接见了这位失去联系近两个月的军部联络员。孙彪详细报告了关于水车坪石卓之那里的情况、古镇的情况，特别是田振亮的除恶行动计划，重点汇报了古镇老百姓，尤其是谢龙、谢英莲、姜云龙等人对红军的渴望、爱戴和支持，讲他们如何积极组织后河上下六十里的所有船只为红三军渡河提供帮助等情况。

贺军长听了十分高兴，赞赏他们为红三军作出了贡献。

贺军长立刻下达命令，全军日夜兼程，火速赶往濯河坝古镇。

谢龙、谢英莲这几天非常忙碌，谢龙到离古镇三十里地的两河口组织船只和船工，一只船一只船地游说。谢英莲也顾不了姑娘家抛头露面，先上官渡河，再到冯家坝，沿河两岸的大小船只，基本上问到边、说到边，请求叔侄伯爷帮忙相助。三天下来，已经到位的连本地船只共计十九只。上下一百二十里的后河船只都集中到古镇来了，但要把一个军的人马和辎重在一天之内划到对岸，仍然十分困难。

谢龙、谢英莲找到了田振亮，把组织船只的情况汇报后，都觉得问题非常严重，一时又拿不出什么主意来。最后还是谢英莲想出了一个好主意，解决了红三军在一天之内渡过后河的根本难题。

第二天早上，一阵号锣声唤醒了古镇人，都不约而同地出门来打听，有什么新鲜事儿。还是余胡子在发布新闻："乡亲们听着，昨天夜晚，牛贵涛已经被田班长打死了，手下全部被捉拿，今天开公判大会，早饭后在半边街集合！"哐！哐！哐！通街吼三遍是老规矩了，古镇人特别高兴，家家户户炊烟袅袅，人人脸上露出了久违的笑容。

半边街的敞坝上，三十二个血债累累的土匪，陈诚长官司令部直属连的铁杆反共分子，牛贵涛出生入死的铁杆伙伴，杀人不眨眼的刽子手，个个被绳索捆绑，双膝跪在众人面前，求爹爹、告奶奶，昔日不可一世的匪气荡然无存。

古镇的头面人物、绅士、民众、各保各甲、民团、袍哥会的人都来了，一千余人的集会在古镇并不多见。

田振亮双目环视，朗声说道："乡亲们，我们是来为古镇人除害的，今后谁要在古镇作恶，今天就是他的下场！"

"带上来！"

杨明山将一个土匪像提鸡似的一把抓起来，翻了个面。

田振亮说："你叫什么名字？"

"夏二麻子。"

"你杀过多少老百姓？"

"前后三年我才杀二十三个。"

"拖下去！"随后传来"叭"的一声枪响，结果了性命，除掉了一根毒刺。

一直处决到第十七个时，还没等田振亮说，那个兵一直告饶说："我叫裴莽子，人们都喊我'裴光头'，我没有杀过人，不信你问他们，我家大人细娃还在等我回去，求求长官！"

通过证实，裴莽子确实胆小，从未杀过人。

田振亮说："把他带过去！""裴光头"活了下来。还有一个叫陶罐的，也活了下来，其余三十人都杀过老百姓，因而都被处决。

古镇上下，老老少少，无不拍手称快。

散会后，田振亮将二人带回来进行教育，要他俩戴罪立功，二人表示愿意，态度也很诚恳。田振亮如此这般地交代任务。当天晚上，龚团长备办庆功酒，要为他们八个庆功嘉奖，很多父老乡亲都来送这送那，表示感激之情，场面十分热烈。

璧臣先生、雨虹先生、程垫江等人在众人的簇拥下送来一块匾。红绸大花把匾额装饰得十分漂亮，匾额上写着"除暴安良"四个大字。

席间，田振亮客气地对龚团长说："明天下午，还请龚团长准备十来桌饭菜，就在禹王宫戏楼坝子，有客人来赴宴。给你添麻烦了。"

龚团长说："别客气，只管吩咐。是些什么客人？我好安排招待。"

田振亮说："来了你就知道了。"

第二天，即 1934 年 5 月 1 日，两个装扮成牛贵涛的士兵上路了，他俩从古镇渡口过河，往曹家垭口去。一个是田振亮，头戴烂斗笠，腰别双枪，脚穿草鞋，走在后面，陶罐走在前面。一路上，叫陶罐怎么说、怎么做，田振亮给他交代得很清楚。陶罐说："只要放我一条生路，我什么都照你说的办。"二人直奔阳雀岩韩孝顺匪部……

同样，两个伪兵装束的人，往古镇下渡口黄泥坨过河，裴光头走在前面，后面紧跟着杨明山。一路上，杨明山反复宣传共产党和红军的政策，以及这次去姜兴华匪部的目的、采取的方法和手段，完成任务后，马上发给路费，回家和亲人团聚。裴光头十分感激，保证听从指挥。二人往石家河去。

田振亮和陶罐走了不到两个小时，正要走到山洞时，忽然传来岗哨的声音："不许动！是哪里的？"又听见"哗啦哗啦"的枪上膛声。

陶罐忙说："莫开枪、莫开枪。"

哨兵说："快点说，不说我就打死你。"

陶罐说："我们是古镇牛连长手下，在一排二班当兵，住在公馆碉堡里。我叫陶罐，是牛连长派我俩来传达命令。请你去叫一声王排长，我有话给他说。"

哨兵懒洋洋地把枪一收："等一会儿。"转身进了洞。

不一会儿，王排长醉醺醺地走了出来，手上还拿着什么东西在剔牙齿，一眼看见陶罐。

王排长说:"陶罐,连长有什么命令?"

陶罐说:"司令部昨晚运来了一批装备,每个排要发两挺六○炮、四挺轻机枪、六箱子弹,还有一些军用物资,穿的、吃的都有,排长还有另外的配备,牛连长命令你,把部队拉到古镇去,住在禹王宫,好进行装备。报告完毕。"

王排长大喜过望,"太好了,老子这回又要发财了。我马上集合部队,收拾一下就出发。"

陶罐说:"好,我们在禹王宫等你,我走啰。"

王排长说:"行啦,小老弟,一会儿见。"

田振亮和陶罐边走边观望,一直看到王排长的队伍开了过来,才迅速回到古镇。不一会儿,王排长的部队已列队到了禹王宫。

陶罐迎上去说:"饭菜都预备好了,大家也走累了,先吃饭。"

王排长说:"牛连长呢?"

陶罐说:"牛连长正在龚家大院和几个民团在议事,我已经报告了,连长一会儿就来看望大家,叫你们先吃饭,饭吃了再说。"

王排长说:"好。"转过身去,"弟兄们,放下背包,按班的建制把枪架好,先吃饭,连长一会儿就来看我们。"

不一会儿,五桌热气腾腾的饭菜摆了上来,八个围一桌,个个像回到家一样,狼吞虎咽地吃了起来。还没有吃上一碗饭的工夫,田振亮给战友和袍哥们使了个眼色,然后两脚一蹬,身子一闪,一个箭步跳上了一张桌子,双手握枪,大声吼道:"不许动!"

气氛直转急下,屋里吃饭的人顿时鸦雀无声。十几名红军战士和袍哥会弟兄早已占领了架枪的位置,怒目大喊:"谁动就打死谁!"

这阵势吓得有些兵士饭在嘴不敢嚼,有些碗筷在手里不敢动,有些已经哆嗦起来。

田振亮说:"把他拖出来。"几个团丁将牛贵涛的尸首抬了出来,"你们的连长,作恶多端的牛贵涛,昨天晚上已经被我们打死了。"指了一指尸体,"你们现在只有缴械投降,若要反抗,就是他的下场。"

所有吃饭的兵士面面相觑,一个个乖乖地放下碗筷,站起来,举起双手。

田振亮说："好，现在列队，立正，报数！"

报完数，刚好三十六人。

这三十六人没有了武器，被带到公馆的碉堡里逐一造册，上了大锁，看管起来。

傍晚，杨明山和裴光头带着石家河姜兴华匪部那里的一个排，摇摇晃晃地进了禹王宫。

裴光头走到邱排长面前说："邱排长，叫弟兄们放下家伙，准备吃饭，吃完饭，牛连长要给弟兄们训话。"

邱排长转身向大家宣布："弟兄们，把家伙收拾起来，准备吃饭。"

兵士放下背包、口袋，各班都把枪以班为单位架了起来。这时，饭菜已经摆好，饿得前胸贴后背的兵士就像饿狗抢食，抓起碗狼吞虎咽地吃了起来。刚吃几口，不知从什么地方站出十几个红军战士和袍哥弟兄来："不许动！"

田振亮手持双枪，厉声说道："你们的连长，十恶不赦的牛贵涛，昨晚已被我打死了。"团丁又把尸体抬出来，"这就是你们的连长，从他当土匪到现在，有多少人死在他的枪下，有多少良家妇女被他奸污，像他这样一个穷凶极恶、杀人不眨眼的大土匪头子，你们还跟着他干什么？我知道，你们和韩孝顺那里的一个排，都是刚被抓来当壮丁的，还没有做什么坏事，所以，只要你们放下武器、缴械投降，我们一律宽大处理，不打不骂，要回家的，马上发给路费回家，愿意和我们一起干的，我们欢迎。"兵士们唯唯诺诺："我们投降，我们投降！"就这样，这个排很顺利地向公馆方向带去了。

两个排的士兵关押在碉堡内，天天有人给他们做思想工作。绝大多数兵士忏悔，表示愿意跟红军走，上前线打日本鬼子。不愿意参加红军的，田振亮让他们写好保证书，放他们回家，还发给路费。

第二十九章 黄泥渡口鱼水情

一

1934年5月4日下午，七营长和王参谋来到了古镇，首先找到了田振亮。

王参谋说："我军人马，全部已经驻扎在七营长家和马喇湖一带。"

田振亮："王参谋，你怎么来了？"

王参谋："小田，我怎么就不能来呢？"

田振亮："贺军长有什么指示？"

王参谋："贺军长派我来找你，就是要搞清楚我军的行动路线、渡河地点、渡河时间，以及渡河的方式。"

田振亮："根据国民党中央军部署可以看出，他们认为红军一定要从咸丰到黔江，再南下，在某个地方渡河，所以，冯家坝以上一带，又增加了两个团的兵力，妄想不过河就将我们吃掉。因此，我建议，我们的队伍要从马喇湖直插濯水古镇，5月6日早上渡河，一天时间准行。即使国民党中央军发觉我们从古镇渡河，也为时已晚，他们从黔江赶到古镇，就是急行军，也要大半天。"

王参谋："整整一个军的人马和辎重，就十几条小船，恐怕不行吧？"

田振亮："谢英莲同志已经做好了船连船、板连板的过河浮桥。这就大大地缩短了渡河的时间，我看准行。"

王参谋："这个办法想得绝，还有点军事才能。哎，你刚才说，是谢英莲想出来的办法。她是什么人？"

田振亮："她是孙彪同志的救命恩人，是这次我们开展工作和整个行动部署，在关键时刻起着决定作用的一个小姑娘，以后慢慢给你讲，她的故事多着呢！"

王参谋："好，就这样定，我马上回军部汇报。"旋即，又对七营长说："七营长，你就暂时不用回去了。给你安排的任务是，你一定要好好说服镇上几大家族，要支持红军顺利渡河，对红军不得放暗箭，广大人民会永远记住你们的。"

七营长："定当效力！"

王参谋："好，我走啦！"

田振亮："再见，保重！"

当天晚上，李家大院古镇精英荟萃。在对待红军渡黄泥坨渡口的问题上，六大家族的头面人物争论不休，各自的心态复杂。富人害怕红军打富济贫，李家、龚家等接到重庆最高司令部命令，严防红军过河，一旦发现就地消灭。可自身实力与红军相比过于悬殊，红军几千人，濯河坝的武装力量不过几十人，这根本不是对手……多数人主张不得罪红军，我们只是将小镇治理好，不管哪个坐天下，我们当良民就行啦。何况红军对古镇有恩，帮助古镇人消灭了牛贵涛，不能忘恩负义。

七营长把整个事情的来龙去脉说了一遍，最后说："红军在我们那里纪律严明，对百姓秋毫无犯，大力宣传抗日救国的道理，我们没有理由给国民党当炮灰呀！"

大家深以为然，又议论除掉牛贵涛的事，对红军心存感激。

璧臣老先生说："仁义之师呀，中国之未来，非他们莫属！"

龚团长说："他们为我们除恶，我们也不能袖手旁观，能为他们做点什么就做点什么。"

汪子文说："我给他们送点钱！"

汪雨虹说："要不露声色，以免他们走后，国民党政府来找大家的麻烦。"

大家点头称是。

二

1934 年 5 月 5 日下午，黄泥坨。

十九只货船一字儿摆开，像笃在河中的砧礅一样稳固。十几个木工，还在一只船一只船地编号，量尺寸，虽是手上功夫，个个却累得汗流浃背，仔细听他们口中哼的小调，可知道他们心情舒畅。

古镇街上，又是余胡子的号锣响了，还是沿街吼三遍："各位父老乡亲听着，明天早上，贺龙军长的队伍要渡后河，正在黄泥坨搭浮桥，还差板子，多不嫌多、少不嫌少，请各家各户凑一点，扛到黄泥坨去，那里有田班长在登记号字。"

不一会儿，扛板子的人陆续去了河边，长长短短、宽宽窄窄、大小厚薄都有，有的把自家的门板都下了扛去。人群中，稍微注意一看，古镇名人、绅士、外地客商都放下架子参与其中。人们感慨地说："古镇从来没有像这样齐心过。"

夜幕降临在黄泥坨码头上，两岸灯火通明，灯笼火把照红了半边天。两百多人干得冒热汗，通过绳索棍棒、铁丝码钉的固定，这十九只货船就像摆在河中的十九个桥墩，板子搁在桥墩上，通过固定，牢牢地抓住桥墩，就像一条长龙，紧紧抓住两岸。

钟鼓楼响起三更的鼓声，一座将要托起红三军全体将士的过河桥，并要载入史册的人工浮桥，终于搭建成功了。八位红军战士不辞辛劳，轮流执勤，守护着这座古镇人民的智慧之桥，一直守护到它胜利完成使命的那一刻。

四更天刚过，余胡子的号锣声划破了古镇天空，唤醒了沉睡的古镇人。"父老乡亲们听着，把做好的欢迎红军的标语通通拿出来，挂在大门上，把茶水烧好，天一亮就送到黄泥坨去，切莫忘了，要多带几个杯杯啊。"喔、喔、喔……老规矩，吼三遍。

三

这几天，谢龙和谢英莲真是忙得不可开交，除了组织船工、木工外，还要挨家挨户动员大家扛板子送到河边。特别是这两天，古镇的十几个小青年，天天上门来找这父女俩，一个劲地要求去当红军，这父女俩若不去向红军说情，怕是脱不了手啊。

别人的油汤还没有吹冷，自家稀饭又煮开了。这天，谢龙父女俩发生口角。

谢英莲说："爹，我想跟他们一起去当红军。"

谢龙说："胡说，哪有女孩子去当兵的？"

谢英莲说："听孙大哥说，红军里头，当女兵的不但有，而且还多。"

谢龙说："多也不准去，你走了，我怎么办？"

谢英莲说："我走了，你再找一个年轻一点的后娘来服侍你，我隔年把又回来看您。"

谢龙说："打胡乱说。"

谢英莲赌气道："管你同不同意，我都要去！"

谢龙冒火了："你敢，哪时走我哪时打断你的脚杆。"

谢英莲毫不让步："打断脚杆也要去。"

正在争执不下时，"姜聋子"来了，问道："你们为啥子争吵起来啰？"

谢龙说："她一女娃家儿，想去当红军，我不准她去，她硬要去。如果她硬是不管我这孤老汉，我只有去死，我死了，你爱走哪里就走哪里，没得人管你了。"

"姜聋子"一听，不好办，父女俩的脾气都倔强得很，谁也不让谁，想了一下说："你们不要吵了，我倒有一个主意。"父女俩用求救的目光看着姜聋子。"姜聋子"说："要去，我们三个都去。"

父女俩齐声："啊？"

"姜聋子"继续说："如果都去的话，你父女俩相互有个照应，我们又是好朋友，参加了红军，就像一个大家庭。根据我的判断，跟着贺龙军长，跟着红军，我敢向你父女俩保证，绝对没有错。"

谢龙说："我已经是五十出头的人啦，这么大一把年纪，他们会不会要我呢？"

"姜聋子"说："你的年纪不成问题，就凭你这一身本事，好多年轻人还不及你呢。"

谢英莲说："姜叔叔说的是。"

"姜聋子"说："既然如此，就这样定了，走，我们一同去找田班长。"

父女俩异口同声："咱们这就走！"三人直奔黄泥坨而去。

田振亮看见他们三人急急忙忙地来找他，怕是出了什么问题。不料，三人都想参加红军，还说古镇也有十几个人积极要求去当红军。谢英莲还向田班长打了包票，都是穷苦人，非常可靠。

田振亮想，扩充兵源，发现人才，也是贺军长特别交代的一个任务，这些人也正是红军所需要的。如果加上才收编的那两个排的壮丁，岂不是一个连的编制吗？想到这里，田振亮说："关于你们要求参加红军的事，明天我向首长反映，如果首长同意你们的要求，明天就可以随部队出发。如果首长不同意，我也无法，但是，你们千万不要着急，我尽量为你们争取。你们回去安排一下，准备好，把另外要求参加红军的名单写好给我，叫他们也准备好，等候我的消息。"三人非常激动，兴奋地回去做准备，通知那些要求参加红军的年轻人，逐一填上花名册，连同他们三人在内，一共三十一人。

三人刚走不久，黄泥坨码头岸边就传来"咕、咕、咕、咕"的春哥叫声。田振亮一听就明白了，是自己同志"尖刀班"的联系暗号，连忙用同样的叫声回了过去，刚一回，十多个小伙子就迫不及待地跳了出来。

"老田！"几个几乎同时小声喊了出来。

"小何、小张、小许……你们好快哟，现在在哪里？"

小何说："先遣团已经埋伏在'林转''官山沟'一带，首长已经在'大转拐'了。"

田振亮说："好啊，我们这里万事齐备，只等首长到来。"看看天色，又看看怀表，"可能还要等半个小时天就大亮了。"

小何说："是时候了？"拔出信号枪，举手朝天"嗖、嗖、嗖"，三颗红色信号弹划破天空，直冲云霄，像三道彩虹把古镇照得通亮。

几分钟后，只听得一阵脚步声。田振亮知道这是先遣团的战友们，分三路完成了大军行动路线的警戒保卫，大道被警戒了，首长也快要来了。

四

1934年5月6日凌晨，天已渐明，中国工农红军第三军在贺龙军长的率领下，按建制，陆续到了黄泥坨渡口。

濯水古镇街上，再一次响起了余胡子那清脆而嘹亮的号锣声。这次余胡子嗓门格外洪亮，喊声鼓舞人心："古镇父老乡亲，你们醒了没有？天亮了，红军来了，贺军长来了，把欢迎红军的标语贴起来，把小红旗拿出来，把烧好的茶水挑起来，大家到黄泥坨，去欢迎贺军长，去慰劳我们的红军将士！"哐、哐、哐、哐……老规矩，还是三遍，所不同的是，到第二遍时，街上除了原来那几个红军战士在巡逻外，几乎都往黄泥坨去了。

黄泥坨码头，古镇有史以来没有这么热闹过。毛蓝色、浅灰色的人群几乎淹没了整个码头，那是红三军的全体将士。他们为了尽快摆脱国民党的围追堵截，北上抗击小日本侵略者，才这样披星戴月、日夜兼程、不辞辛劳地路过古镇，渡过这后河。

"热烈欢迎红军渡河""红军兄弟辛苦了""请红军同志喝水"……古镇人自发地贴出标语，向红军队伍呼喊着。

"谢谢老乡！""谢谢乡亲们！""红军战士感谢你们了！"这是红军战士发自内心的表达。

在一块不大的草坪上，一排端着冲锋枪的战士闪出一个大圆圈，等距离地站着，双眼环视，紧握钢枪，威武雄壮，警惕地监视着各方动静。

圈内，孙彪、田振亮、刘参谋正在向一个身材魁梧，身披黄呢大衣，手拿烟斗，胸挂望远镜的人汇报情况。

这个人就是曾经代表中国共产党自己的武装力量在南昌向国民党反动派打响第一枪的贺胡子，也就是古镇人崇敬的贺龙军长。

贺军长边听汇报边点头，不时还笑着说些什么。田振亮将一张字条递给贺军长，贺军长看后连连点头。

只见田振亮立正，敬礼，转身就找到谢龙父女和姜云龙说："贺军长已经同意你们三人以及这上面所写的名字的人加入中国工农红军第三军，今天你们就是红军战士了，现在整队集合。"

早已等候多时的三十一个古镇热血儿女，听说整队集合，欢天喜地，非常迅速地一字儿排开，从高到矮，齐刷刷地站得规规矩矩。谢龙、谢英莲、姜云龙三个排在最前面。

这时，刘参谋把收编的那两个排带了过来，站在后面几排。

只听田振亮严肃而洪亮的口令声："立正，向右看齐，向前看，稍息！立正！""我现在宣布军部命令：中国工农红军第三军新编二十五连孙彪同志为连长，田振亮为指导员，谢龙为辎重队队长，谢英莲为副队长，姜云龙为卫生队队长。此令，军长，贺龙，1934 年 5 月 6 日。"

天亮了，太阳从地平线上升起来了，万道霞光照耀着整个古镇，万顷碧波欢快地跳跃着，就像无数张欢快的脸。

这时，军号响了，历史性的时刻到来了，古镇最激动人心的时刻到来了。千军万马渡后河开始啦！

红三军的全体将士分成两路纵队缓缓渡过这条古镇人十分骄傲的后河……

贺军长在码头边将缴获的一部分枪支弹药交给了龚团长、李朝恩等人，并严肃地告诫："多为百姓办好事，不要欺压穷人，搞好地方治安。谢谢这次对红军的帮助！"古镇名流不住地点头。汪子文将五十大洋送给红军表达敬意。贺军长十分高兴地与大家挥手告别，转身上了浮桥，大红枣马也随后上了浮桥。

古镇人鞠躬拱手："贺军长走好！"两千多古镇人高喊："贺军长，再见啦！""红军万岁！"声音久久地回荡在古镇上空……

第三十章　汪家发行找补券

一

红三军渡河后，船工们迅速拆完木板，恢复了往日的面目。

第二天，国民党先头部队赶到濯水，领队军官责怪地方官员为何不组织力量阻挡贺龙部队过河。熊乡长十分谦卑地回话："长官，古镇的武装力量只有几十条破枪，贺胡子有几千条枪，牛贵涛那个快枪连没到眨眼时间就被贺胡子吃了，我们哪是他的下饭菜呀，长官！"那军官觉得有理，就不再追问。熊乡长如释重负，忙派人给那军官送了五十块大洋，总算把事情摆平了。

古镇又恢复了昔日的秩序。

1935 年 4 月，酉阳为第八行政督察区，专署驻酉阳县城（1947 年改驻彭水县城），辖酉阳、秀山、黔江、彭水、南川、涪陵、石柱、丰都、武隆九县。

同年 6 月，酉阳县发布公告：在辖区内公选区长。

汪雨虹来到李春融家说："春融啊，你看到公选区长的公告有何打算？"

李春融说："幺娘是怎么看待这件事呢？"

汪雨虹鼓励说："现在国家正是急需人才的时候。你若能凭硬本事当上区长，不仅可以造福一方百姓，还可以为抗战作些贡献。"

李春融想了想说："我还没有这个打算，听幺娘一席话，让我想想，然后征求叔父以及古镇贤达的意见后再说。"

话音刚落，李璧臣、李朝恩等古镇知名人士陆续进门，大家都劝李春融去试一试。

李春融说："既然这样，那我就去试一试吧。"

雨虹先生说："这就好！今天我办招待，大家一起到天涯酒楼聚一聚！"

李朝恩说："女先生办招待，大家都去！"

其他人都说："要得、要得！"

李春融说："这招待应该我办！"

璧臣先生莞尔："这才像话，走！"

雨虹先生说："你们都是男士，我借这个机会招待大家一次，春融就不要和我争了！"

汪子文打圆场说："好吧，我出钱，以幺妹的名义请大家！"

大家经历了几场事变，心更齐，情更真。席间相互敬酒，关心国家大事，李春融备受鼓舞。

带着父老乡亲的嘱托，李春融通过笔试、面试、民意测试，成绩都十分优异。

酉阳县长察看了李春融的履历及家庭背景，心里十分高兴，又派人到古镇来考察，其民调之高，出乎县长意料，于是打算委任李春融到龙潭去当区长。消息不胫而走，汪雨虹随即给儿子拍去电报，希望他给酉阳方面打个招呼，将李春融安排在当地任职，以便照顾年迈的父亲，更重要的是能为古镇人办很多好事。

李春晖是个出名的孝子，接到小娘的电报后，犹豫了好一阵，母命不可违，加之小娘的话也有一定道理，便给酉阳专员打了个电话，说父亲七十多岁了，自己三弟兄从军，希望能将堂弟李春融安排在当地，代他尽孝。专员认为，李家三弟兄当兵，为国效力，此要求合情合理，就给酉阳县长打电话说："李春晖副师长打来电话，要求将他堂弟李春融安排在当地，以便照顾年迈的父亲，我看可以，希望你照办！"县长觉得李家忠义，加之与李春融一起公选起的龙潭人王亮明也托人找县长说情，不想到濯河坝任职，希望留在本地，县长便做了个顺水人情，委任李春融为濯河坝区长，王亮明为龙潭区长。

二

李春融一上任，就先后走访濯河坝乡长、民团、袍哥会、商会、保长，邀请当地社会贤达出谋划策，制定了一系列促进古镇发展的方略，将古镇治理得井然有序。不到一年时间，古镇就发生了翻天覆地的变化。1936年，濯河坝与龙潭、龚滩合称"酉阳三大名镇"，声名远播。

那一年，汪氏家族与徽商詹氏家族共同修建了烟房钱庄，主要投资方为濯河坝烟房老板、徽墨制造商詹信安。钱庄是一块风水宝地，坐落在整个古镇的中心位置，成为濯水古镇开间最多的大院。

烟房钱庄建筑面积五百七十余平方米，全为木结构穿斗梁架，木色为主要色彩。大院南北两面有封火山墙，北面与汪家作坊共墙。檐廊空间与庭院天井之间多以通敞的过道、穿廊直接相连形成宅院的交通系统，极好地体现了合院民居建筑的风貌特色。

烟房钱庄为三进两厢三天井布局，第一进为九柱七列六间，第二进为九柱七列五间一通道，三个天井呈倒"品"字形排列。三个天井中两个相通，另一个则比较隐秘。第一进与第二进的天井略大，而第二进与第三进的天井略小些，均为横向；另在一厢设有纵向小天井。

在钱庄建筑中，天井很有讲究。首先是遵循宁小不大的风格。过大，在风水中叫泄气，所以，木工师傅采取保守的做法。尺寸上严格按照鲁班经上的尺寸。天井的排水方向也很讲究，钱庄按照《三神放水式》的规定所做。除了采光、通气，也是吸天地之灵气、纳日月之精华之所，"四水归堂""财不外流"。

由三天井形成了三小院，将整个钱庄分成了前店、起居、银库三个功能区。钱庄为纯木结构，没用一钉一铆，全用卯榫嵌合，飞檐翘脊，雕镂精湛，结构严谨，风格独特，加上丰富多变的空间布局和别具匠心的设计施工，保守中透着从容浪漫的贵族气质，有极高的艺术价值。第二进后面的两个天井之间有一冲天小阁楼，小阁楼上下两层，从底层内梯上楼，顶层四周有栏杆阳台。

这是镇上开间最多的大院，临街开有八扇四开大门，二、三进之间只设有过道，而未设置大门。在第二个天井的太平缸十分独特，为整石打制，而非五面合成，缸体为椭圆柱形，其功用主要是消防。

烟房钱庄代表了 20 世纪 30 年代前后濯水商埠住宅建筑商住一体的典范，又体现了徽文化对濯水土家建筑的渗入，可谓珠联璧合。

三

烟房钱庄成为濯水古镇经营规模最大的信用机构。钱庄办理存款、贷款业务，方便群众，促进商贸繁荣，老百姓称其为"钱店"。

由于通货膨胀，国民政府发行的钱票面额很大，不好找补，给老百姓的商品交换带来很大困难。汪子文与詹信安商量了好几天，都没有商量出结果，又找古镇其他商人商量，探讨解决办法。大家都紧锁眉头，也没有想出什么妙计来。

一天，濯河坝小学老师程垫江到光顺号去买东西，拿出一张面值千元的钱票，余光顺说："要找你一半，我哪来零钱找你呀？"程垫江在古镇有"智多星"之誉，眼珠子一转，便开玩笑说："那还不简单，把这张钱票剪成两半，找我一半，下次来买东西，再给你一半钱票，两半粘贴在一起，不就是一张完整的票子吗？"

余光顺说："程垫江毕竟是程垫江，你娃聪明绝顶，这办法麻烦是麻烦了点，但也不失为一个办法。"李春融刚好路过这里，两人便向他打招呼："李区长好！"李春融回礼说："大家好，垫江先生今天有空？"程垫江笑着说："区长来坐！"李春融进屋，余光顺搬来凳子，给两人倒了茶，然后谈起钱票的事。李春融说："垫江先生的话虽然是开玩笑，但不乏大智慧，只要我们濯水古镇商人、百姓都认可的话，也是可以的。"几人一起大笑。

于是，李春融召集古镇商人开会，讨论了这个办法，商人们都觉得可行，于是约定，可以把钱平均剪成两半使用，每一半相当于面值的一半，被当地人称为"半边钱"。

"半边钱"很快在濯水古镇流行，大大地方便了当地百姓。可是，"半边钱"也解决不了交易中的所有找补问题。

有一天，汪子文邀约詹信安、璧臣先生、龚体之、雨虹先生、余共安、程垫江、余光顺来家喝茶，讨论如何解决"半边钱"不能解决的问题。

璧臣先生说："'半边钱'形式太单一，有局限！"

龚体之说："这是明摆着的，可我对金融一窍不通，想不出办法。"

程垫江说："最好是发行一种不同面值的找补券，专门用于大钞在使用中的找补。可是，谁家来担保找补券的币值？"

詹信安说："我来吧，用我家的财产担保！"

汪子文说："还是我家来担保合适些，因为你是外地来的商人，一旦有闪失，亏了你不好。我算个土著，有义务担当这个责任。我提议，用我家的粮食、油盐等生活必需品来保证和承诺找补券的币值。"

雨虹先生说："我赞成三哥的意见！詹老板姿态高，值得赞扬！你就别和我三哥争了。"

詹信安说："那我们两家共同担保吧！"

大家说："这样好！"

汪子文说："詹老板不能有闪失，我要比你年轻些，这个风险就不要你承担了！谢谢你！"

大家都说："好、好、好！"

汪子文又说："那我就建议，请璧臣兄、共安兄和垫江先生设计各种面值的图案，以爱国、忠孝为主题，大家觉得如何？"

大家说："好，完全同意！"

汪子文说："那就一言为定，等图案设计出来后，再征求春融区长及各大商号的意见。"

没几天，图案就设计好了，得到镇上官民好评。图案多采用忠孝故事为主图，文字有千字文、古诗或名言警句，雕版印刷。他们万万没有想到，这种钱票会成为中国早期钱票的典型代表，后来很受钱币藏家的喜爱，在拍卖市场也多次出现，还被编入多部大学货币学教材。此乃后话。

四

1936年9月3日，烟房钱庄举行了找补券发行仪式。老街人来人往，川流不息。烟房钱庄更是热闹非凡。门口摆了一排铺着印花红绸的长方形桌子，上面整齐地放着一帖帖刚印制出来的多种不同面值的找补券。桌后以区长李春融为中心，两边分别坐着钱庄老板汪子文、詹信安，古镇名人璧臣先生、龚团长、李朝恩、龚体之、雨虹先生、余共安、余光顺、程垫江。

汪子文首先介绍了发行找补券的目的和作用，以及找补券图案设计的过程，并承诺汪家以财产担保。

李春融区长讲话，对此举表示赞赏，对为之付出辛勤劳动的有关人士表示敬意，对找补券成功发行表示祝贺。

接着，便是剪彩。

参观者络绎不绝，人们脸上绽放笑容。

不一会儿，汪仕照牵着刚满三岁的孙子汪本善走来，老远就和大家打招呼。走到汪雨虹面前，叫孙子喊她"幺姑婆"。汪本善很听话地喊："幺姑婆好！"

雨虹先生高兴地抱起汪本善到屋里，端详了一会儿说："狗孙，听说你会背很多古诗，真的吗？给姑婆背一首听听可以吗？"

汪本善便奶声奶气地背了《悯农》《登鹳雀楼》《望庐山瀑布》，还能说出每首古诗的意思。令雨虹先生高兴不已。

汪仕照说："幺妹，这个孙儿以后就请你教他啰！"

"好、好、好！我看这孩子聪明伶俐，将来一定会有大出息！"雨虹先生高兴地说。没想到，雨虹先生的话后来真的得以应验。汪本善于1956年毕业于北京地质学院矿产地质勘探系，后来成为中国科学院研究员，主编了《有机地球化学》一书，发表了《渤海湾盆地黄骅拗陷石油演化特征及人工模拟实验研究》等五十多篇有机地球化学方面的研究论文，获得国家、中科院科技进步奖四项，成为中国有机地球化学及沉积学研究的奠基人之一。此乃后话。

汪仕照当然很高兴，并说："别人不夸自家夸，谢谢幺妹夸奖！听说外面形势十分紧张，春晖最近有信来没有？"

雨虹先生说："昨天收到来信，说不久要送妻室儿女回濯河坝，看来形势很严峻啊！"

汪仕照说："哦，春晖回来后要通知我，好多年没有见到他了！"然后对汪本善说："给幺姑婆说再见！"爷孙俩告辞众人，转回家去。

雨虹先生参加完活动后回到家里，又拿出春晖的信读了两遍，自言自语道："国事堪忧啊！"

第三十一章　将军回乡安妻小

一

1936 年 12 月 12 日，震惊中外的西安事变爆发。

几天后的一个中午，汪雨虹拿着一份报纸来到璧臣先生家："老二哥，快看最新的报纸，国共达成了一致抗日的主张，国家有希望了！"

璧臣先生接过报纸，认真看后，高兴地说："太好了、太好了！"

雨虹说："春晖发来电报，说大规模抗战一触即发，最近要送妻儿回老家。"

"好、好，可以看看孙儿了！妹子，感谢你对春晖的教育！你是我们李家的大恩人啦！"

"一家人还这么客气！二哥，我就是来和你商量，春晖回来就住我家，别和我争哈！"

"不争、不争，全凭儿子做主，我们都不争！"

"好嘛！二哥，我就不陪你了，我要回去给春晖一家整理整理房间。"

"好，有劳妹子了！"

雨虹边走边哼着山歌：

天上落雨又打雷，一月望儿多少回。

山山岭岭望成路，路边石头望成灰。

走到老街口，碰到迎面走来的汪子文，听到雨虹的歌声，忙问："幺妹儿，什么事这样高兴啊？"

雨虹说："春晖要回来了，为了免除自己的后顾之忧，更好地报国抗日，他要送妻子儿子回来。以后免不了给三哥添麻烦。"

汪子文说："幺妹的事就是我的事，你只管吩咐！"

雨虹说："我就先替春晖谢谢他舅舅了！"

汪子文说："一家人，还客气啥子？"

兄妹俩边走边聊，汪子文挂记春晖："听说军队也很复杂，蒋委员长和川军将领之间的矛盾错综复杂，川军将领之间也不团结，不知春晖最近怎么样。"

汪雨虹说："春晖到成都四川军官速成学堂学习时，与刘湘、杨森、郭汝栋是速成系学友，尤其与郭汝栋的关系密切。1926年，春晖到川军郭汝栋二十军第一师第六团任上尉副官，历任营长、副团长等职。郭汝栋部有中共党员郭汝瑰、傅秉勋等活动，还建有中共党支部，郭军也因此倾向和同情共产党。1930年，郭部奉命出川驻湖北阳兴县参与围剿洪湖苏区，对贺龙领导的红三军采取'追而不打，围而不剿'的策略，以应对军令，引起蒋委员长的猜忌，因而受到打压。"

汪子文长叹一声："唉——春晖也有难处啊！"

汪雨虹继续说："二十军是郭汝栋一手创建的队伍，川康整编后，只辖二十六师。1934年9月24日，因川军中二十军番号重复（杨森也是二十军），故改为四十三军，郭汝栋任军长兼二十六师师长，春晖历任四十三军团长、副旅长、参谋长、副师长、副军长等职。随着日本侵略步伐的加快，川军将士纷纷请缨抗战，官兵们留遗书、辞父母、别妻小，作好出川的准备。"

汪子文似有所悟："难怪春晖要回来了。那你就回家准备吧，需要什么，只管吩咐。"

雨虹说："有了三哥做后盾，一切都好办了！"

二

　　1936年年底，四十三军副军长李春晖及夫人杨媲辉和五岁的大儿子李庆高、两岁的二儿子李庆林一行回到了故乡，随行人员有副官史邦科，春晖开玩笑叫他"史蚌壳"，还有四名警卫。

　　春晖一行到达濯水，老街的人们争相观看，露出惊喜的目光。有人说："那个军官好威武哦，不知道是谁呀。"李春晖挥手致意说："乡亲们好！我是春晖！""春晖回来了，当大官了！"顿时，老街沸腾了，两边店铺的商人们都走拢观看，不住地嘘寒问暖。春晖高兴地说："大家好、大家好！我这次送妻小回家，要在濯河坝住一段时间，今后还要仰仗各位关照我的妻小！""您是我们濯河坝的骄傲！这些都是应该的！"

　　李春晖激动地说："感谢各位父老乡亲的厚爱！我先去看望父母亲，然后再登门拜访各位！"

　　春晖一行直奔雨虹家。一见面，雨虹喜极而泣地说："我盼望你们好久了！"杨媲辉忙上前给雨虹鞠躬请安，叫两个孩子喊"奶奶"。两个孩子很听话地喊："奶奶"。雨虹抱了抱两个孩子，不住地夸奖："乖，真乖！"然后安排大家坐，春晖向雨虹介绍了随行人员，随行人员向她行军礼致谢。丫鬟倒上绿茶，然后煮饭。

　　雨虹对一个丫鬟说："快去请璧臣老先生，还有他子文、聘卿、体之舅舅们，说春晖回来了，来我家陪春晖喝酒！"

　　春晖说："小娘，父亲还是我去请，其他人就有劳彩凤了。"

　　雨虹说："好吧！"丫鬟应声而去。

　　春晖急匆匆来到李半街老家，走进父亲的家。父子相见，热泪盈眶。春晖说："爹，儿子不孝，对不起您老人家！我回来先到小娘那里，没先来看望您老人家，请恕孩儿不孝之罪！"

　　璧臣先生说："我儿是个真孝子，你做得很对！你小娘这些年来很不容易，为你英年早逝的幺叔守望夫寡，多难啊！所以，我们应该多多体谅她！"

　　春晖激动地说："谢谢爹爹理解！您要注意保养身体，都是七十几岁的老人了！"

　　璧臣先生说："你别担心，我的身体好得很嘞！过几天回草龟塘去看看你的生母，让她高兴高兴！"

春晖说："儿子明白！爹，小娘请你去吃饭，她还请了好多客人！"

璧臣先生说："要得、要得，她为迎接你们一家准备了好多天了！"

父子俩边走边摆龙门阵，不知不觉就到了雨虹家。儿媳、孙子及随从纷纷向老爷子请安，璧臣先生自然高兴。

不一会儿，所请人员陆续到来，与春晖嘘寒问暖，共叙别情。

黄昏时分，丰盛的家宴开席了。席间，春晖慷慨陈词，纵论天下大事，呼吁大家为抗战出力。

古镇人向来好客，加之春晖是从古镇走出去的一位爱国将军，古镇人为之骄傲和自豪。一连五六天，李春晖一行，不是这家请，就是那家请。李春晖带着妻小挨次登门拜访街坊邻居、外地客商，宣传抗战。

三

为了安置家眷，在众亲友的帮助下，春晖在古镇老街置地建房。古镇人出于对将军的喜爱和敬仰，纷纷出谋划策、出钱出力，才两个多月时间，就把新房建好了。人们纷纷上门祝贺。

这些天来，最忙的莫过于雨虹先生了，忙前忙后，帮春晖一家张罗，接待来访人员。

酉阳行署所辖县府的官员先后陆续到达李府拜访，表达对将军的敬意，对璧臣先生、雨虹先生的敬仰。他们关注时局，各抒己见，滔滔不绝，谈论最多的话题就是抗战问题。春晖呼吁各方有钱出钱、有力出力，做好积极支援抗战的准备。大家深受感染，纷纷表示支持。

临别时，专员握着璧臣先生的手，激动地说："老先生，感谢您为国家养育了春晖将军这个栋梁之材！您在古稀之年仍然坚持教书育人，令晚辈感动不已！您老要爱护自己的身体，多休息，若有什么需要，只管吩咐！"璧臣先生客气地回礼说："谢谢专员夸奖！感谢您对鄙人的褒奖！"

专员又握着雨虹先生的手，十分客气地说："雨虹先生，您是少见的巾帼英雄，古镇的伟丈夫，难得的淑女烈女，鄙人十分敬仰！您为古镇教育事业呕心沥血、披肝沥胆，鄙人代表酉阳行政专署表示衷心的感谢！今后若有什么需要鄙人帮助的，只管吩咐！"雨虹忙施礼说："谢谢！谢谢！"

最后握着春晖的手，谦卑地说："将军，您是濯水古镇的骄傲，也是酉阳人民的骄傲，更是卑职学习的榜样！我们一定按照您的吩咐办事，积极做好抗战的准备！您的妻小安置在濯水古镇，地方有责任保护与关照！您就放一万个心吧！"春晖忙说："谢谢专员！都是一家人，您太客气了！我们一家非常感谢您的关照！"然后行了一个军礼。

其他官员、乡绅、社会贤达来李府拜访，形式大同小异，都令璧臣先生、雨虹先生、春晖将军感动。

一天，程垫江来到李府拜访，请春晖将军到学校去演讲，春晖满口答应。

濯水小学的操场上聚满了师生、古镇贤达、商人、袍哥、父老乡亲。

台上坐着璧臣先生、雨虹先生、李春融、李朝恩、龚体之、龚聘卿、汪子文、余共安等古镇知名人士。程垫江首先向各位介绍了李春晖将军的奋斗历程，然后提议大家以热烈的掌声欢迎春晖将军作演讲。

在雷鸣般的掌声之后，春晖将军给大家行了个军礼，接着慷慨演讲。

尊敬的各位领导、老师、父老乡亲，亲爱的同学们：

大家好！五年前的9月18日，是一个令中华儿女痛彻心扉的日子。那天深夜，日本关东军轰炸了沈阳柳条湖附近的一段铁路，却污蔑为中国军队所为，并以此为借口，炮轰了东北军驻地沈阳北大营，占领了沈阳城，发动了对我国东北的大规模武装进攻。他们一个个张牙舞爪，一个个手持钢枪，面对手无寸铁的中国人毫不手软，烧杀抢掠，奸淫抢夺，无恶不作。半年之后，东北三省全部沦陷，这就是震惊中外的"九一八"事变。一夜间，东北三省大好河山风云失色，沦于敌手。从此，三千万东北同胞过着饱受凌辱的亡国奴生活。这是日本侵略中国的开始，也是中华民族不能忘记的国耻。

然而，对一个民族最严重的摧残不是摧残她的肉体，而是摧残她的尊严、她的文化，摧残她的根与魂。国耻像大山一样压在中华民族的头上，压得四万万同胞透不过气来，在我们的心灵深处像灌注了铅一样的沉重。

《松花江上》唱出了"九一八"事变后我国东北人民流离失所、家破人亡的悲痛，也体现了中华民族对日军野蛮的侵华行为感到愤怒。"九一八"，"九一八"，国耻啊！它使同胞们脱离了家乡，抛弃了无尽的宝藏，让鲜血染红了东北的松花江上，那是我们中华民族的血呀！

邪恶是不能战胜正义的。还有什么比当亡国奴更耻辱的呢？中华民族到了最危险的时候，不愿做奴隶的人们只有奋起抗争，浴血奋战，才能洗刷耻辱。无数仁人志士抛头颅，洒热血，用生命和热血谱写了悲壮的爱国主义诗篇。

落后就要挨打，就会被人瞧不起，这是历史的真谛。我们只有国强，历史悲剧才不会重演。"少年强则国强"，我们只有好好学习，长大后把祖国建设得十分强大，这也是对先烈们最好的纪念。

正确的历史观与国家的兴衰存亡息息相关。我们选择以什么眼光打量历史、用何种方法解读历史，不仅关乎昨天、今天，更影响到明天。个人不能失去历史记忆，国家和民族不能没有共同记忆，只有用真情守望、用行动守护、让肆意妄为付出代价，才能让"忘记历史就意味着背叛"掷地有声。只有以实际行动捍卫历史，才能筑牢精神的高地。

今天，我们重温历史，重新找回中国人应有的尊严！勿忘国耻！中国人将永远背负着历史留下的伤疤！勿忘国耻！中华民族的屈辱怎能一笑而过？勿忘国耻！先辈们的每一滴鲜血都将流入我们的体内！

总有一种力量让我们感动，总有一种精神催我们前行。

天下兴亡，匹夫有责！勿忘国耻，振作精神，准备抗日！

谢谢大家！

璧臣先生、雨虹先生、程垫江等老师都是狂热的爱国主义者，眼里噙满了泪花。

春晖演讲完毕，全场群情激奋。雨虹振臂高呼："打倒日本帝国主义！"在场人员跟着高喊："打倒日本帝国主义！"

"誓死不当亡国奴！"

"誓死不当亡国奴！"

"把日本鬼子赶出中国去！"

"把日本鬼子赶出中国去！"

程垫江接着领唱《义勇军进行曲》，把演讲会推向高潮。春晖非常激动，高声朗诵："生当作人杰，死亦为鬼雄！"

四

春晖好像浑身有使不完的劲儿，每天马不停蹄地拜访古镇名人、商贾、老师、袍哥等各色人物，还走村串户，无论走到哪里，主题都是抗日救国。人们无不感动，有一百多名青年深受鼓舞，纷纷要求当兵。他高兴不已，答应返回部队时一并带上。

春晖邀约父亲璧臣先生、小娘雨虹先生一起，先后去拜访了龙华寺方丈慈恩法师、菩提寺了悟法师、文昌阁石隐道长，希望他们宗教界号召信徒爱国救国，为抗战出力。各处都受到了特别高的礼遇，几位高人都忧国忧民，对春晖的行为十分赞赏，并表示一定竭尽全力为国效力。

忙完了有关公务，春晖松了一口气。四月初的古镇，一片祥和，可他的心中却十分不平静。回老家三个多月来，父老乡亲们对他的深情厚谊令他刻骨铭心。他多么想多陪伴父母亲等亲人一段时间，享受浓浓的亲情。父亲与生母已年迈，小娘雨虹也年近五旬，仍然孑然一身。还有年轻的妻子、幼小的儿子，怎不令他牵肠挂肚呢？然而，可恶的战争随时都可能发生，祖国正在蒙难，部队还有很多事情需要他处理，一旦战争爆发，便要立即奔赴前线。还有好多准备工作需要做啊，不能待在老家了，得赶快回部队。在返回部队之前，应该答谢关心自己的亲朋好友和父老乡亲。他把想法给妻子说了，然后与璧臣先生、雨虹先生分别商量，决定举行答谢酒宴。

这天，春晖一家在天涯酒店设宴招待各位亲朋和社会贤达。春晖举起酒杯，激动地说："回乡三个多月来，承蒙各位亲朋好友、父老乡亲关照，本人十分感激，特备薄酒宴请大家，千言万语无法表达我的感激之情！大家干杯！"大家一饮而尽。

春晖举起第二杯酒，对大家说："感谢养育我的父母，给予我帮助的各位叔叔、舅舅，各位亲朋好友，祝大家心想事成、万事如意！干杯！"大家又把酒干了。

春晖又举起第三杯酒，大声说："感谢养育我的故乡和亲人，感谢培育我的老师！干杯！"大家又高兴地喝了这杯酒。

然后，春晖到每桌都敬了大家一杯酒，叙不完的亲情友情。

人们也纷纷回敬春晖，他一一致谢，其乐融融。正当兴致很浓时，一名警卫员跑来，大声说："报告，李副军长，您的电报！"

春晖接过电报一看："战事危急，速返部队。"顿时愁肠满腹，他留恋这片多情的土地，舍不得离开这里的亲人，然而，国难当头，容不得半点犹豫。

春晖命令道："史副官，立即做好返回部队的准备，通知要求参军的子弟明天到这里集合，吃了午饭后立即出发！"

"是！"史邦科应声而去。

五

酒宴一结束，春晖领着妻子、儿子先后到璧臣先生、雨虹先生、龚体之、龚聘卿、汪子文、李朝恩等家告辞。人们的眼里都噙满了泪水。

雨虹端详着春晖的脸，悲喜交集。她强忍着泪水，坚定地说："儿子，小娘为你感到骄傲和自豪！家里的事不用担心，儿媳、孙子有我们帮忙照顾，绝不会让他们受到半点委屈，你就放心去前线吧！"春晖行了个军礼之后，又缓缓地跪了下去，激动地说："小娘，您的大恩大德，儿子永生难忘！请受孩儿三拜！祝福您老人家身体健康、万事如意！"然后连续叩了三个响头。雨虹的泪水夺眶而出，连忙扶起春晖说："儿子，你一定要平安归来！多来信！祝你马到成功！"

春晖一家人走在古镇的石板街上，一道耀眼的风景线令人震撼。大街小巷都贴满了标语：

"打倒日本帝国主义！"

"向抗日将士致敬！"

"勿忘国耻，积极抗战！"

"收复河山，振兴中华！"

"热烈欢送古镇子弟参军报国！"

这些标语都是雨虹副校长、程垫江副校长组织老师书写张贴的。

天涯酒店热闹非凡。新入伍的一百多名子弟，意气风发，精神饱满，整装待发。汪子文出资宴请可敬的古镇子弟，并请古镇知名人士作陪，令将士们感动不已，纷纷表示，一定不辜负父老乡亲的殷切希望，为国杀敌，为古镇人民争光！

军号响了。勇士们斗志昂扬地踏上了征程。

送行人员人山人海，他们敲锣打鼓、载歌载舞，为勇士们壮行。

身着将军服的春晖将军身材魁梧，目光炯炯有神。他走到璧臣先生面前，行了一个军礼；又到雨虹先生面前行了一个军礼。之后，与古镇知名人士一一握手，再向父老乡亲们挥手致意。然后跨上战马，命令部队开拔。

部队开拔了。春晖一步一回头，不住地向送行者挥手致意。雨虹先生的泪水夺眶而出，高喊："儿子呀，老天保佑你平安归来！"妻子杨媲辉和五岁的大儿子李庆高、两岁的小儿子李庆林不住地喊："保重！保重！保重！"春晖将军骑马回到雨虹面前，下马扶着雨虹先生说："小娘保重！"又扶着杨媲辉说："夫人保重！照顾好父亲、母亲！照顾好儿子，等我回来！"分别抱了抱两个儿子，亲了一口说："要坚强！听爷爷奶奶和妈妈的话！"然后骑上战马飞驰而去。

送行的人们高喊："保重！一路顺风！"春晖不住地挥手。璧臣先生、雨虹先生、杨媲辉等人直到看不见了人影，才缓缓回到春晖的家里。大家都有失落感，尤其是雨虹和杨媲辉及其两个孩子。大家相互安慰。璧臣先生说："大家不要感伤，春晖一定会平安归来！"

不一会儿，李春融、汪子文、龚聘卿也来了。

李春融说："大家不要担心，我兄长是个有福之人，一定会平安无事！大家应该高兴才是！我和两位舅舅来凑个热闹，今天就在嫂嫂家吃饭，以便商量支援抗战的有关事宜！"

杨媲辉说："好！欢迎！我这就去煮饭，你们聊聊！"雨虹说："要不要我帮忙？"杨媲辉说："不用，谢谢小娘！您陪他们聊。"雨虹说："好吧，那就辛苦你了！"

杨媲辉泡好茶水后煮饭去了，其余几个大人讨论支援抗战的办法。

晚餐很丰盛，其乐融融，人们对未来充满了无限的期望。

第三十二章　出师未捷身先死

一

时光飞逝，局势不断恶化，凡是有良知的中国人，无不心急如焚。

1937 年 7 月，卢沟桥事变发生，抗日战争全面爆发。1937 年 9 月 18 日，蒋介石致程潜密电："第 43 军……调南京集结待命。"

一时间，濯河坝的大街小巷都贴上了支援抗战的标语。

接着，杨媲辉收到了春晖将军的来信，百感交集，思念的泪水像断了线的珍珠流淌。

爱妻媲辉：

　　军人以死报国，原属本分，故我毫无牵挂。仅亲老孤独，妻少子幼，乡关万里，孤寡无依，稍感戚戚，然亦无可奈何，只好付之命运。二子长大成人，仍以当军人为父报仇，为国效忠为宜……家中能节俭，当可温饱，穷而乐古有明训，你当能体念及之……多年戎马生涯，负你之处良多，今当诀别，感念至深。兹留金表一块，自来水笔一支，日记本一册，聊作纪念。接读此信，毋悲亦毋痛，人生百年，终有一死，死得其所，正宜欢乐。匆匆谨祝珍重。

杨媲辉急忙拿着信走到璧臣先生家，大声说："爹，春晖来信了！"
当时，璧臣先生、雨虹先生正在读春晖的来信：

尊敬的父亲、母亲大人：

儿今率军出战，前途莫测，然成功成仁之外，并无他途……有子能死国，大人也情已足慰……人生难免有遗憾，我最大的遗憾就是：只能为祖国牺牲一次。恳请大人依时加衣强饭，即所以超拔顽儿灵魂也……

三人心情都十分复杂，一时默默无语。李春融进屋见状，忙宽慰大家说："二哥报国心切，意志坚定，未必一定战死！当务之急，是组织物资支援前线。"大家都认为此话很有道理，心情也就舒畅了。

这段时间，李春融忙得不亦乐乎，迅速召集当地民团、袍哥会、商会、学校的负责人以及各大家族的族长、社会名流开会，研究支援抗战事宜。李春融说："天下兴亡，匹夫有责！现在，抗日战争全面爆发了，前方将士在与敌人拼命，我们应该想方设法支援前线，有钱出钱、有物资出物资、有力出力，动员青壮年从军报国。"

雨虹先生说："我同意春融的建议，广泛发动，建议在沧浪桥头和戏楼张贴捐钱捐物名单，激励大家积极行动。我们在座的各位要带个好头，我本人先捐五十两银子！"

李朝恩说："我捐一百两银子。"

汪子文接着说："我家先捐三百两银子。"

龚体之说："我捐五十两银子。"

龚聘卿说："我家捐二百两银子。"

余共安说："我家捐一百两银子。"

…………

璧臣先生说："我昨天收到永庄、永槐的来信，说川军出川了。可是，装备不足，缺乏弹药、给养和医疗设备，士兵脚上穿的还是草鞋，真令人心疼。大家积极捐款，我很感动，本人虽然钱不多，但也要捐三十两银子表示支持。"

李春融说："感谢各位！现在散会，我们马上分头行动！"

不一会儿，沧浪桥头和戏楼前便张贴了为抗战捐款捐物的告示及首批捐款捐物名单。雨虹先生在沧浪桥、程垫江在戏楼前宣传抗日救国的道理，听众越来越多。接着，捐款捐物者络绎不绝。

二

如何将这些钱物及时送到前线？晚上，李春融在房间里来回走动，一筹莫展，不住地自问："这事该怎么办呢？"

这时，雨虹先生来到李春融家门口敲门："春融在家吗？"

"在！"李春融急忙出来开门，"快请进屋！我有事请教老辈子！"

"别客气，贤侄，我知道你的心事，还没有想到办法把抗战物资送到前线去吧？这些天，我也在考虑，就是没有想到一个好办法。"边说边走进客厅。春融吩咐丫鬟泡茶。

坐定后，李春融说："知我者，幺娘也！我正为这事发愁，本想亲自护送，区上的事又多。"

雨虹先生说："你不能去，一是区上的工作特别繁忙，许多工作别人无法代替；二是你一介书生，手无缚鸡之力，江湖险恶，路途遥远，万一有什么闪失，后果不堪设想。"

"幺娘说得很有道理，我只是没有想出个万全之策。"

"要不找袍哥会的头头开会，大家想办法，看他们有什么好办法。"

"这是个好主意！可我还是有些不放心，万一有人起贪心，事情就麻烦了。"

"也有道理，人心难测啊！必须有可靠的人领队才行。"

"可这个领队不好找呀！八叔最合适，可他年纪偏大，没有把握啊。"

"我去试探一下，看他愿不愿意。"

"有您出马，应该是十拿九稳，没有什么事能够难倒幺娘的。"

"别给你幺娘戴高帽子了，我马上到他家去。"

雨虹先生急匆匆走到李朝恩家。宾主落座后，李朝恩说："弟媳来，肯定有什么重大事情要商量！"

雨虹先生说："还真让你猜着了，无事不登三宝殿啊！"

"什么事，只要弟媳吩咐一声就行了！"

"我是在替春融着想，那么多捐款捐物怎么办呀？"

"将捐款兑换成药品、衣服、鞋子等物品，连同那些捐物一起送往前线就行了。"

"说起来容易，做起来难哪！"

"这还不简单？把物资交给酉阳专署，由他们派人送就行了。"

"这恐怕不行，万一有人趁机发国难财怎么办？最好是亲自送到前线，大家才放心呀！再说，如果这事办不好，既丢濯河坝的面子，也让李家没有面子，必竟是我们李家的子弟在当区长啊。"

李朝恩点头："我们李家在濯河坝最有面子，那么多侄儿在从军，这些物资一定要送到他们所在的部队，我们才放心！"

"怎么个送法？"

李朝恩思索了一会儿说："我们濯河坝三大袍哥会都开有镖局，何不叫镖师们送？"

"这办法确实不错，只是要挑选一个好领队才能万无一失。这个人既要德高望重，又要智勇双全。"

李朝恩哈哈大笑，说："既要德高望重，又要智勇双全，濯河坝真还找不到几个这样的人物啊。"他掐指说："龚聘卿，勇和谋都不错，只是老了；徐昌达，勇气可嘉，谋略不足；樊长青，义薄云天，谋略又差劲。"

雨虹先生也大笑："濯河坝六大姓，智勇双全的只有李家才有呀。"

李朝恩已经知道了雨虹的大概意思："是呀，春晖贤侄文武双全，是我们李家人的骄傲。"

"春晖智勇双全，无可厚非；可李家还有类似人物，从某种意义上说，有过之而无不及，只是没有春晖的机遇好！"

"谁呀？"

"远在天边近在眼前，大名鼎鼎的李八爷！"

李朝恩十分感动，真诚地说："我感到很震惊，没想到自己在心高气傲的女先生眼中还是濯河坝的第一哥，过誉了、过誉了！"

雨虹先生恳切地说："八哥，不是我抬举你，事实本来就是这样，你们那一代人，濯河坝人没有谁能和你相比。你想想吧，你列举的那几个人，虽然都是好汉，但论武功、智谋，他们谁能够和你相比呢？"

"既然濯河坝的女中豪杰都这么说，我还有什么可说的呢？"

"八哥如果愿意当领队，我想一同去前线看看春晖，还有其他濯河坝子弟！说实在话，我也很想当领队，可没有武功，没有资格呀！"

"万万不可！路途遥远，你去了反而是个负担，万一有什么闪失，我无法交代！"

"好吧，我不去，行了吧？"

"那我就放心了！我们李家有责任保护你，不能让你冒险！"

"好！八哥，我告辞了。"李八爷送雨虹先生出了门，心情久久不能平静，心中有千言万语想对她倾诉，但只能永远埋藏在心底。

三

一切准备工作就绪后，李八爷在三家镖局中挑选了十五个精壮镖师，整装待发。

古镇名流会聚天涯酒店，用丰盛的酒席为壮士们饯行。

李春融将盖有濯水区公所公章的公文交给李朝恩，激动地说："祝八叔马到成功！"

璧臣先生拿着三面白布旗交给李朝恩说："辛苦兄弟了，请给我的三个儿子各带一面旗子！"将白布旗展开，正中四个大字："精忠报国。"旗上写道："国难当头，日寇狰狞。国家兴亡，匹夫有分。本欲服役，奈过年龄。幸吾有子，自觉请缨。赐旗一面，时刻随身。伤时拭血，死后裹身。勇往直前，勿忘本分！"李朝恩紧紧握着璧臣先生的手说："老二哥，您就放心吧，我一定带到！"

雨虹先生将一封书信递给李朝恩说："请八哥带给春晖！祝八哥一路顺风！"李朝恩接过信说："放心！"然后挥手道别，骑上骏马，带领镖师们踏上了去上海的征途。

1937 年 8 月 13 日，淞沪会战打响。9 月上旬，四十三军在军长郭汝栋、副军长李春晖、师长刘雨卿的率领下，誓师出川。这支主要由下川东（今重庆市）组成的"草鞋军"，背起简陋的武器装备，沿着湘黔公路徒步踏上征程，去实践他们"男儿立志出夔关，不灭倭寇誓不还"的誓言。出发前，李春晖给李朝恩发来电报，告诉了行军路线和目的地。

李朝恩的人马比春晖的部队晚出发近十天。为了赶时间，他们一路上风餐露宿，马不停蹄，于 10 月中旬赶到上海，好不容易找到了春晖的部队。

叔侄相见，分外激动。春晖将李朝恩一行引荐给郭汝栋军长、刘雨卿师长等将领，受到热情接待。时任四十三军营长李永庄、排长李永槐也赶来相见。李朝恩当众拿出璧臣先生的白布旗和书信递给春晖、永庄、永槐。三人打开白布旗，感动不已。

李春晖说："八叔，请转告父亲和小娘，我一定不会辜负他们的期望，精忠报国，万死不辞！"

李永庄接着说："八叔，请转告亲人们，我一定英勇杀敌，誓与阵地共存亡！"

李永槐说："假如我战死沙场，请八叔将我的尸体带回故乡，生前没有尽到孝道，死后一定要回到故乡守望亲人！"

李朝恩泪水纵横，紧紧握着永槐的手说："傻孩子，别说不吉利的话，你一定会平安无事的！"

李朝恩当即向郭军长等人表示，希望随部队打敌人。郭军长说："感谢八叔！只不过你们没有经过正规的训练，年纪又偏大，不能让你们枉送性命！你们若愿意，请帮部队运送物资、搞后勤服务。"

李朝恩说："非常愿意，将军只管吩咐！"

郭军长说："谢谢八叔，谢谢乡亲们！"接着对春晖说："老弟，请你安排好八叔的人马，要保证他们的绝对安全！"

"是！春晖服从命令！"然后向郭军长行了个军礼。

四

11 月 17 日，四十三军刚奉命接管大场镇（上海市西北区）防务，便与日寇短兵相接，战斗十分惨烈。一个连仅有士兵八九十人，只有一挺轻机枪和五六十支步枪。有少数步枪机柄用麻绳系着以防失落，武器之低劣，可以想见……然而，英勇的川军将士毫不畏惧，决心用生命和热血书写壮美的人生答卷。

日军发起总攻，倾泻成千上万吨的炮弹。李永庄营长指挥残部顽强抵抗，腹部中弹跟跄倒地。部下扶他，李永庄叫道："不要管我，老子死在这里痛快！"日军怪叫着冲来要抓俘虏。周身血糊糊的李永庄，挣扎着用父亲赠送的白布旗拭去血迹，高呼："杀敌，抗战到底啊！"然后用枪口对准自己脑门，"砰"的一声枪响，一个可敬的名字刻在了反法西斯战争的丰碑上……受重伤的三百多川军官兵，不愿被俘受辱，纷纷大叫："小日本必亡！"这些战衣破裂、伤痕累累的中国军人，纷纷拉响手榴弹，随着一声声爆响，顷刻间消失在烟雾中，用生命谱写了可歌可泣的英雄诗篇。

得知李永庄英勇牺牲的消息，李春晖、李朝恩等人悲伤不已。李春晖命人就地掩埋了勇士们的尸体，他来到现场，泪水长流，脱下军帽，行了军礼，坚定地说："我们一定会为你们报仇的！"

李永槐热血沸腾、义愤填膺，毅然率一排部队冲入敌阵，以图恢复阵地，终因寡不敌众，身陷重围。日军又以重炮飞机猛攻，李永槐在日军飞机轰炸时殉国，头颅都炸没了。

四十三军二十六师激战七昼夜，至 24 日，全师五千余官兵，到撤离战场时仅存六百多人，两个团长、十三个营长、二百五十多个连排长阵亡，伤亡百分之八十五以上。打死打伤日军大队长、联队长以下四千余人，是参加淞沪会战中战绩最好的五个师之一。

此役惨烈程度从顾祝同发给何应钦的密电中可见一斑："日敌倾海空全力向我蕴藻浜南岸阵地猛扑，我军奋勇攻击，战况激烈。郭汝栋部仅剩团长二、战斗兵百余名。"

李朝恩带去的镖师牺牲了九人。他和镖师们找到李永槐的尸体，可没有找到头颅，悲伤不已。

连续牺牲两个弟弟，春晖将军虽然无比悲痛，可他的意志更加坚强。春晖将军奉命率部休整。临别之际，强忍悲痛，紧握着李朝恩的手说："八叔，请转告父母及乡亲们，我一定不会给家乡丢脸！敌军一日不退出国境，川军则一日誓不还乡！弟弟永槐就有劳八叔了！请代我照顾好我的亲人，万分感激！"说完，毕恭毕敬地行了一个军礼。

李朝恩和镖师们含泪点头，哽咽地说："贤侄，你的亲人就是我的亲人，我一定好好照顾他们，请放心！另外，我答应了永槐，一定护送他回到濯河坝，完成他的心愿！"

五

李永槐的遗体运回濯河坝，其状惨不忍睹，头颅用木偶代替，在场人无不为之动容，潸然泪下。

濯河坝的父老乡亲为之举行了隆重的悼念活动。青山肃穆，大地同悲。阿蓬江水涓涓地述说英雄的故事，抽泣着奔向远方……

璧臣先生老泪纵横，亲自为儿子上香，放声大笑："我儿子死得其所啊，你们没有辜负为父的教育，没有让祖宗蒙羞……"话音未落，便昏迷过去……程垫江忙上前扶起老先生。

李春融泣不成声，默然上香。

雨虹先生眼里含着泪花主持悼念仪式。

两位英雄的晚辈们披麻戴孝，其他人身戴黑纱，绕棺三匝，敬献白花。

雨虹先生沉重宣布："请全体肃立，向英雄默哀三分钟。一鞠躬，二鞠躬，三鞠躬。"

"濯河坝地灵人杰、英雄辈出，我们应该感到骄傲和自豪！永庄、永槐用宝贵的生命谱写了一曲感天动地的英雄之歌，他们的事迹将世代流芳！"雨虹先生的话音刚落，人们向璧臣先生鞠躬致敬。

按照当地习俗，人们护送永槐的棺材向老家草龟塘进发。前面是纸人纸马，后面是凄婉的哭声。

随遗体一同到草龟塘的那只"还魂鸡"完成祭祀仪式后，寄养在附近的石牛寺，直到1951年冬才离开人间，在当地传为佳话。此乃后话。

安葬了李永槐，李朝恩对大家说："前方战事吃紧，形势紧迫，我们还有很多事情要做啊！"

雨虹先生接着说："我们祭奠英雄的最好方式，就是积极动员青壮年参军，组织更多的物资支援前线！大家回去休息一下，明天继续工作。"

第三十三章　名将驻军濯河坝

一

濯河坝人又开始了紧张而有序的忙碌。

璧臣先生很快就恢复了正常，依旧精神饱满，忘我地写抗战宣传标语，动员青壮年从军报国，号召人们积极支持抗战。人们对他更添了几分敬意。

濯河坝各界人士筹集资金、物资，源源不断地送往前线。

濯河坝先后征送壮丁二百余人，参加青年远征军八人，殉国的士兵多达三十七人。

李春融依旧十分忙碌，早在1935年至1936年，他先后组织五百余人参加修建川湘公路，组织一百零六人参加秀山机场建设。两个堂弟牺牲后，他更加忘命地工作着，身体越来越消瘦，头发几乎全白了。人们看在眼里，急在心里。

璧臣语重心长地说："贤侄呀，你要好好爱护自己的身体。给你讲个故事：有个男人勤奋、善良，打拼出一片天地，让家人过上了好日子。他是一个孝顺体贴的好儿子，是一个称职的好丈夫。然而，他没有兼顾好身体，老天也并没有因为他是一个所有人眼中的好人而放过他，最终还是把他带到了另一个世界。男人想，我生前积德行善，死后应去天堂，可却被上帝一脚踢到了地狱。男人百思不得其解，于是去天堂问清原委。上帝将他带到一个可以看到人间百态的窗口，男子清楚地看到，由于自己的离开：年迈的老父亲不得不去帮人看大门勉强糊口；貌美如花的妻子也不得不给人打工，承担起生活的重担，如今的她已经憔悴苍老了很多；再看看心爱的儿子，也因为家庭困难而失学。男人将这一切看到眼里，心在滴血。这时，上帝说话了：'因为你的离去，你的至亲至爱陷入极度痛苦之中，在人间过着地狱般的生活，凭什么你该进天堂？！'所以，爱家人从爱自己开始，才有能力爱别人，有健康的身体才能够给家人遮风挡雨……"

春融点头说："二叔说得对，我会保养好自己的身体！"

一天傍晚，余光顺提着两斤花椒来到李春融家。李春融乐呵呵地说："光顺叔，什么风把你吹来了？"

"贤侄，我看你这个大忙人未老先衰，特给你送个药方来，十分简单。"

"什么药方？"

"很简单。用一个棉布包一两花椒，用麻绳系紧，加水煮二十分钟后，再加半斤韭菜煮十分钟，冷至四五十度，将双脚泡入水中，大约二十分钟后，再用温水洗净擦干。花椒可以反复利用，每晚睡觉前泡一次脚，以双脚皮肤发红、面部有微汗为宜，用一个星期左右再更换新的就可以了。"

"哦，那就试一试吧！"

"你必须天天坚持！你的两个堂弟为国捐躯了，你不能垮，你的身体不仅属于你自己，也属于李氏家族，更属于濯河坝！花椒泡脚，方法简单，可以促进血液循环，抗衰老，防白发，还可以增加食欲、降血压、驱寒、治疗牙痛、抗凝血和止血等。"

李春融很感动："谢谢光顺叔的好意，我一定照办！"

"另外，多吃韭菜、生姜、大蒜、花生。韭菜是蔬菜类的补肾极品，没有任何一种蔬菜的生命力有韭菜那么顽强，不断割不断长。"

"好、好、好！这些都简单，我听你的！"

"只要你按照我说的办，不出一个月，你的身体将会有明显改善。"

送走了余光顺，李春融心里感到特别温暖，濯河坝人真好啊！

不到三个月，春融的身体果然发生了很大变化，白发全部转青了，精神更好了。人们十分欣喜,询问他吃了什么药。

春融乐呵呵地说:"余神医开的方子,当初我还不相信会有这么神奇,心想试验一下,如果效果特别好,就向大家推荐。"然后将余光顺告诉的方法推荐给人们。人们纷纷仿效,濯河坝人的身体状况大为改观。

二

花开花落,冬去春又来,转眼就到了1939年。抗战形势越来越严峻,国民党军虽然顽强抵抗,因装备落后,节节败退,地方的组织工作更为艰巨。

一天,李春融请李朝恩、雨虹先生、程垫江到区公所办公室讨论目前形势,商讨有关对策。

李朝恩说:"区长,听说国民党要派一位高级将领到濯河坝来搞什么整训。"

"八叔,您就别喊什么区长了,叫名字就行了。您说的那位高级将领名叫潘文华,据说5月率军到濯河坝来搞川东整训。"

程垫江问:"你了解他吗?"

"了解一些,据说是一条好汉。潘文华,字仲三,四川仁寿县人。少年丧父,十四岁从军,后来成长为一位文武兼备的杰出将领,1929年2月任重庆市历史上首任市长,抗战初期任第二十五军团军团长,1937年参加广泗抗战,1938年1月19日,刘湘病逝,他护送刘湘的灵柩回川,当选川军甫系的武德励进会第二任会长,成为刘湘的继承人,随即任第二十八集团军总司令兼任川康绥靖公署主任。"

雨虹先生接着说:"听春晖说过,潘文华为人豪爽,仗义疏财,主张积极抗日,威望很高,是位难得的爱国将领。他到濯河坝来,我们要好好准备,尽量为驻军将士提供方便。"

李春融说:"是啊,我就是为这事找你们来商量如何应对。先讨论个基本方略,再召集坝上名流商贾探讨对策,如何搞好军民关系,如何服务抗战大局。"

李朝恩说:"你娃是块当官的料,板眼多得很,应该心中有数了!"

李春融说:"八叔就爱开侄儿的玩笑。俗话说,姜还是老的辣,您见多识广,多给我出点主意!幺娘和垫江先生是知识分子,对时局有什么看法?"

雨虹先生说："抗战不可能在短时间内取得全面胜利，今后的路还很长。但我深信，中国一定不会亡国，最终胜利一定属于中国人民。"

程垫江接着说："我完全赞同汪校长的见解，要做好长期抗战的准备。我们这些文弱书生要多做宣传发动工作，鼓舞士气，给人以信心。"

李春融高兴地说："谢谢各位的高见！明天上午八点请坝上的有关人员开会，动员动员，恭请几位届时参加，地点就定在烟房钱庄。"

"好！恭敬不如从命！"

第二天早上，还不到八点钟，璧臣先生、李朝恩、龚聘卿、龚体之、汪子文、汪雨虹等有关人员齐聚烟房钱庄后厅。

李春融开门见山："蒋委员长决定派潘文华将军到我们濯河坝来实施川东整训，阻击日军西进。潘将军是一位爱国将领，我们应该支持他的工作，为抗战胜利作出应有的贡献。今天请大家来，一是通报这个消息，请大家广为宣传；二是为驻军将士提供房屋、粮食、蔬菜，同时动员青壮年从军。"

汪子文说："区长只管吩咐，我们有钱出钱、有力出力，绝不拖后腿。至于宣传，主要靠先生们了！"

雨虹先生接着说："宣传就交给我们了，维护治安秩序，有民团、袍哥会，肯定没有问题的。"

李朝恩说："本人表个态，尽力而为！"

龚聘卿说："区长尽管放心，我们一定听从安排，把事情做好！"

李春融拱手致谢说："感谢各位了，尤其要感谢我的几位长辈，你们虽然爱开我的玩笑，但对本人的工作都十分支持！"

三

1939年5月的一个丽日，阳光灿烂，青山如黛，似乎在等待一个庄严的时刻。阿蓬江水碧波荡漾，涓涓流淌，仿佛在唱一首欢迎的歌。两岸的田野一片葱茏，生机勃勃，仿佛在迎候着远方的来客。

古镇秩序井然，大街小巷都贴满了标语。

"热烈欢迎潘文华将军！""热烈欢迎抗日将士驻军濯河坝！""中国必

胜！""打倒日本帝国主义！""天下兴亡，匹夫有责！""积极支援抗战，是每个公民应尽的责任和义务！"……

下午三时，三辆摩托车开道，后面跟着一辆吉普车，再后面便是一支三百多人的部队，急匆匆向濯河坝进发。

坝上的名流、商人、普通百姓在李春融区长的带领下来到东门口等候，雨虹先生、程垫江组织的学校师生也敲锣打鼓来到东大门口。部队到达东门口时，人们欢呼雀跃，掌声不断。

车停了，从军车上走下来一位身材魁梧的军官，他精神饱满，神采奕奕，频频招手致意，向人们行了一个军礼，朗声道："潘文华感谢濯河坝的父老乡亲们！"

李春融忙走上前去握手："潘将军好，濯河坝区长李春融代表父老乡亲们欢迎贵部到濯河坝驻扎！"

潘将军说："打扰大家了，很多事情还要仰仗区长支持！"

李春融忙回礼说："将军客气了，需要属下办什么，只管吩咐！请吧，将军！"

部队缓缓前行。迎接的父老乡亲和师生们敲锣打鼓，"欢迎欢迎，热烈欢迎"的振臂高呼声此起彼伏，令将士们十分感动。

将士们迅速到汪子文提供的房屋安营扎寨，乡亲、师生们帮忙他们打扫卫生，十分热情。李春融、龚聘卿、李朝恩、汪子文等濯河坝头面人物则陪同潘文华将军漫步在沧浪桥上，向他介绍有关情况。潘将军一边倾听，不时插话问这问那，气氛十分融洽。

汪子文觉得水到渠成了，便说："请潘将军赏脸，我已经备好酒宴，晚上给您和将士们接风！"旁边的李春融接着说："请将军赏脸，子文先生是濯河坝首富，也是开明人士和爱国人士，为抗战捐了很多钱财！"

潘将军忙和汪子文握手，感激地说："恭敬不如从命！我到濯河坝有你们支持，心里感到很踏实！"

黄昏来临，夕阳染红了天边的晚霞，崇山峻岭都披上了灿烂的霞光。沧浪桥下的江水熠熠生辉，浪花翻滚，碧波泛金。

潘将军感慨万千，捏紧拳头，坚定地说："江山如此多娇，怎能容忍强盗践踏!"

潘将军一行来到天涯酒店,璧臣先生、龚体之、汪子文等濯河坝名人早已在门口恭候。

潘将军走到璧臣先生面前立正姿势站着,毕恭毕敬地行了个军礼,紧紧握住老先生的手:"伯父,您是一位伟大的父亲,您送去三个儿子从军,有两个儿子为国捐躯了,历史不会忘记,人民不会忘记!"然后对大家高声说:"请全体官兵起立,向英雄的父亲致敬!"官兵们起立,向先生行军礼致敬,接着是雷鸣般的掌声。

璧臣先生老泪纵横:"谢谢将军,我的那两个儿子死得其所,没有给濯河坝人丢脸,我虽然悲痛,但也感到欣慰!"

潘将军与迎接者依次握手,与雨虹先生握手之后行了一个军礼说:"我和春晖将军有过交往,他对您十分钦佩。感谢您为党国培养了一位栋梁之才!"雨虹先生也是悲喜交加,强忍着泪水。

四

酉阳专署庹专员闻讯后,带领有关负责人赶到濯河坝拜见潘将军,汇报有关情况。

潘将军严肃地说:"现在是非常时期,关系国家存亡,一切工作必须围绕抗战这个中心,做好阻击日寇西进的战备是重中之重。酉阳专区下辖酉阳、秀山、黔江、彭水、南川、涪陵、石柱、丰都、武隆九县,你们要殚精竭虑,不能有丝毫懈怠!"

庹专员立即表态:"是!我会牢记将军的嘱托,恪尽职守!"

"我不仅要到各县抽查防务和战备情况,还将通过其他各种渠道了解情况,若发现阳奉阴违者,本将军绝不姑息、严惩不贷!"

"是、是、是!属下绝对不敢!"

"对烈士的家属要优抚!璧臣老先生一家三个儿子从军,两个儿子阵亡,要多关照,不要让人感到寒心啊!"

"遵命!"

庹专员立马去拜访璧臣先生、雨虹先生，请他们在潘将军面前多多美言。二人都知道庹专员老奸巨猾，打心眼里瞧不起他。

庹专员一行又火速赶到区公所，令李春融通知民团、袍哥会的头头开会，声色俱厉地传达潘将军的命令。安排部署相关事宜后，便去向潘将军辞行，又马不停蹄地返回了酉阳。

望着庹专员远去的身影，潘将军若有所思。

第二天，潘将军神出鬼没地奔赴各个防区明察暗访，然后直奔县府听取县长汇报及工作打算，让地方官员措手不及。个别县长多方找借口，想敷衍了事，被潘将军驳斥得哑口无言。潘将军严厉训斥道："给你们立功赎罪的机会要珍惜，少给本司令耍花招，若有闪失，绝对人头落地！"

县长们知道，一个陆军上将、集团军总司令枪毙一个玩忽职守的县官，就当踩死一只蚂蚁那么容易！

经过几个月的整训，川东防务得到了强化。潘将军松了一口气。

秋天的一个丽日，潘将军在区长李春融的陪同下来到濯河坝小学，受到师生们的热烈欢迎，掌声经久不息。

潘将军热情地说："汪校长，谢谢您为国家呕心沥血地培养人才！生活上有什么困难，只管开口！"

雨虹先生说："谢谢将军关怀！我生活上没有什么困难，感谢关照！"

临别之际，潘将军赠送匾额一块。

横额为：

国家灵魂

联语曰：

愿天下同文同轨，教诸生立己立人。

雨虹先生、程垫江接过潘将军赠送的匾额，激动万分。

五

潘将军对李春融区长很器重，有了将军的信任与支持，李春融的工作更是得心应手，一呼百应。驻军将士纪律严明，对百姓秋毫无犯，军民关系十分融洽，令濯河坝人感到很温暖，对抗战充满信心。

潘将军在忙完公务之余，在李春融陪同下，走遍了濯河坝街上的家家户户，对濯河坝的情况和风土人情了如指掌。

潘将军特别喜欢到璧臣先生家去喝茶、聊天，探讨中国历史、古典文学，讨论国家大事，两人各抒己见，滔滔不绝。龚聘卿、龚体之等人总会闻讯去参加聚会。璧臣先生特别好客，他总是说："欢迎大家常来，山潮水潮当不了人潮啊！"

远远近近的人都知道璧臣先生与潘将军的关系非比一般，争相巴结老先生，请他引荐给潘将军。老先生心中有杆秤，只要是利国利民的事，都乐意牵线搭桥。若是为谋取私利找他，则一律婉拒。

形势越来越紧迫，潘将军邀约璧臣先生、李春融一起到龙华寺上香，祈祷国泰民安。慈恩法师听说是潘将军一行，亲自邀请他们到方丈室喝茶。老法师虽然身在方外，依旧关注国家大事，叹息说："攘外必须先安内，荒唐！鹬蚌相争，渔翁得利啊！将军，你的处境也很难啊，某些人对你很不放心，你要有所防备，留好后路。"

潘将军心知肚明，一直牢记刘湘的临终嘱托："老蒋不是省油的灯！"老蒋对川军将领一直都不放心，不断分化瓦解川军。

潘将军点头说："老法师言之极是。"

第二天，潘将军一行又去禹王宫拜访石隐道长，探讨对时局的看法。石隐道长知道将军有心结，临别之际，语重心长地对将军说："忘记是生活的技术，微笑是生活的艺术！"将军若有所悟。

时令到了九月，秋高气爽，田野一片金黄。潘将军正在读书，忽然听到警卫员报告说："将军，黔江县长张策余求见！"将军说："请他进来吧！"

警卫员领着张策余进屋，并叫警卫员泡茶。张策余受宠若惊，向将军汇报了有关公务，将军感到很满意，便与他天南海北地聊开了。

张策余见将军和蔼可亲，便说："将军，如果有空的话，可以到武陵山去看看！武陵山是与峨眉山、梵净山齐名的佛教圣地！"

"好啊，这段时间不忙，我还没有去过武陵山呢。听说那庙里的住持修为很高，应该去拜访拜访！"

"世外高人，名不虚传。请您选择个好日子，属下陪同您去！"

"那就后天吧，我早上从濯河坝出发，到黔江县城与你会合。"

"好！那我就告辞了，后天见！"潘将军送到门外，不住地挥手致意，等张策余一行人影消失，才回到屋里翻书，查找有关武陵山的资料。

晚饭后，警卫员找到程垫江说："程校长，潘将军请你去喝茶。"

程垫江兴高采烈地来到将军家，潘将军已将茶泡好了，一见面便说："垫江先生，请坐，喝茶！"

程垫江落座："将军召见我，不知有何事情，尽管吩咐。"

潘将军说："不是召见，是请！听说你对佛学很有研究，特请你来聊聊，后天一起到武陵山去走走！"

"将军客气了，我信仰佛教，对佛学只是有一些了解，谈不上什么研究。将军德高望重，文武全才，在下十分敬仰，怎敢在您面前卖弄！"

将军真诚地说："我是真心请教。虽然也读了一些书，但主要是军事、政治方面，佛学还真不懂，你就知无不言吧！"

于是，程垫江便把自己对佛法的理解一一道来，将军不时插话，越谈越欢，不知不觉就十二点了，可将军意犹未尽。

六

出行那天早上，潘将军和两名警卫员刚着好便装，程垫江就到了，几人乘坐一辆军车往黔江城进发。一路上说说笑笑，不知不觉就到了黔江城。县长张策余等人恭候已久，一见潘将军，便热情地迎上来，邀请潘将军喝了茶再走。

潘将军摆摆手说："不渴，路途遥远，马上就走！"

张策余说："好吧，服从命令！"然后，命人牵来八匹好马，每人骑一匹马整装待发。将军说："我们不识路，你走前面带路吧。"

张策余领命在前面带路。一行人出城西门，经梅子关、石会坝，不一会儿就到了玉笋峰脚下。

潘将军说："我们在这儿歇一会儿，欣赏一下美景，然后再上山。"人们纷纷下马，尽情地欣赏大自然的杰作。

人们抬眼望去，美不胜收，夺人心魄。山峰绵亘十余公里，山势峻峭，奇峰兀立，危崖深峡，云缠雾锁。那山山兀立的奇峰，似爷孙相扶，似婆媳悄语。或如背负竹篓者，或如手牵羔羊者，仿佛八仙赴会，酷似唐僧取经……因势赋形，莫不毕肖，令人不能不为大自然这个伟大画家的杰作而惊叹！再听山民逐一指点奇峰，娓娓讲述那贵人山、公母山、双石礅、八角庙、公公背媳妇诸峰的故事传说，不能不为大自然这个天才诗人而激动万分。回味历代诗人为之歌吟的诗篇，不能不浮想联翩。

主峰玉笋峰海拔一千余米，有"武陵峰万仞，突兀镇黔江"之说。主峰上建于明万历四十三年（1615 年）的真武观，梵音袅袅，回荡不绝。

潘将军赞叹不已，不无遗憾地说："要是在这里修建一座接迎殿就好了，香客到此累了可以歇歇脚、喝喝茶、看看风景，然后再上山。"

"是啊！"众人不约而同地应和，然后骑马上山。快到山门时，将马拴好，命两个勤务兵看护，将军一行沿石阶缓步上山。到达山门口，一副石刻对联映入眼帘：

玉笋凌霄曾向瓶中靡珠露
山环皓月好泛钵里现昙花

进入山门，立峰巅，览群山，见青山如波，白云如絮，峰云相携，变化万千。清风徐徐吹来，一时含烟凝碧，奇峰隐约；而骤风突起，云海翻腾，则诸峰匿迹，四野默然。对面的羽人山，山峰陡峭，突兀不齐，烟雨蒙蒙，若隐若现，美不胜收，以"武陵雾雨""羽人烟鬟"名满天下。坐落在四块小平台上的真武观，每台建有一座木质结构的楼宇，其挑梁延伸平台外悬空二三米，共百余间，十分壮观，可谓建筑史上的奇迹。遥想月白风清之夜，看孤峰凌霄，琼阁飞起，几疑仙境，是何等的惬意！传说山顶原本无水，一位高僧以锡杖戳地，地面便涌出一股清泉，僧人们于是砌了一口水井，井水从未干涸，可供四五百人用。无论传说如何不可思议，那水井水量充沛，向世人展示着大自然的神奇。

将军一行虔诚地上了香，正殿大门的一副对联夺人心魄，令将军久久凝视：

晨钟暮鼓惊醒世间名利客
佛号经声唤回苦海梦迷人

潘将军心潮澎湃，和张策余一起小心翼翼地走进方丈室。长老慈眉善目，正在虔诚地念经。

潘将军很礼貌地问询："老法师，打扰了！"

"施主，请坐，喝茶！"老和尚指着座位说。

潘将军和张策余刚坐定，老和尚端详着潘将军说："这位施主气宇轩昂，应是人中龙凤、国家栋梁！"

潘将军微笑回答："老法师抬举了，其实我很普通、平凡。"

"出家人不打妄语！施主应是驰骋疆场的大将，有一颗火热的爱国心肠，可惜身不由己，难以大显身手啊！"潘将军问张策余："你是否透露过我的有关情况？"张策余信誓旦旦地说："绝对没有，我可以发毒誓！"

潘将军忙说："算了！"然后恳切地问："老法师是世外高人，可否给我的人生指指路？"

"路在脚下。只要心存善念，识时务，定有好报！"

"谢谢老法师指点！我想捐资在山脚下修一座接迎殿，方便信众歇歇脚，可以吗？"

"阿弥陀佛，善哉，善哉！功德无量，后福不浅！"

"好！一言为定。钱由我出，设计、修建由贵方负责，请张县长协助！"

"阿弥陀佛！"老和尚合掌致谢。

几个月后，一座九柱五间的接迎殿在玉笋峰脚下拔地而起。里面立了一块碑，正面由潘将军亲题"武陵山"三字，背面由时任县长张策余、副议长谭国才记文留念。几十年后，这块碑成为文物，此乃后话。

潘将军心愿已了，心情宽松多了。那一年12月，潘将军奉命率部离开濯河坝，踏上新的征程。接替者为蒋介石的心腹陈诚将军，驻地改设在黔江县正阳乡凉水井。

送行的人不计其数，大家依依不舍。他的美好形象永远定格在濯河坝人的心中，镌刻在岁月的丰碑上。

　　望着潘将军远去的身影，璧臣先生、雨虹先生勾起了对春晖的无限思念。好久没有收到儿子的来信了，不知他的近况怎么样。

第三十四章　赤子丹心铸军魂

一

　　经受淞沪战役洗礼的春晖送走八叔李朝恩后，在深切怀念为国捐躯的弟弟、战友的同时，十分思念家乡和亲人。一天深夜，他想起父亲，想起生母，想起小娘雨虹，想起爱妻和儿子，心情难以平静，挥毫赋诗：

> 极目家何在，烽烟四处侵。
> 白云长相望，青鸟不闻音。

　　1938 年秋，李春晖所属部队奉命守备马当长江防线。在此关键时刻，从重庆传来蒋介石颁行的手令，严令诸将领英勇杀敌，坚守要塞，勿失聚歼敌军之良机。接到手令的春晖等将领，当即立下遗嘱，决心与阵地共存亡，并把军部指挥所推进到离火线很近的地方，亲临指挥。他召集连以上干部开会，作战前动员。他慷慨激昂地说："日本人并没有三头六臂，只要我们全国民党军民齐心协力，就能将日寇赶出中国去。"他还要求部队特别注意两点：一是要与当地老百姓打成一片，不动老百姓一草一木；二是战斗中要节省子弹，没瞄准敌人不准开枪。

日军主力兵分两路向国民党军阵地大举进犯，以飞机和大炮配合轰击，弹如雨下，国民党军阵地一片火海。日军向国民党军阵地发起数次冲锋，战士们在春晖将军的带领下英勇抵抗，向人数比他们多出一倍的敌人冲杀十多次。

日军屡屡受挫，奇怪这支中国军队何以如此顽强。获悉是李春晖亲自带队，便大举增兵，又从背面攻击，企图夺取阵地，当敌人到河心时，即遭到国民党军阻击，一举毙伤敌三百多人。日军无奈，遂转攻侧面，又遭国民党军分头迎击，无法进展。日军屡攻不下，又调来飞机助战。一排战士聚集在冬荆树下坚持战斗，飞机竟把冬荆树炸成秃桩，山头土翻几层，很多战士殉难。

保卫战打得非常艰苦，一方志在必得，一方拼命死守。形势越来越严峻，春晖发令："从明天起，我们可能与敌人短兵相接，战至最后一个，将敌人枯骨埋葬于此，将我们的英名与血肉涂写在阵地的岩石上。"

战士们群情激奋，斗志昂扬，纷纷表示血战到底。

坚守阵地四天四夜，没有后退半步，在对方的飞机、直射钢炮和数十次冲锋的进攻下，迫击炮炮手全部牺牲，重机枪排伤亡惨重，技术兵幸存无几。

春晖不得不奉命撤出战斗。由于再次遭受惨重伤亡，该部被调往江西湖口、彭泽地区休整。

二

在江西湖口、彭泽地区休整期间，春晖与将士们同甘共苦，广泛发动群众支援抗战，不少农家子弟纷纷应征入伍。那时候，中国农民家的孩子营养普遍不好，十六七岁的小兵，大多还没有上了刺刀的步枪高。可是，国难当头，小兵们通过集训后，就要端着比自己还高的枪上阵与敌人拼命。

经过艰苦卓绝的奋斗，四十三军基本恢复了元气。

转眼就到了1943年8月，李春晖奉命率部到江西上饶对日作战。

大敌当前，春晖向全体将士训话："弟兄们，我们的国家、我们的民族到了最危险的时候，人总是要死的，但要死得轰轰烈烈，死得令后人永远怀念！如果我们为国家、为民族战死沙场，将成为英雄，万古流芳！如果贪生怕死，必将遗臭万年！"将士们群情激奋，都做好了牺牲的准备。

日军进入国民党军外围阵地后，由于这一带崇山峻岭，其步兵仅能携山炮配合作战，抵挡不住国民党军之打击。于是便用飞机轰炸以代替炮击，每天保持九架飞机低飞助战……

越来越多的日军突破外围防御，开始强攻阵地。敌人在空军掩护下，分成若干小股向国民党军阵地猛攻，只要有一点空隙，日军即以密集队伍冲锋，作锥形深入。当敌我双方都不惜生命代价争夺前沿阵地时，战区总司令打来电话："守住要塞有无把握？"春晖斩钉截铁地回答："成功虽无把握，成仁确有决心！"

越来越多的两军士兵开始上刺刀——他们已经近到能够清晰地看到彼此的面庞了。在这个时候，成千上万的两军士兵正端着刺刀冲向彼此。

近身肉搏，三个小时没有枪声的战斗……这不是双方停战，更不是休息，而是仗已经打到无法开枪的程度了，敌我两军扭作一团展开肉搏战，他们在拼刺刀，白刃战就此爆发。

一千余敌人为争夺制高点黔驴技穷，一度施放催泪瓦斯弹。国民党军无防化设备，用血肉之躯与敌相拼，竟奇迹般将敌歼灭殆尽。

日军不甘心失败，又组织一股力量进行反扑，并用飞机轰炸做掩护。春晖亲临第一线指挥，尽管多处受伤，仍然指挥若定。这时，飞机丢下的一颗炸弹在他身边爆炸了……他晕了过去，很快又苏醒过来，断断续续地对身边的战士说："别管我，继续战斗……"

在生命的最后一刻，将军又中三弹，猛然站起时，被身后的日本兵射杀，另一名日本士兵跑上前去，用枪托击碎他的头颅，把刺刀插进他的腹部……

战友们同仇敌忾，决心为将军报仇。两军在弹丸之地反复冲杀，日月为之黯然失色……阵地前沿敌军尸体呈金字塔形。

那个残酷的午后，无数壮士的鲜血浸透了英雄的土地。三小时没有枪声的拼杀后，白刃战落下了帷幕，几千名中国士兵静静地躺在中国最美的江山中。他们曾英勇地战斗，此时却安静、腼腆，犹如他们短暂生命中的大多数时间那样。

日军发现将军衣兜里的金笔刻着"李春晖"三个字，大为震惊，立即列队脱帽，行军礼致敬……

寓居重庆的郭汝栋中将（1946 年 7 月 31 日晋升上将）得知春晖将军壮烈殉

国的消息后，心情久久不能平静。他给蒋介石去电，要求给春晖将军追授陆军中将军衔。蒋介石满口答应说，类似情况很多，等抗战胜利后一并追授。

三

春晖壮烈殉国那一刻，年近八旬的璧臣老先生正在午睡，突然胸口像被针刺了一下，钻心地痛，仿佛看见春晖向他走来，满脸泪光……老先生立马就醒了，心中怅然，一种不祥的预感在脑海里升起。

不一会儿，听见敲门声，老先生急忙出来开门，见是神情恍惚的雨虹，忙问："妹子，出什么事了？快请到屋里坐！"

雨虹坐下，惆怅地说："老哥子，我梦见春晖了，他满身是伤，对我说，小娘，恕孩儿不能尽孝了，您要多多保重！活灵活现的，我就醒了……"

"我也梦到春晖了，恐怕凶多吉少啊！"老先生流出了浑浊的眼泪。

"老哥子，也不必太忧伤，一切都有定数，梦也未必就是真实。我们去看看儿媳和两个孙子吧，顺便了解一些情况。"

"好吧，去看儿媳最近有没有收到春晖的信件。"

"走！"二人出了门，直奔杨媲辉家。杨媲辉正在洗衣服，忙招呼他们坐。适逢星期天，已长到十二岁的大儿子李庆高、九岁的小儿子李庆林正在做作业，见爷爷、奶奶来了，十分高兴，便帮忙泡茶。

雨虹关切地问："媲辉呀，最近有没有春晖的消息？"

"没有哦，有好几个月没有收到他的来信了，也不知道他行军到了哪里，安不安全。可能战事紧张，来不及写信。小娘，您有他的消息吗？"

"没有哦，只是很挂念他！"

璧臣先生拉着孙子的手问："想不想爸爸呀？"

"想！"

"梦见过爸爸没有？""没有。"两个孙子都摇头。

老先生叹了口气说："可能是我老了，老是做梦。你们要好好读书，长大后像你们的爸爸那样当将军，为国分忧啊！"

"要得，爷爷！"大人们都满意地笑了。

忽然，响起了敲门声，并传来一个熟悉的声音："庆高，汪校长在你家没有？我找她有点事。"

"在。程校长请坐！"程垫江进屋，忙向老先生问好，并说："我准备创办一本油印刊物《抗战》，想请汪校长写创刊词，请李老先生题写刊名。我去李老先生、汪校长家找人，都没在，估计到庆高家来了。"然后将刊物栏目设置内容一一作了介绍。

老先生满口答应说："谢谢垫江先生看得起老朽！后生可畏呀！""谢谢老先生支持！您老德高望重，是晚辈学习的榜样！"

雨虹先生开玩笑说："你小子爱干事，难得呀，我肯定大力支持！麻泽禄老师也很爱干事，在史志方面造诣颇深，你们志同道合，肯定会把刊物办得好！我只要有时间，就帮忙改稿子。"

程垫江感激地说："谢谢汪校长支持！"然后检查庆高的作业，询问有关情况。程垫江在工作上很敬业，又是社会活动家，还兼任五年级的班主任，对庆高特别关注。

杨媲辉说："今天机会难得，教庆高的垫江先生也来了，你们就聊聊吧，我去煮饭。"

程垫江说："那多不好意思呀，可盛情难却，恭敬不如从命！"

璧臣先生说："这还像话！我们几个聊聊，然后喝两杯！"

四

程垫江主办的油印刊物《抗战》第一期六十页，印了两百本，学校老师每人一本，每个班发五本。濯河坝的钱庄、店铺、餐馆、码头都收到了《抗战》刊物，人们争相传阅，爱国热情高涨。

汪子文读着雨虹先生写的发刊词，激动不已，专门宴请了幺妹，还叫雨虹带给程垫江三十两银子，作为购买刊物的纸张油墨之用，以解程垫江的后顾之忧。李春融区长读了《抗战》刊物，赞不绝口，程垫江、麻泽禄受到鼓舞，干劲更大。

师生们纷纷写稿。一天，汪雨虹正在改稿子，李春融忧伤地来到学校，将春晖殉国的电文递给雨虹，雨虹的眼泪夺眶而出，失声恸哭。

雨虹先生读着春晖将军战死沙场的电报，悲恸欲绝："儿哪，你没有辜负为娘的教育之恩！你是李家的骄傲、汪家的骄傲、濯河坝的骄傲、民族的骄傲、祖国的骄傲！你的名字将永远镌刻在李家、汪家的祠堂上，永远镌刻在中国反法西斯战争的丰碑上！历史不会忘记，祖国不会忘记，人民不会忘记！"

师生们听到哭声，纷纷跑来询问，当知道春晖将军壮烈殉国了，都失声痛哭。将军的儿子李庆高、李庆林更是号啕大哭。

消息像一阵风，很快传遍了濯河坝。人们悲伤、惋惜，更担心璧臣老先生和杨媲辉承受不住这巨大的打击，纷纷跑去安慰。

璧臣先生却异常坚强，他对人们说："谢谢大家的好意！你们不用劝我，濯河坝人对我都很好，我会勇敢地活下去。因为我明白，战争是残酷的，有战争就有牺牲，所以人民都希望和平。要取得民族解放与独立战争的胜利，需要无数烈士抛头颅、洒热血，需要无数勇士前仆后继、奋斗牺牲。自古忠孝难两全，春晖在战场上英勇杀敌，为国尽了忠，是大孝，我应该为他感到骄傲和自豪！"

顶梁柱倒了，失去了生命中的另一半，杨媲辉呼天抢地，泪流满面，哭哑了嗓子。雨虹先生帮她擦干眼泪，劝慰道："孩子呀，我知道你很苦，可为娘也很苦啊。人死不能复生，你要坚强，两个孙子还小，现在你就是这个家的顶梁柱了，你的精神不能垮，要把春晖的两个儿子抚养成人，才是对你丈夫的最好报答！今后在生活上有什么困难，为娘会帮助你的，濯河坝很多人也会帮助你的。"

雨虹先生又对两个孙子说："别哭了，你们是男子汉，要学会坚强，你们的父亲是大英雄、大孝子，你们要好好学习，长大了像你们的父亲一样当英雄……"

杨媲辉擦干眼泪，起来去梳洗。庆高、庆林也去洗脸、吃饭。

李春融跑来说："嫂子，节哀顺变！当务之急，是准备开追悼会的事情，我已经安排人在办，你就好好休息。"

杨媲辉感激地说："有劳兄弟了！"李春融说："都是一家人，应该的。我去忙了！"给众人打了个招呼，就风尘仆仆地走了。

五

　　1943 年 8 月下旬的一天，小雨下个不停，像是离人的泪水。青山肃穆，阿蓬江水低吟，仿佛在述说着一个个英雄的故事。上午九时，人们怀着沉痛的心情聚集在濯水小学的操场坝上，深切悼念濯河坝的骄子李春晖将军。

　　灵堂中央悬挂着将军的遗像，前面堆满了白色的鲜花。

　　追悼大会由区长李春融主持。他带着沉痛的声音宣布："李春晖将军追悼大会现在开始，请全体肃立，默哀三分钟！"

　　"民族英雄永垂不朽！请汪雨虹女士宣读国民军事委员会发来的唁电。"雨虹先生带着凄婉的声调宣读了唁电。

　　"请西阳专署庹专员致悼词。"

　　庹专员沉痛地念道：

　　朋友们，父老乡亲们：

　　　　今天，我们怀着无比沉痛的心情在这里举行追悼大会，沉痛悼念为国捐躯的民族英雄李春晖将军……

　　　　英雄是一个国家、一个民族的精神坐标。一个有希望的民族，不能没有英雄。饱经忧患的中华民族生生不息，养育了无数的英雄豪杰，他们不怕牺牲，英勇奋斗，用青春和热血谱写了一曲曲气壮山河的民族英雄颂歌，激励着一代代中华儿女前赴后继、奋斗牺牲。李春晖将军就是其中的一名代表，他不仅是濯河坝的骄傲、西阳人民的骄傲，也是中华民族的骄傲……

　　　　我们要化悲痛为力量，以春晖将军为榜样，不怕牺牲，勇往直前，为夺取抗战的全面胜利而英勇奋斗……

　　"请春晖将军的家属代表发言。"

　　雨虹先生以将军母亲的身份代表将军的父亲璧臣先生、妻子杨媲辉发言，声情并茂地讲述了将军英雄的一生，并勉励大家继承先烈遗志，努力工作，克难奋进，为早日打败日本帝国主义而谱写壮丽的人生华章。

"请学生代表徐廷泽宣誓。"

时年十五岁的徐廷泽走到灵堂，对着春晖将军的遗像庄严宣誓，决心以将军为榜样，勤奋学习，长大后报效祖国和人民。

最后一项仪程：瞻仰将军遗容，敬献鲜花。

仪程结束时，程垫江、麻泽禄将赶编的纪念春晖将军的专刊《抗战》发给大家。

徐廷泽在那里候着，程垫江便给他发了一本《抗战》，并拍着他的肩膀说："廷泽呀，你很棒，希望下一期的《抗战》能有你的文章！"徐廷泽激动地说："谢谢垫江校长鼓励！"

第三十五章　壮士从军走四方

一

　　将军的追悼会虽然结束了，但杨媲辉还沉浸在无法言说的悲痛之中。刻骨铭心的爱情怎能忘？她又情不自禁地拿出多年前丈夫写给她的美文：

相　伴
——献给我永生永世的爱人

　　或许是前世相约吧，你我相逢在醉人的合欢树下，一起眺望红彤彤的朝阳，然后回眸对视，嫣然一笑。虽然我们一句话也没说，或许什么都说过，宛若千古知己。微风轻轻歌唱，白云悄悄掠过……冬去春来，当玫瑰花摇曳的季节，我默默地走进了你的芳心。

　　不知前世回眸了多少次，才换来今生的奇遇，我怎能不反复读你？每读一次，心里便泛起涟漪。你那荷花似的笑靥、雪一般的肌肤、柳叶眉隐藏的一丝矜持、秋波里闪动的两汪湖水……无不令我魂牵梦萦！

我深深知道，此生不能没有你相伴，即使你只给我瞬间爱的光芒，我也愿意放弃一生的辉煌！但也深深明白，你那低垂的睫毛上闪动的爱意是在告诉我，爱情就是心灵的和弦：不仅爱对方的优点，也爱对方的缺点；婚前，选择自己所爱的；婚后，爱自己所选择的。既然我们相互梦着对方的梦，快乐着对方的快乐；既然我们已牵了手的手，选择了启程的日子，并决定来生还要一起走，就不再去想人生的路上可能荆棘载途，还会有莫测的雨、变幻的风……

　　我们相伴而行。无论前面的路还有几多坎坷；无论肩负的使命有多么沉重；无论穿过沼泽荒漠，还是步入绿荫花丛，作为你的同路人，作为你的知心伴侣，我不会让你独自去迎接命运的挑战，更不会让你独自去抵挡滚滚红尘的凄风苦雨。

　　我们相伴而行。风雨袭来，我们相互是头上坚贞的雨伞；茫茫沙漠，我们相互是心灵甘美的清泉；冰川雪谷，我们相互是胸中和煦的春风；漫漫长夜，我们相互是眼里永恒的启明星；孤独之中，我们相互是枝头上分忧的百灵鸟。

　　也许有时，你会像一只飞倦了的小鸟，亲昵地停在我宽厚的胸膛，喋喋不休地述说旅程的辛劳；我也可能像一叶疲惫的小舟，依偎在你柔美的港湾，做一个温馨的梦。

　　我们相伴而行。当季节的风送来了一个美丽的祝福，当我们用生命的又一个里程在岁月的末端画上了圆圆的句号，当我们站在时间之岸遥望逝去的时光……定会深深地感到：我们所经历的每一个日子，都是相互用脉脉含情的目光点燃，都是相互在爱中领略被爱。

　　也许有一天，岁月的刀子会在我的脸上刻满衰老的皱纹，四季的风儿会把你美丽的鬓发染白；也许夕阳会落进你昏花的眼睛，漫长的里程会使你步履蹒跚；也许我还有几多牵挂几多依恋，你也还有几多期盼几多心愿……可是，我们今生无悔，来世更待。我们的爱情已经刻在了春秋，岁月将叙述梁祝般深厚的情谊。

　　我们相濡以沫，搀扶着走向玫瑰红的晚霞，微笑着走完生命的最后一段行程。然后，在同一片滴血的枫叶上写下我们所经历的故事；在同一块耸立的石碑上刻下我们的姓名；在同一寸相思泪交融的土地上变为两棵相依的树，点缀爱的风景；在同一道彩虹中化作一对如影随形的比翼鸟，飞越时空，相伴永久！

多美的文章啊，完全可以作为经典流传后世！要不是战争，丈夫完全有可能成为名满天下的大作家！

杨媲辉想着，心里也感到一丝欣慰。有这么一位文武兼备的人杰深深地爱过自己，此生无悔啊！

二

清晨，杨媲辉把房屋打扫干净后，在堂屋的神龛上贴好将军的遗像，点燃三支香，缓缓跪下，两个懂事的孩子李庆高、李庆林也跟着跪下。

杨媲辉叩了三个响头，泪流满面地说："春晖，你是英雄，为妻敬佩你！我不会让你孤单，我会来陪伴你的！"两个儿子一听，慌了，号啕大哭。

杨媲辉擦干眼泪，严肃地对两个儿子说："你们都十几岁了，要向你们的爹学习，好好做人。除了读好书之外，要学会自己照顾自己，对着你们爹的遗像发誓吧，听娘的话！"

两个儿子对着将军的遗像叩了三个响头，发誓说："爹，您放心，我们一定听娘的话，好好做人，认真读书，学会自己照顾自己！"

杨媲辉说："好吧，从今天起，你们要自己煮饭吃，不得耽误读书！娘困了，要好好休息！"

两个儿子齐声说："要得！娘，您就好好休息吧！"转身去洗菜、煮饭，杨媲辉则到房里睡下。没多久，饭煮熟了，庆高炒菜，庆林去喊娘吃饭。杨媲辉说："你们吃吧，吃了去上学，娘不想吃！"庆高又去喊，杨媲辉说："听话，吃了去上学，有人问起娘的情况，你们就说很好！"两个孩子只好闷闷不乐地吃了饭去上学。

杨媲辉一连几天都没有吃饭，每次孩子请她吃饭时，她都说不想吃，两个孩子没办法，又惦记娘的身体，暗自发愁。

一天黄昏，李春融忙完公务，回家的路上绕道来到杨媲辉家，两个孩子正在煮饭，见了春融，忙招呼进屋坐。春融进屋，不见杨媲辉，就问："怎么没有看见你娘呢？"

两弟兄像见了救星似的，忙说："娘不舒服，有几天没吃饭了，我们也不知道该怎么办！"

李春融说："爷爷、奶奶知道吗？"

"不知道。"

"为什么不告诉他们？"

"娘不准告诉任何人，我和弟弟对着爹的遗像发过誓，要听娘的话。"庆高解释说。

李春融转身就走了。不一会儿，汪雨虹、余光顺跟着李春融来到杨媲辉家，走进杨媲辉的房间。余光顺给杨媲辉把脉之后说："媲辉没有病，饿病了。只要按时吃饭调理，几天就恢复了。"

雨虹先生拉着杨媲辉的手，和颜悦色地说："孩子，不要太难过！"

杨媲辉说："春晖为国家战死沙场，我不难过。我虽然是一个妇女，也应当有份。我心意已决，要去陪伴他。"说完，就侧过身去，闭上眼睛，任他们怎么劝说，都无济于事。璧臣先生闻讯赶来劝说，杨媲辉说："爹，恕儿媳不孝！我心意已决，您就成全我吧！"

璧臣先生老泪纵横，对众人说："不用劝了，她决定的事无法改变，她要追随春晖的忠魂而去，不能不成全啊！"

杨媲辉绝食七天而亡，其情之深，令人们感动不已。

璧臣先生失声痛哭，悲伤不已。

雨虹先生动情地说："媳妇，你比为娘坚强！"为之三鞠躬。

程垫江含着泪说："将军殉国，烈女殉夫，临危尽节，芳烈千秋。虽然古已有之，但媲辉女士却深深懂得'国家'二字的分量，我们更应该忘我工作，无私奉献，才无愧此生啊！"

三

徐廷泽参加杨媲辉女士的葬礼后回到家，又拿出《抗战》阅读，认真琢磨，准备给《抗战》投稿。大哥徐廷模感到有点奇怪，不爱读书的五弟最近像变了个人似的，忽然爱读书了。

徐朝宣从事小手工业，经营着织袜、织丝和花线铺，算是个殷实人家。1928年，他的第五个儿子出生了，按辈分，取名廷泽，到了启蒙年纪，他跨进了濯水小学。抗战初期，徐朝宣和三儿子徐廷林在流行瘟疫中去世，全家靠长子徐廷模拖着弟弟廷忠、廷尧、廷泽、廷泰和妹妹廷碧艰难度日。徐廷模的妻子刘汉贞十分贤惠，力所能及地为丈夫分忧解难，对徐家弟妹非常慈爱。

徐廷模知道，五弟徐廷泽读书的天赋不高，却爱好习武，只要一有空，就跑到徐朝达的武馆里看那些人练武。

徐廷泽十岁那年的某一天，在武馆里见到了徐朝达，就央求道："叔叔，您教我练武吧！"说着就跪在地上叩了三个响头。

徐朝达心下欢喜，嘴上却道："专心读书才是正事！等你学业进步了，老子自然会教你！"

徐廷泽不甘心，赖着不走："叔叔，什么叫学业进步？您哪时才教我武功呀？"

徐朝达说："孩子，你爹和我是弟兄，他去世不久，你应守孝道，好好念书，三年之内不要舞棍弄刀，明白吗？"

徐廷泽似懂非懂地点了点头，深信叔叔的话不会错。可是，他对读书依旧没有多大兴趣，只要一有空，就跑去武馆看人家练武，还偷着学了一些功夫。

不久前的一天，雨虹校长在班上请学生们谈谈自己长大后的理想，当她听完徐廷泽的发言后，夸奖他有志气、聪明，安排他当学生会代表，同学们给他投去羡慕的目光，激发了他的自尊心和求知欲。在春晖将军的追悼会上，雨虹校长讲述了少年春晖如何勤奋好学，如何树立远大理想，最终成长为一名将军的事迹，更是触动了他的心灵。他明白了，光有武功，没有文化，是难以成大器的。

某天晚饭后，程垫江、麻泽禄散步，来到徐廷泽家院坝，看见徐廷泽正在屋里奋笔疾书。正在院坝扫地的徐廷模看到，热情地招呼两位先生到屋里坐，泡茶待客。徐廷泽见两位先生到家，忙起来迎接。

程垫江问："在写文章？"徐廷泽腼腆地回答："哎，请先生帮我修改修改！"

程垫江接过稿子看了看说："总体不错，不过还需要打磨，推荐你读读梁启超先生的《少年中国说》，再修改一下交给我，下期的《抗战》刊出。"说着，将文稿递给麻泽禄。

麻泽禄看完文稿，不住地点头："垫江师傅高明，我完全同意你的看法。"又对徐廷模说："你这兄弟不错，好好培养啊！"然后起身，对程垫江说："垫江师傅，我们走吧！"程垫江立马起身。两兄弟挽留不住，送到院坝，目送他们的人影消失在暮色里。

廷模拍着五弟的肩膀说："五弟，你长大了，爱读书了，学习进步快，在家也爱做家务事了。好男儿志在远方，对未来要有好的打算啊！"廷泽点了点头说："大哥，你说得对，我也在考虑自己今后该怎么办。"

四

徐廷泽仿佛一下子就懂事了，上课很专心，作业也做得很认真，更爱参加社会活动，人们对他也刮目相看。在麻泽禄的记忆中，徐廷泽读书很调皮。一次，他批阅其作业，看到他的答卷后，又气又忍不住笑，便把他叫到办公室狠狠地训斥了一顿。

麻泽禄布置的作业是：请回答下列问题。徐廷泽的答卷如下：

偷什么东西不犯法？

答：偷笑。

孔子是我国最大的什么家？

答：老人家。

什么瓜不能吃？

答：傻瓜。

什么水不能喝？

答：薪水。

什么样的速度最快？

答：一步登天。

麻泽禄又气又止不住笑。他把徐廷泽叫到办公室，先表扬他很聪明，然后，动之以情、晓之以理，循循善诱，居然做通了他的思想工作。从此，徐廷泽不仅热爱学习，而且表现十分突出，深受老师喜欢。

一次，徐廷泽陪雨虹漫步到沧浪桥，很礼貌地问："先生，我总想选择一条别人没有走过的成功之路，可我想了很多很多，都没有想到。您能给我指一条这样的路吗？"

雨虹语重心长地说："很多人希望自己成功，想选择一条别人没有走过的路。其实，只要是路，就已经被人走过了，我们要做的，是在别人走过的路上比别人走得更久、更远，走得更久，就能走出别人没有走出的距离；走得更远，就能看到别人所没有看到的风景。"

徐廷泽豁然开朗，高兴地说："是啊！感谢先生开导、点拨！先生真好，总是把学生当朋友，一点架子都没有，让人感到可亲可敬！"

雨虹笑着说："先生没有你说的那么好。记住，阅历是人生的宝贵财富。只有读万卷书、行万里路，才能见多识广、增长才干，成功才有希望。"

迎面走来李春融，徐廷泽点头说："区长好！"李春融说："你好，在陪先生散步？幺娘，您吃饭没有？"

汪雨虹忙回答："吃了，我们一起走走，摆摆龙门阵。"

李春融笑着说："好吧！"

雨虹说："形势不容乐观啊。"

李春融对徐廷泽说："廷泽有何打算？年轻人应该出去闯世界啊！"

徐廷泽说："是想去闯闯，但还没想好去干什么。"

李春融鼓励说："早在1940年7月，第六战区长官司令部部分机关设于黔江县正阳乡凉水井，率先落户黔江的长官部通信团通信大队在陆续招收通信兵，你有文化，又有点武功，可以去试试。"

徐廷泽说："谢谢区长提醒，我本想从军，到抗战前线去，这事得好好考虑考虑！"

雨虹说:"年轻人就该有所追求,要么外出读书,要么从军,为国效力!人活着,总得有个目标。"

李春融接过话题说:"是啊,笋因落箨方成竹,鱼为奔波始化龙。"

徐廷泽说:"麻先生劝我去参加八路军,有的劝我去参加国民党军,我一时拿不定主意!"

雨虹说:"现在是国共合作,共同抗日,都是为国效力,你喜欢参加哪支部队都可以!看哪里方便就去哪里,你可以先去打听打听!"

徐廷泽说:"这办法好,我邀约一些伙伴讨论讨论,再做决定!"

李春融说:"可以啊,你还是要回家征求你大哥的意见。"

几个人不知不觉走到老街汪家门口,三个人挥手告别。

五

转眼就到了1944年的春天,阿蓬江两岸一片嫩绿。濯河坝码头边的船只、驿道上的马车来来往往、川流不息,或运盐、茶,或运布匹、粮油。古镇老街林立的店铺,叫卖声不绝。

天涯酒店的生意依旧火爆。临江边的大厅里坐着五桌客人,古镇知名人士璧臣先生、李春融、李朝恩、龚聘卿、龚体之、汪子文、汪雨虹、余共安、余光顺、詹信安、徐朝达、樊长青、程垫江、麻泽禄等人齐聚一堂,为徐廷泽等十几个青年送行。

李春融区长讲话,感谢汪子文先生的盛情款待,祝福徐廷泽等青年从军报国、前程似锦,同时祝福璧臣老先生等古镇老人健康长寿。接着请李老先生训话。

璧臣先生说:"给大家讲个故事:有位木匠砍了一棵树,把它做了三个木桶。一个装粪,叫粪桶,人们躲着;一个装水,叫水桶,人们用着;一个装酒,叫酒桶,人们品着。桶是一样的,因装的东西不同命运也就不同。人生亦如此,有什么样的观念就有什么样的人生,有什么样的想法就有什么样的生活。成功的路上离不开名师的指点、朋友的理解和自己的奋斗。"掌声经久不息,表达人们对老先生的敬仰。

开席了，汪子文端着酒杯挨次敬酒，祝青年们为古镇父老乡亲争光。

徐廷泽等热血青年也少不了到每桌敬酒，表达感激之情。

酒宴结束后，大家为应征青年送行。壮士们精神饱满，斗志昂扬，怀揣梦想踏上了征程，去书写自己人生的答卷。

徐廷泽、黄顺吉等青年风尘仆仆赶到黔江县正阳凉水井第六战区长官部通信团通信大队第一中队。

徐廷泽果然没有辜负濯河坝父老乡亲的期望，用自己的实际行动给濯河坝人争了光。

徐廷泽从事无线电工作，勤学苦钻，能力超群，不久便升任电台排长。

1949年徐廷泽随蒋军撤到台湾，1955年毕业于台湾空军军官学校，后任见习教官、飞行员，先后获得"宣武""雄鹫""翔豹""飞虎""云龙""复兴"等六种奖章。

1963年6月1日，这位"天之骄子"怀着对祖国的热爱、对台湾当局和"台独"的不满、对大陆的向往和对家乡的眷念，义无反顾地驾驶F-86型战斗机从台湾新竹飞抵福建龙田机场起义。

1963年6月4日，国防部在福州召开盛大的欢迎会，时任空军司令员刘亚楼代表国防部宣布命令，授予徐廷泽少校军衔，奖励黄金两千五百两。

同年6月20日，国务院总理周恩来，国防委员会副主席叶剑英、张治中、傅作义、蔡廷锴，空军司令员刘亚楼在北京先后接见了徐廷泽。

同年9月，徐廷泽回到阔别二十年的故乡，受到中共黔江县委、县人委领导和家乡亲人的热烈欢迎。

之后，徐廷泽先后任中国人民解放军空军某航校飞行团副团长，航校司令部副参谋长，副校长、顾问等职，并当选为第四、第五、第六届全国人大代表。

1978年9月26日，徐廷泽光荣地加入了中国共产党。受徐廷泽的影响，先后有黄天明、朱京蓉、黄植诚、李大维等一批国民党军飞行员驾机投诚起义，飞向光明。

2005年，徐廷泽因病医治无效，在北京去世，享年七十七岁。此乃后话。

第三十六章　山雨欲来风满楼

一

送走徐廷泽等青年后，李春融、龚体之、汪雨虹、程垫江、麻泽禄等人又到八贤堂去看望刘德思先生。余光顺正在给德思先生把脉，开处方。他们与德思先生亲切交谈，关心他的病情。德思先生很感激地说："感谢李区长及各位同人的关心与厚爱！"

余光顺说："刘先生主要是劳累过度，注意多休息就行了！"

大家于是都劝他多休息，保重身体，德思先生答应得很爽快，可实际上，他哪里闲得住？自从1914年回濯河坝与龚体之、汪雨虹创办酉阳县第三高等小学堂之后，于1931年出任酉阳县教育局局长，同时筹办酉阳县立女子小学并兼任校长。1933年，他回乡在樊池寺创办酉阳县第八高等小学，并任校长。1935年，他再度被调到酉阳，任酉阳县立简易师范学校校长，一年后，让贤于川大毕业的唐兴铭，自己当教员至1943年。

雨虹先生真诚地邀请德思先生到她家做客，并请李春融、龚体之、程垫江、麻泽禄等人作陪。盛情难却，德思先生欣然同意。

雨虹家高朋满座，大家谈笑风生，对渝东南教育先驱德思先生表示崇高的敬意。

程垫江说："德思先生作为前辈，为我辈树立了榜样。您施教严谨，身体力行，所著《为学十戒》在很多地方广为流传，十分难得！"

德思先生客气地说："过奖了，璧臣先生八十岁了，还在为抗战奔波、为教育呼吁，体之先生、雨虹先生、垫江先生、泽禄先生的爱国情怀和教育情怀，都令在下感动！"

麻泽禄说："刘老校长，您就别谦虚了，您除了重视教育外，性格刚正不阿，爱国忧民，抗战以来，您多次捐款支援抗战，还多次以县参议员身份提出利民提案，反对贪官污吏。听说最近您和余日永、张庭晖联名电呈四川省政府，要求查办贪污地方公款的县长李伯昭，有这事吗？"

德思先生说："区区小事，也是分内职责，何足挂齿？当官应该讲天理良心，忧国忧民，恪尽职守，才是真正的为官之道。如今，前方将士在浴血牺牲，后方贪官却在搜刮民脂民膏，太不像话了，真是可恶至极！"

众人赞叹说："德思先生所言，令人佩服！"

雨虹先生说："德思先生生活简朴，洁身自好，助人为乐，热爱劳动，传为美谈，令人佩服！"

德思先生笑着说："我本是农家子弟出身，干点农活是很自然的事。我觉得，无论是为官为师，都要热爱劳动，不忘劳动人民的本色！"

雨虹先生接着问："听说先生准备创建西北中学。"

德思先生叹了口气说："我早就有此打算，可路还长啊！"

人们的兴趣来了，纷纷讨论，各抒己见，滔滔不绝。

第二天，德思先生告别热情好客的濯河坝，踏上返回酉阳县城的归途。

这年暑假，德思先生抱病还乡，在家养病期间，为筹备西北中学而四处奔走，日夜操劳。但当学校略有眉目时，他积劳成疾，不幸于当年农历腊月二十一与世长辞，享年六十八岁。

雨虹先生、程垫江、麻泽禄等同人冒着大雪前往凭吊，心情久久不能平静。

回到濯河坝后，雨虹病了两天。余光顺给她开了一服中药，见效快，雨虹两天就好了，忙着准备过年的相关事宜。

二

1945年农历正月十五很快就过去了，传统的春节结束了，人们又恢复了往日的忙碌，码头、街道、田野，到处都可以见到人们忙碌的身影。

李春融等人忙着筹备军饷、招募新兵，李朝恩、龚聘卿、徐昌达等人忙着押运货物，汪雨虹、程垫江、麻泽禄等人忙着准备开学事宜。

璧臣先生无具体任务，可仍然闲不住，一早就来到学校，问有没有需要他做的事，雨虹等人都知道老先生的脾气，只要给他点事做，他就会很高兴。

雨虹微笑着说："老二哥，这期《抗战》刊物的卷首语请您写，行吗？"

老先生点头说："好、好、好！只要坚信正义必胜，国家就有希望，抗战胜利就有保障！"

程垫江说："老先生说得好，卷首语就表达这些意思。日寇已经是强弩之末了，抗战胜利只是时间问题，我们应该对胜利充满信心！"人们都点头，深信不疑。

时间一晃就到了秋天。一天，麻泽禄读着中国民主同盟于8月5日发表的《在抗战胜利声中的紧急呼吁》，文中提出"民主统一，和平建国"的口号，认为抗战胜利后，是"中国建立民主国家千载一时的机会"。麻泽禄放下报纸，自言自语地说："看来抗战很快就要胜利了！"然后走一路说一路，告诉大家，抗战即将胜利。一些人将信将疑。

不久，报纸刊载了日本天皇于8月15日宣布日本无条件投降的消息。濯河坝沸腾了，人们沉浸在胜利的喜悦中，到处都在放鞭炮，欢庆来之不易的胜利。

雨虹先生、程垫江、麻泽禄立即组织学生敲锣打鼓游行，走过大街小巷，走过码头，走过沧浪桥，游行队伍一边走一边高呼："抗战胜利了！日本投降了！"

璧臣先生老泪纵横，不住地说："我的三个好儿子，还有儿媳媳辉，你们可以含笑九泉了，抗战胜利了，日本投降了，老百姓可以安居乐业、建设美好家园了！"

汪子文安排了十桌宴席，宴请濯河坝各界知名人士，欢庆抗战胜利。

不久，濯河坝人又从报纸上得知消息，中共领袖毛泽东率领中共代表团于8月28日从延安飞抵重庆，蒋介石在林园官邸为之举行了欢迎宴会。

后来，濯河坝人又从报纸上得知，从 1945 年 8 月 29 日至 10 月 10 日，经过四十三天谈判，国共双方达成《政府与中共代表会谈纪要》，即《双十协定》，公开发表，给中国人民带来了和平、民主、团结的希望和曙光。

1945 年 11 月，濯河坝人从吴祖光先生主编的民营报纸《新民晚报》副刊《西方夜谈》栏目中读到了毛泽东的《沁园春·雪》，惊叹不已。

麻泽禄语气坚定地说："这首词堪称千古绝唱，前无古人后无来者，足见作者的宽广胸襟和远大抱负！"

三

时光匆匆，岁月如流，转眼就到了 1946 年的夏天，平静的濯河坝被一则报纸消息打破了宁静。那年 6 月 26 日，国共内战全面爆发。

国民党腐败之快，前所未有，越来越失去人心，知识分子特别是青年学生对国民党越来越失望。

麻泽禄越来越活跃，上课给学生灌输民主、自由等理念；经常家访，传播自己的想法；频繁与濯水古镇各色人物打交道，表达自己的想法。

那些经商的、开药店的、钱庄的人，对内战漠不关心，管它谁胜谁败，自己都是老百姓，只要诚信经商，诚实做人，对得起天理良心就行了。

麻泽禄说："人要有远见，更要有大局意识，个人的前途和命运始终与国家的前途命运息息相关。比如说，暴君坐天下，生灵涂炭，百姓遭殃；仁者坐天下，老百姓安居乐业。比如秦始皇与唐太宗都是皇帝，一个残暴无比，一个爱民如子，结果一样吗？"

众人叹服麻先生的高论，思想有所触动，但不知何去何从。

李春融的日子很不好过，他便将坝上的几位文化名人请到家里喝茶，请教自己该怎么办。

雨虹见他神情黯然，便问："贤侄，怎么气色不好？"

春融说："我想辞职不干了！"

璧臣先生问："为什么？"

春融说："能力有限，胜任不了啊！"

麻泽禄说:"区长就别客气了,你的能力与品格都令人佩服,可能是税收任务、征兵任务让你很为难。你宅心仁厚,是个难得的好人,可这世道,好人难做啊!"

春融说:"知我者,麻先生也!中国人打中国人,谁愿意去当国民党军?再说,税收任务越来越重,老百姓的负担越来越沉重,于心不忍啊!我找了不少借口,收效甚微。"

程垫江说:"我觉得你辞职是对的,以免背骂名!"

麻泽禄抢过话题说:"垫江老师傅,那是逃避现实、明哲保身!"

程垫江大惑不解地问:"为什么,老麻?"

麻泽禄说:"李区长为官清廉,爱护百姓,有口皆碑。他在位上,还可以给当地老百姓遮风挡雨,一旦辞职,来一个贪官,老百姓还有好日子过吗?再说,男子汉大丈夫,应该有担当,敢于负责、敢于碰硬!"

雨虹先生说:"麻先生说得很在理。为今之计,只能是以退为进,征兵也好,收税也罢,能拖则拖,能敷衍就敷衍。若通知你到酉阳县府开会,就装病,只要不离开濯河坝,他们也将你无可奈何。况且,国民党军与共军战事激烈,国民党政府无暇顾及地方,也给你提供了很多机会。"

程垫江说:"女先生是块当官的料,这办法好!"接着对麻泽禄说:"老麻,老子怀疑你是共产党。"人们很惊异,也觉得程垫江说的话不无道理,一起将目光投向麻泽禄。

麻泽禄镇定自若地说:"老垫江,可别乱开玩笑哟,我的脸上贴的有字吗?"

程垫江笑嘻嘻地说:"逗你的,说实话,你是个好人,管你是国民党还是共产党,都无关紧要,都不影响我们之间的友谊。我不参加任何党派,也不会害人!"

李春融说:"我们几个开玩笑没关系,其他场合绝不要开这种玩笑!不然,会出现意想不到的后果,到时后悔莫及啊!"

程垫江不住地点头说:"好!好!好!"

麻泽禄很清楚,精明的李春融区长可能早就知道他的身份了,之所以没有采取行动,说明他有想法。

四

1949年1月31日，农历正月初三，平津战役结束，春天仿佛因此提前来临。

麻泽禄及其关系十分密切的老师焦可章、费江明活动频繁，三人经常秘密聚会，并利用老师的合法身份频繁家访，掌握了不少情况。费江明爱开玩笑，有次把焦可章叫成了"胶口袋"，一传开，人们都大笑，久而久之，便成了焦可章的诨名。

秋天的一个黄昏，雨虹先生陪璧臣先生散步，边走边探讨时局变化，不知不觉来到沧浪桥，登上钟鼓楼，但见夕阳西下，凉风习习。老先生极目远眺，感慨万千，情不自禁地说："妹子，还记得唐朝许浑的《咸阳城东楼》吗？念给我听听！"

雨虹先生也触景生情，便随口念道：

> 一上高城万里愁，蒹葭杨柳似汀洲。
>
> 溪云初起日沉阁，山雨欲来风满楼。
>
> 鸟下绿芜秦苑夕，蝉鸣黄叶汉宫秋。
>
> 行人莫问当年事，故国东来渭水流。

璧臣先生感叹地吟道："溪云初起日沉阁，山雨欲来风满楼。"接着说："云起日落，雨来风满，是观望、迎头而上还是退却，该做出选择的时候了！"

雨虹先生说："我明白，历史的洪流呼啸而至，蒋家王朝很快就要走到尽头了！可是，我们该怎么办呢？"

二人走下钟鼓楼，慢慢往回走。沧浪桥上人来人往，熙熙攘攘，一路上都能听到有人喊："李先生好！汪先生好！"二人点头还礼。

刚走到沧浪桥头，只见程垫江气喘吁吁跑来，悲恸地说："二位先生，不好啦，李区长遇害了！"犹如晴天霹雳，汪雨虹大声问："你说什么？"程垫江哭着说："李区长遇害了！"

李春融家哭声一片，屋里屋外都站满了人。

麻泽禄悲伤地说："李区长为人和善，不应该有仇家呀！谁干的呢？"

焦可章分析说："这不是一个简单的暗杀事件，或许背后隐藏着一个天大的阴谋！我们都了解李区长的为人，他办公桌上的玻璃压着一张字条，上面写着'天理良心'四个大字，下面是一行小字：仰不愧天，俯不愧人，内不愧心，踏踏实实做人，认认真真做事。这是他的座右铭。"

费江明接着说："'胶口袋'分析得很有理，李区长为官清廉，爱护百姓，为贪官污吏所不容，为小人所痛恨，这是肯定的。另外，时局动荡，原因很复杂，很难判断幕后黑手是谁。"

李朝恩愤怒地说："无论是谁干的，只要查出，老子将他剁成肉酱！"

龚聘卿的儿子龚焰（人称火团长）、龚鹏（人称聋团长）接着吼道："坚决查清楚，查到谁，杀他祖宗八代！"

程垫江说："人死不能复生！当务之急，一是派人飞马向酉阳县政府报告这件事，要求彻查；二是着手准备区长的后事，入土为安啊！"

雨虹先生流着泪说："老二哥，就这样办，您看如何？"璧臣先生含泪点了点头。

李朝恩、龚焰各派一个心腹和区公所的副区长一起到酉阳县政府报案，县长、警察局长都感到很惊讶，都表示要彻查，给李家一个交代。

春融区长下葬那天，人山人海，濯河坝各界人士和他的生前好友都来为他送别，酉阳县政府、警察局派专人前往吊唁。

五

安葬了春融区长后，李氏家族族人无论是住在濯河坝、草龟塘的，还是住在酉阳县城、黔江县城的，都来到璧臣先生家，让老先生感到一丝安慰。酉阳县警察局负责人也到他家造访，透露春融区长死因，很有可能是国民党特务干的，怀疑他通共。这个消息让李氏族人震惊，也让他们愤怒。

没过几天，又传来酉阳县警察局局长李朝雄被暗杀的消息。接着，酉阳县政府任命龚焰为濯河坝代理区长。从此，李家的荣光几乎完全退尽。

璧臣先生的长子李永昌、三子李永奇奉父命专门从老家草龟塘赶到濯河坝迎接父亲。父子相见，眼里都饱含泪水。老先生豁达，语重心长地说："不要忧伤，人生就是不断轮回，三十年河东三十年河西，你们这一辈有五弟兄，三个从军，为国捐躯，万古流芳；你们两弟兄在老家务农，日子也过得去。下一辈有六个男丁，永昌家三个，春晖家两个，永奇家一个，比你们这一辈有所增长，是个好兆头。兄弟之间要和睦，相互帮助，尤其要关照春晖的两个孩子。"

两兄弟不住地点头说："爹，我们听您的，您就放心吧！您要好好保养身体！"

璧臣先生坦然道："人生七十古来稀，何况我已经八十五岁了，差不多了，人应该知足啊！昨晚我梦见了春晖夫妇，还有永槐、永庄。我困了，要去睡觉。明天早上早点走，不要惊动街上任何人。"

两兄弟点头答应，老先生便去睡觉了。

第二天早上，天刚亮，人们还没有起来，一辆马车就来到门口等候。璧臣先生在永昌、永奇的陪同下，悄无声息地离开了濯河坝，到了老家草龟塘。

永昌叫醒家人李何氏起来开门，见老先生，忙喊道："爹回来了，快到屋里坐！"三个儿子庆融、庆瑜、庆瑶闻讯立马起床，纷纷向爷爷请安。李何氏忙着煮早饭，三个儿子帮忙洗菜、劈柴、烧火、泡茶……永奇媳妇李龚氏和儿子庆益闻讯来帮忙煮饭。永昌、永奇则陪父亲喝茶、聊天。

早饭后，老先生在院子里到处走走，然后站在堂屋大门口遥望远方，回忆往事。三位妻子都先他而去，三个儿子也战死沙场，自己也该走了。午饭后，在院坝转了几圈，便美美地睡了一觉，梦中见到了父母亲及爷爷奶奶。黄昏时分，孙子庆益来喊爷爷到他家吃饭，大伯永昌一家作陪。

第二天吃过早饭，老先生对儿孙们说："你们干你们的事去，我去看看祖坟。"永昌、永奇问要不要人陪，先生决绝地说："用不着，我一个人自由自在。"然后拄着拐杖独自出了门。永昌、永奇望着父亲的背影消失了，才各自干活。

约莫一个时辰，老先生回来了，走到街沿站定。儿孙忙着给他端凳子、泡茶。老先生说："回老家了，真好！"午饭时，李何氏炒了四盘菜，两荤两素，一碗鸡蛋番茄汤。老先生的心情特别好，把盘里的菜挨次给儿子、媳妇、孙子的碗里送，温情厚爱尽在那双筷子上流动。儿孙被先生的举动感动得热泪盈眶。

午饭后，老先生说："烧点水，麻烦永昌给我的头发剃了！"永昌点头答应。

不一会儿，李何氏把水烧好了，端着铜盆放在太阳下说："爹，您趁水热快来焖头发。"璧臣先生走到铜盆跟前低下头去，永昌给他把一条蓝色印花围腰布巾围到父亲脖子上，一只手按着先生的头，一只手伸进脸盆撩水焖头发。剃完后，先生站起来问："剃完了？"永昌欣慰地舒口气说："爹这头发全白了，可还是那么硬。"先生意味深长地说："剃完了我就该走了。"永昌并没在意："好！"老先生起身进了自己的书房。

六

时光在悠长而又温馨的气氛里悄然流逝。秋日一抹柔弱的阳光从院子里收束起来，墙头树梢和屋瓦上还有夕阳在闪耀。

忽然，永昌看见院坝上空飞过一只白鹤，在屋顶一闪就消失了。接着，几声凄厉的乌鸦声传来。那一刻，他忽然想到了父亲，脸色骤变，心跳不止，急忙到父亲的书房去，看见父亲坐在那把旧藤椅上，两臂搭在藤椅两边的扶栏上，刚刚剃光的脑袋倚枕在藤椅靠背上，神态安详。他叫了一声"爹"，父亲没有搭理。永奇紧跟着赶到时也叫了一声"爹"，父亲仍然没有应声。兄弟俩的手同时抓住父亲的手，那手已经冰凉变硬，便"哇"一声哭吼起来。李何氏、李龚氏和几个孙子匆匆赶来，有个孙子说："书桌上有张字条。"人们一看，只见桌面上用玉镇纸压着的一纸遗嘱：

> 一切从简，不要铺张，不要锣鼓唢呐，不要放鞭炮，不要做法事，
> 不要向亲人报丧，不要举行吊唁仪式，不要喧嚷，尽早入土。

下附的日期却在五天前。儿孙们十分惊诧，也知道老先生说一不二的脾气。永奇说："老爹给我们出了一道难题呀！"永昌做主说，父亲对自己的去世早有预测，我们只好按照父亲的遗嘱办，适当做一些变通。叫弟弟永奇带着侄儿到濯河坝去购买香烛阴纸和供果，自己去请先生看地，准备打墓等丧葬事项，其余人砍柴、挑水、舂米……

永奇买回了祭物，春晖的儿子庆高、庆林也跟着他回到了草龟塘。永昌、永

奇把供品依样摆在灵桌上，永昌发蜡焚香，永奇在瓦盆里点着了阴纸，两弟兄就迫不及待地跪伏到灵桌下尽情放开喉咙吼哭起来。李何氏、李龚氏上罢一炷香后叩拜三匝，坐在灵桌旁侧的条凳上拉开了悠长的哭腔。几个孙子也跪伏在灵桌下跟着大哭。大家哭了一阵子后，永昌擦干眼泪说："行了，老爹活了八十五岁，无疾而终，也是一件喜事！大家各自干事去，我和永奇轮流守灵！"

尽管一家人严格恪守老先生的遗言，没有向任何亲戚朋友报丧，可老先生的死讯仍很快传开。首先是永奇到濯河坝购买祭物传到了濯河坝，随后是永奇头上的白孝布做了诏示。从当天晚上起，草龟塘就开始有人来吊孝。

人生就像舞台，不到谢幕，永远不知道自己有多精彩。龚炤、李朝恩、汪子文、余共安、余光顺、雨虹先生、程垫江、麻泽禄、焦可章、费江明，他教过的无数学生，一批接着一批来吊唁，主人家反复重申了老先生的遗言，可许多人依然坚持为先生守灵。

老先生的死讯和他留下的遗言不胫而走，这样的遗言愈加激起崇拜者的情绪，以不可抑制的激情要表示衷心的崇拜。吊孝者越来越多，草龟塘根本就容纳不了那么多人。永昌、永奇两弟兄商量决定，入土为安，尽快下葬，以免惊扰先生，以免吊孝者受苦。

第三天清晨出殡，浩浩荡荡的送葬队伍出发了，打着火把的、举引魂幡的、撒纸钱的在最前面引路，永昌端着先生的灵牌随后，四个汉子抬着棺材紧跟在后面缓缓前行，再后面是永奇、六个孙子，以及数不清的人群，不可计数的黑色白色挽联、挽幛撑在空中。约莫二十分钟到达李家的坟山，在李刘氏与李龚氏、李王氏坟墓之间的墓道，五六个年轻人拉着棺材两边套着的绳子，将棺材徐徐送入墓道。正准备填土时，老先生在濯河坝喂养的那条灰二狗出现了，死活都不愿意离开，目光注视着棺木，它一定知道主人就躺在里面，不停地对着棺木大叫，似乎想要再次唤醒老先生。人们非常惊奇，这条狗似乎心有灵犀，居然跑了二十里路来参加主人的葬礼。真神啊！

把灰二狗劝开后，无数把锄头挖土往墓道里填，墓道很快被填平了，培起一个高高的大头细尾的墓堆，最后插上了引魂幡。

第三十七章　一江春水向西流

一

　　给老先生送葬后，人们陆陆续续离开草龟塘。李朝恩、雨虹先生、程垫江、麻泽禄、费江明和春晖的儿子庆高、庆林同行，回到濯河坝时，已是上午十点钟了。

　　雨虹先生感到很疲倦，给人们打了个招呼，就回家睡了，并且很快进入了梦乡。梦中，朝鸿微笑着向她走来，她张开双臂向朝鸿奔去……灵光一闪，雨虹醒了，满身是汗水，感到有些奇怪，好多年没有梦到心上人了。她感到浑身酸软，翻个身，又迷迷糊糊地睡着了。挂满军功章的春晖神采奕奕地向她走来说："小娘，儿子等您等得好苦啊！"雨虹先生泪流满面地说："春晖我儿，你是英雄！为娘陪你来了……"中午时分，丫鬟喊她吃饭，雨虹说："你吃吧，我很疲倦，不想吃，想多睡一会儿。"然后接着睡觉。黄昏时分，子文来到雨虹先生家，丫鬟又去喊："先生，子文舅舅来了！"雨虹先生说："给他泡茶，我马上起来。"丫鬟应声而去给子文泡茶，雨虹先生无精打采地起了床，梳洗后出来见三哥。子文说："幺妹，打扰你的清梦了，我不来看你，可能还在睡呀！"

雨虹先生笑笑说:"是啊,睡去就不想醒来!三哥来了就在我家吃晚饭吧。"子文说:"我还是回家去吃,你这里没准备。要不,你也到我家去吃?"雨虹说:"就在我家吃,不然你会后悔的。"子文觉得雨虹今天说话有些怪怪的,就答应了。吃过晚饭后,子文起身告辞,雨虹送到门外,子文说:"幺妹,回去吧!"雨虹说:"我最后送你一程!"子文边走边说:"我们两兄妹还客气啥,快回去好好休息!"雨虹先生陪子文又走了几步,才回去洗了个澡,将内衣、内裤全部换了,穿上干净的衣服继续睡觉。

第二天早上,丫鬟把饭煮熟了,走到雨虹先生的房间喊她吃早饭,连喊几声都没有答应,走到床前一看,雨虹先生神态安详地睡着,再喊几声也没有答应,就伸手去摸她的脸,冰凉。丫鬟慌了,急忙跑到子文家喊:"三舅,快去看女先生,喊不答应了!"子文一家急忙跑到雨虹先生的房间,大声喊她,没有回音。子文伸手一摸,全身冰凉,身体都僵硬了,忙派人去喊余光顺。余光顺进屋一看,仔细做了检查,判断她已经去世一个多时辰了。

子文老泪纵横,他的儿女号啕大哭。余光顺劝说:"子文呀,人总是要死的,雨虹先生无疾而终也是一种福气!"子文揩了眼泪:"我这人真糊涂,幺妹昨晚给我说了几句话都是断路话,我当时没在意,现在想来是给我递信。我这人真糊涂呀!"人们忙问雨虹给他说了些什么话,子文就将雨虹的话原原本本告诉大家,人们都感到惊奇。

子文强打精神安排雨虹先生的有关后事。

濯河坝一位美女、才女、淑女溘然长逝,时年五十八岁,成为人们心中永远的痛。程垫江在她的灵前哭成了泪人,人们越劝他越哭得起劲,悲恸地说:"濯河坝最后的贵族离世了,一个时代结束了,我能不伤心吗?"

麻泽禄拉起程垫江说:"老师傅,节哀吧,人死不能复生,还有很多事情等着你办呢!"然后对焦可章说:"'胶口袋',老垫江就交给你了!好好劝劝,他是个唯美主义者,也是个性情中人!"焦可章点头答应。

吊唁雨虹先生的人络绎不绝,远远近近的弟子闻讯赶来,忆起先生的严肃、傲骨、风骨与慈爱,号啕大哭。麻泽禄克制住内心的悲痛,带领全校师生来到雨虹先生灵前默哀、献花,师生们的脸上都挂满了泪珠。汪子文紧紧握着麻泽禄、程垫江的手,眼里盈满泪水与坚毅,一种道德的自我完善、责任的自我完成、心理的自我安慰，激励着他不仅要将雨虹的丧事办得体体面面，而且要尽力帮助麻泽禄等人完成雨虹未了的心愿。

下葬那天早上，秋雨下个不停，仿佛是离人的泪水。人们心情沉重，不顾道路泥泞，冒雨送行，哭声、雨声相互应和，泪水、雨水相互交织，一幅无法言说的悲秋图永远定格在了濯河坝人的心里。令人惊奇的是，入土那天，雨虹先生养的那只白猫一直趴在主人的坟头……在亲人追悼时，它还试图用爪子把主人挖出来。那只白猫是只流浪猫，它的主人好心收养了它，真是万物有灵啊！

二

雨虹先生的葬礼一结束，火团长、代理区长龚焰便马不停蹄地回到区公所，三个乡的乡长已等候多时。他们垂头丧气，不住地来回走动，唉声叹气。

龚焰说："时局变化比我们想象的还快呀，我们该怎么办？请大家说句心里话。"

王乡长说："听说共产党是共产共妻，不知真假。如果是真的，我们只有鱼死网破，与共产党拼到底！如果不是那么回事，又当别论。"

冉乡长说："你说得轻巧，我们拿什么拼呀？蒋委员长的八百万军队都快要拼光了，我们这几条破枪抵鸟用，只不过是以卵击石！"

王乡长说："道理也是，可我们也不能坐以待毙呀！就是死，也要死得轰轰烈烈，把本儿捞回来！"

张乡长说："都说得有道理。实际上，一切都有定数，天命不可违！得民心者得天下，听说共产党爱民如子，深得民心，时局堪忧啊！我们也不知道该怎么办，还是听听区长的高见！"

龚焰说："我们别无选择呀！你们想想，我们抓壮丁、收税，得罪了多少人？老百姓喜欢我们吗？共产党一旦得了天下，还会饶了我们吗？"

张乡长说："听说共产党很讲理，我们抓壮丁、收税是执行上级政府的命令，不是我们别出心裁要干那些事，我们是无辜的呀！"

王乡长说："要是共产党有你说的那么好，我们还担心什么？不怕一万，只怕万一，我们还是要多留一个心眼啊！"

冉乡长叹了口气说："人算不如天算，算来算去算自己，我们只要不做亏心事，就听天由命吧！"

张乡长说："冉乡长是智者，书读得饱啊，历朝历代都需要官员为政府服务啊，我们当官多年，循规蹈矩，没有鱼肉百姓，对得起天理良心！该怎么样，也只能是听天由命啊！"

王乡长说："都什么时候了，你们还在做美梦啊！佩服、佩服！"

张乡长说："大势已去，无力回天，你我又能怎么样？共产党早就打过长江了，一路势如破竹，正规军都抵挡不了，你我还有什么办法？再说，蒋委员长自身难保，还会顾及你我这些小老百姓？"

龚区长说："都是心里话，都有道理！"

王乡长急切地问："区长，那我们该怎么办？"

龚区长沉思了一会儿说："这是非常时期，大家随时打听消息，互通情报，静观其变！人生似鸟同林宿，大难来时各自飞呀，你们好自为之吧！祝你们好运！散会吧！"

几个乡长走后，龚焰在办公室来回走动，心里十分不平静。他明白，解放军一旦打到濯河坝，抵抗，无异于送死，还会连累亲属；束手就擒，也可能是死，也可能有一线生机。

龚焰一边走一边冥思苦想，不知不觉到了汪子文家，见麻泽禄、焦可章正在他家喝茶、聊天，便坐下喝茶，想听听他们对时局的看法。

麻泽禄说："龚团长，我们只是一介书生，对政治不感兴趣！"

龚焰拍着胸膛说："麻先生，您放心，我龚某绝对不会做伤天害理的事情，更不会伤害你们，我是真心实意想听听你们的高见！"

麻泽禄说："这我们知道，区长是聪明人，也是讲天理良心的人。我觉得，命运掌握在自己手中，跟着形势走，就不会吃亏，识时务者为俊杰啊！"

龚焰点头说："是啊，还是读书人明白事理，看问题看得长远！"又对子文说："子文兄，对未来有什么打算？你那么多家产怎么办？"

子文笑着说："听天由命呗！钱财乃身外之物，生不带来，死不带走，一切顺其自然！一句话：认命！"

龚焰说："子文先生豁达、睿智，在下不及呀！"然后起身告辞。

三

龚炤回到家里，派人叫来自家弟弟龚鹏讨论时局，商议对策。两兄弟观点大相径庭，争得面红耳赤。龚炤认为国民党很快就会垮台，共产党来了肯定也容不下自己，最好的办法是躲避。龚鹏血气方刚，对时局比较乐观。两弟兄话不投机，不欢而散。

龚炤彻夜难眠，起得很早。吃了早饭后，又去拜访李朝恩，询问他对时局的看法及今后的打算。李朝恩认为，国民党垮台是必然的，到时候往哪里跑都一样，因为哪里都是共产党的天下。一切都有定数，非人力所能为，不如今朝有酒今朝醉，明日愁来明日忧，想那么多干啥呀？当然，年轻人到外地隐姓埋名躲一躲，也可能躲过劫难。我老了，哪里也不去了，死也要死在濯河坝，听天由命算了。

龚炤觉得李朝恩说得也有道理。处境不同，想法肯定不一样，人各有志啊！他有些后悔，自己不该当那个鸟代理区长，可如今后悔已晚了，覆水难收啊。告辞李朝恩，独自走在老街的青石板上，思绪万千。在沧浪桥头，碰到余光顺，便喊道："余神医，好逍遥啊！"余光顺满脸堆笑地说："区长还有空闲？不忙公务？"

龚炤半开玩笑半当真地说："老叔，现在还谈什么公务？眼看就要变天了，您还蒙在鼓里？您就不怕解放军一到濯河坝，您的末日就来了？"

余光顺哈哈大笑："我们家几代人行医，救死扶伤，从没有干过伤天害理的事，变不变天有什么关系？再说，哪个朝代不需要医生？有道是，为人不做亏心事，半夜敲门心不惊啊！你说是不是？"

龚炤想了一会儿说："也是。您老福气好啊，学了个好手艺，人见人爱，我就不同了，又没有什么手艺，区长没有当几天，得罪了不少人，不知有多少人想喝我的血呀。"

余光顺说："你才当几个月区长，而且还是代区长，基本上是应付混日子，应该没有得罪什么人呀，对老百姓也很友善，谁想喝你的血呀，自己吓自己。"

龚炤说："生逢乱世，身不由己呀，我是老鼠钻风箱，里外不是人啦！县政府说我不尽职，没有给他们办事，解放军一到，说我是国民党的区长，能有好日子过吗？"

余光顺说："只要你没有欺压老百姓，老百姓会给你证明的，到时候我肯定会给你证明的，你就放宽心些！"

龚焰拱手说："谢谢老叔！您老慢慢走，我去沧浪桥逛逛！"

"好！你也慢走！"

龚焰一个人走在沧浪桥上，边走边想，边想边走。放眼对面的蒲花暗河，豁然开朗，一条计策涌上心头，便急匆匆回家。

第二天清晨，人们还在沉睡，龚焰和四个亲信就带着工具悄悄到了蒲花暗河，进入暗河约三百米处，打着火把，在暗河的右壁凿出了一道长约八十米的石梯，每级勉强能容纳一足踩踏，石梯的顶端连接着一个大平台。几个人把大平台打扫干净后，又悄悄回到家里。此后，龚焰与四个亲信形影不离，一起吃饭、喝酒、聊天。龚焰走到哪里，四个亲信都充当保镖跟着，目的是绝对保密。

夜深人静，古镇人都进入了甜蜜的梦乡。龚焰带领四个亲信将粮食、床铺、柜子及锅碗瓢盆等生活用具运到蒲花暗河中的那个大平台上，建设第二个家。之后，又悄悄运送了大米、玉米、黄豆、花生、菜油、盐巴、辣椒等生活用品，还运送了二百斤泉孔高粱酒。

白天，龚焰装得很镇静，与四个亲信一起在老街到处游走，这个店铺看看，那个店铺瞧瞧，有时也到码头逛逛，目的是多方了解情况，捕捉信息。对人和颜悦色，一点也没有区长的架子。

四

转眼就到了1949年9月20日，龚焰刚吃过早饭，邮递员将一封加急电报送给他。看了电报，龚焰叫人通知坝上各界名流开会，宣布一个重大决定：自己明天要到酉阳县城去开几天会，从此刻起，自己的一切职责由龚鹏代行。

有人问原因，龚焰十分客气地说："无可奉告！祝各位万事如意！"然后宣布散会。

一散会，人们就议论纷纷。有人说："听说解放军正在攻打酉阳县城！是不是与此有关？是不是金蝉脱壳？"一句话提醒了大家，有的欢喜，有的愁眉苦脸，有的若无其事……

晚上，龚焰召集家人开会，严肃地说："我明天要到酉阳县城开几天会，大家要低调为人。不要信谣、传谣，即使解放军到了濯河坝，也不会对妇女、儿童怎么样，这一点请大家放心！大家早点休息吧！"

夜深人静时，龚焰带了一口袋银子和四个亲信悄悄到了蒲花暗河中的那个大平台，一住就是两年多，还在壁上刻了一首打油诗：

> 人只一天我两天，洞峡穿凿不知年。
>
> 虽然远逊桃源景，容纳蓬江避难船。

两天后，即1949年9月23日，濯河坝解放了，老百姓欢欣鼓舞。

一个连的解放军进驻濯河坝，开始了轰轰烈烈的清匪反霸运动。

地下党党员麻泽禄、焦可章、费江明十分忙碌，配合解放军制定了关于清匪反霸的相关政策：

一、对欠有血债的恶人执行枪决；

二、对贩卖鸦片、枪支，组织卖淫的首恶人员执行枪决；

三、没收一切枪支、刀具等凶器，取缔黄、赌、毒等产业；

四、按人口平分房屋、土地等财产；

五、发动群众，揭发暗藏的国民党特务，清理国民党公职人员；

六、对帮助过共产党的开明人士从轻发落。

没过几天，濯河坝区委书记麻泽禄在濯水小学操场主持召开了第一次公判大会，龚鹏、龚道强等五人被麻绳捆绑着游街示众，完毕后押入会场，陪着接受教育的还有李朝恩及濯河坝的八个保长。

酉阳县人民政府县长发表了讲话，五名各界代表人物做了控诉发言。台下响起一阵高过一阵要求处死这五个人的口号声。最后，酉阳县军事法庭当场宣布了死刑判决和立即执行的命令。解放军战士每四人押着一个人犯前往阿蓬江边的一个沙滩，前面有十五个解放军战士开道，后面有十五个解放军战士压阵……十几分钟后，传来五声枪响。

李朝恩心里为之一震，恍恍惚惚回到家里，饭也不吃，便没精打采地躺在床上睡觉，可哪里睡得着呀！他想，下一轮被枪决的肯定有自己，与其游街示众后挨枪子，不如……夜深人静，估计家人都熟睡了，他便悬梁自尽了。

第二天早上，家人起来，发现李朝恩已经死了，便向区公所报告。

没过几天，濯河坝区公所宣布李朝恩畏罪自杀，没收他的家产，他的四合院房屋全部充公，作为濯河坝区公所和乡公所的办公用房。

李氏家族因而受到牵连，少数留在濯河坝居住，调剂住房；有的回草龟塘；有的到酉阳县城、黔江县城投奔亲友；有的到别处去从军；有的外出求学。铅华洗尽，清水为妆；繁华落尽，如梦无痕。

接着，龚家等姓人的某些后人也悄悄离开濯河坝，各自谋生去了。

五

清匪反霸运动第一阶段主要是惩办罪犯，建立基层政权。不到一个月，濯河坝就成立了北三乡人民政府，由李彩知担任乡长；所辖各村都成立了农会。第二阶段是重新分配房屋、土地等财产。第三阶段是清理阶级队伍，发展生产。

在第二阶段，乡政府把工作重点放在了濯河坝街上。首先是发布公告，命令坝上富裕人家自报财产，张榜公布之后，发动群众核对，再组织人员核查。底数弄清楚之后，根据坝上常住人口进行合情合理的分配。

汪氏家族乐善好施，当地群众都为其说好话，因而没有一个人被枪决。坝上首富汪子文更是受人尊重，加之红军、解放军进驻濯河坝期间，都驻扎在他家，对革命算是有贡献，理应享受优惠政策，可他却主动要求不享受优惠政策，并要求从他家开始分家产。在他再三要求下，工作队便答应了他的要求，内部决定对他家宽松一些，拿他家的东西，礼节性地征求其意见。先分房屋，政府给他家留足了住房之后，便将其余房屋分给了贫苦百姓；然后分土地，再分日常生活用具。他家的锅有十八口，已经拿走了十七口，帮忙的人问最后一口锅拿不拿走，黄金山实在看不下去了，就说："只剩一口了，他家也要煮饭吃呀，还是给他家留一口吧！"汪子文笑着说："都拿走吧，尽其所有！"从此，"汪子文的锅声——尽其所有"成为坝上的笑谈。可是，子文看淡世事沧桑，内心安然无恙。

他不无感慨地说："凡事顺其自然，遇事处之泰然，得意之时淡然，失意之时坦然，历尽沧桑悟然。"

汪子文的家产分光了，有关工作进展很顺利。李氏家族、龚氏家族、余氏家族、徐氏家族、樊氏家族的财产没用几天时间也分配完毕。

第三阶段的工作难度要大一些，政策的尺度难以把握，难免出现偏差。后来，就搞了个"一刀切"：凡是参加过国民党军队的或任过国民党各级官员以及公职人员的，一律予以打击。

李春晖三弟兄虽然为国捐躯，但由于参加的是国民党军队，因而成为清理打击的对象。所有亲友为了避嫌，先后把往来信件、照片、衣服等信物全部烧毁了。李春晖的后人隐姓埋名，躲过了清匪反霸、"土改"、"三反五反"、"文革"等，其中改名为汪祥的男孙供职于中共重庆市黔江区委宣传部……2015年，在纪念中国人民抗日战争暨世界反法西斯战争胜利七十周年前夕，中华人民共和国民政部为李春晖三弟兄颁发了烈士证明书和抗战勋章，汪祥应邀到北京领取了爷爷李春晖将军的烈士证和抗战勋章。此乃后话。

为官的，家业凋零；富贵的，金银散尽；有恩的，死里逃生；无情的，分明报应；欠命的，命已还；欠泪的，泪已尽。

1950年春，连绵的阴雨笼罩在千年古镇濯河坝的上空，久久挥之不去。在整个古镇因为潮湿而快要被蔓延的青苔布满的时候，濯河坝六大家族的后人祭祀亡魂，寄托哀思。

岁月轮回，朝代兴替，荣辱盛衰，历史使然。一个社会旧形态彻底打碎，一个国家新形态涅槃重生。

经历过沧桑荣辱，经历过从华丽巅峰到平凡如水的旅程，这样的家族一定是厚重的，这样的记忆一定是五彩斑斓的。

家族历史上随处都写着那个时代的时尚之风。每一个家族都会有一种带标识性的性格特征，不自觉地烙刻在每一个家族成员的身上，一代代传承。

中国为数不多的倒流河——阿蓬江，自东向西，日夜奔流不息，时而波涛汹涌，时而奔腾咆哮，时而缓缓流淌，仿佛在述说着濯河坝的悲歌与传奇……